汉译世界文学名著丛书

在人间

[苏联] 高尔基 著

郭家申 译

创于1897 商务印书馆 The Commercial Press

Максим Горький
В ЛЮДЯХ
Собрание сочинений в 30 томах

根据国家文学出版社1949—1955年版译出
Полное собрание сочинений (Художественные
произведения в 25 томах)

参考“科学”出版社1968—1975年版注释

汉译世界文学名著丛书

出版说明

1902年，我馆筹组编译所之初，即广邀名家，如梁启超、林纾等，翻译出版外国文学名著，风靡一时；其后策划多种文学翻译系列丛书，如“说部丛书”“林译小说丛书”“世界文学名著”“英汉对照名家小说选”等，接踵刊行，影响甚巨。从此，文学翻译成为我馆不可或缺的出版方向，百余年来，未尝间断。2021年，正值“汉译世界学术名著丛书”出版40周年之际，我馆规划出版“汉译世界文学名著丛书”，赓续传统，立足当下，面向未来，为读者系统提供世界文学佳作。

本丛书的出版主旨，大凡有三：一是不论作品所出的民族、区域、国家、语言，不论体裁所属之诗歌、小说、戏剧、散文、传记，只要是历史上确有定评的经典，皆在本丛书收录之列，力求名作无遗，诸体皆备；二是不论译者的背景、资历、出身、年龄，只要其翻译质量合乎我馆要求，皆在本丛书收录之列，力求译笔精当，抉发文心；三是不论需要何种付出，我馆必以一贯之定力与努力，长期经营，积以时日，力求成就一套完整呈现世界文学经典全貌的汉译精品丛书。我们衷心期待各界朋友推荐佳作，携稿来归，批评指教，共襄盛举。

商务印书馆编辑部

2021年8月

目　录

一

我来到了人间，在市内[①]主要大街上的“时尚鞋店”里当了“学徒”[②]。

我的老板个子矮小，身体肥胖；有一张极普通的古铜色的脸，牙齿发黑，眼睛湿乎乎、脏兮兮的。我觉得他是个瞎子，为证实这一点，我朝他做了个鬼脸。

“别做鬼脸。”他声音虽低，但十分严厉地说。

我讨厌他用那双浑浊的眼睛看着我，而且我不相信它们能够看得见——兴许老板只是猜想我在做鬼脸吧？

“我说过了——别做鬼脸。”他又说一遍，声音更低一些，厚厚的嘴唇几乎没有动弹。

“别老抓挠你的手，”只听见他冷冷地小声跟我说，“你现在是在市内主要大街上的一流商店工作，这一点你必须得记住！当学徒的就应该像雕像一样，伫立在店门前……”

我不知道什么叫雕像，也不能不抓挠我的手——因为从胳膊

---

① 指下诺夫戈罗德市。——译注（说明：本书凡未特别注明者，皆为译注）

② 1879年秋，11岁的高尔基来到“时尚鞋店”当学徒，店老板是 Л.М.波尔胡诺夫。鞋店坐落在市内一条主要大街上，是一栋三层楼的砖木结构建筑。学徒期间，高尔基就住在老板家里。这个地方的房子至今还保留着。

肘往下，我两只手上长满了红霞似的脓包疮，疥螨虫咬得我奇痒无比。

“你在家里时都干些什么？”老板问道，仔细打量着我的手。

我答话的时候，他一直在摇晃他那圆圆的脑袋，他的花白头发在他头上黏合得牢牢实实；然后，他恶语伤人地说：“捡破烂儿——这比要饭还要糟糕，连偷盗都不如。”

我不无骄傲地宣称：“我也偷过东西。”

这时，老板将两只像猫爪子似的手，往账桌上一放，吃惊地瞪大一双无神的眼睛，凝视着我的脸，咬牙切齿地说：“什——么？你还偷过东西？”

我一五一十地向他做了说明。

“喏，我认为这都是些鸡毛蒜皮的小事。将来你要是在我这里偷皮鞋或钱的话，那我可要把你送进监狱，一直关到你长大成人……”

他说这话的时候，态度很平静，但我却被吓了一跳，因此就更加不喜欢他了。

除老板外，在店里干活的还有我的表哥萨沙·雅科夫和一位大师兄——此人面色红润，非常机灵，很会揽生意。萨沙穿着浅咖啡色的礼服，一件胸衬，打着领带，下身穿一条散腿裤，傲气得很，根本没把我当回事儿。

当外公领我去见老板，并请求萨沙对我要多多帮助、指教时，萨沙神气活现地把眉头一皱，警告说：“他必须得听我的！”

外公把一只手按在我头上，使我的脖子弯了下去。

“你要听他的话，他比你年长，职位也比你高……”

萨沙瞪大眼珠子，教训我说："记住外公的话！"

于是，从第一天起，他便真的对我摆起谱来。

"萨沙·卡希林，别老瞪着眼。"老板跟他说。

"我，没瞪眼呀，老板。"萨沙回答说，把头低了下去。但老板仍不罢休，说："别总板着个脸，不然顾客还以为你是头骚山羊呢……"

大师兄恭顺地笑了，老板怪模怪样地撇动着嘴唇，萨沙羞得满脸通红，躲到柜台后面去了。

我不喜欢听这种话，有许多词儿的意思我也听不懂；有时我觉得这些人好像在讲外国话似的。

每当有女顾客光顾本店，老板便将一只手从衣袋里抽出来，摸着自己的小胡子，满脸堆着甜蜜的微笑；这微笑使他脸上布满了皱纹，但却改变不了他那呆滞的眼神。大师兄挺直身子，两个胳膊肘紧贴腰部，毕恭毕敬地将两手悬在空中；萨沙战战兢兢地直眨巴眼睛，一心想把他那鼓起的眼珠子掩盖起来；我则站在门旁，悄悄地挠着手，注意着卖货的规矩。

大师兄在女顾客面前，双膝跪地，动作麻利地张开手指，给女顾客测量鞋子的尺码。他两只手直哆嗦，小心翼翼地触摸着那女人的脚，好像生怕把她的脚碰坏了似的，而女顾客的脚非常的肥，活像一只倒放着的歪脖瓶子。

有一次，一位太太抖动着她的一只脚，缩着身子说："哎呀，您弄得我直痒痒……"

"这是出于对您的礼貌。"大师兄急忙热情地解释说。

他缠着女顾客的那副模样，看着真叫人觉得好笑；为了不笑出声来，我转过身去，面对着门上的玻璃。但我非常想看看他是如何揽生意的——大师兄的手法太使我感到可乐了，但同时我又想，我永远也不会这样彬彬有礼地张开手指在顾客的脚上量尺码，也不会这样麻利地把鞋穿到顾客的脚上。

有时候，老板常常离开商店，到后面的小屋里去，而把萨沙也叫过去；这时店里就只剩下大师兄和女顾客两个人了。有一次，他的手触摸到了一位褐色头发女人的脚，然后他就把那几个手指头攥在一起，在自己的嘴上吻了一下。

“哎哟，”那女人惊叹道，“你真够调皮的！”

他却鼓起腮帮子，使劲发出接吻的声音：“啧——啧！”

这时我哈哈大笑起来，笑得我前仰后合的，伸手去抓门的把手，结果把门给拉开了，门上的玻璃也被我的脑袋撞破了。大师兄气得冲我直跺脚，老板用他那戴着大金戒指的手指头直敲我的脑袋，萨沙则使劲揪我的耳朵。晚上回家的时候，他严厉地对我说：“这样老板会把你赶走的！喏，这有什么好笑的？”

并且解释说：要是太太们喜欢大师兄——生意就会好做一些。

“即使那位太太不需要买鞋，但为了看一眼她喜欢的店员，也会买上一双的。这你就不懂了！真让人替你操心……”

这话我很不爱听——没有谁关照过我，更不用说他了。

每天早上，那个病病歪歪、脾气很不好的厨娘，总是比萨沙早一个小时先把我叫醒；起来后，我得把老板一家人、大师兄和萨沙的皮鞋擦好，把他们的衣服弄干净，把茶炊摆上，给所有的炉灶预备好木柴，再把午餐时用的饭盒洗刷干净。到了店里，我便扫地，擦灰尘，准备茶水，给顾客们送货，然后，回家取午饭；这时守店门的差事就由萨沙替我来干，他认为这活儿有伤他的尊严，便骂我说："笨蛋！要别人替你干……"

我感到烦闷与无聊，我过惯了独立自主的生活，从早到晚，一直在库纳维诺尘土飞扬的大街上，在浑浊的奥卡河岸边，在田野和森林中游荡惯了。这里没有外婆，没有伙伴，没有人可以说话，然而生活却使我感到愤愤不平，它让我看到了它丑恶的、虚伪的一面。

经常有这样的情形：女顾客什么东西都没有买便走了——这时，他们三个人会有一种被人欺弄的感觉。老板将自己甜蜜的微笑装进了衣袋，命令道："卡希林，把东西收起来！"

接着便开始骂骂咧咧："呸，这头母猪，鼻子拱到这儿来了！在家里坐得无聊了，跑到商店里闲逛来啦。你若是我的老婆，瞧我不把你……"

他老婆人长得很干瘦，黑眼睛，大鼻子，经常冲他跺着脚，大声吆喝，像对待用人似的。

他们经常一面鞠着躬，一面说着恭维话，彬彬有礼地将熟悉的女顾客送出店门，然后便恬不知耻地对她大加诋毁，污言秽语，不堪入耳；我真想跑出去，追上那女人，把他们背后议论她的话告诉她。

我当然知道，人们一般背后都互相说坏话，但他们几个人是无人不说，特别令人气愤的是，好像他们是被什么人认定的几个最优秀的人物，他们的使命就是来评判世界的。他们对任何人都感到嫉妒，从未夸奖过什么人，对每一个人，他们都知道一些他的短处。

有一回，店里来了一位年轻女人，面色红润，容光焕发，两眼炯炯有神，身上穿一件黑毛皮领的天鹅绒斗篷，其容貌在黑毛皮领的衬托下简直就像一朵奇妙的鲜花。她从肩上脱下斗篷，递到萨沙手上，这时她显得更加楚楚动人了：浅灰色的丝绸衣裙紧紧裹着她那苗条的身材，耳朵上的钻石在闪闪发光——她不禁使我想起了聪明美丽的瓦西里萨[①]，因此，我相信她就是省长夫人本人。他们对她是毕恭毕敬，点头哈腰，像对待圣火似的，甜言蜜语不绝于口；三个人像魔鬼似的在店里忙得团团转；他们的身影在货橱的玻璃上迅速滑过，让人觉得周围的一切好像都燃烧了起来，正在熔化之中，马上就会变成另外一种形态，另外一副样子。

可是当她很快选中一双价钱昂贵的皮鞋，离开鞋店后，老板立刻将嘴巴一咂，打着口哨说："一条母狗……"

"总之——不过是一个女戏子。"大师兄轻蔑地说。

于是，他们便相互谈论起这位太太的几个情夫和她那花天酒地的生活了。

吃过午饭，老板到鞋店后面的一间小屋里歇息，我便打开他的金表，往机芯里滴了几滴醋。看见老板睡醒后手里拿着金表惊慌失措的样子，我心里高兴极了；他嘴里嘟哝着说："真是怪了？这表竟突然出汗啦！以前从未发生过这样的事——表会出汗！会不会是不祥之兆呀？"

---

① 瓦西里萨，俄国传奇故事中的女主人公。

尽管店里工作繁忙，家里的事情也不少，我似乎仍然觉得非常烦闷，总是在寻思：想个什么办法才能让他们把我从店里赶走呢？

满身雪花的人们默默地从店门口一闪而过——看上去他们仿佛在为什么人送葬，紧着往墓地赶，不过他们误了出殡的时间，现在正心急火燎地追赶灵柩。几匹马一路颠簸前进，吃力地翻过一个个雪丘。单调凄凉的钟声，从鞋店后面教堂的钟楼上传来，天天如是，雷打不动，因为正值大斋期间；钟声瓮声瓮气，仿佛是在用枕头击打人的脑袋：疼倒是不疼，但却使人变得头脑麻木，两耳重听。

有一次，在鞋店门口的院子里，我正在打开一个刚刚收到的货箱，教堂的看门老头向我走来，他斜着个肩膀，软绵绵的样子，好像整个人都是用碎布头制作的，身上的衣服破破烂烂，凌乱不堪，好像被狗撕咬过一样。

“你这个上帝的奴仆，能不能给我偷一双套鞋，啊？”他向我提议说。

我一声不吭。他坐在一只空箱子上，打了个哈欠，在嘴巴前画了个十字，接着又说：“偷一双吧，啊？”

“不能偷！”我对他说。

“然而却有人在偷。请看在我这把年纪的分上吧！”

这老头和我周围那些人不一样，挺讨人喜欢的；我感到他深信我一定会为他去偷，于是我答应从气窗口给他递出去一双套鞋。

“这就好，”他心平气和地说，并不显得多么高兴，“你不会骗人吧？噢，噢，我看得出，你不会骗人……”

他一声不响地坐了片刻，用靴子底来回搓揉他脚下又湿又脏的积雪，然后他抽起一只陶制的烟斗，突然吓唬我说：“要是我骗你呢？我把你递出来的那双套鞋拿给你老板看，就说是你半个卢布卖给我的，那你怎么办？啊？那双套鞋值两个多卢布，可你才卖半个卢布！钱都买糖吃了吧，啊？”

我不禁愣住了，怔怔地望着他，好像他已经做了他说过的要做的事似的，可是他仍在一个劲儿地往下讲，声音不高，鼻音很重，眼睛看着自己的靴子，吐着蓝色的烟雾。

“比方说，如果这事是你家老板叫我干的，说：‘去，考验考验那小子——看他是不是个小偷？’那怎么办呢？”

“我不给你套鞋了。”我生气地说。

“既然你已答应过，现在说不给已经不行了！”

他抓住我一只手，把我拉到他跟前，用他那冷冰冰的手指头敲着我的额头，有气无力地继续说：“你怎么能平白无故地就说‘给你，拿去吧’呢?!”

“是你自己要求我的。”

“我要求的又怎么样！我要求你去抢教堂，怎么样——你去抢吗？难道可以这样相信人吗？你呀，傻孩子……”

于是，他把我推开，站起身来。

“用不着给我偷套鞋，我不是老爷，不穿套鞋。我不过是说着玩的……你这么老实单纯，等圣诞节到来时，我让你到钟楼上去敲敲钟，看看市容……”

“我熟悉这座城市。”

"从钟楼上望去，更加漂亮……"

他用靴子尖踩进雪地，慢慢地向教堂后面走去；我望着他的背影，感到既懊恼，又不安，心想：这老头儿是真的说着玩呢，还是老板让他来试探我的？我真有点儿怕回到鞋店里去。

这时，萨沙跑到院子里，大声喊道："你在搞什么鬼名堂！"

我忽然怒从心起，冲他扬起了钳子。

我知道他和大师兄都在偷老板的东西：他们常常把皮鞋或便鞋藏到烟囱里，然后，等他们离开鞋店时，把它们藏在大衣袖子里。我不喜欢这样做，也害怕干这种事——我记得老板的威胁。

"你在偷东西吗？"我问萨沙。

"不是我，是大师兄在偷，"他严肃地跟我解释说，"我只是帮他一下。他说：'帮个忙吧！'我必须得听他的，不然他会给我穿小鞋的。老板嘛！他自己从前也当过大伙计，什么事都清楚。你不要多嘴！"

说话时他一直在照镜子，很不自然地叉开手指，整理着领带；其一招一式，跟大师兄的动作一模一样。他不遗余力地向我摆老资格，对我显示他的权力，压低嗓门，对我吆五喝六，指指点点地让我干这干那。我个子比他高，力气比他大，但是骨瘦如柴，动作不灵活；他却长得很结实，胖乎乎、肉墩墩的。他身穿礼服、散腿裤，在我看来，挺神气、挺体面的，但他身上总有一种令人很不舒服而且十分可笑的东西。他非常恨那个厨娘——一个古怪的女人，很难弄清楚她到底是好人还是坏人。

"世上我最喜欢的事，就是看打架。"她睁大乌黑、热情的眼睛说，"对于我来说，谁跟谁打都一样。不论是公鸡斗架，狗咬架，农民打架——都一样！”

要是有公鸡或鸽子在院子里厮斗，她便会撂下手里的活计，望着窗外，从头至尾，专心致志地观看它们打斗，一言不发，充耳不闻。每到晚上，她便会对我和萨沙说：“你们这些孩子们，坐着也是白坐着，还不如打一架呢！”

萨沙一听就来气，说：“傻婆子，我可不是什么孩子，是二掌柜！”

“噢，这我倒没看出来。对于我来说，只要没结婚，那就是孩子！”

“傻瓜，一脑袋糨糊……”

“魔鬼聪明，可上帝不待见他。”

她这句俗话让萨沙特别生气，于是他便故意地逗她，而她呢，一脸不屑地斜眼看着他，说：“哎呀，你这只蟑螂，上帝给你张人皮，真是有眼无珠！”

萨沙不止一次让我趁厨娘睡觉时往她脸上抹点鞋油或者煤黑子，在她枕头上插上大头针，或者用点别的什么办法，跟她“开开玩笑”。但是我害怕这个厨娘，而且她睡觉很轻，时常醒来；睡醒后，她便点上灯，坐在床上，对着某个角落出神。有时候，她到炉灶后面来找我，把我叫醒，用沙哑的声音求我说：“我睡不着，列克谢伊卡[①]，有点害怕，你跟我说说话吧。”

我睡眼惺忪地跟她说了点什么，可是她坐在我旁边一声不吭，身子一直摇来晃去。我觉得她热乎乎的身体散发出一种蜡烛

---

① 列克谢伊卡，列克谢的爱称。

神香的气味，她很快就会死了。也许她马上就会一头栽倒地下，立刻死去。因为害怕，我开始大声说话，但她制止了我："嘘！那两个坏蛋被吵醒后，他们会把你当成我的情人呢……"

她坐在我身边的时候总是一个姿势：哈着腰，两手放在膝盖间，两条瘦细腿紧紧夹住它们。她没有什么胸脯，透过她那厚实的粗麻布衬衫，能够看见她的一根根肋骨，像干裂开的木桶上的铁箍。她一声不吭地坐了很久，然后突然小声说："还不如死了好，活着真是难受……"

或者像问什么人似的，说："是不是我活到头了，啊？"

"你睡吧！"她打断了我的话，然后直起身子，无精打采地悄悄消失在厨房的黑暗之中。

"老巫婆！"萨沙背地里这样叫她。

我跟他说："你当着她的面这样叫她呀！"

"你以为我怕她吗？"

但他立刻皱起眉头，说："不，不能当面叫她！说不定她真是个巫婆……"

她对所有的人都看不上眼，总是气鼓鼓的，对我也从没有好脸色——一到早上六点钟，她就拽住我一条腿，大声喊道："别睡懒觉啦！快抱木柴去！把茶炊生起来！将土豆削削皮！……"

萨沙醒来后，抱怨说："你喊什么呀？我要跟老板说没法睡觉……"

她干瘪的身板在厨房里迅速移动着，这时她转身冲着萨沙，瞪大因失眠而发红的眼睛说："哼，上帝瞎了眼，枉让你披了张人皮！我若是你后妈，我会把你的皮扒掉的。"

“该死的女人。”萨沙骂道。他在去鞋店的路上跟我说：“应该想办法把她撵走。要神不知鬼不觉地往饭菜里多放些盐——只要她做的饭菜太咸，就能够把她撵走。再不就往饭菜里倒煤油！你怎么愣着不说话呀？”

“那你怎么不干？”

他赌气地啐了一口唾沫，说：“胆小鬼！”

我们是眼瞅着厨娘死去的：她弯下身子去搬茶炊，突然一屁股就坐到了地上，好像有人朝她胸口推了一把似的；接着便一声不响地侧身倒了下去，两只胳膊往前一伸，鲜血从嘴里流了出来。

我们俩当时就明白：她已经死了；但我们硬是给吓蒙了，久久地看着她，说不出一句话来。最后，萨沙飞快地跑出了厨房，我不知如何是好，将身子紧紧靠在窗边有亮光的地方。这时老板来了，他愁眉苦脸地蹲下来，伸手摸了摸厨娘的脸，说：“确实死了……怎么回事儿？”

然后便对着墙角，冲着奇迹创造者尼古拉的圣像直画十字；祷告完后，在前厅里吩咐说：“卡希林，赶快去向警察局报告！”

于是来了一个警察，他转悠了一会儿，拿了茶钱便走了；后来又来了一个，跟他一块儿来的还有一个赶大车的，他们一个抬头，一个抬脚，将厨娘抬了出去。老板娘从前厅里向外张望了一眼，吩咐我说：“去把地板擦干净！”

而老板却说：“幸好她是傍晚死的……”

我不明白这里还有什么“幸好”可言。躺下睡觉时，萨沙特别温和地跟我说：“不要熄灯啊！”

他把脑袋用被子蒙起来，躺在那里，很长时间没有一点声音。夜是寂静的，好像它在倾听什么，期待着什么；我觉得再过一秒钟，钟声便会响起来，到时候全城一下子都会被惊动，人们将奔走相告，乱作一团。

萨沙从被子下面露出鼻子，小声跟我说："咱们睡到炉灶上去，并排躺着，好吗？"

"炉灶上太热。"

停了一会儿，他说："她怎么——一下子就死了，啊？这就是所谓的巫婆……我睡不着……"

"我也睡不着。"

他开始讲死人的故事，说他们怎样从坟墓里走出来，深更半夜里在市内到处游荡，寻找他们曾经住过、如今他们的亲人仍在居住的地方。

"这些死去了的人只记得城市，"他小声说，"街道和房子都不记得了……"

周围越来越安静，仿佛也更加黑暗了。萨沙稍稍抬起头，问道："你想不想看看我的箱子？"

我早就想看看他箱子里都藏些什么了。他的箱子用一把挂锁锁着，每次打开时都特别小心，要是我想往箱子里瞅一眼，他便非常粗暴地问我："你想干什么？啊？"

当我表示同意看他的箱子后，他便在床上坐起来，两只脚没有放下地；然后用命令的口吻，让我把箱子放到床上靠近他腿的地方。箱子的钥匙由一根绳子拴着，还有一个随身的十字架，就挂在他身上。他仔细察看过厨房各个黑暗的角落，煞有介事地皱起眉头，打开挂锁，朝箱子盖上吹了吹，好像箱子盖很热似的；最后他才把箱盖稍微打开一点儿，从中取出几件换洗衣服。

箱子里有一半地方装满了盛药的盒子、五颜六色的茶叶包装纸和装鞋油与沙丁鱼的铁皮盒子。

“这是什么东西？”

“你就会看见的……”

他用两条腿夹住箱子，弯下身去，嘴里小声哼唱道：“苍天在上……”

我希望能看到些玩具，因为我从来都没有过玩具，表面上我对它们表现得很不以为意，但心里对有玩具的人却不无羡慕。我很高兴像萨沙这样大场面的人居然也有玩具；尽管他因为不好意思，把它们藏了起来，但我很理解他这种不好意思的心情。

打开第一个盒子，他从里面取出一副眼镜架，往自己鼻梁上一戴，一本正经地瞧着我，说：“没有镜片，这不说明什么；这可是一副上好的眼镜！”

“让我戴上看看！”

“你戴着不合适。它是给黑眼睛的人戴的，你的眼睛颜色有些浅。”他解释说，并且大模大样地清理一下喉咙，但立刻又战战兢兢地打量一眼整个厨房。

盛鞋油的盒子里装了很多各种各样的扣子，他得意扬扬地向我解释说：“这都是我在大街上捡的！亲自捡的。已经有三十七枚……”

第三个盒子里是一些很大的铜别针，也是在街上捡来的；然后便是些靴子上的后底掌，有的已经磨坏，有的已经断裂，还有一些完好无损；再就是皮鞋、便鞋上的一些环扣，一个铜制的门把手，一个已经损坏了的手杖顶端的骨质镶头，一把女人用的梳子，一本《圆梦与占卜》[①]的书，还有许多诸如此类的东西。

像这样的破玩意儿，我捡破烂和碎骨头时，一个月捡的足有他的十倍还多。萨沙的这些东西，使我对他产生一种失望、困惑和令人难受的怜悯之情。可是他对于这每一件东西，都认认真真地反复察看、仔细把玩、爱不释手；他一本正经地噘着两片厚嘴唇，凸出的两眼流露出温柔关切的神情，但是他那副眼镜使他那张孩子脸显得非常滑稽可笑。

“你要这些东西干什么？”

他透过眼镜框瞥了我一眼，用清脆的童音问我：“我送你点东西，想要吗？”

“不，不要……”

显然，我说“不要”和我对他的宝贝不以为意的态度使他很不高兴，他沉默片刻，然后小声跟我说：“去拿条毛巾来，咱们把这些东西擦擦，不然全都落了灰尘……”

当我们把东西擦完放好后，萨沙一头钻进被窝，脸冲着墙躺下了。外面在下着雨，雨水顺着屋顶滴落下来，风不住地吹打着窗子。

萨沙没有朝我转过身来，他说：“别着急，等园子里干些时，我给你看一样东西，准会叫你大吃一惊！”

---

① 18世纪下半期，民间流行许多粗制滥造的廉价出版物，其中很多都是关于“圆梦”和“占卜”的，它们花言巧语，专门给人解梦说事，指点迷津。

我没有吭声，动手铺床睡觉。

又过了几秒钟，他忽然一跃而起，两手在墙上乱抓，用极其恳切的口吻说："我怕……上帝啊，我害怕！求上帝宽恕我！这究竟是怎么回事？"

这时我被吓了一跳，一时竟说不出话来，因为我觉得厨娘就站在窗外的院子里，背对着我，低着头，脑门儿顶着玻璃，就跟她活着时看公鸡斗架一样。

萨沙号啕大哭，在墙上乱抓一气，两条腿乱蹬乱踢。我像踩在火炭上似的，头也不回，好不容易穿过厨房，跟他并排躺在一块儿。

我们放声痛哭，哭累后便睡着了。

这之后没有几天，便是一个什么节日，店里只做半天的生意，午饭在家里吃；饭后老板家的人都躺下休息了，萨沙神秘兮兮地跟我说："咱们走！"

我猜想，他准是叫我去看那个要让我大吃一惊的东西。

我们来到花园。两座房子之间的狭小空地上，矗立着十五六棵老椴树，粗大的树干上布满了棉花状的青苔，颜色发黑的光秃秃的树枝向上翘着，没有一点生气。树上连一个乌鸦窝都没有。这些树就像墓地里的石碑。除了这些椴树，园子里一无所有，既无灌木，也无杂草；小道上的泥土都被踩实了，乌黑乌黑的，像生铁一样。在去年落满枯叶的地方，有一块光秃秃的地面凸显其间，不过那上面也被青苔覆盖着，宛如一池静水中的一块浮萍。

萨沙拐弯向临街的围墙走去，在一棵椴树下停下来，瞪起一双大眼睛，朝旁边那栋房子的灰蒙蒙的玻璃窗里看了看。接着，他蹲下身子，用两只手扒开一堆树叶——下面露出一个粗大的树根，树根旁有两块埋得很深的方砖。他把砖头掀开一条缝——下面是一块瓦垄铁，瓦垄铁下面是一小方块木板，最后出现在我面前的是一个大洞，直通到树根下。

萨沙划了一根火柴，然后点上蜡烛，把它伸进洞里，跟我说："瞧呀！只是别害怕……"

看来，他自己倒先害怕起来：他拿着蜡烛的手直打哆嗦，脸吓得煞白，嘴巴张得老大，眼泪都快出来了；他把空着的那只手悄悄地放在背后。他的恐惧也传给了我，我小心翼翼地往树根下面一看，发现这个树根其实就是这个洞穴的拱顶——萨沙在洞的深处点了三支蜡烛，整个洞穴都是蓝色的烛光。这个洞相当宽敞，有水桶那么深，但比水桶更粗大一些，边上砌满了五颜六色的玻璃碎块和茶具的碎瓷片。洞中凸起的地方盖着一块红布，放着一口用灰颜色的纸糊成的小棺材，一块类似锦缎的料子覆盖在小棺材上面，两只灰色的小鸟爪子和一只麻雀的尖嘴小脑袋从下面露了出来。棺材后面是一个高高的读经台，上面放着一枚护身的铜质十字架，读经台周围点燃着三支蜡烛，蜡烛固定在烛台上，烛台外面包的是金银两种颜色的糖果纸。

蜡烛的火苗都向洞口倾斜；洞内一片朦胧，五颜六色，斑驳陆离。蜡烛的气味、暖烘烘的霉味儿和土腥味儿扑面而来，令人头昏目眩，眼花缭乱。这一切使我感到惊讶，同时又感到心情沉重；我的恐惧感被压了下去。

"好吗？"萨沙问道。

"这是做什么用的？"

“小教堂，”他解释说，“像不像？”

“不知道。”

“那只小麻雀——就是死者！说不定会变成一具圣尸，因为它是个无辜的受难者……”

“你看见它时就是死的吗？”

“不，它飞进干草棚，我用帽子将它捂住，后来就闷死了。”

“你干吗要逮住它呢？”

“不干吗……”

他看了我一眼，又问：“好不好？”

“不好！”

于是他向洞口弯下身子，迅速用木板、铁皮将它盖上，把砖头又埋进土里，站起来后，拍打掉膝盖上的脏土，厉声问道：“为什么你不喜欢？”

“那麻雀怪可怜的。”

他像瞎子一样，眼睛一动不动，死死地盯了我一眼，然后当胸推了我一把，喊道：“蠢货！你这是因为心里嫉妒才说不好的！你以为你在卡纳特大街花园里干得比我好吗？”

我想起了自己的那个凉亭，便信心十足地回答说：“当然比你好！”

萨沙脱掉礼服，往地下一扔，袖子一卷，朝手上吐了口唾沫，提议说：“既然如此，我们就较量一下吧！”

我不想打架，我感到非常无聊，一点打架的心思都没有，看着表哥那张穷凶极恶的脸，我感到心里很不是滋味。

他朝我猛扑过来，一头撞在我胸口上，把我撞翻在地，然后骑在我身上，大叫：“你是想死，还是想活？”

不过我的力气比他大，而且非常生气；不一会儿工夫，他便双手抱着脑袋，脸朝下趴在地上，声音变嘶哑了。我吓了一跳，连忙要把他扶起来，可是他乱抓乱踢，一个劲儿地吓唬我。我站在一边，不知如何是好，这时他稍稍抬起头，说：“怎么，算你胜利了？我就这样躺着，让老板家的人看看，到时候我告你一状，他们会把你赶走的！”

他骂骂咧咧的，一再威胁我；他的话使我非常恼火，我跑到洞口，将砖头搬开，把装有麻雀的小棺材扔到围墙外面去，把洞里的东西全都掏出来，使劲地用脚踩了踩。

“怎么样，你不是都瞧见了吗？”

对我的愤怒反应，萨沙的态度却有点奇怪：他坐在地上，稍微张着嘴，皱起眉头，注视着我，一声不吭，当我把一切都干完后，他才不慌不忙地站起来，拍打一下身上的泥土，把礼服往肩上一搭，态度镇定自若，但咬牙切齿地说：“很快你就会看到的，等着瞧吧！因为这都是我特意为你准备的，这是魔法！哈哈，懂吗？……”

我像被他的话击倒了似的，一屁股坐到了地上，心里一下子全凉了。而他却头也不回地走了，他镇定自若的态度使我的心情感到更加压抑了。

我决定第二天就离开这个城市，离开老板，离开萨沙和他的魔法，不再过这种愚蠢无聊的生活了。

第二天一早，新来的厨娘把我叫醒后，大叫道：“天呀！你的脸怎么啦？”

"魔法应验了！"我心情沉重地想。

但厨娘忽然哈哈大笑起来，笑得上气不接下气，弄得我也忍不住笑了，往镜子里一照：原来我被抹了一脸煤黑子。

"是萨沙干的吗？"

"难道是我吗？"厨娘笑嘻嘻地说。

我刚要去刷鞋，但手往鞋里一伸——却被大头针扎了。

"这就是所谓的魔法呀！"

所有的靴子里都有大头针和缝衣针，而且安放得非常巧妙，刚好能扎着我的手掌。于是我舀了一勺凉水，非常得意地将这勺水向还没有睡醒，也许是还在装睡的魔法师的头上浇去。

但无论怎么样，我的情绪仍然不好：我常常想起那口装着麻雀的小棺材，想起它弯曲的灰色爪子和它那如怨如诉、向上翘起的蜡一样的尖嘴，而周围则是五颜六色的火花，闪烁不定，仿佛要形成一道彩虹，但却又不能够。小棺材在逐渐地变大，鸟爪子也在变长，而且向上翘起，不住地颤抖，正在活过来。

我决定当天晚上就要逃走，但午饭前我在煤油炉上用饭盒热菜汤时，只顾自己想心事了，不料菜汤潽出来了，我连忙去熄火，谁知又碰翻了饭盒，烫了自己的手，于是他们把我送进了医院。[①]

医院里的可怕景象，我历历在目：这里显得空空荡荡，黄色的墙壁一直在摇晃，一个个面容憔悴、身着白色尸衣的人影在

---

① 这事发生在1880年春天大斋期间，高尔基在医院里一直躺到复活节前的礼拜日。

盲目地蠕动着，他们嘴里发出呼噜呼噜的响声和哼咳不断的呻吟声；一个拄着拐杖的高个子男人走来走去，这人的两道眉毛就像是他的两撇小胡子；他不停地晃动自己黑色的大胡子，一面打着口哨，一面大声吼叫："我要向大主教告发！"

一张张病床，犹如一口口棺材，仰面朝天躺着的病人，都像是死麻雀。黄色的墙壁摇来晃去，天花板像风帆一样弯向一边，地板飘忽不定，一排排的病床，时分时合，一切都使人感到绝望，令人毛骨悚然，窗外的许多树枝都向上翘着，它们像是用来抽打人的枝条，而且有人正在挥舞着它们。

门口，一个长着棕色头发的瘦小死者，在翩然起舞，他一直在用两只短小的手臂撕扯自己身上的尸衣，并且尖声喊叫着："我不需要这些疯子！"

然而，那个拄拐的人却冲着他大吼一声："请到大主教那儿告去……"

我外公、外婆以及所有的人，总是说医院是个坑人的地方——我觉得自己这条命算是完了。一个戴眼镜的女人走到我跟前——她也穿着尸衣，在我床头的一块黑板上写了点什么，刚巧粉笔断了，粉笔末落了我一头。

"你叫什么？"她问道。

"不叫什么。"

"那你有没有名字？"

"没有。"

"喏，别胡闹了，不然会挨揍的！"

在她说这话之前，我早就知道会挨揍的，因此，我索性不回答她的问话。她像猫一样哼唧了几声，又像猫一样，不声不响地走了。

屋里点着两盏灯，发黄的灯光就悬挂在天花板下，仿佛是什么人丢失的两只眼睛，它们挂在那里，不停地眨巴着，竭力想往一块靠拢，刺目的亮光令人眼花缭乱，不胜其烦。

这时屋角有人说："咱们玩牌吧？"

"我少一只手可怎么玩呢？"

"啊，你一只手被截掉了！"

当时我就想：有人一只手被截掉，那是因为他玩牌的缘故。那么在把我整死前，他们对我会怎么样呢？

我感到我的两手火烧火燎的，撕心裂肺地痛，好像有人从我手上抽筋扒皮似的。由于害怕和疼痛，我小声哭了起来；为了不让人看见我流泪，我把眼睛闭了起来，但泪水还是从眼皮底下流了出来，沿着两边的太阳穴，一直流到耳朵上。

夜幕降临了，大家都躺在病床上，盖上灰色的被子；屋里渐渐安静下来，一分钟比一分钟更安静，只听见屋角有人嘟哝着说："一点用处都没有，他和她，两个都是废物……"

应该给外婆写封信，让她趁我还活着的时候，来医院把我从这里偷偷领出去，但是我写不了：手没法动弹，也没有纸笔。不妨试一试——看能不能从这儿溜走。

夜越来越深沉，变得死一样的寂静，仿佛永远不会变了似的。我悄悄地把两只脚放在地板上，走到门口；门是半开着的——走廊灯光下带靠背的木长椅上坐着一个满头白发的人，他蓬松的头发像刺猬一样高高耸起，嘴里一直在喷吐着烟雾，他那双深陷的黑眼睛正在注视着我。我已经来不及躲避了。

“谁在那里晃悠？过来！”

他的声音不高，并不可怕。我走了过去，看了看他那张圆脸；他满脸的胡须，头发比较长，向四下奓着，显得银光闪闪，把他的脑袋整个围了起来；他腰里挂着一串钥匙。要是他有一把大胡子，头发再长一些，那他就很像圣徒彼得了。

“你的手是烫伤的吗？深更半夜的，你瞎逛什么？根据哪条规定？”

他对着我的胸口和脸部喷出许多烟雾，然后伸出一只温暖的胳膊搂着我的脖子，把我拉到他身边。

“害怕吗？”

“害怕！”

“这里的人开始都害怕。其实没什么好怕的，尤其是和我在一起——我决不允许欺侮任何人……想抽烟吗？喏，不要抽。你抽烟还早着呢，再等两年……你父母在哪里？父母都不在了！嗯，不在就不在吧，他们不在我们也能活下去，只是不要胆怯！懂吗？”

我已经很久没见到过说话简单明白、态度热情友好的人了——听着他的话，真使我感到有说不出来的高兴。

当他把我领回到我的床边时，我请求道：“陪我坐一会儿吧！”

“好吧。”他同意了。

“你是干什么的？”

“我吗？当兵的，一个名副其实的战士，来自高加索的士兵。

而且我打过仗——哪能不打仗呢？当兵的，活着就是为了打仗。我跟匈牙利人打过仗，跟切尔克斯人[①]和波兰人也打过仗——跟我打过仗的人可多了！[②]小兄弟，战争可纯粹是瞎胡闹啊！”

我闭上一会儿眼睛，睁开眼一看，身穿黑色连衣裙的外婆，正坐在那个当兵的坐过的地方，那个当兵的则站在她的身边，他说：“兴许，他们全都死了，啊？”

病房里到处都是阳光，它把房内的一切都染成了金黄色，而太阳自己却藏了起来，不过后来它又露出脸来，向所有的人大放光明，好像小孩子在淘气似的。

外婆俯下身来问我：“怎么样，小宝贝？伤得不轻吧？我对那个红头发魔鬼已经说了……”

“我马上把一切按规定该办的事情都办好。”那个当兵的出去时说道；外婆一面擦着脸上的眼泪，一面说：“这个当兵的原来也是庄稼人……”

我仍然以为我是在做梦，因此我没有吭声。后来医生来了，给我烫伤的地方又进行一番包扎；现在，我和外婆正坐在马车上在市里的街道上行走。外婆说：“我们家老爷子完全疯了，变得抠门极了——看着都叫人恶心！不久前，他的一位新朋友——毛皮匠赫雷斯特，硬是从一本赞美诗里把一张一百卢布的票子给偷

---

① 切尔克斯人，又称阿迪格人，他们是散居在俄国卡拉恰耶夫－切尔克斯自治州和土耳其、叙利亚、约旦、伊拉克等地的少数民族，讲卡巴尔达－切尔克斯语。

② 指19世纪20—50年代征服高加索的战争和沙皇政府镇压1849年匈牙利革命和1863年波兰起义的战争。

走了。这算怎么回事儿呀！”

阳光普照着大地，天高云淡，朵朵白云像一只只白鸟在天空里翱翔，我们穿过伏尔加河上的小桥，桥上的冰凌吱吱作响，向上鼓着；桥下的河水在哗哗地流动；市场那边，一个个金色的十字架在巍峨的红色大教堂上大放光芒。一个宽脸庞的女人迎面走过来，她手里拿一大把轻若绸缎的柳枝——春天来了，复活节要到了！

我的心像百灵鸟一样颤动起来。

“外婆，我非常爱你！”

这句话并没有使她感到惊讶，她平静地跟我说：“因为我们是亲人呀，不是我夸口，别人也喜欢我，这要感谢圣母了！”

她满脸堆笑地补充说：“这下——圣母该高兴了，她的弟子活过来了！可是我的女儿，瓦留莎[①]却……”

于是——她不再说了……

---

① 瓦留莎，瓦尔瓦拉的昵称。

二

外公看见我回来时，他正跪着在院子里用斧子砍一个木头橛子。他扬起斧子，好像要扔到我头上似的，后来，他脱下帽子，冷嘲热讽地说："您好啊，主教大人阁下！荣归故里啦？喏，现在可好了，您想怎么生活，就怎么生活，没错儿！唉，我说你们这些人啊……"

"行了，行了。"外婆急忙说，一个劲儿地向他挥手；进屋后，她把茶炊放好，便说了起来："现在啊——你外公可是彻底破产了；原先是有几个钱，全交给他的教子尼古拉生息去了，显然，他连借条都没让人家打——我也不知道他们怎么谈的，只知道他破产了，钱都没了。这都是因为我们不帮助穷人，不可怜苦命者的结果，上帝肯定会想：干吗要赐福于卡希林一家人呢？他这样一想，那什么都完了……"

外婆回头看了一眼，跟我说："我一直在讨好上帝，求他发点慈悲，对老爷子的惩罚不要太过严厉——因此，现在每天夜里，我总是把自己的劳动所得，悄悄地施舍给别人。这不，你愿意的话，咱们今天就去——我这儿有钱……"

这时外公来了，他眯着眼睛，问道："想去大吃大喝呀？"

"又不是吃你的，"外婆说，"要是愿意，你跟我们一起去，有你吃的。"

他坐到桌旁，小声说："给我倒杯茶……"

屋里东西还是老样子，只有母亲原先待的那个角落空荡荡的，令人不免有些伤感；在外公床铺上方的墙上，挂着一张纸，上面用大号印刷体写道：

至诚至信的耶稣救世主啊！愿您神圣的名字每时每刻伴我一生。

"这是谁写的？"

外公没有回答；外婆等了一会儿，笑着说："这张纸值一百个卢布呢！"

"不关你的事！"外公叫道，"我要把所有的东西都送给别人！"

"现在没有东西可送了，有东西的时候你不送。"外婆心平气和地说。

"住嘴！"外公尖声叫道。

这里的一切都井井有条，一切还是从前的样子。

科利亚[①]躺在屋角大箱子上一个放内衣的篮子里，这时他醒了过来，正从那里向这边张望，隐约可以看见他眼睑下两道蓝色的眼缝。他变得更加苍白、消瘦，更加萎靡不振了；他没有认出我来，默默地转过脸去，闭上了眼睛。

外面有许多令人伤心的消息在等待着我：维亚希尔死了，他

① 科利亚，尼古拉的小名。

是受难周[1]“出水痘死的”；哈比到城里去了；雅兹失去了双腿，不能出来玩了。黑眼睛的科斯特罗马把这些消息告诉我后，气鼓鼓地跟我说：“小伙伴们死得也太快了！”

“不是只有维亚希尔死了吗？”

“反正都一样。谁离开这条街，跟死了也差不多。刚成为朋友，才混熟不久，小伙伴们不是被送去打工，便是死了。最近你们院里切斯诺科夫那里新搬来一家人，姓叶夫谢延科；小伙子——纽什卡人——还不错，人很机灵！他有两个妹妹，一个还小，另一个是个瘸子，走路拄着拐，人长得挺漂亮。”

他想了想，又补充说：“小兄弟，我和丘尔卡都爱上了她，我们老是吵架！”

“跟她？”

“哪能跟她呀？是我们俩之间。跟她很少吵！”

我当然也知道，一些大的男孩子，甚至成年男人，都会萌发爱情，我也知道这种事的粗俗含义。我心里感到很不舒服，很为科斯特罗马感到惋惜，看着他那笨手笨脚的样子、一双气鼓鼓的黑眼睛，我心里感到非常别扭。

那位瘸姑娘，我是晚上看到的，就在当天。她从台阶上下来，往院子里去，一不小心，拐杖从手里滑脱了，她无可奈何地站在台阶上，两只白璧无瑕的手紧紧地抓住护栏。她的身体既单薄，又虚弱。我本想帮她把拐杖捡起来，但是缠着绷带的双手不听使唤，瞎忙活半天，心里十分懊恼。她站在高处，轻声笑道：

---

① 受难周，复活节前的一周。

“你的手怎么啦？”

“烫着了。”

“你瞧我，走路一瘸一瘸的。你是这个院里的吗？在医院住了很久吗？我在那里可住过很长时间！”

她叹了一口气，又补充说：“很长很长时间！”

她穿一件白连衣裙，上面带有浅蓝色的马蹄形花纹；裙子有点旧，但是干干净净；她的头发梳得很整齐，一条又粗又短的辫子搭在胸前。她的眼睛大大的，神态严肃，其双目心神恬然的深处闪耀着淡蓝色的火光，照亮了她那形销骨立、鼻子尖尖的面容。她露出甜甜的微笑，但是我不喜欢。她整个那副病态的模样似乎都在说：“请不要碰我！”

伙伴们怎么能爱上她呢？

“我病了很久了。”她主动地说，而且好像有些自我夸耀，“一位女邻居对我施了魔法；她跟我妈吵过架，为了报复我妈，便对我施了魔法……医院里很可怕吧？”

“是的……”

跟她在一块儿感到有点别扭，我就回屋里去了。

半夜的时候，外婆亲切地把我叫醒了。

“咱们走吧，怎么样？为人多做善事，手能恢复得更快……”

她拉着我一只手，像领瞎子似的，摸着黑往前走。漆黑的夜晚，潮气袭人；风像奔腾的河水，不停地刮着，冷冰冰的沙子不断地打在腿上。外婆蹑手蹑脚地走到市民住宅黑乎乎的窗户前，在胸前一连画了三个十字，将一枚五戈比的硬币和三个小甜面包放在窗台上，然后，再画一个十字，看看没有星星的夜空，小声嘟哝着说："至高无上的圣母啊，帮助帮助人们吧！在您的面前，我们都是有罪之人，圣母啊！"

我们走得离家越远，周围便显得越发冷清，死一般的寂静。夜空深不见底，漆黑一团，仿佛想把月亮和星星永远藏匿起来。这时不知从哪里蹿出一条狗来，冲着我们，汪汪直叫，它的两只眼睛在黑暗中闪闪发光；我被吓得紧紧靠着外婆。

"没关系，"她说，"这不过是一条普通的狗，现在不是魔鬼出没的时候，因为公鸡已经叫过了，对它来说，时间已经晚了！"

她把狗呼唤过来，抚摸着它，跟它说："当心点，小狗，别吓着我的小外孙了！"

小狗在我脚边蹭来蹭去，于是我们三个一块儿往前走。外婆一次次地走到人家窗下，把要"悄悄施舍的东西"放在窗台上，放了十二次；这时天开始放亮，灰土土的房屋从黑暗中显露了出来，像砂糖一样洁白的纳波尔教堂的钟楼高高地耸立着；墓地用砖砌的花围墙渐渐显现了出来，很像一领千疮百孔的破草席。

"我老太婆走累了，"外婆说，"咱们该回家啦！明天那些女人们醒来一看，哇，圣母娘娘给她们的孩子们送东西来了！当人们缺吃少喝的时候，这点东西还是挺管用的！唉，阿廖沙，老百姓的日子过得很艰苦，没有人关心他们啊！

有钱人从来想不到上帝，
也从不考虑那可怕的审判，
穷人既不是他们的朋友，

也不是他们的同胞兄弟；

他们一心只想聚金敛银——

殊不知这金银本身，

就是地狱里焚烧他们的柴薪！[①]

事情就是这样！人们活着，就应该彼此关爱，而上帝关爱所有的人！我很高兴你又跟我在一起了……”

我心安理得地也感到非常高兴，隐隐约约地觉得，我和某种自己永远无法忘怀的东西又融合在一起了。那条长一副狐狸嘴脸的棕毛小狗，在我身边蹦来跳去，眼睛里流露出善良、愧疚的神情。

“我们要把它收养起来吗？”

“有什么办法呢？要是它愿意跟着我们，那就收养起来吧。现在我就给它点甜面包吃，我这里还有两个。咱们坐在凳子上吧，我有点累了。”

我们坐在门口的长凳上，那小狗就卧在我们的脚边，啃食着一块干面包；外婆说：“这里住着一个犹太女人，她有九个孩子，一个比一个小。我问她：‘你的日子怎么过呀，莫谢耶夫娜？’可她却说：‘靠上帝保佑呗，不靠他还能靠谁呢？’”

我靠在外婆温暖的身上，睡着了。

---

① 外婆脱口而出的这几句歌谣，实际上是把几个俄国谚语掰开揉碎，捏合在一起了，如“富人为钱不要命，何惧上帝与法庭”“有钱人目空一切——心里只有他个人”“下不了地狱发不了财”“攒金攒银，恶魔上身”等。

生活又重新飞速地流逝，而且过得非常充实；大量的印象，像滔滔洪流，每天都给我的心灵带来某种新的冲击，使人感到兴奋、忧虑和愤懑，也发人深省。

不久，我也在千方百计地寻找机会，希望能够更经常地看到那个瘸腿的小姑娘，跟她说说话，或者一块儿默默地坐在门口的长凳上；——跟她在一起，就是一句话不说，心里也感到非常愉快。她像一只柳莺，整洁干净，一尘不染，她讲起顿河哥萨克的生活来，有声有色，头头是道，因为她在那里生活过很久，住在在炼油厂当机械工的叔叔家里，后来，她当钳工的父亲才搬到下诺夫戈罗德来了。

“我还有个叔叔，是二叔，他在沙皇身边当差。”

一到节日，街坊全体居民晚上都“走出家门”：小伙子和姑娘们到公墓那边去跳舞，成年男人们则去光顾小酒馆，留在街上的都是些妇女和小孩子。妇女们干脆坐在门口的沙地或长凳上，七嘴八舌地一通嚷嚷，她们互相争着，吵着，家长里短地议论着；孩子们则玩起了俄国的棒球、击木和“槌球”[①]。当母亲的则看着他们玩耍，夸奖玩得好的，嘲笑玩得不好的。场面轰轰烈烈，热闹非凡，大家高兴得不得了；“大人们”的参与和关注，激励着我们这些小不点儿们，使所有的游戏变得异常活跃，竞争非常激烈。但不管我们三个——科斯特罗马、丘尔卡和我——玩

---

① “槌球”，一种孩子们的游戏，玩的人应尽量把球往地上的小坑里打，球落进坑里者为胜；当时这种游戏很流行，下诺夫戈罗德的大街小巷都有小孩子在玩。

得多么入迷，总有那么一两个人——不是这个就是那个——跑到瘸腿小姑娘面前去自我炫耀一番。

“看见了吗，柳德米拉？五根木头都是我打到圈外的。”

她亲切地微笑着，一个劲儿地点头。

以前，无论玩什么，我们几个人总是在一块儿，现在，我发现丘尔卡和科斯特罗马老是分开，互为对手，在机动灵活和力量方面，千方百计地进行较量，经常闹到哭天抹泪和大打出手的地步。有一次，他们打得简直不可开交，大人们只得出面干预，像驱散咬架的狗那样，用泼凉水的办法，硬是把对立的双方分开。

柳德米拉坐在长凳上，急得她用那只好使的腿在地上直跺脚，当两个对手厮打着滚到她跟前时，她几次都想用拐杖将他们分开，同时战战兢兢地喊道：“别打啦！”

她脸色惨白，白里透青，两只眼睛像歇斯底里症患者那样，黯然无光，往上翻着。

还有一次，玩击木游戏，科斯特罗马输给了丘尔卡，觉得自己很没面子，便躲到副食店的燕麦柜后面，一个人蹲在那里，悄悄哭了起来——那样子简直有点吓人：他紧咬牙关，两个颧骨突出，干瘪的脸上没有一点表情，大颗大颗的泪珠从他那双郁郁寡欢的黑眼睛里滚滚而下。我去安慰他时，他强忍着眼泪，低声说：“等着吧……我非用砖头砸烂他的脑袋不可……走着瞧！”

丘尔卡变得骄傲起来，他歪戴着帽子，两手往口袋里一插，走在当街上，像已经有未婚妻的小伙子那样，大模大样，招摇过市；他学会了很潇洒地从牙缝里往外滋唾沫，并且扬言：“我很快就能学会抽烟。我已经试过两次了，不过有点恶心。”

所有这些，我都不喜欢。我发现我正在失去一位伙伴，而且我觉得，在这件事情上，罪魁祸首就是柳德米拉。

有一天傍晚，我正在院子里清点从外面捡回来的碎骨头、破布等各种破烂时，柳德米拉向我走过来，她摇摇晃晃地向我挥着右手。

“你好，”她说，一连点了三下头，“科斯特罗马常跟你在一块儿吗？”

“没错。”

“那丘尔卡呢？”

“丘尔卡不跟我们好了。这事全怪你，他们都爱上了你，所以双方就打起来了……”

她的脸一下子红了起来，但回答时话里却带着讥讽：“你这是什么话！怎么能怪我呢？”

“你为什么要恋爱呢？”

“我可没有求他们爱我！”她气鼓鼓地说，然后转身而去，嘴里还在说，“这件事真是愚蠢！我比他们俩都大，我已经十四岁了。人们是不会爱比自己大的女孩子的……”

“你知道的可真多呀！”我有意气气她，大声地说，“瞧那个女老板，赫雷斯特的姐姐，人已经很老了，可还跟小伙子们混在一起呢！”

柳德米拉转回身来，把拐杖往院里的沙土地上深深一杵，冲我说：“你自己什么都不知道。”她匆匆说道，听声音眼泪都快急了出来，一双亲切可爱的眼睛显得越发美丽动人了，“女老板是放荡的女人，可我是那样的人吗？我年龄还小，不许别人随便碰我，动手动脚的，而且……你还是先看看《堪察加女人》[1]这部长篇小说吧，读读它的第二部，然后再来说三道四！”

她哭哭啼啼地走了。我有点可怜起她来——她的话里是有一些我不懂的道理。我的小伙伴们为什么要对她动手动脚呢？可他们竟然还说——爱上了她……

次日，为了向柳德米拉表示歉意，我特意买了两个戈比的、用“麦芽糖”做的糖块，我知道她喜欢吃这种糖。

“想吃吗？”

她强作生气的样子，说：“走开，我不跟你好了！”

但她立刻把糖接了过去，还埋怨我说：“至少应该用纸包一下——手多脏呀！”

“我洗了，可是老洗不干净。”

她用自己干瘪然而热乎乎的手，拉起我的手，看了一下。

“瞧你烫的……”

“可你的手指头也是伤痕累累……”

“那是被针扎的，我要做很多的针线活……”

几分钟后，她朝四下里看看，提议说：“听我说，咱们躲到一个什么地方，一块儿读《堪察加女人》，愿意吗？”

我们找来找去，想找一个可以藏身的地方，但到处都觉得不合适。最后我们决定最好躲进浴室的更衣间里：那里虽然光线很暗，但我们可以坐在窗前——窗子正好冲着干草棚和隔壁屠宰场

① 《堪察加女人》，是 И. 卡拉什尼科夫的一部感伤主义小说（1—4 卷），1833 年出版于圣彼得堡。小说里保存有高尔基批注的文字，现收藏在高尔基个人图书馆。

之间的一个脏兮兮的角落，平常人们很少留意到那个地方。

就这样，她坐在那里，身子一侧靠着窗户，有残疾的那条腿平放在长凳上，那条好腿则踩在地板上；她坐在那里，用一本又破又旧的书把自己的脸捂着，神情激动地念了许多艰涩难懂、枯燥乏味的句子。不过我也非常激动。我坐在地板上，眼看着她那两只认真严肃的眼睛，像两道浅蓝色的火花在书页上缓缓地移动；有时候，泪水使她的两个眼睛湿润了，小姑娘的声音有些颤抖，她急匆匆地读着那些生僻的字眼及其莫名其妙的词组搭配。然而，我却抓住这些字眼，尽量把它们变成诗的语言，想方设法调整它们的次序——这就大大妨碍了我对这本书里所讲的故事内容的理解。

那条小狗就在我的膝盖上打盹，我给它起的名字叫“风”，因为它毛茸茸的，身子很长，跑得又快，叫起来“呜、呜”的，像秋风在烟囱里发出的声音。

“你在听吗？”小姑娘问道。

我默默地点着头。那种颠三倒四的遣词造句，使我越来越感到兴奋，我挖空心思地想把这些字眼儿重新排列组合，像在诗歌里那样，让每一个字都活跃起来，像天上的星星，闪闪发光。

天渐渐黑了下来。柳德米拉放下那只拿着书的发白的手，问道：“是不是挺好的？你看……”

从这天起，我们傍晚经常到更衣间里去坐坐。令人高兴的是，柳德米拉很快就不愿读《堪察加女人》了。我没法回答她这本没完没了的书中到底讲了些什么——说它没完没了，是因为我们开始读的第二部后面，还有第三部；而柳德米拉跟我说，接下去还有第四部呢。

遇到阴雨天气，只要不是礼拜六，我们就特别高兴，因为这时候浴室就会供暖。

院里下着雨——没有人到院子里来，谁也不会注意到我们待的这个昏暗的角落。柳德米拉非常害怕有人“撞见”我们。

“你知道那时人们会怎么想吗？”她小声问我。

我知道，而且也很担心：可别被别人“撞见”。我们一待就是好几个小时，东拉西扯地闲聊；有时，我给她讲从外婆那里听来的故事，柳德米拉则讲述梅德韦季察河[①]一带哥萨克人的生活。

“哎呀，那个地方有多好啊！”她赞叹道，“这里算什么呢？这里只有穷人……”

我决心长大后一定要到梅德韦季察河去看看。

很快我们就用不着再去浴室更衣间了，因为柳德米拉的母亲在一位熟皮匠那里找到了活干，每天一大早就出门，妹妹要上学，哥哥在陶瓷厂工作；天阴下雨时，我便到柳德米拉那里帮助她做饭，收拾房间和厨房；她笑着说：“我跟你在一块儿就像两口子似的，只是不睡在一起罢了。我们相处得甚至比夫妻还和美，因为当丈夫的并不帮助妻子……”

要是有钱，我就买些糖果，跟她在一块儿喝茶；过后用冷水把茶炊浇凉，以免柳德米拉那位喜欢吵吵的母亲知道我们用过了。有时外婆也到我们这里来，她坐在那里编织花边，或者绣什

---

① 梅德韦季察河，该河流经俄国的欧洲部分，系顿河左侧的一条支流，长745公里，流域面积3万多平方公里。

么东西，给我们讲美妙动听的故事；只要外公一进城，柳德米拉就来到我们家，这时我们就能够毫无顾忌地大吃一顿。

外婆说："啊，我们过得多么自在！自己的钱自己花，想怎么花就怎么花！"

她称赞我们俩的友谊。

"男孩跟女孩好，这是件好事！只是不能胡来……"

于是她用最简单明了的语言向我们解释：什么是"胡来"。她讲得温文尔雅，格调高尚，所以我全听明白了，我决不会去采摘含苞待放的花朵，否则，它既不能释放出芳香，也不会结出硕果。

我们无意"胡来"，但这并不妨碍我和柳德米拉谈一些我们通常不谈的话题。当然，我们谈这些是出于必要，因为以粗俗的方式表现出来的两性关系，我们看到的太多了，而且令人生厌，这对我们简直是莫大的羞辱。

柳德米拉的父亲，是一位四十岁上下的堂堂男子，一头鬈发，留着小胡子，两道浓眉不时地颤动着，不知为什么，总是显出一副特别得意的样子。他是个沉默寡言的人，话出奇的少——我不记得他说过什么话，只言片语也没有。他哄孩子时，像个哑巴，只会嗷嗷地叫；甚至打老婆时也一声不吭。

每逢节日，傍晚，他便穿上浅蓝色的衬衣、波里斯绒灯笼裤和擦得锃亮的长筒靴子，背上背一个大手风琴，走出大门，站在那里，像一名"值勤"的哨兵。这时，"游园活动"在我们门前便开始了：大姑娘、小媳妇一个个像鸭子似的摇摇晃晃地走了过来，有的眯缝起眼睛，偷偷地看上叶夫谢延科一眼，也有人公然垂涎欲滴地望着他，而他则站在那里，噘着下嘴唇，一双黑眼睛也在打量她们每一个人。在这种默默无言的眉目传情中，女人们一走到男人的跟前，脚步就放慢下来，两条腿怎么也迈不动了，这里表现出一种像狗一样的令人作呕的动物本性——看来，她们当中的任何一个女人，只要有一个男人给她递个眼色，做个暗示，她准会立刻心甘情愿地像死人一样，当街躺在肮脏的地上。

“这只公山羊又在那里臭显摆了，不要脸的东西！”柳德米拉的母亲嘟囔道。她这个人细高挑儿，瘦长脸，脸上脏兮兮的；她得过一场伤寒，后来就把头发剪短了——看上去像一把用旧了的破扫把。

柳德米拉就坐在她的身边，为了把母亲的注意力从大街上引开，她一个劲儿地向她问这问那，但却无济于事。

“别问了，你烦不烦呀，倒霉的废物！”她嘴里嘟嘟哝哝，眼睛却一个劲儿地在眨巴，她那双蒙古式的小眼睛异常的明亮，一动不动——只要盯上了什么，就决不会放过。

“好妈妈，别生气了，反正都一样，”柳德米拉说，“你快看呀，席店女老板打扮得那个漂亮啊！”

“要不是有你们兄妹三个，我打扮起来比她还要漂亮。你们可把我给拖累惨了，我算是被毁了。”母亲毫无顾忌地说，简直是满眼含着泪水，她死死盯住人高马大的席店寡妇女老板。

看上去她简直像一幢小房子，突起的胸部像门前的台阶；那张用绿头巾半遮半掩的大红脸，使人想起午间天窗玻璃被阳光照射时的样子。

叶夫谢延科将手风琴移到胸前，开始演奏。手风琴有许多琴键，发出的声音令人心潮起伏，能把大家带到很远的地方。街上的孩子们都往这里跑，围住拉手风琴的人，席地而坐，洗耳恭听，兴奋得不得了。

“等着吧，有人会把你脑袋拧下来的。”叶夫谢延科的老婆对丈夫说。

他默默地斜了她一眼。

席店女老板就坐在不远处的赫雷斯特小店旁边的长凳上，泥塑石雕一般，脑袋歪在肩上，侧耳聆听，喜不自胜。

晚霞映照在墓地后面的田野上空，一片通红；衣着华丽的高大身躯在大街上缓缓而行，好像是在河道里流动；孩子们像旋风似的东奔西突，暖洋洋的空气情意绵绵，令人心醉神迷。晒了一天的沙土地散发出一种热烘烘的难闻的气味，特别是屠宰场那里传过来一种甜腻腻的血腥味儿，而从毛皮匠那边传来的则是刺鼻的熟制毛皮的酸臭味。女人们的说话声，醉汉们的大呼小叫，孩子们清脆的喊叫声，手风琴浑厚的琴声——这一切，汇合起来，变成了一片嘈杂的嗡嗡声，是生生不息、创造万物的大地发出的强有力的叹息。所有这一切显得都很粗野，赤裸裸，它使人对这种乌七八糟的生活——这种寡廉鲜耻的动物般的生活，有一种强烈的信任感。这种生活在炫耀自己的力量，同时也在苦苦寻找释放这种力量的地方。

透过这些杂乱的音响，有时也能听到一些特别令人刻骨铭心、永远无法忘怀的惊人之语：“大家不能同时打一个人——要一个一个来……”

“要是我们自己都不尊重自己，那么谁还会尊重我们呢……”

“上帝创造女人难道是为了给人取乐的吗？……”

夜幕降临，空气变得更加清新，嘈杂的声音也渐渐小了，一栋栋木头房子在膨胀，在长高，笼罩在重重阴影之中。孩子们都被各家的大人领回去睡觉了，有的就在围墙旁边，在母亲的身边和膝头上睡着了。一到夜晚，多数孩子都变得更加温顺和听话。叶夫谢延科不声不响地消失了，像融化了似的，席店的女老板也不见了，低沉的手风琴声从墓地那边很远的地方传了过来。柳德米拉的母亲坐在长凳上，跟猫一样弯腰弓背的。我外婆到一个女邻居家喝茶去了，那女人是个接生婆和皮条客，瘦高个儿，青筋暴绽，塌鼻头，在像男人一样扁平的胸口前挂了一枚“救死扶伤”的金牌。街上的人没有不怕她的，认为她是个巫婆；有人说她在一次大火中曾经把一位上校的三个孩子和他病中的妻子救出了火海。

外婆跟她的关系一直很好，每逢在街上见面，两个人离很远就相互微笑，显得特别要好。

科斯特罗马、柳德米拉和我坐在大门口的长凳上，丘尔卡把柳德米拉的哥哥叫出来比试一下摔跤——他们抱作一团，四只脚在沙土地上来回踢腾，弄得周围尘土飞扬。

“别打了！”柳德米拉战战兢兢地喊道。

科斯特罗马用自己的黑眼睛瞥了她一眼，讲起了猎人卡里宁的故事。这位猎人是个白头发小老头，有一双狡猾的眼睛，口碑不佳，全镇的人没有不认识他的。不久前他死了，但人们没有把他葬在墓地的沙土地里，而是把他的棺材停放在地面上，距其他的坟墓不远。他的棺材是黑色的，腿架子很高，棺材顶盖上用白漆画了个十字架，一支长矛，一根手杖和两块骨头。

每天夜里，只要天一黑，这老头儿便从棺材里爬出来，在墓地里转来转去，好像在寻找什么东西，直到鸡叫头遍为止。

“别讲那些吓人的事！”柳德米拉央求说。

“放开我！”丘尔卡喊道，一面从柳德米拉哥哥的怀里挣脱出来，然后带着嘲弄的口吻，跟科斯特罗马说：“你胡说什么呀？我亲眼看见棺材被埋葬了，那上面是空的，作为纪念……至于说死者夜里还出来到处转悠——这都是那些喝醉酒的铁匠们瞎编出来的……”

科斯特罗马看也不看他，气鼓鼓地提议说：“既然这样，你就到墓地去睡一夜好了！”

他们争论不休，柳德米拉烦得直摇头，她问道：“妈妈，夜里死人会出来吗？”

“会出来的。”她母亲重复道，她的声音听起来好像是从远处传来的回声。

小店女老板的儿子瓦廖克来了，他二十岁左右，红脸膛，胖乎乎的。他听了我们的争论，说：“你们三个人中，谁要是敢在棺材上睡到天亮，我给他二十个戈比和十支香烟；谁要是害怕不干了——我可要揪他的耳朵，随便我揪几下，怎么样？”

大家都一声不吭，一时拿不定主意。这时，柳德米拉的母亲说：“馊主意！怎么能让孩子们干这种事……”

“给我一个卢布——我去！”丘尔卡沉着脸说。

科斯特罗马立刻不怀好意地问：“那么给二十个戈比，你就胆怯了吗？”然后对瓦廖克说：

“就给他一个卢布，反正他也不敢去，净吹牛……”

“好吧，给你一个卢布！”

丘尔卡从地上站起来，一句话没说，顺着围墙根，不紧不慢地溜了。科斯特罗马将两个指头伸进嘴里，冲着他的背影，刺耳地吹了一声口哨。而柳德米拉则惴惴不安地说：“啊，上帝呀，真是能吹牛啊……这算什么呀！”

“你们差远了，胆小鬼！”瓦廖克挖苦地说，“还自认为是街上一流的斗士呢，一群小猫……”

听着他这样冷嘲热讽，我心里非常气愤。我们都不喜欢这个饱食终日的家伙，他经常唆使孩子们干坏事，向他们讲一些关于姑娘、媳妇们的不堪入耳的流言蜚语，教他们故意去捉弄她们。孩子们对他的话是言听计从，为此她们付出了惨痛的代价。不知为什么，他非常恨我的狗，经常用石头砸它；有一次，他在面包里夹了一根针给狗吃。

但是，看着丘尔卡当面受辱、悻悻而去的样子，不能不使人感到更加气愤。

我对瓦廖克说：“拿一个卢布来，我去……”

他边嘲笑边吓唬我，将一个卢布递给叶夫谢延科的老婆，但那女人严厉地说：“我不愿接你的钱！”

说罢，她气鼓鼓地走开了。柳德米拉也不愿意接他的这个卢布，这就更加助长了瓦廖克讽刺挖苦的气焰。这时我已经打算由我到墓地里去，而且不要这小子的钱，但外婆这时恰好来了，她一听是这么回事，马上把一个卢布接了过来，并且平心静气地对我说：“穿上大衣，带上被子，不然，早上会冷的……”

她的话鼓舞了我，我相信什么可怕的事情也不会发生。

瓦廖克的条件是：不管我在棺材上是躺还是坐，都得坚持到天亮，无论发生什么情况，都不能离开，即使棺材开始摇晃，卡里宁老人从坟墓中爬出来，也不能离开。只要你一下到地上，就算你输了。

“你要记住，”瓦廖克警告说，“我会彻夜盯住你的！”

我去墓地时，外婆给我画了个十字，嘱咐说：

“要是有什么动静——你千万要沉住气，只管向圣母祷告就是……”

我赶紧动身，想让这件事尽快开始，尽快结束。陪我去的有瓦廖克、科斯特罗马和其他几个小伙子。我翻越墓地的砖围墙时，让被子给绊了一下，摔倒在地，但我马上便跳了起来，好像从地上弹起来似的。他们在围墙外面哈哈大笑。我只觉得心里发紧，后背发麻，身上直起鸡皮疙瘩。

我磕磕绊绊地走到黑色的棺材前。棺材的一头已经陷进沙土里了，另一头——棺材的两条又短又粗的腿，露在外面，好像有人曾经想把它抬高一点儿，最后给放歪了。我坐在有腿的那一头的棺材沿上，往四下一看：高低不平的墓地上，密密麻麻竖满了灰色的十字架，它们的影子扩展开来，落在各个坟墓上，遍布于杂草丛生的山丘上。有的地方，一棵棵又高又细的小白桦树，像在十字架中间迷了路似的，生长在那里，它们的枝叶将各个坟墓连成一片；透过花花搭搭的树影，可以看到那一根根直立的野草——这种硬撅撅的灰色野草，看着最让人心里发毛了！教堂看上去像一座巨大的雪堆，直插云天；在静止不动的云彩中间，一轮小小的、仿佛融化了的明月在放着光芒。

雅兹的父亲——一个窝囊废——正在钟楼上懒洋洋地敲钟。他每拉一次绳子，绳子就要蹭一下屋顶上的铁皮，发出吱呀吱呀的声音，如怨如诉，饮泣吞声，接着便传出干巴巴的钟声——听起来既短暂，又乏味。

“上帝保佑，可别让我失眠！”——我想起了守夜人的这句口头禅。

真是瘆人，而且，不知为什么，我感到透不过气来；尽管夜里十分凉爽，但我的身上却直冒汗。如果卡里宁老头真的从棺材里爬出来，我往钟楼上跑还来得及吗？

这块墓地我非常熟悉，我跟雅兹和别的伙伴们在这里玩儿不下几十次了，我母亲就葬在那边离教堂不远的地方……

人们还没有入睡，零星的笑声和歌声还不时地从镇子那边传过来。山丘上的铁路露天采石场，或卡特佐夫卡村[①]的什么地方，传来了手风琴的演奏声，听上去像杀鸡似的，吱呀吱呀的；围墙外面总能听见醉醺醺的铁匠米亚乔夫边走边唱的歌声——我一听就知道是他：

我们的妈妈呀，
毛病不算大——
她谁都不爱，

---

① 卡特佐夫卡村，在下诺夫戈罗德市库纳维诺附近，当时卡希林家的人就住在那里，后来才分为新、老卡特佐夫卡居民区。

只爱我爸……

听到这生活的最后感叹，令人感到欣慰，但是每一次钟声过后，周围变得越来越寂静。这寂静犹如河水在漫过草地，把一切都淹没了，掩盖了。人的灵魂在无边无际、深不见底的空间里游荡，泯灭，就跟火柴发出的亮光在黑暗中熄灭一样，在这空虚的海洋中，消失得无影无踪，只有那一颗颗高不可攀的星星在活着，在闪闪发光，而大地上的一切都消失了，没用了，僵死了。

我坐在棺材上，盘起双腿，把被子裹在身上，脸冲着教堂。只要我身子一动，那棺材便吱吱作响，下面的沙土也跟着发出响声。

有什么东西接连掉在我背后的地上——一次，两次，然后，一块砖头又落在离我很近的地方——这的确怪吓人的，但我马上猜想到这是瓦廖克一伙人从围墙外扔进来的——他们是想吓唬我。不过一想到附近有人在，我的心情反而好了一些。

这时我不禁想起了母亲……有一次我学抽烟，被她碰上了，她动手打我，而我却说："别碰我，就是不打我，我已经够难受的了，我感到非常恶心……"

后来我还是受到了惩罚，我坐在炉灶后边，母亲对外婆说："这孩子没有良心，谁都不爱……"

听她这么说，我感到很委屈。每当母亲惩罚我，我都非常可怜她，为她感到难为情，因为她很少能够做到赏罚分明，总是罚不当罪。

总之，生活中令人生气的事情太多了，就说围墙外的这些人吧，他们明明知道我一个人在墓地里非常害怕，可是他们还要再吓唬我。为什么？

我真想吼他们一嗓子："见你们的鬼去吧！"

但这样喊是危险的——谁知道鬼对这句话是什么态度呢？也许它就在附近什么地方。

沙土里有许多云母碎片，它们在月光照耀下闪闪发亮，这使我不由得想起了一件事：有一次，我躺在奥卡河上的木筏子上，往水里看，忽然，一条小欧鳊鱼游了上来，几乎挨着了我的脸。它一侧身，很像一个人的脸，瞪起小鸟般的圆眼睛，看了看我，然后，转身潜入深处，像一片飘落的枫叶。

想起来的事情越来越多，昔日的生活情景不断浮现在眼前，好像是要抗衡一直在制造恐怖气氛的满脑子想象似的。

这不，一只刺猬爬了过来，它用坚硬的爪子不停地扒着沙土：它很像是各户人家的守护神——小小的个子，一头乱发。

记得外婆常常蹲在炉灶前，嘴里念念有词："善良的一家之主啊，快把蟑螂灭掉吧……"

在我望不到的城市上空的远方，天空开始慢慢发亮了，凌晨的寒意使我脸上感到一阵阵发紧，两眼困得一点也睁不开了。我索性用被子把身子一裹，头一蒙——爱怎么着就怎么着吧！

是外婆把我叫醒的，她站在我身边，扽着我的被子说："起来吧！冻着了吗？喏，怎么样——害怕吗？"

"害怕，不过这话你跟谁都不要说，不要跟伙伴们说！"

"干吗不说呀？"她有些惊讶，"要是不可怕的话，那还有什么好夸耀的……"

在回家的路上，外婆亲切地跟我说："什么事都得亲自去体验，我的心肝宝贝，都要亲自去了解……自己不学习，谁也教不会……"

傍晚时我已经是街上的"英雄"了，大家纷纷问我："你果真不害怕吗？"

当听见我说"害怕！"时，他们便摇晃着脑袋，惊叫道："哎呀，是吗？"

小店女老板则提高嗓门，深信不疑地说："由此可见，他们说卡里宁能出来的事，完全是胡说。如果他能够出来，难道还怕一个小孩子不成？还不把他一巴掌从墓地里打走，赶到别的地方去了？"

柳德米拉亲切而惊讶地望着我，甚至外公看上去也对我非常满意，一直得意地嘿嘿笑着。只有丘尔卡闷闷不乐地说："对于他来说，这是轻而易举的事，因为他外婆就是个女巫……"

三

弟弟科利亚，像一颗微弱的星星，在晨曦中无声无息地泯灭了。[①]外婆、弟弟和我，就睡在一个小干草棚的柴火堆上，上面铺了些各种各样的破布。紧挨着我们的是一道用边脚木料搭建的漏孔的墙，隔壁就是房东家的鸡舍。到了晚上，我们就听见那些吃得饱饱的鸡临睡前不断抖动身上的羽毛，发出咯咯的叫声；早晨，金鸡报晓的声音能够把我们全都吵醒。

“噢，真该把你碎尸万段！”外婆被吵醒时抱怨道。

我已经醒了过来，眼看着金色的阳光透过干草棚的隙孔，直接照射到我的床上，阳光里飘浮着一粒粒银白色的灰尘，它们仿佛就是童话故事中的一个个单词。老鼠在柴火堆里窸窣作响，翅膀上长着黑色斑点的红色小甲虫奔跑个不停。

有时，为了避开鸡舍那令人窒息的恶臭，我走出干草棚，爬到棚顶上，观察这栋房子里的人如何陆续醒来，一个个人高马大，好像都没有长眼睛似的，睡了一觉后，身体都发福了。

瞧，船工费尔马诺夫从窗口里探出头来，这是个喜欢喝闷酒的家伙，一头乱发，他用肿得眯成一条线的眼睛望着太阳，像野

---

① 弟弟科利亚死于1880年夏天，是妈妈第二次结婚后生的最后一个孩子。他和妈妈一起安葬在纳波尔墓地。他的名字不叫尼古拉，而叫韦尼阿明。

猪一样不断地哼哼着。这时我外公跑到院子里，两手梳理着棕红色的头发——正急着要去浴室冲凉水澡。房东家那个喜欢饶舌的厨娘，很像一只布谷鸟，鼻子尖尖，一脸的雀斑；而房东本人则像一只很肥的老鸽子，并且所有的人，都使人想起了各种各样的鸟禽、动物和野兽。

早晨是那么的亲切和可爱，明媚清雅，但我却感到有些闷闷不乐，很想到野外没人的地方去走走。因为我知道，人们像往常一样，照例会把一个非常美好的日子搞得乌七八糟。

有一次，我正躺在棚顶上，外婆喊我下来，她冲着自己的床铺点了点头，轻声说："科利亚——他死了……"

这孩子从枕头上搭的一块红布上出溜了下来，躺在一块毛毡上，光着身子，身上有点发青，小衬衣卷到了脖子上，鼓起的肚子露在外面，两条小腿弯着，上面长满了脓包疮。他的两只手奇怪地插在腰下，好像他想抬起身来似的。他的头稍稍向一边歪着。

"谢天谢地，他终于走了，"外婆一边梳头，一边说，"这个病秧子还能有多大活头？"

外公跌跌撞撞，像跳舞似的走了进来，他小心翼翼地用一个指头摸了摸这孩子闭着的眼睛。这时外婆生气地说："不洗手就乱摸？"

外公嘴里嘟囔着说："唉，人生在世……吃也吃了，喝也喝了……最后还不是这么回事儿……"

"清醒清醒吧。"外婆没让他说下去。

他茫然地看了她一眼，向院子里走去，嘴里说："我可没有钱来安葬他，你自己看着办吧……”

“呸，你这个倒霉的老东西！”

我走了出去，傍晚前我一直没回家。

科利亚是第二天上午安葬的，我没有去教堂。整个做弥撒期间，我一直在被掘开的母亲的坟墓旁边坐着，雅兹的父亲和一条狗跟我在一起。雅兹的父亲挖墓收费很低廉，这一点，他老是在我面前夸耀。

“我这完全是看在熟人的面子上，否则我得收一个卢布……”

我看了看发黄的墓坑，一股难闻的气味迎面扑来；我看见了周围潮湿、发黑的棺材板；我稍微一动，棺材四周的沙土便纷纷落下，一直滑落到坑底，坑壁上留下一道道流沙的痕迹。我故意摇动几下，想让沙土把这些木板掩埋起来。

“别胡闹。”雅兹的父亲说，一面抽着烟。

外婆双手捧来一口白色的小棺材，“窝囊废”跳进墓穴，接过棺材，把它并排安放在黑色棺材板的旁边，然后从墓穴里爬上来，用脚和铁锹往墓穴里填埋沙土。他的烟斗像手提香炉似的，一直香火不断，烟雾缭绕。外公和外婆也在默默地帮助他掩埋。现场既没有神父，也没有乞丐，在林林总总的十字架当中，只有我们四个人的身影。

外婆给挖墓人钱时，抱怨说：“你毕竟还是动了瓦里娅的棺材……”

“不动怎么办呢？就这已经多占了别人家的地皮。动这么一点儿——没关系！”

外婆向坟墓深深一拜，头都快挨着地面了，她先是抽抽搭搭，然后号啕大哭，之后才动身离去。外公跟在她后面，用帽檐遮住眼睛，不时扯动一下他那件旧礼服。

“种子都播在荒地上了。”外公突然说了一句，接着便向前跑去，像耕地时跟在农民身后的乌鸦一样。

我问外婆：“他这是要干吗？”

“随他的便！他有他的想法。”外婆回答说。

天气很热。外婆吃力地走着，两只脚陷在热烘烘的沙地里，她不时地停下来，用手绢擦擦脸上的汗水。

我鼓足了勇气，问她：“墓穴里那黑的东西是母亲的棺材吗？”

“是啊，”外婆生气地说，“狗东西……一年还不到，瓦里娅便腐烂了！这都是因为沙土地的缘故——渗水。要是黏土可能会好一些……”

“所有的人都会腐烂吗？”

“所有的人。只有圣徒们不会……”

“你——肯定不会腐烂！”

她停下来，正了正我头上的便帽，态度严肃地跟我说：“别想这种事，没必要。听见了吗？”

但是我想：死亡——这太让人难受和讨厌了！简直令人无法接受！

我心里非常不好受。

回到家时，外公已经准备好茶炊，桌子都摆好了。

“喝点茶吧，这不——天气太热啦，”他说，“我这是用自己的茶叶煮的。够大家喝了。”

他走到外婆跟前，拍了拍她的肩膀。

“怎么样，老婆子，啊？”

外婆挥了挥手。

“有什么好说的！”

“这不就结了！上帝在冲我们发怒，把我们的亲骨肉一个个地夺去……要是一家人能像五个手指头那样，结结实实地活着……”

很久以来他都没有这样心平气和地说话了。我听他说着，实指望他老人家能够消除我内心的凄苦，使我忘掉那发黄的墓穴和里面一块块又黑又湿的棺材板。

但是外婆严厉地打断了他的话：“别说了吧，老头子！这话你说了一辈子了，可有谁因此好过一点了吗？你这一辈子都在吃我们大家，就像铁锈在腐蚀钢铁……”

外公干咳几声，清理清理嗓子，看了外婆一眼，没有再说话。

傍晚，在大门口，我愁眉苦脸地把上午看到的情况告诉了柳德米拉，但这并没有给她留下什么明显的印象。

“当孤儿的日子要好过一些。要是我父母都死了，那我就把妹妹交给哥哥照看，我自己这辈子就在修道院过了。我能到哪儿去呢？嫁人——不合适；瘸着腿——又不能工作。生出来的孩子再都是些瘸子……”

她说得很理智，跟我们街坊的妇女们讲的一样。应该说，从这天晚上起，我对她便失去了兴趣，加上生活也发生了变化，我见到这位女友的次数也越来越少了。

弟弟死后没几天，外公跟我说："今天你早些睡，明儿天一亮我就叫醒你，咱们到林子里砍柴去……"

"那我就——采药去。"外婆说。

离镇上大约三俄里远，有一块沼泽地，那里生长着很大一片云杉和白桦林。林子里有许多朽木与枯枝，林子一头连着奥卡河，另一头连着去莫斯科的公路，公路那边仍然是森林。林中水木清华，绿草如茵，上面松林如盖，高耸入云，人称"萨韦洛夫鬃岗"①。

这片林产归舒瓦洛夫伯爵所有，但却保护不善；库纳维诺的居民们把它当成了自己的家产，经常去捡拾干树枝，砍伐枯木，有机会的话，对活树也不放过。每到秋天，为了储备过冬的木柴，人们腰里带着斧头、绳子，成群结队地拥向林子。

天刚放亮，我们三个人便出发了，沿着满是露水的白蒙蒙的绿色田野走着。我们的左边是奥卡河，在奥卡河的对岸，一轮懒洋洋的俄罗斯太阳，在红色的佳特洛夫山的山坡和白色的下诺夫戈罗德城市的上空，在满园青翠的山岗和教堂的金光闪闪的圆顶上缓缓地升起②。轻轻的河风睡意蒙眬地从平静、浑浊的奥卡河上徐徐吹来，金色的毛茛在晨露的重压下随风摇动，浅紫色的风铃草悄无声息地低垂着脑袋，五颜六色的蜡菊，单调地伫立在贫瘠的草地上，拥有"夜美人"之称的石竹花，绽开了它那鲜红的星

---

① "萨韦洛夫鬃岗"，西西伯利亚地区低洼处常见的一种林木茂盛的狭长岗坡。

② 高高的山岗在伏尔加河和奥卡河的右岸层峦叠嶂，起伏延绵，下诺夫戈罗德市正好坐落在这水碧山青的佳特洛夫群山之间。

状花朵……

黑压压的林木正在向我们走来。张开翅膀的云杉，像一只只大鸟，白桦树则像一个个姑娘。田野里弥漫着一种洼地沼泽的酸腐气味。我的狗在我身边跟着我，它伸着粉红色的舌头，不时地停下脚步，左闻闻，右嗅嗅，迷惑不解地摇动着它那狐狸般的脑袋。

外公穿着外婆的短棉衣，戴一顶没有帽檐的旧帽子，眯缝着眼睛，也不知冲什么在满脸堆笑；两条小细腿像做贼一样，小心翼翼地迈着步子。外婆穿一件蓝上衣，一条黑裙子，头上扎了条白头巾，一路上健步如飞——很难赶上她。

森林越来越近了，外公的情绪随之也高涨起来。他用鼻子深深地往里吸着气，清理一下自己的喉咙，起初是断断续续地、含混不清地在说些什么，后来便像喝醉了酒似的，说得兴高采烈，可漂亮动听了："森林是上帝的花园。它们不是由谁栽种的，是上帝的一阵风，上帝嘴里哈出的一口仙气……以前，年轻的时候，我在日古里[①]拉过纤……哎呀，列克谢，你可想象不到当时我受的那份罪呀！奥卡河两岸的森林——从卡西莫夫到穆罗姆，或者跨过伏尔加河，一直到乌拉尔，全是大片的森林，没错！无边无际，嵬嵬壮观……"

外婆斜眼看着他，一面向我递着眼色，而他却磕磕绊绊地一

---

① 日古里，是一片丘陵地带，位于伏尔加河右岸，为伏尔加河的萨马拉河湾所环绕，海拔 375 米，阔叶林和松林都很茂密，河湾北面是古比雪夫州的日古廖夫斯克市。

个劲儿地往前走，嘴里一面絮絮叨叨，他那些干巴巴的词儿，全都印在了我脑子里。

“我们从萨拉托夫把一艘运油的大帆船往马卡里亚的集市上拉。我们的管事叫基里洛，是普列赫人，而船老大是一个来自卡西莫夫的鞑靼人，好像是叫阿萨夫……我们拉到日古里时，忽然刮起了顶头风，我们累得精疲力竭，两条腿都迈不动了，走起来一摇三晃的，于是我们便上岸生火煮饭。而当时是五月天气，伏尔加河水急浪大，波涛滚滚，像成千上万只白天鹅，一路嬉戏打闹着涌往黑海。日古里层峦叠嶂，绿水青山，千岩竞秀，直插云天。蓝天白云，像放牧的畜群；金色的阳光，洒满大地。我们一面休息，一面欣赏美景，彼此间的关系也和睦起来。河面上寒风凛冽，砭人肌骨，河岸上则温暖如春，香气袭人！傍晚时分，我们的基里洛——一个非常严厉，且上了岁数的男人——站起身来，摘下帽子，对大伙说：‘喏，小伙子们，我不再当你们的头儿了，也不再是你们的用人了，你们自己走自己的路吧，我要到森林里去了！’我们所有的人都大吃一惊——怎么回事，为什么？面对东家，没有一个领头人怎么能行呢——不能群龙无首呀！虽说是伏尔加河，但即使是阳关大道，也可能会迷路的。人是没有理性的野兽，对他——有什么好可怜的？我们都吓坏了。可他仍然我行我素，说：‘我不愿再这样生活下去，当你们的放牧人，我要到森林里去！’我们有些人本来就想揍他一顿，再把他捆起来，可是另外有些人对这件事经过考虑，喊道：‘等一等！’这时，那个当船老大的鞑靼人也跟着喊道：‘我也要走！’这下子可糟了。这个鞑靼人随船已经跑了两趟，东家一分钱没给——这在当时可是很大一笔钱，现在跑的是第三趟，正在途中！大伙争呀，吵呀，一直闹腾到晚上。入夜前有七个人已经走了，我们——不是十六个，就是十四个——留了下来。瞧，这都是森林惹出的事！”

“他们——都去当了强盗？”

“也许——当了强盗；也可能——隐居起来了——这样的事，当时也弄不清楚……”

外婆在画着十字。

“至高无上的圣母啊！一想到人，就觉得他们怪可怜的。”

“大家都只有一个脑袋——要看魔鬼把他们往哪儿引了……”

我们沿着潮湿的小路进森林，周围沼泽地里有许多草墩子和枝叶凋落的云杉。我觉得这样非常好——进森林后就永不再离开，就像来自普列赫的船上的管事基里洛那样。森林里没有人搬弄是非，没有人打架斗殴，也没有人酗酒闹事。在这里，像外公那样令人讨厌的见钱眼开的事，像母亲的坟墓以及一切使人感到愤愤不平、感到心灵备受压抑的严重烦恼，都可以统统忘掉。

在一块干燥的地方，外婆说：“该吃点东西了，坐下来吧！”

外婆的篮子里有面包、葱头、黄瓜、盐和用布包着的奶渣，外公看着这些东西，显然感到有点不好意思，两只眼睛直眨巴。

“我可没带什么吃的，哎呀，老婆子这人真实诚……”

“够大家吃的……”

我们坐下来，背靠着可以做桅杆用的古铜色的松树干；空气里散发出一种松脂的气味；旷郊野外，清风吹来，木贼草随风摇摆；外婆用脏兮兮的手采摘着药草，一面给我们讲述金丝桃、药慧草、车前草的疗效，一面介绍绵马草、粘柳兰和落满尘土的千屈菜的神奇功效。

外公在砍伐枯树枝，我应该把它们归拢在一块儿，可是我却跟着外婆，不知不觉走到了密林深处——她敏捷地穿行于巨大的树干之间，像潜水一样，俯身在落满针叶的地面。一边走，一边自言自语地说："我们又来早了——蘑菇不会很多！上帝啊，你可没有怎么善待穷人呀，对于穷人来说，蘑菇已经是美味佳肴了！"

我默默地跟在她身后，一路小心谨慎，不想让她看见我，因为我不愿意打扰她跟上帝、药草和青蛙说话……

但她还是看见了我。

"你从外公身边跑开的吧？"

这时，她冲着黑色的土地深深一鞠躬。面前的大地，青山绿水，风光旖旎，好像是披了一件花团锦簇的袈裟。她说，有一次，上帝对人们大发雷霆，于是便下起倾盆大雨，把一切生灵全都淹没了。

"然而大慈大悲的圣母，事先采集了各类种子，放入篮子里，藏了起来，然后恳求太阳说：'请把大地都晒干吧，人们为此会对你歌功颂德的！'太阳把大地晒干了，于是圣母便播下了她事先藏起来的种子。上帝一看——大地又复苏了，生机盎然——青草、牲畜、人类，应有尽有！……他说：'这是谁干的？竟敢违抗我的意志！'这时圣母当即向他表示忏悔，此前，上帝眼瞅着大地已变成不毛之地，已经感到于心不忍，于是便对她说：'你做得很对！'"

我喜欢这个故事，但又觉得很奇怪，便一本正经地问道：“难道真的是这样吗？圣母可是在洪水泛滥之后很久才诞生的呀！”

这时外婆感到非常惊讶：“这是谁告诉你的？”

“学校的书上这样写的……”

她听了后，放下心来，劝我说：“别信这些，把它忘了吧，把书也扔了，那些书都是胡说八道！”

然后她轻声地、开心地笑了。

“他们净在瞎编，这些傻瓜！上帝确实是有的，哎哟，可是他没有母亲呀！那他是谁生的呢？”

“不知道。”

“好哇！学来学去，就学会了个‘不知道’！”

“神父说，圣母是由约雅敬和亚拿生的[①]。”

“这么说，她应该叫马利亚·约雅敬了？”

外婆已经生气了——她站在我面前，严厉地看着我，说：“你要是再这么认为，我可要揍你了！”

但过了一会儿，她跟我解释说：“圣母一直就有，她诞生得比谁都早！是她生了上帝，可是后来……”

“那耶稣基督呢？”

外婆不吭声了，尴尬地闭上了眼睛。

---

① 《圣经》中没有记载关于圣母马利亚诞生和其父母的任何情况。有关传说仅见于古代《旁经》（亦称《圣经外传》），据称，圣母之父名约雅敬，母名亚拿。因无子女，虔诚求告上帝，遂于老年蒙赐而生马利亚。

“耶稣基督嘛……是啊，是啊，怎么解释呢？”

一看就知道：我胜利了。在神的隐秘的问题上我把外婆给问住了，但我心里却感到很不舒服。

我们继续往森林深处走，来到一个光线幽暗的地方，金色的阳光都被林木切割成了碎块。温暖舒适的林子里，有一种特殊的喧闹声，它能够使人心潮起伏，浮想联翩。交嘴雀啾啾乱叫，小山雀喊喊喳喳，布谷鸟咕咕地笑，金黄鹂吱吱呀呀；爱攀比的苍头燕雀唱不完内心的妒忌，怪模怪样的松雀鸟叫起来简直是忧心忡忡，沉吟不决。一个个碧绿的小青蛙在脚下蹦来跳去；一条游蛇盘卧在树根间，昂起金黄的小脑袋，在窥视着它们；一只小松鼠吱吱地叫着，那蓬松的大尾巴在松枝间一闪而过。可看的东西实在是太多了，我真想接着再看下去，继续往前走。

在松树的枝干间，显现出我们清澈透明而又虚无缥缈的巨大身影，接着便消失在郁郁葱葱的绿叶之中；透过这些枝叶，可以望见头上的蓝天白云。脚下的青苔像一块豪华的地毯，上面绣着一丛丛的红橘和一串串干红莓；石生悬钩子在草丛中显得特别醒目，像一滴滴的鲜血；那浓郁的蘑菇香味使人垂涎欲滴。

“至高无上的圣母啊，世间的明灯。”外婆一面叹息，一面祷告。

她置身林海，俨然是周围一切的主宰和亲人；她行走起来像一头母熊，什么都看得见，对什么都赞不绝口，感激涕零。她好像给森林中带进了一股暖流，被她踩倒的青苔，转眼间便又直立了起来，这情景我看着心里特别高兴。

我一边走，一边想：当一名强盗倒是不错，可以劫富济贫，让人人有饭吃，日子快快活活，不相互忌妒，也不再像恶狗那样，撕咬打斗。还有，要是能够走到外婆的上帝那里，走到她的圣母那里，将人世间的全部真情都告诉他们，这该有多好！就说人们的日子过得很苦，他们自生自灭，被埋葬在贫瘠的沙土地里，忍气吞声，草草了事。总之，世上有太多的不公正，而这根本就没有必要。如果圣母信得过我，那就请她给我智慧，让我能够把所有的事情另做一番安排，将事情办得更好一些；让人们听信我的话，我一定会去探索改善生活的办法！至于我年纪尚小，这算不了什么——耶稣基督比我也不过只大一岁，可当时连圣贤们都听他的……①

有一次，我只顾着想事了，不小心踩进一个深坑里，腰被树枝划伤了，后脑勺也给碰破了。我坐在坑底，里面又冷又脏，尽是些像树脂一样的黏糊糊的东西。我感到耻辱，可我自己又爬不上来，喊外婆吧，又不好意思。不过最后我还是喊了。

外婆很快就把我拽了上来，她画着十字说：

"谢天谢地！还好，这个熊窝是空的，要是熊主人在里面那还得了？"

这时，外婆又哭又笑。后来，她把我带到一条小溪边，给我洗了洗伤口，用一些能够止痛的树叶敷在上面，用自己的衬衫包

---

① 据《圣经》故事讲，12 岁的耶稣就坐在殿堂里，坐在精通神学典籍的教师们中间，一面听，一面问，应对自如，"凡听见他的，都稀奇他的聪明和他的应对"（见《新约全书·路加福音》，第 2 章，第 41 至 47 节）。而高尔基当时也是 12 岁；不过高尔基很长时间都认为自己的生年是 1869 年而不是现在所认为的 1868 年。

扎好，然后领我去一个铁路岗亭。由于体力不支，回家时我已经走不动了。

我几乎天天都在求告外婆："我们到林子里去吧！"

她答应得倒很爽快，于是我们就这样度过了整个夏天，直到秋末。我们采集药草、浆果、蘑菇和榛子。外婆把采到的东西拿去卖掉，我们就用这点钱来糊口。

"吃闲饭的家伙！"外公尖着嗓子说，尽管我们根本没吃过他的面包。

森林给了我心情平静与舒畅的感觉，有了这种感觉，我的一切苦恼都消失了，不愉快的事情也都忘记了，与此同时，我的感觉变得特别灵敏：听觉和视力更敏锐了，记忆力也增强了，对事情的感悟——更深刻了。

外婆使我越来越感到惊讶，我一向认为外婆是世界上最高尚、最善良和最聪明的人，而且，她也在不断增强着我的这一信念。有一天傍晚，我们采集完白蘑菇，走在回家的路上，离开林子时，外婆坐下来休息一下，我则到树后看看——看会不会还有蘑菇。

突然，我听见了她的声音，一看：她正坐在路边，不慌不忙地在削去蘑菇的根，一条很瘦的灰毛狗，伸着舌头，站在她身边。

"去吧，快走开！"外婆说，"乖乖地走吧！"

不久前，瓦廖克把我的狗给害死了，我很想把这条新的狗收养下来。我跑到路边，那狗莫名其妙地拱起身子，伸直脖子，一双饥饿的绿眼睛看了我一眼，然后便夹着尾巴跑进林子去了。它的样子不像是条狗，我一吹口哨，它立马钻进了灌木丛。

“看见了吗？”外婆笑着说，“我最初看走了眼，还以为它是条狗呢，后来一看，它长的是狼的牙，脖子也是狼的脖子！我简直被吓了一跳——我说，喂，你要是只狼，你就快走吧！幸好夏天的狼比较温顺……”

外婆在林子里从来没有迷过路，总能够准确无误地找到回家的路。她能够根据草的气味判断出什么样的蘑菇长在这个地方，而什么样的蘑菇长在另外的地方，而且她经常考问我。

“松乳菇喜欢什么样的树木？你怎样区别食用菇和毒菇？什么样的蘑菇与蕨菜为伍？”

她根据树皮上轻微的爪痕，便能够向我指出树上肯定有松鼠窝。我爬上树去，把松鼠储备过冬的榛子洗劫一空，有时从一个松鼠窝里掏出的榛子有十俄磅[①]之多……

后来，有一次，在我干这种勾当的时候，一个猎人击中了我左边的身子，有二十七颗霰弹进入了我的体内，外婆用针从我身上取出了十一颗，其余的在我皮下留了好多年，才被逐渐取了出来。

外婆很欣赏我对疼痛的忍耐力。

“好样的！”她夸奖说，“能忍耐，将来一定有出息！”

每当她卖蘑菇和榛子攒下一点钱时，她便把它们作为“悄悄的施舍”，放在别人家的窗台上，而她自己，哪怕是节日，也穿得破破烂烂，补丁摞补丁。

---

① 1俄磅等于409.5克。

“穿得不如一个叫花子，真叫我没脸见人。”外公抱怨说。

“这有什么关系？我既不是你女儿，又不是你未婚妻……”

他们吵架的时候越来越多了。

“我作的孽不比别人多，”外公委屈地说，“但遭到的惩罚却比别人多！”

外婆故意气他：“鬼晓得谁应该遭什么报应。”

然后外婆直接冲着我说：“老头子可怕鬼了！瞧他老得多快，都是给吓的……唉，也真够可怜的……”

一个夏天下来，我的身体结实多了，林中的活动，使我的性子也变野了，对于我的同龄人的生活，对于柳德米拉，我已经失去了兴趣，我觉得柳德米拉既聪明，又乏味……

有一次，外公从城里回来，浑身都湿透了——当时是秋天，而且下着雨。他站在门口，像麻雀一样，抖了抖身子，得意扬扬地说：“喂，吃闲饭的，准备明天去上工啦！”

“到哪儿去上工？”外婆气鼓鼓地问道。

“到你妹妹马特廖娜那儿，找她的儿子……”

“哎哟，老头子，净出坏点子！”

“闭嘴，蠢货！没准儿他能成为一名绘图员呢。”

外婆一声不吭地低下了头。

晚上，我告诉柳德米拉，说我要进城去了，在那里生活。

“很快我也会去那里，”她心事重重地对我说，“爸爸想干脆把我的一条腿锯掉，这样我就能变成一个健康人了。”

一个夏天，她人变瘦了，脸色有点发青，但眼睛却变大了。

“你害怕吗？”我问她。

“害怕。”她说着，流下了眼泪。

我没办法安慰她——我自己也害怕到城里去生活。我们垂头丧气地在一块儿坐了很久，相互偎依着，一句话也不说。

若是夏天，我会劝外婆出去要饭的，就像她小时候那样。也许还可以带上柳德米拉——我用小车推着她……

但当时是秋天，外面很潮湿，还刮着风，天空里乌云密布，大地眉头紧锁，泥泞而凄惨……

四

我又来到了城里，住在一栋两层的白色楼房里[①]，这栋房子很像是一口许多人共用的大棺材。楼房倒是新的，但看上去仿佛是因营养不良而浮肿了似的，同时又像是一个叫花子，突然成了暴发户，马上吃得大腹便便起来。楼房的侧面朝着大街，每层有八个窗户，正面各有四个窗子；下面的窗口对着一个狭窄的过道，直通院子；上面的窗户，正对着围墙外洗衣女工的小屋和一条大脏水沟。

这儿没有通常我理解的那种大街。房屋前面是一条肮脏的峡谷，在两个地方拦峡谷修筑了狭窄的堤坝。峡谷的左边是劳改大队，他们院子里的垃圾都往峡谷里倒，因此谷底总有一潭颜色发绿的污泥浊水；峡谷的右边，在尽头处，有一个叫兹韦兹金的满是淤泥的臭水塘，而峡谷的中间处——恰好就在我们房子的对面。峡谷的一半堆满了垃圾，上面长了许多荨麻、牛蒡和团酸模；另一半则被多里梅东特·波克罗夫斯基神父辟作了花园，园子里有一座用薄木板搭建的漆成绿色的凉亭。要是有人朝凉亭扔

---

① 高尔基是秋天到制图师傅 B.C. 谢尔盖耶夫家当学徒的。师傅一家人住在老城区兹韦兹金大街。1912 年高尔基回忆起这段日子时说：“谢尔盖耶夫是我外婆的侄子，但我在他们家可不是做亲戚，而是给老板打工。”

石头的话，那些薄木板准会稀里哗啦地被完全砸碎。

这个地方极其枯燥，而且肮脏至极。一到秋天，这片垃圾成堆的黏土地被糟践得一塌糊涂，成了专门粘人脚的红色焦油。我从未见过这么小的空间竟有这么多乌七八糟的东西。我对田野、森林的清新洁净已经习惯了，因此，对城里的这个地方感到实在讨厌。

峡谷对面是一道道年久失修的灰色围墙，我远远看见这些围墙内有一座棕色小屋，去年冬天我在鞋店当学徒时就在那里住过。那座小屋距离我非常之近，使我感到更加有些压抑。为什么我又得住在这条街上呢？

我认识我的这位东家，他以前和他弟弟一块儿到我母亲那里做过客。他的弟弟老是很滑稽地尖着嗓子一个劲儿地喊着：“安德烈爸爸，安德烈爸爸。”

他们两个和从前一样：哥哥是鹰钩鼻，长发，挺招人喜欢，看来也很善良；弟弟维克多还是那张老长脸，一脸雀斑。他们的母亲——我外婆的妹妹——脾气很不好，爱吵吵闹闹。哥哥已经结婚，他的妻子白白胖胖，像个大面包，两只大眼睛乌黑乌黑的。

我刚去的几天，她跟我说过两三次：“我曾经送给你母亲一条带玻璃珠的绸子斗篷……”

不知什么原因，我不愿意相信她会送我母亲东西，而且也不相信我母亲会接受她的礼物。当她又一次向我提起这件斗篷的时候，我就劝她说：“你送就送了，用不着一再炫耀。”

她听后大吃一惊，赶紧从我身边闪开。

“什——么？你在跟谁说话呀？”

她脸上红一块白一块的，眼珠子都快瞪出来了，她喊她丈夫过来。

她丈夫手里拿着圆规，耳朵上夹一支铅笔，来到厨房。他听了妻子的诉说，对我说："对她和对别人都要称呼'您'，说话不能没有礼貌！"

然后，他很不耐烦地跟妻子说："别为了点鸡毛蒜皮的小事就打扰我！"

"什么——鸡毛蒜皮的小事？要是你这位亲戚……"

"见她的鬼，什么亲戚！"东家喊道，然后便跑开了。

我也不喜欢外婆的这些亲戚。据我观察，他们亲戚之间的关系还不如外人，因为他们比外人更了解相互之间的丑闻逸事，编派起对方来更加恶毒，打架斗殴的事更多。

我很喜欢东家这个人，他总是很潇洒地把头发向耳后一甩，这不禁使我想起了"好事儿"。他常常表现出志得意满的样子，脸上笑嘻嘻的，一双灰眼睛看上去非常憨厚，鹰钩鼻子旁边那可笑的皱纹，颤动起来十分滑稽。

"你们吵够了吧，两只好斗的母鸡！"他对妻子和母亲说，同时满脸堆笑，露出一口细密的牙齿。婆媳二人天天吵架，使我非常惊讶的是，她们动不动就吵起来。一大早，两个人还没有梳洗，衣服也没穿好，就开始在屋里忙个不停，好像家里着火了似的；她们整天瞎忙，只有在吃午饭、午后喝茶和吃晚饭的时候才消停一会儿。她们能吃，能喝，一直到人喝醉了，再也吃不动了方肯罢休；午饭时，她们谈论饭菜，懒洋洋地相互斗嘴皮子，为大吵大闹一场做好准备。无论婆婆做什么饭菜，儿媳肯定要说：

“我妈可不是这样做的。”

“不这样做，肯定更难吃！”

“不，更好吃！”

“喏，那就到你妈那里去吧。”

“可我是这儿的女主人呀！”

“那我是什么人？”

这时东家插了进来：“好了，好了，两只好斗的母鸡！你们怎么啦——都疯了吗？”

家里的一切，既莫名其妙，又滑稽可笑，简直没什么道理可讲：从厨房到餐厅的通道，必须经过房内唯一一个又窄又小的厕所。茶炊、饭菜都必须经过这里才能够送达餐厅，它成了大家逗乐的对象，常常成为引起各种可笑误会的源头。我的责任是往厕所的马桶里灌水，我睡在厨房里，和厕所正对门，门口就是通往正门的过道尽头的台阶：厨房炉灶散发出来的热气正烤着我的脑袋，而从台阶上进来的过堂风又直接吹到我的脚上，因此，躺下睡觉时，我总是把门口所有的擦脚垫都盖在腿上。

大厅的墙壁上有两面镜子，还有几幅《田地》周刊[①]赠送的镶有金框的图画，以及两张牌桌和十二把维也纳式的椅子——但看上去厅里仍然显得空空荡荡，单调乏味。小客厅里东西则摆得满满当当：五颜六色的精美家具，一大堆“陪送嫁妆”、银器和茶具；客厅里有三盏装饰灯，一盏比一盏大。卧室里没有窗户，

---

① 俄国一种文艺和科普杂志，图文并茂，面向大众，1870—1918年在彼得堡出版。

显得很暗，除一张大床外，还摆着几口箱子和衣柜，有一股烟叶和波斯洋甘菊的气味。这三个房间经常空着，而房子的主人们却挤在一个小小的餐厅里，彼此很不方便。早茶一过，八点钟，东家兄弟俩便把桌子一字摆开，摊上白纸，拿出制图用的仪器、铅笔和墨汁，两人分别坐在桌子两头，立即开始工作。桌子一直摇摇晃晃，占据了整个房间，当保姆和女主人从育儿室出来时，她们总是要撞在桌子角上。

“你们没有事儿别到这里来！”维克多喊道。

女主人委屈地恳求丈夫说：“瓦夏①，告诉你弟弟，让他不要对我大喊大叫！”

“那你就不要碰这张桌子。”东家和颜悦色地劝解道。

“我怀着孕，这地方又狭小……”

“那好，我们到大厅里去工作。”

但女主人火了，喊道：“天哪，谁会到大厅里工作呢？”

这时，马特廖娜·伊万诺夫娜老太婆那张恶狠狠的、被炉火烤得通红的脸从厕所门后探了出来。她大声喊道：“你瞧呀，瓦夏——你是在工作，可她倒好，四个房间还不够她生孩子用。真是格列边绍克②来的贵族小姐，一点儿头脑都没有！……”

维克多一脸奸笑，东家却大声喊道：“够啦！”

但是嘴巴很厉害的儿媳妇劈头盖脸地对婆婆一顿臭骂，然后，往椅子上一倒，开始哼哼起来：“我走！我不想活啦！”

---

① 瓦夏，东家瓦西里的小名。

② 格列边绍克，奥卡河岸边的一个很小的地方。

"别影响我工作，你们简直都着魔了！"东家吼叫道，气得脸色刷白，"家里简直成了疯人院了——为了你们，我累死累活，还不都是为了养家糊口！哎呀，你们这两只好斗的母鸡……"

最初，我很害怕他们吵架，特别是当女主人抓起餐刀，跑进厕所里，把门一反锁，开始在里面扯开嗓子大喊大叫时，我简直被吓坏了。过一会儿，屋里平静了下来，然后东家用手撑着门，弯下身去，冲我喊道："爬上去，把玻璃打碎，将门钩打开！"

我迅速爬到他背上，打碎门楣上的玻璃，但是，当我探进身子往里爬的时候，女主人开始用刀把使劲打我的脑袋。但我最后还是把门打开了，这时候东家边打边拉，把老婆拖到餐厅，夺下她手中的刀子。我坐在厨房里，摸着被打的脑袋，很快我就意识到：我这顿打算是白挨了，因为刀本来就没有开口，甚至连面包都切不动——更不用说去割人的皮肤了；我根本就没必要爬到东家的背上，站到椅子上就可以把玻璃打碎；再说了，大人去摘门钩更便当一些，因为他的胳膊更长一些。经过这次事件后，这家人再吵架，我已经不害怕了。

兄弟俩在教堂唱诗班唱歌，有时他们在工作时也小声哼唱，哥哥瓦西里是男中音，他唱道：

> 我把心爱姑娘的戒指，
> 掉进了大海[①]……

---

① 俄国诗人 B.A. 茹科夫斯基（1783—1852）的《情歌》（1816），接下去的诗句是："随着我的戒指，我一生的幸福……"

弟弟维克多用男高音接着唱：

我一生的幸福，

连同戒指，遭到了破坏。

育儿室里传出了女主人轻微的喊声："你们俩疯了吗？孩子在睡觉呢……"

或者："瓦夏，你已经是结了婚的人了，为什么还姑娘长姑娘短地唱个没完，你什么意思？再说了，夜祷告的钟声马上就要敲响了……"

"那好，我们就唱教堂里唱的歌……"

但女主人提醒说："一般地说，教堂里唱的歌，可不是随便什么地方都可以唱的，何况这里还……"这时她很明显地用手指了指厕所那扇小门。

"这房子是得调整一下，不然——鬼晓得算怎么回事儿！"东家说。

他说那张东摇西晃的桌子应该换一换——这话说的次数可不少了，足足说了有三年。

听东家他们家议论别人，总使我想起我以前待过的鞋店来——那里也是这样议论他人的。我知道，东家一家人也认为自己是城里的佼佼者，他们深谙最严格的行为准则，而且根据这些我不懂得的行为准则，评论起别人来，绝对是铁面无私，不讲情面。他们的这种评论引起我极大的反感，我对他们的行为准则十分厌恶，因此，打破他们的准则，对于我来说，便是一件很惬意的事。

我的工作很多：女仆干的活我都得干。每礼拜三，要擦洗厨房的地板，清洗茶炊和铜制餐具；礼拜六要擦洗所有房间的地板和两个楼梯。要把木柴劈好，送去生炉子，要清洗餐具，把菜洗干净，随女主人到市场上去，跟在她身后，提着装满东西的篮子，还要去杂货店，跑药房等。

外婆的妹妹是我的顶头上司，她是个爱吵吵闹闹、喜怒无常的老太婆。平时她起床很早，六点左右就起来了，匆匆洗过脸，只穿一件衬衫，便跪在圣像面前，开始对上帝一通诉说，抱怨自己命苦，儿子和媳妇不孝等。

“上帝啊！”她边哭边说，百感交集，将三个手指头捏在一起，按在额头上。“上帝啊，我什么都不祈求，什么也不需要，——只求能够让我休息一下；上帝啊，借你的力量，让我过上安宁的日子吧！”

我被她的哭声吵醒了，然后我从被子下面看着她，心惊胆战地听着她那热诚的祷告。透过雨水浇淋的玻璃窗，秋天的早晨，正在朦朦胧胧地往厨房的窗子里张望；在寒冷的幽暗中，一个灰色的人影在地板上摇来晃去，她的一只手在不停地挥动，一副焦虑不安的样子；她的头巾总是从她的头上滑落下来，稀疏、灰白的头发从她那小小的脑袋上一直披散到她的脖子和双肩上；老太婆用左手使劲把头巾往上甩，嘴里嘟哝着说：“真是该死！”

她用力拍打着脑门儿、肚子和两肩，咬牙切齿地说：“上帝啊，为了我，请惩罚我的儿媳吧！把我所遭受的一切委屈与痛苦，统统都转嫁给她！让我的儿子睁开双眼——你看看她，再看看维克多鲁什卡[①]！上帝啊，请你多多保佑维克多鲁什卡，降福于他……”

维克多鲁什卡就睡在厨房的高架床上，母亲的央告哀求把他给吵醒了，他睡眼惺忪地叫道：“妈妈，你又是一大早就把人吵醒！简直是要命！”

“好了，好了，睡你的吧。”老太太自知理亏，小声说道。然后，她一声不吭地摇晃着身子，约莫有一两分钟的样子，突然她又恶狠狠地大声嚷嚷道：“上帝啊，让子弹打穿他们的骨头，叫他们死无葬身之地……”

即使我外公祷告时也没有说过这样骇人听闻的话。

她一面祷告，一面喊我起床：“赶紧起来，可不能把睡懒觉当日子过！……快把茶炊生上火，把劈柴抱过来——引火柴昨晚准备好了吗？哼！”

我尽快把这些事情做完，为的是不再听这个老太婆的唠叨，但要让她感到满意——那是不可能的。她在厨房里一刻不停，像冬天里的暴风雪，东奔西突，呼啸着，咆哮着：“小点声儿，死鬼！要是把维克多鲁什卡吵醒了，瞧我怎么收拾你！快去杂货店跑一趟……”

平时喝早茶，他们让我去买两俄磅的白面包，给年轻的女主人买两个戈比的便宜小面包。每当我买回面包，她们总是心存疑虑地对面包反复察看，拿到手里仔细掂量，问道：“给没给什么添头？没有？那好，你张开嘴看看！”于是她们得意地大叫：

---

① 维克多鲁什卡，维克多的爱称。

“他把添头给吃了，瞧，牙缝里还留有残渣呢！”

我乐意干活——喜欢清除房内的污垢，擦洗地板，把铜餐具、通风口和门把手，擦得干干净净。我不止一次地听见她们和好的时候谈论到我：

“挺卖力的。”

“很爱干净。”

“只是太倔了。”

“哎呀，妈妈，他哪儿受过什么教育呀！”

于是，她们俩都竭力要培养我对她们的尊敬，但我认为她们的精神都有些不正常；我不喜欢她们，也不听她们的，跟她们说话时净顶牛。大概年轻的女主人发现有些话对我不起作用，于是便经常对我说：“你应该记住，你是贫苦人家出身！我送过你母亲一件丝绸斗篷，还带着玻璃珠呢！”

有一次，我对她说：“为了这件斗篷，是不是应该把我的皮扒下来给您？”

“老天爷，他简直要纵火啦！”女主人惊骇地喊叫起来。

我大为惊讶：为什么要纵火呢？

她们两个有时候向东家告我的状，而东家则严厉地对我说：“你呀，小老弟，给我多当心点儿！”

但是有一次，他很不以为然地对妻子和母亲说：“你们也真够可以的！把一个小孩子当马骑了，——要是别人，他早就跑了，不然能被你们活活累死……”

这句话把她们俩眼泪都快气出来了，妻子跺着脚，大喊大叫说："难道可以当着他的面说这种话吗，你这个长头发[①]的傻瓜！经你这么一说，我在他眼里成什么人了？我是个孕妇啊。"

他母亲哭哭啼啼地喊道："上帝会宽恕你的，瓦西里，不过你一定要记住我的话：你会把这孩子给宠坏的！"

她们走的时候，一个个气鼓鼓的；东家严厉地对我说："瞧见了吗，小鬼头，因为你，家里都闹成什么样子了？我要把你送回到你外公那里，还是去捡你的破烂吧！"

我咽不下这口气，便说："捡破烂也比在你们这里强！收我当学徒，可你们都教我什么了？整天倒脏水……"

东家一把抓住我的头发——他很小心，并不疼——盯住我的眼睛，吃惊地说："脾气还不小呢！小老弟，这一套在我这儿可吃不开，不——管——用……"

我想——他们一定会把我撵走，但是，过了一天，东家来到厨房，手里拿着一个厚纸卷、一支铅笔、一个三角板和一把直尺。

"洗完餐刀——把这个给画出来！"

纸上是一幅两层楼房的正面图，有许许多多的窗户和雕塑装饰。

"喏，给你圆规！把所有的线都量一下，把线的两端在纸上标个圆点，然后用铅笔比着尺子在两点之间连一条线。先横着画——这叫水平线，再纵着画——这叫垂直线。开始画吧！"

让我干这种干净的工作，而且开始学手艺，我非常高兴；但

① 多指东正教的信徒，他们常常把胡子、头发留得很长。

是我诚惶诚恐地看着这张纸和绘图工具，一时不知如何是好。

但我马上去洗了洗手，坐下来学着画。我在纸上画出了所有的水平线，一检查——不错！尽管有三条是多余的。然后又画出了所有的垂直线，而且我吃惊地发现，房子的下面歪七扭八，非常难看：窗子都跑到隔墙上去了，有一个窗子竟画到了墙外，悬在空中，在房子的边上。房屋正面的台阶也画高了，几乎跟二楼一样高，屋檐出现在房顶中间，一扇天窗——画到了烟囱上。

我久久地望着这无法挽回的怪物，眼泪都快出来了；我一直想弄明白，怎么竟画成这个样子，但是我想不明白；于是，我决定运用自己的想象力来补救一下：我在房子正面的屋檐和房顶上画上些乌鸦、鸽子和麻雀，在窗前的地面上画了些长着罗圈腿的人；他们虽然打着雨伞，但也无法完全遮住他们的生理缺陷。后来我在上面画了一条条斜线，把它交给了老师。

老师把眉毛扬得老高，一个劲儿地直挠头，然后愁眉苦脸地问道："你这画的究竟是什么呀？"

"外面正飘着雨，"我解释说，"雨中的房子看上去都是斜的，因为雨本身都是斜着下的。鸟儿们——瞧，这就是鸟儿们——都躲藏在屋檐下。雨天都是这种情形。而这些人正在往家里跑，你瞧，这位夫人摔倒了，而那一个人，是个卖柠檬的小贩……"

"不胜感激！"东家说，然后他俯在桌子上，头发扫着图纸，哈哈大笑；他大声喊道："哎呀，我要把你这只野麻雀，撕成碎片！"

女主人来了，挺着个大肚子，像水桶似的；她看了一下我的作品，对丈夫说："你该狠狠揍他一顿！"

但东家态度和蔼地说："没关系，我自己当初也不比他强……"

他用红铅笔标出房子正面画错的地方，然后又给了我几张纸。

"再来一遍！就画这个，一直到画好……"

我的第二张图画得要好一些，只有一扇窗户画到门廊上了。不过，我不喜欢让房子空着，因此我在房子里画了各种各样的人：窗口坐着几位太太，手里拿着扇子；她们的男友在抽烟，其中有一个没有抽，正在怪模怪样地让大家看他的长鼻子。一个马车夫站在台阶旁，一条狗卧在地上。

"你为什么又乱画呢？"东家生气地问道。

我解释说，不画上一些人——看着没意思，他却破口大骂起来。

"让你画的这些东西，统统见鬼去吧！如果你想学，就好好地学！可是，你画的这些东西——完全是瞎胡闹……"

当我终于画出一张与原稿相像的房屋正面图时，东家显得非常高兴。

"瞧哇，学会画了！这样我们很快就可以干起来了……"

然后他给我布置了作业："请绘制一幅住宅图：房间怎么设计，门、窗安在什么地方，我什么都不说——全由你自己考虑！"

我来到厨房，开始考虑——从何入手呢？

但是，我对制图工艺的研究到此也就打住了。

东家老太太走到我身边，凶神恶煞地问道："你想学制图？"

她一把揪住我的头发，将我的脸直往桌子上撞，我的鼻子和嘴唇都被撞破了，而她还在暴跳如雷，将图纸撕得粉碎，把制图工具从桌上摔到地下，然后两手叉着腰，盛气凌人地大喊大叫："给你，让你去画！不行，这绝对不行！让一个外人去制图，而让自己唯一的弟弟——亲骨肉——一边待着，这能行吗？"

东家跑来了，他老婆也紧跟着过来了，于是，一场混战开始了：三个人推推搡搡，互相吐口水，大吵大闹，最后婆媳二人分别大哭起来才算罢休。这时东家对我说："这事儿就算了吧，别学了。你自己全看见了——都闹成什么啦！"

我觉得他挺可怜的：一副垂头丧气、万般无奈的样子，永远摆脱不了两个女人震耳欲聋的吵闹声。

我早就知道老太婆不想让我学习制图，因此，在这件事情上，她处处刁难我。每当我坐下来绘图前，总是要先问问她："有什么活儿要干吗？"

而她总是板着脸回答说："有事我会叫你的，你就好好待在桌边胡乱画吧……"

过不了一会儿，她便让我出去干这干那，要不就会说："前面的楼梯你打扫得怎么样？旮旯儿里净是垃圾和尘土！快去扫扫……"

我去看了看——根本没有尘土。

"你想跟我顶嘴，是吗？"她喊道。

有一次，她把克瓦斯饮料洒在了我的图纸上；还有一次，她把圣像前的油灯打翻在我的图纸上——她像个小姑娘一样淘气，喜欢恶作剧，耍小聪明，同时又像个孩子那样不会掩饰自己。无论是过去，还是后来，我都没有见过像她这样的人——动不动就发火，容易得很，对身边所有的人和事，又非常爱挑个眼儿，总是牢骚不断。一般地说，人们都爱发个牢骚，但对于她来说，发牢骚就像唱歌一样，是一种特殊的享受。

她对儿子的爱，近乎于走火入魔，其炽热程度既可笑，又可怕，我只能称其为疯狂。有时候，做完晨祷，她站在炉灶台阶上，胳膊肘撑在床头的木板上，嘴里一个劲儿地在念叨："孩子，你是上帝给娘的恩赐，是娘的心肝宝贝儿；你纯洁、金贵，像天使身上的羽毛，轻盈飘逸！睡着了——睡吧，孩子，希望你能做个好梦，梦见自己的心上人——天下第一大美人、公主、富商的千金！让你的敌人生下来就一命呜呼，让朋友们个个都长命百岁，希望追求你的姑娘——成群结队，像母鸭追逐公鸭那样！"

我感到特别可笑的是：维克多为人粗鲁，生性懒惰，像一只啄木鸟——花里胡哨，大鼻头儿，死心眼儿，木头脑袋。

母亲的喃喃自语，有时会把他吵醒，于是他似睡非睡地嘟哝着说："见你的鬼去吧，妈妈，你在我耳边唠叨些什么呀！……还让不让人活了！"

有时候，她乖乖地从炉灶台阶上下来，嘿嘿一笑，说："好，睡吧，睡吧……说话没大没小的！"

但有时也有这种情形：她两腿一弯，扑通跪在炉灶边上，张开嘴，使劲呼着气，好像舌头被烫着了似的，一口气说了许多带刺激性的话："原来是——这样呀？狗东西，是你让你母亲见鬼去的，是不是？我说，你呀，简直是我的奇耻大辱，是我不共戴天的冤家对头，是魔鬼让你钻进了我的灵魂，出生前你怎么没有烂掉呀！"

她满口污言秽语，都是酒后骂大街的脏话，——简直不堪入耳，令人毛骨悚然。

她睡的时间不多，而且睡得很不踏实，有时一夜能从炉炕上起来好几次，躺在我身边的长沙发上，把我从梦中叫醒。

“您怎么啦？”我说。

“别说话！”她小声说，一面画着十字，一面眼睛直朝黑的地方张望。“上帝啊……伊利亚先知啊……受苦受难的圣徒瓦尔瓦拉①啊……请保佑我消灾免祸，一生平安……”

她伸出手，哆哆嗦嗦地点上了蜡烛。她紧绷着长了个大鼻子的圆脸，一双灰眼睛心神不定地眨巴着，仔细注视着在黑暗中变了形的东西。厨房的空间很大，但被许多箱子、柜子塞得满满的，夜里看起来显得很狭小。月光悄无声息地照进了厨房，圣像前长明灯的火苗摇曳不定；墙上挂的厨用刀具闪闪发光，像一个个晶莹的冰柱；架子上发黑的煎锅犹如一张张没有眼睛的圆脸。

老太婆小心谨慎地从炉炕上爬了下来，就像从河岸上下到水里似的，她光着两只脚，一步步地向屋角走去。屋角里放着一个大水盆，水盆上面挂着一个洗手器，洗手器上有两个耳把，看上去很像一只被砍下的头颅；旁边是一只盛满水的大桶。

她一面喝水，一面停下来喘喘气，然后透过玻璃上结的淡蓝色的冰花，向窗外看了看。

“上帝啊，宽恕我吧，宽恕我吧。”她小声恳求道。

---

① 圣徒瓦尔瓦拉，在信奉东正教的东方和俄罗斯，圣徒瓦尔瓦拉是备受人们尊敬的女中豪杰，她在君士坦丁堡（今土耳其城市伊斯坦布尔）的寺庙，成了远近闻名的避难所，因为世人相信圣徒瓦尔瓦拉能够“消灾免祸，普度众生”。

有时候，她熄灭了灯，双膝跪下，满腹委屈地喃喃自语道：“上帝啊，谁会爱我，谁会需要我呢？”

她往炉灶上爬的时候，冲着烟囱门画了个十字，然后伸手摸了摸，看看风门放置得是否妥当；她沾了一手的烟黑，嘴里骂骂咧咧的，但不知为什么，忽然一下子便睡着了，好像有一种无形的力量将她击倒了似的。当我受她的气时，心想：幸好外公没有娶她，要不她准会把他折腾得够呛！不过她自己的日子也好过不了。她常常欺侮我，但有时候，她那张浮肿的棉花脸也会显得十分忧郁，满眼的泪水；这时她会非常恳切地说：“你以为我活得容易吗？我生养孩子，照料他们，把他们带大——我为了什么？成天给他们当老妈子，我就那么舒服？儿子一娶媳妇便忘记了自己的亲妈——这样难道好吗？你说呢？”

“不好。”我诚心诚意地说。

“啊哈？这不就结了……”

于是，她肆无忌惮地议论起儿媳来：“有时我和她一块儿洗澡，看见过她的身子！他迷上她什么了呢？这种女人能算美人吗？……”

关于男女间的关系，她总是说得污秽不堪，令人作呕。起初我对她的话很反感，但很快我也就习惯了，而且听得很认真，有滋有味，感到她的话里包含某种苦涩的道理。

“女人是一种力量，她连上帝都欺骗过[①]，没想到吧！”她唠

① 指夏娃在伊甸园违背上帝的意旨，偷吃分别善恶树上果子的故事，见《旧约全书·创世记》，第3章。

唠叨叨，一面用手掌拍打着桌子。“因为夏娃的缘故，人们才纷纷下入地狱，瞧这事给弄的！”

关于女人的力量，她说起来总是没完没了，而且，我总觉得她话里话外是想吓唬什么人。我特别记得她说“夏娃欺骗了上帝”那句话。

我们院子里有一栋厢房，跟正房一样大；两栋房子八套住宅中有四套住的是军官，第五套住了一位团队的神父。院子里全都是勤务兵和通信兵；洗衣女工、女佣和厨娘常到他们那里去；各家的厨房里经常发生些爱情纠葛和悲剧，哭闹、打骂之声不断。当兵的之间时常斗殴，他们跟房东家的掘土工和其他工人也时常打斗；他们经常殴打女人。院子里总是闹得乌烟瘴气，荒淫无耻、伤风败俗之事层出不穷——那些身强力壮的小伙子们忍受不住寂寞难耐的性饥渴。这种生活充满了残暴的肉欲、莫名其妙的折磨和强者对弱者的脏人耳目的炫耀。东家一家人每当吃午饭、喝晚茶和吃晚饭的时候，对这种生活总是要详详细细、没羞没臊地议论个够。老太婆对院里发生的所有事情了解得一清二楚，讲起来是兴高采烈，一副幸灾乐祸的样子。

年轻的女主人听这些故事时一声不吭，只是咧着厚嘴唇在一边微笑。维克多哈哈大笑，而东家则皱起眉头说：“够了，妈妈……”

“上帝啊，连话都不许我说啦！”讲故事的人抱怨道。

维克多给她打气说：“讲吧，妈妈，有什么好难为情的！都是自己人……”

大儿子对母亲的态度是讨厌加遗憾。他尽量避免和母亲单独在一起，一旦碰到一块儿，她便喋喋不休地向儿子诉说儿媳的不是，而且少不了向他要钱。他急忙往她手里塞上一两个卢布或几枚银币。

“妈妈，您要这钱也没用，不是我舍不得给，而是您没地方用！”

“要知道，我可以施舍给穷人，去教堂时买蜡烛……”

“喏，那里哪有什么穷人？您非把维克多宠坏不可。”

“你不喜欢弟弟，这可是在作孽啊！”

他朝她挥了挥手，走开了。

维克多对母亲的态度非常粗暴，经常冷嘲热讽。他总是吃不够，老是叫饿。每到礼拜天，母亲都要摊煎饼，她总是留几张，藏在一个陶罐里，放在我睡觉的长沙发下面。维克多做完午祷一回来便拿出陶罐，嘴里嘟囔着说：“就不能多烙几张吗？抠门的大管家！”

“你快点吃吧，别让人看见……”

“我偏要讲，就说煎饼是你给我偷着拿出来的，整个一个三只手！”

有一次，我把陶罐拿出来，吃了两张煎饼——为这事维克多把我打了一顿。他不喜欢我，就跟我不喜欢他一样；他常常欺侮我，一天能让我擦三次皮靴；他在高架床上躺下睡觉时，使劲晃动床板，往床板缝里吐唾沫，想吐到我头上。

维克多的哥哥常常说“好斗的母鸡”，他大概是想学哥哥的样子，也时常说些俏皮话，但他说得蹩脚至极，简直莫名其妙。

“妈妈，向右向后转！——我的袜子在哪儿？”

他常拿一些愚蠢透顶的问题缠着我不放："阿廖沙，你说说，为什么写起来是'淡蓝'——而念起来却是'粉蓝'？为什么人们常说'喇叭裤'，而不说'木桩裤'？为什么说'到树跟前去'，而不说'到那儿去哭'？"

我不喜欢他们人人都这样说话；我在外婆和外公的熏陶下谈吐文明，语言优美。起初，我听不懂他们胡乱搭配的词组的意思，比如，像"吓人的滑稽""我想吃死了""可怕的愉快"等。我觉得，"滑稽"不可能"吓人"，"愉快"并不"可怕"，而且所有的人死前总是要吃东西的。

我询问过他们："难道可以这样说吗？"

他们张口便骂骂咧咧的："嗬，好一位教师爷，你们瞧呀！非把他耳朵采摘下来不可……"

然而，"把耳朵采摘下来"这样的说法，我觉得也是有错误的，因为可以"采摘"的，只能是花、草、榛子之类。

他们曾试图向我证明，耳朵也是可以采摘的，但是他们未能说服我，于是我非常得意地说："耳朵毕竟是不能够采摘的呀！"

周围的野蛮行为、恶作剧、卑鄙龌龊的无耻勾当，实在是太多了，比"妓院"林立、"野妓"成群的库纳维诺大街上多多了。在库纳维诺①，从卑鄙下流和胡作非为的后面，还能够感觉得到这种现象不可避免的原因，那就是生活艰难，食不果腹，劳动繁

① 库纳维诺，位于奥卡河左岸缓坡上的一座古镇。1817年，当集贸市场从马卡利耶夫迁移到下诺夫戈罗德后，库纳维诺镇的重要性便大大提高了，成了国内外客商云集的一座重镇。高尔基的童年时光有一段时间就是在这里度过的。

重。但是，这里的人们却衣食不愁，悠闲自在，他们的工作就是莫名其妙地瞎忙，熙来攘往，热闹非常。其实，这里的一切，都笼罩在一种辛辣的、令人烦恼不已的无聊氛围之中。

我生活得很不愉快，但更糟糕的是，每当外婆来看我时我心里总有那种难受的感觉。外婆总是从偏门进来，来到厨房，先对着圣像画十字，然后对妹妹深深地鞠一躬。她这一鞠躬犹如千斤重负，压得我简直直不起腰，喘不过气。

“啊，你来啦，阿库林娜。”我的女主人冷冷地说，一副爱搭不理的样子。

我已经认不出我外婆来了：她谦恭地抿起嘴唇，整个脸变得都不认识了；她悄无声息地在门口的长凳上坐下来，旁边就是一个脏水盆；她像犯了什么错误似的，一声不吭；回答妹妹的提问时，声音很小，毕恭毕敬。

这使我感到非常难受，于是我没有好气地说：“你怎么坐到这儿呀？”

她亲切地冲我使了个眼色，态度严肃地对我说：“你不要乱说话，这里当家的可不是你！”

“他总是爱管闲事，打也打了，骂也骂了，就是改不了。”女主人开始向外婆告起状来。

她常常幸灾乐祸地问姐姐：“怎么，阿库林娜，你还在要饭吗？”

“没什么大不了的……”

“只要不嫌丢人现眼，是没什么大不了的。”

“据说，耶稣基督也要过饭……”

“这都是一些蠢货、异教徒在胡说八道，而你这个老糊涂却听信他们这些胡言乱语！耶稣基督可不是乞丐，他是上帝之子，据说，他来到世上，是为了公正地审判活人和死人——请记住：还有死人！[①]老太婆，逃是逃不出他的手心的，化成灰烬也不行……以前你们有钱时，我曾经向你们寻求过帮助，你和你的丈夫瓦西里傲慢得很，上帝会替我惩罚你们的……”

“我可是尽力帮助过你的，”外婆不以为然地说，“不过上帝还是惩罚了我们，这你是知道的……”

“惩罚得还不够！……”

这位妹妹用自己的三寸不烂之舌，狠狠地把外婆数落了一顿，伤透了她姐姐的心。我听着她那喋喋不休的恶言责骂，感到既难过，又不解：外婆怎么能咽得下这口气呢？在这种时候我就很不喜欢她。

年轻的女主人从房内走了出来，客气地冲外婆点点头：“到饭厅来吧，没关系，来吧！”

这位妹妹紧接着对外婆说：“把两只脚擦一擦，穷乡僻壤的，到处都是泥巴！”

东家看见外婆倒很高兴：“啊，聪明的阿库林娜，日子过得怎么样？小老头卡希林还健在吧？”

外婆冲他微笑着，一脸真诚。

“还在硬撑着干呀？”

“一直在干！跟囚犯一样。”

---

① 见《新约全书·马太福音》，第24至25章。

外婆跟他说起话来，态度亲切、和蔼，但是像个长者。有时东家还提到我母亲，说：“是啊，瓦尔瓦拉·瓦西里耶夫娜……这个女人呀——整个一大力士，不是吗？”

这时他妻子转身对我外婆插话说：“您还记得我送过她一件斗篷的事吗——一件黑的、丝绸的，还带着玻璃珠？”

“哪能不记得呢……”

“那是一件很好的斗篷……”

“没错，没错，”东家喃喃道，“斗篷，莲蓬，而生活则是顶圆圆的帐篷！”

“你这话是什么意思？”他妻子疑心地问道。

“我？没什么……快乐的日子春去秋来，善良的人们来去匆匆……”

“我不懂，你这话到底是什么意思？”女主人惴惴不安地问道。

后来我外婆被领去看新生的婴儿了；我把桌上用过的茶具收拾起来；这时，东家若有所思地轻声跟我说：“你外婆可是个好人啊……”

我很感谢他说的这句话，可是当我单独和外婆在一起时，我心里很难受地对她说：“你为什么要到这里来，为什么呀？你明明知道他们是些什么人……”

“唉，阿廖沙，我都看见了。”她回答说。这时，她看着我，慈祥的脸上露出善良的微笑，我感到非常惭愧：不言而喻，她什么都看在眼里，什么都了解，也知道此时此刻我内心的所思所想。

她谨慎地望了望周围，看看有没有人在，然后一把将我搂住，非常亲热地说："要不是你在这里，我才不来呢——我为什么要来看他们呢？何况你外公还病着，我得伺候他，我不干活儿，手里就没钱……可是儿子米哈伊尔把萨沙赶了出来，得管他吃喝。他们答应一年给你六个卢布，所以我现在想，他们能不能给——哪怕一个卢布也行呀？因为你在这里已经有半年了……"她凑近我耳边说："他们叫我好好说说你，骂你一顿，说你谁的话都不听。好孩子，你应该在他们这里待下去，忍耐一两年，等你长大成人！忍耐一下，好吗？"

我答应忍耐下去。但这太难了。这种贫穷、乏味、一切只为糊口的生活，使我感到非常压抑，整天跟做梦一样。

有时候我想：必须逃走！但眼下正值该死的隆冬季节，每到夜晚，暴风雪肆虐，阁楼上狂风在怒号，房屋上的人字架被冻得嘎嘎直响——往哪儿逃呀？

他们不让我出去玩，而且也没有时间玩。冬天白天短，家务事一忙，不知不觉很快就过去了。

但我必须得去教堂。每到礼拜六我都要做夜祷告，通宵达旦；每逢节日，我都要做晚祷告。

我喜欢到教堂里去。随便找个空荡、黑暗的角落，往那儿一站；我喜欢从远处观看教堂里的圣像壁——它好像在烛光中被熔化了，化为一条条金灿灿的小溪，向讲经台那灰色的石地板上缓缓流去；众圣像幽暗的身影，在轻轻地晃动；在通往祭坛的正门两旁，由许多圣幛组成的金色花环在轻快地飘动着，摇曳的烛光像一只只金色的蜜蜂，悬挂在淡蓝色的空中，而妇人和姑娘们的脑袋则像是一朵朵鲜花。

周围这一切和唱诗班的合唱，和谐地融汇在一起，像童话般那样神奇，整座教堂像一个摇篮，开始轻轻地摇动——在漆黑的夜空中轻轻地摇动。

有时候，我觉得教堂深深地沉入了湖底，从地面上消失了；它在过一种独特的、完全不同的生活。也许这种感觉是由于我听了外婆讲的关于基捷日城的故事[①]之后才有的，并且，我常常随着周围的一切，朦朦胧胧地摇晃着身子，在唱诗班的歌声、祷告的嗡嗡声和人们的叹息声的催眠下，我被弄得昏头昏脑，如坠云里雾中；我暗自背诵着优美动听、哀怨凄迷的故事：

复活节早祷时分，
有一群万恶的鞑靼人，
他们如狼似虎，
把美丽的基捷日城
围得水泄不通。
啊，主呀，我们的上帝，
至高无上的圣母！
请保佑你们的奴仆吧，
让他们安心做完早祷，

① 俄国民间故事中还没有发现和基捷日城的传说类似的歌谣。专门研究基捷日城神话故事的学者 B.Л.科马罗维奇认为，高尔基在这里所援引的故事文本说明，即使是宗教诗，也可以作为讲述神话故事的一种形式。

悉心聆听圣经的教导！
啊，请不要让那些鞑靼人，
玷污神圣的教堂，
侮辱我们的妻女，
作践我们的孩子，
残杀我们的老人！
啊，万能的上帝听见了，
至高无上的圣母听见了，
他们听见了人们的悲叹，
听见了基督徒们的哀伤。
上帝耶和华发话了，
对大天使米哈伊尔说：
去吧，米哈伊尔，
让基捷日来个大地震，
把整个城市沉入海底；
让那里的人们一直去祈祷，
早祷、夜祷、通宵达旦，
没有休息，忘记疲劳，
让教堂所有的圣事——
年年岁岁，代代相传！

那些年，我满脑子装的都是外婆的故事诗，如同蜂房里装满了蜂蜜；好像我思考问题时也采取诗歌的形式。

我在教堂里不做祷告，因为面对外婆的上帝，我不好意思重复外公那种牢骚满腹的祷告词和如泣如诉的赞美诗；我相信，外婆的上帝和我一样，是不会喜欢这种祷词和赞美诗的，何况它们都已经印在了书上，就是说，上帝跟所有识字的人一样，早就烂熟于心了。

所以，在教堂里，每当我的心因某种甜蜜的忧伤或昔日小小的伤痛而有所触动时，我便努力编写我自己的祷告词。只要我一想到我那苦难的命运，催人泪下的词句便倚马千言，出口成章：

上帝啊，上帝——我寂寞难耐！
请让我快快长大吧！
不然，这日子实在难以忍受，
宽恕我吧，这样我宁可去上吊！

进城学艺——一事无成，
马特廖娜这老妖婆，
整天冲着我——鬼哭狼嚎，
长此下去，我怎能吃得消！

有许多祷告词至今我还记忆犹新——童年的记忆，像一道道伤疤，真是深入肌肤，刻骨铭心，一辈子都不会忘记。

我在教堂里感到很舒服，就跟置身于森林和田野一样。一颗幼小的心灵饱受屈辱，被凶险残暴的生活所玷污，如今，在朦胧、热诚的幻想中，这颗心灵得到了洗涤与净化。

但只有在全市暴风雪大作、天寒地冻的时候，我才到教堂里去，那时天空像被冰封了似的，狂风把它撕成一块块雪云，大地在一座座雪堆下也被封得严严实实，看来已是永无生机，决不会再复苏了。

我很喜欢在静悄悄的夜晚到城市的大街上漫步，一条街一条街地走，一直走到一些最偏僻的角落。有时候，走着，走着，好像长了翅膀，身子轻飘飘的；我独自一人，仿佛是天空的月亮，自己的影子在自己的面前缓缓移动，遮住了雪地上的亮光，因此常常可笑地撞到防护栏和栅栏上。一个巡夜人在当街走着，手里拿一只木梆子，穿一件大厚皮袄，他身边的一条狗在瑟瑟发抖。

一个行动笨拙的人，看上去像是一间狗舍——它离开院子，沿街而行，不知要到哪里去，而那条倒霉的狗——一直跟在它后面。

有时候迎面会碰上一对对快乐的青年男女——我心里想，他们一准儿也是做夜祷告的时候溜出来的。

时而飘过一种特殊的气味，通过灯火明亮的小气窗，渗透到清新的空气之中；这是一种奇妙的、我从未闻到过的气味，它暗示着这里有一种我所不了解的另外一种生活；于是我站在窗下，耳听鼻嗅，猜想这是一种什么样的生活，什么人住在这座房子里？现在正是夜祷告的时候，而他们却在寻欢作乐，热闹非常，弹奏着一种很特别的吉他，铜质的琴弦，透过小小的气窗，传出铮铮的乐声。

我特别感兴趣的是坐落在很少有人去的季洪诺夫大街和马尔丁诺夫大街拐角处的一座矮矮的平房。我是在谢肉节[①]前一个月

① 谢肉节，大斋前的一个礼拜。

色朦胧的夜晚来到这里的，有一种与众不同的声音，透过方形的小气窗，随着暖烘烘的气流传了出来，它仿佛是一位体格健壮、心地善良的人闭着嘴巴哼唱出来的；听不清楚歌词，但歌曲我感到非常熟悉，而且明白易懂，尽管有一种弦乐器的声音使人很难听下去，因为它总是令人讨厌地连连打断他的歌声。我坐在防护栏上，心想，这声音肯定是一种音量特大的什么琴发出来的，真让人有些受不了，因为听起来耳朵几乎都被震疼了。这琴声有时是那样的强劲，好像整座房子都被震得直颤抖，窗上的玻璃哗哗直响。雨水从屋顶上往下滴，泪水从我眼睛里往下流。

巡夜人不声不响地来到我身边，把我从防护栏上推下来，问道："你待在这儿干什么？"

"听音乐。"我解释说。

"未必吧！走开……"

我绕着这个小区，迅速跑了一圈，又回到了窗下这个地方，但这座房子里已经没有人演奏了，人们的欢声笑语从气窗口里源源不断地传到大街上，而且这声音听起来跟刚才那种悲悲切切的音乐截然不同，我仿佛置身于梦中。

后来几乎每个礼拜六我都到这座房子跟前来，但是只有一次，是个春天，我在那里又听到了这个大提琴的声音——它连续不断地一直演奏到深夜，我回家后挨了一顿揍。

冬天的夜晚，有星光陪伴，在市内荒无人迹的大街上信步漫游，这大大丰富了我的阅历。我特意选择那些距市中心较远的大街，因为中心大街上的路灯多，东家的熟人可能会看见我，这样东家就会知道我没有去做夜祷，跑出去玩了。麻烦的是那些醉鬼、警察和“街头”女郎；而在偏远处的大街上，只要窗户没有结冰，里面没有挂窗帘，便可以往一楼的窗户里窥视。

从这些窗子里可以看到许多画面：我看见人们如何做祷告，如何接吻，如何打架，如何玩牌，以及如何忧心忡忡地进行无声的谈话——在我的面前，展现出的是一种无言的、像鱼一样的静悄悄的生活；就跟花一个戈比可以看一次拉洋片一样。

我看见两个女人坐在地下室的桌旁——一个很年轻，一个年长一些；坐在她们对面的是一个头发很长的中学生，他正在比比画画地给她们读一本书。那年轻女子一边听，一边紧皱双眉，身子靠在椅子背上；那年长一些的——身材苗条，头发蓬松——突然双手捂着脸，肩膀抖动起来，这时那中学生赶紧把书撂下来；而当那个年轻女子拔腿跑出去后，中学生则跪倒在头发蓬松的女子面前，并且开始亲吻她的双手。

我在另一个窗口里看见一个满脸大胡子的高个子男人，让一个穿红上衣的女人坐在他的膝盖上，像哄孩子似的摇晃着她，而且张着嘴，瞪着眼，看上去在唱着什么。这女人笑得浑身颤动，前仰后合，两只脚乱踢腾；他把她身子扶正后，又开始唱起来，而她也跟着大笑不止。我看了好长时间，当我明白他们准备通宵达旦地寻欢作乐时，我便走开了。

有好多类似的情景，我永远都不会忘记，而且常常因为看得太入迷而误了回家的时间。这引起了东家一家人的怀疑，他们老是问我：

“你去的是哪个教堂？是哪位神父主持的圣事？”

全市的神父他们都认识，知道什么时候应该读《圣经》的哪个部分；他们什么都了解，所以，要戳穿我的谎言，对于他们来说，简直太容易了。

婆媳二人都信奉我外公的那个容易动怒的上帝，他要求信徒们对他必须怀着敬畏的心情；这两个女人经常把上帝的名字挂在嘴上——甚至吵架时她们也拿他来威胁对方：

“你等着瞧！上帝会惩罚你的，准会让你变成个驼背，混蛋！……”

大斋第一周的礼拜日，老太婆摊煎饼，可是全煎煳了。她的脸被烤得通红，愤怒地喊道：“哎呀，真他妈见鬼了……”

这时，她忽然闻了闻煎锅，脸色一下子沉了下来，将煎锅拿下来后，往地上一扔，号叫道：“天哪，煎锅上怎么有荤腥味儿？这是犯忌讳的呀，一定是我礼拜一斋戒前没有把上面的油腥味烧干净，上帝啊！”

她双膝跪下，流着眼泪乞求道：“上帝啊，看在你受难的分上，请宽恕我这个死老婆子吧！上帝呀，就别惩罚我这个老糊涂了吧……”

摊出来的煎饼都喂狗了，煎锅又重新被烤了一遍，可是儿媳在吵架时对婆婆仍然不依不饶：“您竟然在斋戒期间用有荤油的煎锅摊煎饼……”

她们都把自己的上帝扯到各种家务琐事中来，扯进各人狭小的生活圈子里来——这样一来，原本单调乏味的生活便具有了外在的意义和重要性，仿佛她们每时每刻都在为至高无上的力量服务。这种把上帝牵扯进无聊琐事的做法，使我在精神上感到很大压抑，不由自主地老是往身边的各个角落里察看，感到自己无时不在受到一种无形的监视，每到夜间，我就被恐惧所笼罩，令人心惊胆战——这种恐惧来自厨房的一个角落，因为那里，在黑黢黢的圣像前，供奉着一盏永不熄灭的长明灯。

碗架旁边有一个大窗户，一根立柱把窗子分为两半。深不见底的蓝色大空洞正在向窗内窥视，看来，这座房子、厨房和我，统统都在这个大空洞的边缘上挂着，只要稍一晃动，都会跌入冷风飕飕的蓝色大空洞，与众星擦肩而过，飞向远处，在死一般的沉寂中，悄无声息，像石沉大海一样，消失得无影无踪。我久久地躺在那里，一动不动，不敢翻身，等着看可怕的死亡降临。

我不记得自己是怎样医治好这种恐惧的，但我很快就康复了。不用说，我外婆的慈善的上帝在这方面帮了我的忙，而且我想，当时我已经悟出了一个简单的真理：我尚未做过任何坏事，无罪受罚——这不符合法律，而别人的过失不该由我负责。

午祷时间我也跑出去玩了，尤其是在春天，它那不可抗拒的力量，绝不会放我去教堂的。要是他们给我两个戈比的灯油钱，那会把我彻底给害了：我会用这钱去买羊拐子，然后整个午祷时间全用来玩它了，不用说，回家的时间肯定要晚。而有一次，我竟然把给我买追荐亡魂名录和圣饼用的十个戈比全都输掉了，无奈之下，我只好偷了教堂执事从祭坛上撤下来的别人的圣饼。

我特别贪玩，简直都玩疯了。各种游戏——无论是羊拐、球类和击木，我玩起来都得心应手，出类拔萃，很快，我在附近几条街上已经是小有名气了。

大斋期间，我不得不斋戒，于是我便到我们的邻居——多里梅东特·波克罗夫斯基[①]神父那里去忏悔。我原以为此人非常严厉，过去我个人有许多对不住他的地方：我用石头砸过他家花园的凉亭，专门和他的孩子们作对，总之，他可以向我提起不少引起他不快的种种举动。这使我感到很难为情，因此，当我置身于那座简陋的教堂，排队等候忏悔的时候，我的心一直在怦怦地跳动。

但多里梅东特·波克罗夫斯基神父热诚地欢迎了我，很随和地惊叫道："哎呀，我的邻居来了……喏，请跪下来！你有什么罪呀？"

他把一块沉甸甸的丝绒布盖在我头上，迎面扑来的蜂蜡和神香的气味，使我一时喘不过气来，说话都有些困难，而且，我也不想说了。

"你听大人们的话吗？"

"不！"

"你要说——我有罪！"

我也没想到自己竟然会说："我偷过圣饼。"

"是吗——怎么偷的？在什么地方？"神父想了一下，不慌不忙地问道。

"三圣徒教堂、圣母节教堂和尼古拉教堂……"

"嗯，嗯，各个教堂都偷过！这个，小老弟，这可不好；这

① 多里梅东特·波克罗夫斯基，是米宁斯基养老院教堂的神父，他家就在兹韦兹金大街，离谢尔盖耶夫家很近。他参与"保护性的民间读书活动"的相关情况，请参阅《高尔基及其时代》，第595至596页。

是一种罪过——你懂吗？”

“我懂。”

“你要说——我有罪！真是不长记性。你偷出来是要吃吗？”

“有时候——是为了吃，再不就是玩拐输了钱，可我必须得把圣饼带回家，所以，我才去偷……”

多里梅东特神父开始喃喃地说些什么，听不清楚，而且显得很疲劳。后来他又提了几个问题，突然，他严词问道：“你读过地下出版物吗？”

我一下子没听明白他问的这个问题的意思，就反问了一句：“什么地下出版物？”

“就是禁书，你读过吗？”

“没有，什么禁书也没读过……”

“你的罪过已经被宽恕了……快起来吧！”

我惊讶地看了看他的脸——一副若有所思、乐善好施的样子。我感到很不好意思，非常惭愧，因为让我来忏悔时，东家家里人说了许多关于忏悔的骇人听闻的话，他们劝我一定要老老实实地忏悔自己所有的罪过。

“我朝您的凉亭扔过石头。”我说。

神父抬起头，说道：“这样也不好！去吧……”

“我还打过您的狗……”

“下一位！”多里梅东特神父向我身后看了看，喊道。

我走了出来，心里有一种上当受骗和被愚弄的感觉，因为我原以为忏悔是一件非常可怕的事，可结果并不可怕，甚至没有多大意思！只有关于我看没看过禁书的问题还有点意思。我想起了那个在地下室给两个女人读书的中学生，还想起了“好事儿”——他同样有许多很厚的黑皮书，还有些我看不懂的插图。

第二天，东家他们给我十五戈比的辅币，让我去领圣餐。由于复活节来得晚，积雪早已融化，街上也已经干了，路上尘土飞扬，是个阳光明媚、喜气洋洋的日子。

在教堂围墙旁边，一大群工人师傅兴高采烈地在玩羊拐。我想，待会儿再去领圣餐也不迟，于是，我便对那些玩拐的师傅们说：“算我一个吧！”

“要参加，得交一个戈比。”一个棕红色头发的麻脸师傅态度傲慢地说。

但我也毫不示弱，说：“左手第二对，押三个戈比！”

“把钱放上！”

于是赌局便开始了。

我把十五戈比的辅币换开，在一长排下赌注的地方，把三个戈比押在一对羊拐处。谁要是击中这对羊拐，谁就把钱赢去，要是击不中，他就输三个戈比。我很走运：有两个人击打我的赌注，结果都没有击中，最后我从两个大老爷们儿手里赢了六个戈比。这大大鼓舞了我的士气……

不过有一个玩拐的却说：“盯住他，伙计们，别让他赢了钱就跑……”

这话让我非常生气，盛怒之下，我粗声大气地甩了一句：“左边最边上的一对，我押九个戈比！”

但我这句话并没有给玩拐的人留下明显的印象，只有一个和我年纪差不多的男孩做出了回应，他警告说：“当心点，这家伙手气特别好，他是兹韦兹金大街的制图员，我认识他！”

一个瘦瘦的工人师傅——从身上的气味判断，是个皮匠——挖苦地说：“鬼机灵[①]？好——哇……”

他对准我的赌注，用一只灌了铅的羊拐打了过去，不偏不倚，正好击中；他弯下身问我：“会哭鼻子吗？”

我回答说：“最右边的那一注——三个戈比！”

“同样得归我。”皮匠夸口说，但是他却输了。

坐庄家不能一连超过三次，于是我开始击打别人的赌注，这样我又赢了四个戈比和一堆羊拐。但是，当再次轮到我坐庄时，我押了三次注，而且钱都输光了，不过正好：这时午祷已经结束，钟声响起，人们纷纷走出教堂。

“结婚了吗？”皮匠问道，他想抓住我的头发，但是我一挣脱，跑开了。我追上一个身穿节日盛装的小伙子，彬彬有礼地问他：“您领圣餐了吗？”

“领了，怎么？”他回答说，他看着我，一脸的怀疑。

我求他给我讲讲圣餐是怎么领的，领圣餐时神父都说些什么，当时我应该做些什么？

小伙子严厉地把眉头一皱，用吓人的声音喊道：“领圣餐时你玩儿去了吧，异教徒？哼，我什么都不告诉你，等着你父亲扒你的皮吧！”

我跑回家去，相信他们一定要问我，而且肯定会知道我根本没有去领圣餐。

---

① “制图员”与“鬼机灵”的俄文发音有点相近。

但老太婆跟我打过招呼后，只问了一件事："教堂执事的圣餐酒钱[1]——你给多了吗？"

"给了五个戈比。"我顺口说道。

"给他三个戈比就可以了，另外两个自己留下，你也真是！"

春天到了。大自然每天在变换新装，一天比一天更鲜艳、更宜人；鲜嫩的小草和新绿的白桦树，散发出醉人的清香；新春使人迫不及待地想到野外去，仰面朝天地躺在暖洋洋的大地上，倾听百灵鸟的歌唱。可是我呢——却在清洗冬季的衣裙，把它们一一装进箱子，将一张张的烟叶撕成碎片，清除家具上的灰尘，从早到晚，净干些我不喜欢、也没必要的事情。

空闲的时候，我完全是饱食终日，无所用心。我们这条街，单调无聊，空空荡荡；往远处走，又不让去；院子里都是些性情暴躁、精疲力竭的掘土工和披头散发、衣衫不整的厨娘与洗衣女工；每天晚上，他们这群打情骂俏的狗男女，全都在一起鬼混——我感到非常反感和气愤，真想变成个瞎子——眼不见为净。

我拿着剪刀和五颜六色的纸张来到阁楼上，将这些纸剪成各种花边图案，作为装饰，把它们贴在房梁上，也算是我消愁解闷的一种方法。我心烦意乱，总想跑到一个什么地方去，那里的人们能够少喝点酒，少吵点架，大家不再那么喋喋不休地向上帝抱怨个没完，不再那样动不动就欺侮人，吹胡子瞪眼睛地责骂人。

---

① 东正教堂在给教徒们发放圣餐时，葡萄酒里都是兑了温水的。

礼拜六复活节那天，人们把弗拉基米尔圣母显灵的圣像从奥兰斯基修道院迎到市内，圣像在城里要留置到六月中旬，而且要对各个教区的所有人家进行巡访。①

在一个平常日子的上午，圣像光临我们东家家。当时我正在厨房里擦洗铜餐具，年轻的女主人从房内惊慌失措地喊道："快打开大门，奥兰斯基修道院的圣母到了！"

我赶紧跑下楼——身上很脏，一手的油污与砖粉——打开大门；一位年轻修士一手掌灯，另一只手提着香炉，小声抱怨说："还在睡懒觉呀？快来帮一把……"

两位居民沿着狭窄的楼梯把沉重的神龛抬了进来，我用两只脏手和肩膀从旁帮他们抬着，后面是一些体态笨重的修士；他们迈着沉重的步子，一脸不乐意的样子，瓮声瓮气地唱道："至高无上的圣母啊，请为我们向上帝祈祷吧……"

我一想，糟了："圣母肯定会怪罪我，因为我抬她时，身上这么脏，我的手肯定会烂掉……"

他们把圣像供奉在前厅一角的两把椅子上，椅子上面铺着干净的床单，神龛两边各有一位修士守护着；两位修士年轻英俊，像天使一般眉清目秀，喜气洋洋，一头蓬松的秀发。

他们开始做祷告。

"啊，万民颂扬的圣母呀！"一个大个子神父声音高亢地唱

---

① 奥兰斯基修道院就在下诺夫戈罗德县的一个叫奥兰斯基的村子里。迎接弗拉基米尔圣母的圣像，一般都是在复活节第一周的周六，6 月 19 日至 7 月 1 日（当地的节日）的时候再隆重地送回去。

道，同时伸出一个发红的手指头，去触摸被他的蓬松头发遮着的胖耳垂。

“至高无上的圣母啊，请多多保佑我们……”修士们有气无力地唱道。

我喜欢圣母。听外婆说，大地上所有的鲜花和欢乐，一切美好的事物，都是圣母为救助穷人而撒播的。后来，该去吻圣母的手了，因为没看见大人们是怎样做的，我便战战兢兢地吻了吻圣母像的脸和嘴唇。

有人一把将我推到门口的一个角落里。我不记得修士们是怎样把圣像抬走的了，但我记得很清楚：我坐在地板上，东家一家人围着我；他们惊恐万状，同时又忧心忡忡地议论纷纷：现在该拿我怎么办呢？

“应该跟神父谈谈，他学问大，见多识广。”东家说，而且毫无恶意地骂我道：“真是不懂事，难道你不知道不能直接亲吻嘴唇吗？还在……学校里念过书哩……”

有好几天，我都觉得自己要大祸临头，在劫难逃——那会是什么样呢？我用脏手抬过神龛，吻圣像又越了轨——这事是绝不会就此拉倒的，不会放过我的！

但看来圣母宽恕了我出于真诚爱戴而无意间犯下的过失。要么就是她的惩罚非常轻微，以至经常受到好心人惩罚的我，没有怎么感觉出来。

有时候，为了气气东家的老太婆，我痛心疾首地对她说：“圣母显然把惩罚我的事给忘了……”

“你等着吧，”老太婆恶狠狠地说，“还早着呢……”

我用粉红色的茶叶包装纸、锡箔纸、树叶及各种乱七八糟的东西，贴成各种图案花纹，把阁楼的房梁装饰起来，同时，我用教堂唱诗班的曲调，把我临时想到的内容随口唱了出来，就跟卡尔梅克人在旅途中边走边唱一样：

我坐在阁楼上，
手中的剪刀忙，
剪纸不停手，
心里憋得慌！
假如我是条狗——
就撒腿跑四方，
如今遭人骂：
你小子，别轻狂，
若不想皮肉苦，
那就别声张！

老太婆看了看我手里的活计，摇摇头，嘿嘿一笑，说："你若把厨房也这样装饰一下就好了……"

有一次，东家来到了阁楼上。他看了看我的这些布置，叹口气说："你呀，彼什科夫，你这人还挺有意思的，真是见你的鬼了……你真的想当魔术师吗？简直让人琢磨不透……"

他给我一枚尼古拉时期[①]发行的很大的五戈比的硬币。

---

① 可能是指俄国皇帝尼古拉一世（1796—1855）当政时的 1825—1855 年。

我用细铁丝将硬币缠起来，把它像勋章一样悬挂在我那花花绿绿的装饰品中最显眼的地方。

但是一天后，这枚硬币便不见了，缠着它的铁丝也不翼而飞了——我深信：是老太婆把它给偷走了！

五

春天的时候，我还是逃跑了：早晨，我到店里去买喝早茶时吃的面包，可是店老板当着我的面一直在跟老婆吵架，而且用秤砣砸了她的前额，她跑到街上后便倒下了，人们立即围了过来，把她扶上一辆四轮马车，送往医院。我跟在马车后面一通猛跑，后来不知不觉中竟到了伏尔加河畔，手里还攥着一枚二十戈比的硬币。

当时是春光明媚，气候宜人，伏尔加河水位正在上涨，河水泛滥，辽阔的大地上人声鼎沸，非常热闹——可就在这之前，我生活得像地窖里的一只小耗子。所以我决心不再回到东家那里去了，也不去库纳维诺镇找外婆了，因为我未能信守诺言，无颜面对她，而外公对我定会幸灾乐祸。

有两三天时间，我一直在河边游荡，白天，跟好心的码头装卸工一块吃喝；晚上，跟他们一起在码头上过夜；后来，他们当中有一个人对我说："小家伙，我看你成天在这里转悠，这也不是个事呀！你到'善良号'轮船上去看看，那里需要一个洗碗的……"

我去了。[1] 船上小卖部的管事是个大高个儿，一脸胡子，戴一顶黑色丝绸帽，没有帽檐；他的眼睛有些浑浊，他透过镜片瞧了瞧我，小声说："一个月两卢布。身份证！"

我没有身份证，管事的想了想，提议说："叫你母亲来一趟。"

我跑回去找到外婆，她赞成我的做法，让外公到手工业管理处给我办了个身份证，她亲自陪着我上了轮船。

"好吧，"管事的看了我们一眼说，"跟我走。"

他把我领到船尾，一个身穿白上衣、头戴白色尖顶帽的大个子厨师，正在桌边坐着喝茶，同时在抽一支粗大的烟卷。小卖部的管事把我往他身边一推，说："一个洗碗的。"

说罢他便转身走了；那个厨师哼了一声，黑胡子往上一撅，冲着他的背影说："只要工钱便宜，什么阿猫阿狗都肯雇……"

他的脑袋很大，一头乌黑的短发；这时，他气鼓鼓地把头往后一仰，两个黑眼珠子一瞪，脸一绷，鼓足了劲，大叫一声："你是干什么的？"

我很不喜欢这个人——尽管他穿一身白衣服，但仍然让人觉得他这个人很邋遢；手指头上长满了汗毛，两只大耳朵里也长了许多毛。

"我想吃。"我对他说。

他眨了眨眼睛，突然，他那凶巴巴的面孔一下子露出了宽厚的笑容，一脸横肉的赤红脸，像波浪似的向两边咧开，一直咧到

---

① 1881 年春天高尔基离开 B.C. 谢尔盖耶夫家，到"善良号"轮船上当洗碗工去了。

耳根；几颗又大又长、像马那样的牙齿裸露在外面，脸上的小胡子往下耷拉着——看上去像一个心地善良的胖女人。

他将自己玻璃杯里的茶泼到舷外，又倒上一杯新的，把一个没有人动过的法式小面包和一大块香肠推到我的面前。

“快吃吧！父母在吗？会偷东西吗？噢，别怕，这里的人全都是小偷——他们会教你的！”

他说话像狗叫似的。他的脸很大，刮得有点发青，鼻子两边布满了红色的血丝，肥大的红鼻子几乎下垂到小胡子上了，下嘴唇沉甸甸地往下坠着，整个一副不屑于理人的样子；他嘴角叼着一根香烟，一直在喷云吐雾。他大概是刚从浴室里出来——身上有一股白桦树枝和胡椒酒的气味①，两鬓和脖子上净是汗水，闪闪发亮。

我喝完茶后，他塞给我一张一卢布的票子，说：“去给自己买两条能罩住全身的长围裙。等一下——我自己去买吧！”

他正了正头上的尖顶帽，移动笨重的身子，两只脚蹭着甲板，像狗熊似的摇摇晃晃地向前走去。

明月当空……夜，在轮船的左侧，月亮向草地深处迅速跑去。这是一艘有点陈旧的棕红色的轮船，烟囱上涂了一道白色的条纹；轮船在不慌不忙地向前行进，它的轮叶拍打着波光粼粼的河水，但船体并不平稳；迎面而来的黑黢黢的两岸，悄无声息地从身边一滑而过，在河水里投下了巨大的阴影；岸上一座座农舍的窗口，灯火通明，村子里歌声嘹亮——姑娘们正在跳圆圈舞，

① 当时俄国人沐浴时喜欢用白桦树枝蘸胡椒酒轻轻抽打自己的身子。

她们歌声中反复出现的叠句“阿依——留利”，听起来很像是教堂唱诗班赞美上帝时唱的“阿里路亚”……

轮船后面还有一艘平底船，也是棕红色的，由一条很长的缆绳拖着；船甲板上罩着一层铁丝网，网内都是被判处流放和苦役的囚犯。一名哨兵站在船头，负责押送，他的刺刀像蜡烛一样闪闪发光。平底船上悄无声息，月光直接倾泻到船上，透过铁丝网的一个个小黑孔，隐隐约约可以看见一些圆圆的灰色斑点——这是囚犯们在观看伏尔加河。河水哗哗的拍击声，既像是有人在哭泣，又像是有人在强忍着欢笑。周围有一种教堂的氛围，甚至那浓厚的油脂气味，也跟教堂里的一模一样。

我望着这艘平底船，童年生活就浮现在眼前。我想起了从阿斯特拉罕到下诺夫戈罗德的行程，想起了母亲严峻的面孔和我的外婆——一个把我带入虽然有趣，但却困难重重的人间生活的人。我一想到外婆，一切苦恼与委屈都离我而去，化为乌有，一切都变得比较有趣、比较愉快了；人们也变得更加可亲、可爱了……

夜的美景令我激动不已，我的眼泪几乎都流了出来。令我激动的还有这艘平底船——它像是一口棺材，在这泛滥得漫无边际的茫茫河面上，在这春意绵绵之夜的冥冥寂静中，它显得是那样的多余。两岸的走势崎岖不平，忽高忽低，既令人心旷神怡，又让人有些担心——我很想成为一个心地善良、为人们所需要的人。

我们这艘轮船上的人——非常特别；他们所有的人——男女老少——我觉得都一个样。我们这艘船行驶得很慢，急着办事的人都乘邮船走了，坐我们这艘船的人都是些无所事事的闲人。他们从早到晚不停地吃喝，餐具、刀叉、汤勺弄得一片狼藉；我的工作就是洗盘子，洗碗，洗刀叉，洗勺子；从早上六点，差不多到半夜，我一直都在干活儿。白天，从两点到六点，晚上，从十点到午夜，我的活儿少一点，因为乘客们刚吃过饭，需要休息；这时他们只是喝喝茶、啤酒和伏特加。整个小卖部的工作人员——都是我的上司——此时都比较清闲。厨师斯穆雷、他的助手雅科夫·伊万内奇、厨房的洗碗工马克西姆和专门侍候甲板上乘客的服务员谢尔盖，都坐在排水管旁弯头的桌子边，喝茶聊天。谢尔盖是个驼背，颧骨很高，一脸麻子，两只眼睛总是色眯眯的。雅科夫·伊万内奇爱讲些乌七八糟的下流故事，笑起来跟哭似的，露出一嘴发黑的蛀牙。谢尔盖将自己的大蛤蟆嘴一直咧到耳根，马克西姆则板着个脸，一声不吭地看着他们，两只严厉的眼睛，很难说是什么颜色。

“亚——细亚人！莫尔——多瓦人！”厨师长时不时地大声喊一嗓子。

我不喜欢这些人。秃头、大胖子雅科夫·伊万内奇张口闭口离不了女人，而且总是满嘴脏话。他脸上毫无表情，长了许多灰斑，有一边脸上有一颗痣，上面长了一撮棕褐色的毛，他把这撮毛搓成了一小缕儿。一旦有妩媚乖巧的女乘客上船，不知为什么，他便像叫花子似的显得特恭顺，跑前跑后，唯命是听，一副诚惶诚恐的样子；说起话来嗲声嗲气，现出一副可怜相；他嘴边泛着白沫，时不时地用自己那脏兮兮的舌头迅速将它们舔去。不知为什么，我总觉得刽子手就应该是这种肥头大耳的样子。

“应该学会怎样撩起女人的欲火。”他教谢尔盖和马克西姆说，他们俩认真地听着，噘着嘴，脸涨得通红。

“亚——细亚人，”斯穆雷嫌弃地甩了一句，费劲地站起身，命令我说：“彼什科夫——开步走！”

来到舱室，他塞给我一本皮封面的小册子①，然后躺在冷藏室墙边的一张床上。

“快来念念！”

我坐在一只通心粉盒子上，认认真真地念道：“苍穹本影，天幕繁星，乃是与上天的沟通，他们借此可以摆脱愚昧与恶行……”②

斯穆雷抽了一口烟，吐出烟雾，嘴里嘟哝道：“这些笨骆驼！写的什么呀……”

“袒露左胸，说明于心无愧……”

“让谁来袒露？”

“书里没有说。”

“那就是说，让女人们袒露……唉，这帮好色的家伙。”

---

① 1897年高尔基在自传里回想起斯穆雷时写道：“他激起了我读书的兴趣……他有整整一箱子的小刻本、皮封面的书，那是世界上最奇特的图书馆了……在这以前我很讨厌读书，看见印有铅印字的本子就头痛，包括户口本在内。”（《高尔基文集》30卷集，第23卷，第270、438页）

② 这本小册子叫《撕下假面具的共济会员》，是批评“共济会”的，里面用了许多“共济会”的专门术语，如“天幕”即是，它源自拉丁文，又称本影，指影子中光源完全照射不到的部分。点光源的影子实际上就是本影，如太阳作为一个星体，它的影子就是由一个小的本影和一个大得多的半影组成；日食时，本影所在区域就是日全食，半影所在区域则是日偏食。

他闭上眼睛，躺在床上，两只手垫着后脑勺，嘴角上叼着的香烟还在勉强冒烟，他用舌头一再想调正香烟的位置，使劲地往里吸，以至胸腔里好像有什么东西呼噜呼噜地直打响，他的一张大脸，完全淹没在团团烟雾之中了。有时我觉得他好像是睡着了，便不再接着往下念，自己开始浏览这本该死的书——我讨厌它，直觉得恶心。

他却哑着嗓子说："接着往下念啊！"

"执事答道：你要当心，我亲爱的兄弟休韦里扬……"

"是塞韦里扬……"

"书上印的是'休韦里扬'……"

"是吗？真是见鬼了！那后面结尾处写的是诗，就从那儿接着往下念吧……"

我跳过去一部分，接着念道：

想了解我们的事的蠢人们啊——
你们微弱的视力永远也分辨不清，
就连天使的歌唱你们也听不懂。

"等一下，"斯穆雷说，"这哪儿叫什么诗！把书拿过来……"

他气鼓鼓地翻了翻那厚厚的蓝色书页，随后把书塞在床垫下了。

"另外换一本……"

倒霉的是，他那个黑铁皮箱里有许多书：有《奥米尔的教诲》《炮兵纪事》《塞丹加利勋爵书简》[1]《论有害昆虫——臭虫之类的消灭防治法》，还有一些没头没尾的书。有时斯穆雷厨师一定要让我把这些书都拿出来，一本一本地把书名念给他听——我就给他念，可他却满肚子怨气地嘟嘟囔囔说："净是瞎编，这帮混蛋……他们只管打你的耳光，可是为什么要打——不得而知。盖尔瓦西[2]！他对我有什么鬼用——这个盖尔瓦西！还有什么天幕……"

这些莫名其妙的词汇和生疏的名字，硬是钻进人们的脑子，挥之不去，弄得舌头直痒痒，总希望能挂在嘴上，反复念叨，兴许这样就能悟出它的内在含义来？而窗外，河水一直在不停地歌唱，拍击着船体。此时此刻，如果能到船尾去看看该多好啊，那里，在众多货箱之间，聚集了许多水手和司炉工，他们和船上的乘客在一块儿玩牌、唱歌、讲有趣的故事。跟他们坐在一起，听着他们简单明白的话语，眺望卡马河两岸的景色，看着像铜弦一样挺拔的苍松和汛期留下的星罗棋布的湖泊——它们像打碎了的玻璃镜片，映照出一片片的蓝天——此情此景，简直令人心旷神

---

① 《奥米尔的教诲》，看来是指德国文学家和神秘主义哲学家卡尔·冯·艾卡尔茨豪森（1752—1803）的著作，全名是《奥米尔的教诲，一本实话实说而非应该怎么说的书》，内容都是些劝谕性的、以情动人的故事。《炮兵纪事》是法国人皮埃尔·修里列·德·圣列米所作，内容都是关于炸药、火炮、燧发枪等武器的描述。《塞丹加利勋爵书简》大概是法国女作家阿杰兰达·德·弗拉奥（1761—1836）改嫁给德·苏扎后写的。

② 盖尔瓦西，喀山神学院的修道士，19世纪初从希腊文翻译介绍过不少宗教著作。

怡。我们的轮船离开岸边，迅速向前驶去，可是从岸上，在劳累一天的寂静中，传来了望不见的钟楼的钟声，它使人想起了那里的村庄和人们。一条渔船在波浪中荡漾，看上去像一大片面包；眼瞅着岸上出现一个小村庄，一群孩子在河里嬉戏玩耍；一个穿红衬衫的农民沿着黄色的沙土路向前走去。从河上远远望去，一切都显得那么赏心悦目，怡然自乐；一切都好像是儿童玩具，那么小巧，那么花哨，又那么有趣。不由使人想对着岸上，对着后面的平底船大声说上几句亲切、祝福的话。

这艘棕红色的平底船引起了我很大的兴趣，我能整整一个小时不间断地看它怎样用那平缓的船头在浑浊的河水中破浪前进。轮船像拖了一头猪似的拖着它；缆绳一松，便挨着水面，然后再一拉紧，一大串水珠便纷纷落下，缆绳又直接拉住平底船的船头。我非常想看看那些像野兽一样被关在铁丝网内的人的面孔。到了彼尔姆，当他们被押上岸时，我挤在平底船的跳板旁边；看到有几十个灰头土脸的人从我身边走过，他们拖着沉重的脚步，脚上的镣铐发出刺耳的响声；沉重的行李包压得他们一个个弯下腰来。这里面有男有女，有老有少，有模样漂亮的，也有相貌丑陋的，但他们和所有的人完全一样，只不过是穿着不同、发式难看罢了[①]。当然，他们都是些强盗，但外婆给我讲过许多关于强盗行侠仗义的故事。

斯穆雷看上去比谁都更像个穷凶极恶的强盗，可是他看了看后面的平底船，神色忧郁地嘟哝着说：“愿上帝保佑，可不要落

---

① 指被剃成的阴阳头。

到这个下场！”

有一回我问他：“为什么别人杀人越货，而你却在给人做饭呢？”

“我不是做饭，而是当厨师；做饭是女人们的事，”他嘿嘿一笑说道，他想了一下，又补充道，“人和人不一样，就看是不是愚蠢了。有的人聪明得很，有的人差一些，还有的完全是傻瓜。为了能够变聪明，就应该读正经书，读装神弄鬼的书能有什么好？所有的书都应该读，这样你才能够发现好的……”

他经常语重心长地跟我说：“你一定要读书！一遍读不懂——就读它七遍，七遍读不懂——就读它十二遍……”

斯穆雷对轮船上所有的人，包括寡言少语的小卖部的管事，说起话来都非常噎人，而且，撇着下嘴唇，胡子向上撅着，一副嫌弃人的样子——简直就像拿石头在砸人。不过他对我倒很温和，也很关心，但他的这种关心，总使我感到有点害怕，有时候我觉得斯穆雷跟我外婆的妹妹一样，是个半吊子。

有时他跟我说：“等会儿再念……”

然后，他便长时间地躺在那里，闭着眼睛，鼻子不停地打着鼾；他的大肚子轻微地上下起伏着，两只手像死人一样交叉在胸前，曾经被烫伤过的毛茸茸的手指头一直在不住地动弹，——仿佛在用无形的针编织一只无形的长袜。

突然，他开始嘟嘟哝哝地说：“是啊。这不，给了你聪明才智，那你就去好好生活吧！聪明才智是很难得的，不是人人都有。要是人人都一样聪明那该有多好，可是——不然……有的人明白，有的人就不明白，还有些人压根儿就不想明白，有什么办法！”

他吃力地搜寻着字眼儿，讲述自己戎马生涯的故事——我琢磨不出他讲的这些故事的含义，我觉得这些故事听起来枯燥乏味，没有意思，而且没头没尾，他想到哪儿讲到哪儿。

“团长把那个士兵叫来，问他：‘中尉对你说什么来着？’他一五一十地都说了——当兵的就应该如实回话。可是中尉看看他，像看一堵墙似的，然后背转身子，低下了头。是啊……”

斯穆雷满腔怒火，嘴里喷着烟，嘟嘟哝哝地抱怨说：“我哪儿知道什么该说，什么不该说？当时把中尉关进了城堡，可他只会骂骂咧咧……啊，我的天呀！我哪，是个大老粗，什么都不懂……”

天气非常热。身边的一切都在轻轻地抖动，机器在轰鸣，河水在舱室的钢板墙外哗哗流淌，轮船的轮叶发出很大的拍击河水的响声；舷窗外，滔滔河水，像一条宽宽的带子，一闪而过；远处，岸上的绿茵草地清晰可见，一棵棵树木屹然不动。在这里，我对于各种各样的声音已经习以为常了，因此总觉得周围非常安静，尽管水手们正在船头呼天抢地地号叫：“七——七，七——七……”

我什么都不想参加，不想听，也不想干活，只想找个阴凉处，闻不见厨房的油腥味和热气，坐在那里，睡眼惺忪地看着这寂静、疲惫的日子怎样随着河水一滑而过。

“往下念啊！”厨师气呼呼地吩咐道。

甚至各等舱的服务员都怕他，至于那个性情温和、像鲈鱼一样不言不语的小卖部管事就更不用说了，显然他也非常怕斯穆雷厨师。

“喂，你这头蠢猪！”他冲小卖部的一个伙计喊道，“过来，你这个小偷！亚——细亚人……天幕……”

水手和司炉们对他总是恭恭敬敬，一个劲儿地巴结奉承，因为他常常把熬汤的肉给他们吃，问问他们村里和家里的情况。在轮船上，那些浑身油渍斑斑、烟熏火燎的白俄罗斯司炉工们，被认为是下等人，大家叫他们雅古特[①]，而且老是戏弄他们，拿他们打哈哈：“雅古、比亚古——岸上去落户……”

斯穆雷一听这话，立刻气得撅着胡子，红头涨脸地对一名司炉工吼道：“你怎么能容许他嘲笑你呢？窝囊废！给这个喀查普[②]一顿耳光！”

水手长是一个相貌堂堂但心狠手辣的汉子，有一次，他对斯穆雷说：“雅古特和喀查普——都是一路货！”

斯穆雷上去抓住他的衣领和腰带，把他高高地举起来，一边摇晃，一边问道：“想叫我把你摔死吗？”

他们经常吵架，有时候还大打出手，但斯穆雷从没有吃过亏，因为他力大无比；另外，还因为船长老婆隔三岔五地经常跟他交谈，态度非常亲切；船长的老婆人高马大，体格健壮，长了一张男人脸，头发剪得像男孩子似的，梳得整整齐齐。

斯穆雷很能喝白酒，但是从不喝醉。一大早就开始喝，一瓶白酒，三四口就能喝完，然后一直到晚上，只时不时地喝点啤

① 雅古特，旧俄时期对白俄罗斯人的蔑称。

② 喀查普，旧俄时期乌克兰沙文主义者对俄国人的蔑称。

酒。一来二去，他的脸变成了灰褐色，两只乌黑的眼睛瞪得出奇的大。

有时候，晚上，他穿一身白衣服，人高马大地坐在排水管上，一坐就是几个小时，一声不吭，闷闷不乐地望着流动的远方。这种时候，大家都特别怕他，而我却很同情他。

雅科夫·伊万内奇从厨房里走出来，满身大汗，脸被烤得通红；他站在那里，挠了挠自己的秃头，然后挥了一下手，悄然离开，或者从老远处甩过来一句，说："鲟鱼已经死了……"

"拿它做酸菜鱼好了……"

"要是乘客点鲟鱼汤或清蒸鲟鱼呢？"

"那就给他们做，他们会吃的。"

有时候，我走到他跟前，他慢腾腾地转过脸来，看着我。

"有什么事吗？"

"没有。"

"好哇……"

在这样的时候，有一次我终于还是问了他："您明明是个好人，为什么大家都害怕您呢？"

出乎我的预料，他并没有生气。

"因为我只对你一个人好。"

但他马上朴实忠厚而又若有所思地补充说："也许我的确对所有的人都很好，只是没有表露出来，这一点不能让大家都知道，否则他们会欺侮你的。一个好人，谁都想踩在你的头上，就像沼泽地里的草墩子……谁都想踩一下。去拿些啤酒来……"

他喝了一杯，又一杯，把一瓶喝完后，用舌头舔了舔唇髭，说："你呀，小家伙，要是再长大一些，我会教你很多东西的。我有好多话要对人说，我不是个傻瓜……你要好好读书，书中有你所需要的一切东西。可不要拿书不当回事儿啊！想喝啤酒吗？"

"我不喜欢喝。"

"好哇。那就别喝。酗酒是个祸害。伏特加是魔鬼酿造的。我要是个有钱人，一定让你去学习。一个人没文化，就等于是一头牛，让它拉车，杀它吃肉，它只会摇尾巴……"

船长老婆给了他一本果戈理的作品，我读了《可怕的报复》，我非常喜欢这篇东西，但斯穆雷却生气地说："瞎掰，胡扯淡！我知道——也还有别的书……"

他一把从我手里将书夺去，从船长老婆那里另外又拿回了一本，板着脸吩咐道："念'塔拉斯'①……叫什么来着？找一找。她说这篇东西很好……对谁很好？对她很好，然而对于我，也许觉得不好呢？瞧她头发剪得那个短呀！怎么不把耳朵也一起剪下来呢？"

当读到塔拉斯提出挑战，要和奥斯塔普一决高低时，斯穆雷开心地笑了起来。

"这就对了！还能怎么样？你有学问，我有力气！真会写啊！这些笨骆驼……"

他很认真地听我念，但不时地嘟哝几句："唉，简直胡扯淡！不可能把一个人从肩膀到屁股一劈两半，绝不可能！也不可

---

① 指俄国作家果戈理（1809—1852）的小说《塔拉斯·布尔巴》。

能挑在长矛上——矛头会折断的！我自己就当过兵……”

安德烈的背叛使他极为反感。

“一个无耻之徒，不是吗？为了一个女人！呸……”

但是，当塔拉斯开枪打死了儿子时，斯穆雷把两条腿从床上伸到地面，双手撑着床，弯着腰，哭了起来，眼泪顺着两颊慢慢地流下，洒落在甲板上；他抽抽搭搭地喃喃自语道：“啊，我的天哪……我的天哪……”

这时他突然冲我吼道：“往下念呀，贱骨头！”

他又哭了起来，而且，当奥斯塔普临死前喊道：“老爹！你听见了吗？”时，他哭得更厉害，也更伤心了。

“全完了，”斯穆雷泣不成声地说，“全都完了，啊！已经念完了？哎，真是该死！这些人以前真的有过吗，这个塔拉斯呢，啊？是呀，他们是真有其人……”

他把书从我手里拿过去，仔细地看了看，泪水滴在书的封面上。

“是一本好书！简直太过瘾了！”

后来，我们读了《艾凡赫》[①]——斯穆雷非常喜欢“狮心王”理查这个人物。

“他是个真正的国王！”他严肃认真地说。但我却觉得有些枯燥无味。

一般地说，我们的趣味不同——我很喜欢《托姆·琼斯的故

① 英国作家司各特（1771—1832）的长篇历史小说。

事》——旧译《弃婴托姆·琼斯的故事》[①]，可斯穆雷却抱怨说："废话连篇！这个托姆关我什么事？和我有什么关系？应该还有别的书……"

有一次，我跟他说：

"我知道有别的书，是私下传阅的禁书，只能夜晚在地下室里偷着看。"

他瞪大眼睛，撅起了胡子。

"那是什么书？你胡说什么呀？"

"我没有胡说，我忏悔时多里梅东特·波克罗夫斯基神父向我打听过这些书；以前我亲眼看见过有人在读这种书，而且还哭来着……"

斯穆雷厨师神色凝重地看着我的脸，问道："谁哭来着？"

"听人朗读的一位太太，而另一位太太甚至被吓跑了……"

"醒一醒，你这是在说梦话吧，"斯穆雷说，他慢慢地闭上眼睛。停了一会儿，他喃喃地说："当然，有些地方会有……这种私下流传的禁书。禁绝是不可能的……我已经这把年纪了，而且我的个性也……喏，可是……"

像这样滔滔不绝，他能说上整整一个小时……

不知不觉中，我已养成了读书的习惯，对读书产生了兴趣；

---

① 英国作家菲尔丁（1707—1754）的长篇小说。1933年4月13日高尔基写道："斯穆雷手里有菲尔丁的书，这不合适，这里是我搞混了，把菲尔丁和别的什么人，也许是美国作家库珀弄混了。要是我没弄错的话，《弃婴托姆·琼斯的故事》翻译介绍到我国要晚得多。"（《高尔基资料汇编》，第11卷，第318页）其实，高尔基弄错了，菲尔丁的小说早在18世纪就有了俄译本。

书中讲的事不同于生活，让人感到心情愉快，而生活却变得越发不堪忍受了。

斯穆雷对读书的兴趣也越来越大，常常让我停下手头的工作。

“彼什科夫，读书去吧。”

“我有许多碗碟还没有洗呢。”

“马克西姆会洗的。”

他粗暴地硬让老洗碗工去替我洗碗碟，气得马克西姆摔碟子砸碗的，而小卖部的管事则委婉地警告我说：“这样我可要请你下船了。”

有一次，马克西姆存心将几个杯子和剩茶叶放在水盆里，我往船外倒脏水时连杯子也一起泼了出去。

“这是我的过错！”斯穆雷对小卖部管事说，“请记在我的账上。”

小卖部的员工开始斜着眼睛看我了，他们对我说：“我说，你呀，书虫子！你是靠什么来挣钱的？”

于是，他们尽量给我增加活儿，故意把碗碟弄脏。我知道，这一切最后对我都很不妙，我没有猜错。

有一天傍晚，在一个很小的码头上，一个满脸通红的女人上了我们的轮船，她带了一位姑娘——系着黄头巾，穿一件粉红色的新上衣。她们两个都喝醉了酒——那女人逢人便笑，见谁都鞠躬，说话像教堂里的执事，“O”的口音很重：“对不起，乡亲们，我喝多了点儿！法庭已经判了，说我无罪，我这一高兴，便喝高了……”

那姑娘也笑了，两只无神的眼睛望着大家；她推了推那个女人："你疯啦，往前走呀，你倒是走哇……"

她们俩在一个二等舱的旁边安顿了下来，对面就是雅科夫·伊万内奇和谢尔盖休息的舱室。那女人很快便不见了，谢尔盖凑到姑娘跟前，贪婪地张着他那大蛤蟆嘴。

夜里，当我干完活，在桌子上躺下睡觉时，谢尔盖来到我跟前，拉住我的手，说："走，我们给你找个媳妇……"

他喝醉了。我使劲把手抽出来，但他给了我一拳。

"走——呀！"

这时马克西姆跑了过来，也是醉醺醺的。他们两个人一块沿着甲板把我从睡觉的乘客中间拖到自己的舱室。但这时斯穆雷正站在舱室门口，雅科夫·伊万内奇在门里面双手把住门框，那姑娘拼命用拳头在他的背上一通乱打，同时醉醺醺地喊道："放开我……"

斯穆雷把我从谢尔盖和马克西姆的手中夺了过来，然后揪住他俩的头发，把他们的脑袋往一块儿撞，接着再往两边一甩——二人便双双倒了下来。

"亚——细亚人！"他对雅科夫说，然后在他鼻子尖下将门一关，顺势推了我一把，压低嗓子说："走开！"

我跑到船尾。夜空云层密布，河面漆黑一团；船后有两道灰白色的波浪，分别向看不见的岸边滚滚而去；那艘平底船就在这两道波浪中间颠簸前进，时而左边，时而右边，不断出现一些红色的光点，它们什么东西都没有照亮，在河道急转弯后便自然消失了；然后周围更加黑暗，更加让人心烦。

斯穆雷厨师来了，坐在我身边。他长长地叹了一口气，点着一支烟。

“是他们拉你到那个姑娘那儿去的吗？呸，这两个混蛋！我听见他们在密谋……”

“您从他们手里把她救出来啦？”

“救她？”他粗暴地痛骂了那姑娘，然后很痛心地说，“这里的人全是混蛋。这艘破船比农村还要糟糕。你在农村待过吗？”

“没有。”

“农村——那可是一塌糊涂！特别是在冬季……”

他把烟头扔到了船外，停了片刻，又接着说：“你落进猪群里，我真有些不忍心，小崽子。我为所有的人都感到惋惜。有时我真不知道该如何是好……甚至想跪下来，问问他们：‘你们这些狗杂种在干什么呀，啊？你们的眼睛都瞎了吗？’这帮蠢骆驼……”

轮船发出长长的汽笛声，拖着平底船的缆绳打在水面上；信号灯在漆黑的夜空中摇曳不定，它告诉人们码头在什么地方；黑暗中又出现了一些灯光。

“醉林到了，”斯穆雷嘟哝道，“还有一条河，名字叫醉河。有一个管理员姓醉科夫……还有个书记员，姓醉沃欣……我上岸去走走……”

卡马河边五大三粗的媳妇和姑娘们，用长长的担架抬着木柴，从岸上走过。她们背着背带，弯着腰，迈着稳健的步子，两人一组，陆续走向锅炉舱；她们把一些半俄丈长的木柴，往一个黑咕隆咚的坑里一扔，然后清脆地喊上一嗓子：“加油干呀！”

当她们抬着木柴登上船的时候，水手们乘机又是摸她们的乳房，又是捏她们的大腿，她们尖声地喊叫着，一个劲儿地朝他们吐唾沫；返回的时候，她们挥动手里的担架，以抵挡他们乱捏乱摸。这样的事，我看见过几十次了——每趟船都有：在所有的码头上，只要装卸木材，这种情形都会发生。

我觉得我已经是个老船人了，我在这艘船上生活了多年。船上明天、一周后、秋天、明年会发生什么事——我全知道。

天色亮了。码头高处的土坡上露出一片茂密的松林。几个妇女正在向山上的林子里走去，她们有说有笑，扯开嗓子唱着；她们扛着长长的担架，很像是全副武装的士兵。

我直想哭。眼泪在胸腔里沸腾，在煎熬着我的心，让人撕肝裂肺，疼痛难忍。

但哭是很难为情的，于是我就帮助水手布利亚欣擦洗甲板。

布利亚欣是个不引人注意的人，总是死气沉沉，蔫头耷脑，老躲在犄角旮旯儿，两只小眼睛滴溜溜直转。

“我其实不姓布利亚欣，而是姓……你看，都是因为我母亲生活不检点。我有个姐姐，姐姐也跟母亲一个样，也许她们俩是命该如此。命运这东西，兄弟，对于我们大家来说，就像一只铁锚。你想往前走，别急，请等一等……”

现在，他一面用拖把擦甲板，一面小声跟我说：“你看见他们是怎样欺侮女人了吧！就发生在眼前！一根湿木头烤久了也会燃烧的！我不喜欢这种人，小兄弟，我蔑视他们。我要是女人，我宁可一头扎进黑漩涡里淹死，我以耶稣基督名义向你保证！……本来任何人都没有自由，可这里有人还要进行煽动！跟你说吧，那些阉割派教徒们可都不傻。你听说过阉割派吗？他们聪明得很，一个个都看破了红尘：抛开一切人间琐事，专心致志，侍奉上帝……”

船长老婆把裙子提得老高，踩着水汪汪的甲板，从我们身旁走了过去。她总是起得很早。她高高的个子，匀称的身材，长了一张朴实、清纯的脸……我真想跟着她跑过去，诚心诚意地请求她：“给我讲点什么吧，讲点吧！”

轮船缓缓地驶离码头，布利亚欣在胸前画了个十字，说：“开船了……”

六

在萨拉普尔[1]，马克西姆下了轮船——他是悄悄离开的，没有跟任何人打招呼，神态严肃而平静。跟在他后面笑着下船的，是那个总是很开心的女人；她身后是那位年轻姑娘——面容憔悴，眼睛浮肿。谢尔盖在船长的舱室前跪了很长时间，又是吻门心板，又是在上面撞脑袋，而且呼天抢地地喊着："原谅我吧，不是我的错！都是马克西姆……"

水手、小卖部的服务生，就连一些乘客，都知道他是在撒谎，但却都在给他打气，劝他说："没事，船长会原谅你的！"

船长是要撵他走，甚至还踢了他一脚，所以他倒在了地上，但船长最后还是原谅了他。于是谢尔盖立刻在甲板上就忙活开了，一个劲儿地给大家端茶倒水，像狗一样赔着小心，看着人们的眼色行事。

为了补上马克西姆的空缺，从岸上招来一个从维亚特卡[2]来的当兵的。这个小战士瘦骨伶仃，小脑袋，棕褐色眼睛。厨师的副手立刻吩咐他去杀鸡；小战士杀了两只，其他的鸡跑得满甲板都是；乘客们赶紧帮助去捉鸡——结果有三只鸡飞到船舷外去

---

① 萨拉普尔，俄罗斯卡马河边一座码头城市。

② 维亚特卡，即后来的基洛夫市，1934 年前叫维亚特卡。

了。于是小战士坐在厨房旁边的木柴上，伤心地哭了起来。

“怎么，你是个孬种呀？”斯穆雷惊讶地问他，“难道当兵的还哭鼻子吗？”

“我是卫戍连的。”小战士低声说。

他这一哭不打紧，麻烦跟着也来了——半小时后，全轮船的人都在嘲笑他。他们走到他跟前，眼睛盯住他的脸，问道：“就是这个人吗？”

于是引起一阵哄堂大笑，人们笑得前仰后合，东倒西歪。

起初，这位小战士没看见这些人，也没听见他们的笑声。他用一件旧印花布衬衫袖子擦去脸上的眼泪，好像要把它们藏进袖口里似的。但是，不一会儿，他那两只棕褐色的小眼睛便愤怒地燃烧起来，于是，他用维亚特卡人所特有的，说起话来像喜鹊嘎嘎叫似的口音嚷嚷起来：“你们干吗老瞪着大眼珠子看我？我恨不得把你们碎尸万段……”

他这么一嚷，引得大伙儿更开心了；大家开始对他指指点点，扯扯他的衬衫，拽拽他的围裙，像逗一只山羊似的逗他，一直把他折腾到吃午饭的时候；午饭后，不知是谁把一个干柠檬插在木勺把上，系在他背后的围裙上，这样只要他一走动，那木勺便在他身后左右摆动，大伙便哄堂大笑；而他呢——只是干着急，像只被逮住的小耗子，不知道大家为何发笑。

斯穆雷一直在看着他，不声不响，表情严肃，他的脸变得像老娘儿们似的。

我觉得这小战士挺可怜的，便问斯穆雷：“能跟他说他背后有个木勺吗？”

斯穆雷默默地点了点头。

当我告诉他大家为什么在笑他时，他赶紧抓住木勺，把它拽下来，扔在地上，用脚踩了踩，然后他两手死死抓住我的头发。我们开始打了起来，这让立刻围过来的看客们大为开心。

斯穆雷分开众围观者，将我们拉开，他先是拧住我的耳朵，后又揪住小战士的一只耳朵。大伙儿见这个小矮个儿在厨师手下直拨浪脑袋，转过来，转过去，他们便使劲地起哄，吹口哨，跺脚，笑得死去活来。

“乌拉，卫戍兵！用脑袋撞斯穆雷厨师的肚子呀！”

看着这帮人欣喜若狂的样子，我真想跑上去用木棍狠狠敲打他们那肮脏的脑袋。

斯穆雷放开那个小个子战士，背抄着手，怒气冲冲地面对着大伙儿，像一头大公猪，凶神恶煞般地毛发竖起，龇牙咧嘴，一副怪吓人的样子。

“该干吗干吗去——走开！亚——细亚人……”

小战士又向我扑了过来，但斯穆雷一把将他抱住，把他拖到抽水机旁，开始往他脑袋上浇水，像摆弄布娃娃一样，把他那瘦小的身子，翻过来倒过去，一通折腾。

水手、水手长、大副都跑了过来，人群又聚集起来；小卖部管事站在那里，比别人高出一头，他还像通常那样，悄无声息，一言不发。

小战士坐在厨房旁边的柴堆上，双手哆里哆嗦地把皮靴脱了下来，开始拧包脚布上的水，但是拧来拧去，包脚布原来是干的，而他那稀稀拉拉的头发上倒是有水滴下来——这又引来大家一阵哄笑。

“反正都一样，”小战士尖声尖气地说，“我非打死那个毛孩子不可！”

斯穆雷扶着我的肩膀，对大副说了点什么；于是水手们把大伙儿都撵走了，等大家一走，斯穆雷问小战士：“拿你怎么办呢？”

小战士一声不吭，恶狠狠地看着我，浑身都在哆嗦。

“立——正！不许胡闹了！”斯穆雷说。

小战士回答说：“得了吧你，这又不是在你的连队里。”

我看得出，斯穆雷厨师面子上有些挂不住了，原来紧绷着的脸无力地松弛下来，他啐了一口唾沫，拉上我，扬长而去。我稀里糊涂地跟着他走，不时回过头来看看那个小战士，而斯穆雷却大惑不解地嘟哝道：“咳，有什么了不起，啊！别理他……”

谢尔盖追上我们，不知为什么小声地说：“他要自杀！”

“在哪儿？”斯穆雷大叫一声，撒腿就往回跑。

小战士站在服务员舱室门口，手里拿一把很大的刀——这刀是专门剁鸡头、砍柴火用的，刀已经很钝了，豁豁牙牙的，跟锯条差不多。舱口前站了许多人，都在看这个头发湿淋淋的滑稽小个子的热闹。他那张长着小翘鼻子的脸，像肉皮冻似的一直在颤抖，嘴，有气无力地张着，嘴唇哆嗦个不停。他嗷嗷直叫：“你们欺侮人……欺——侮——人——”

我蹬在一个什么东西上，越过人们的头顶，看见了他们的脸——他们在笑，在打哈哈，在相互交谈：“瞧呀，快瞧呀……”

当他用孩子般干瘪的小手把被拽出来的衬衣塞进裤腰时，站在我旁边的一位仪表堂堂的男子叹息道："都要去死的人了，还整理什么裤子……"

大伙儿笑得更欢了。显然，没有人相信这个小战士会自杀——我也不信，可是斯穆雷瞥了他一眼，肚子一挺，赶忙将众人推开，说道："都滚开吧，傻瓜！"

他一下子把许多人都称作傻瓜，他走到一大群人跟前，冲他们喊道："该干吗干吗去，一帮傻瓜！"

这话使人觉得也很可笑，但却正确无误：从今天上午起，所有的人——都是一帮大傻瓜。

把众人撵走后，斯穆雷走到小战士跟前，伸过一只手去。

"把刀给我……"

"反正都一样。"小战士说着，把刀尖的那一头递了过来；厨师将刀塞给我，把小战士推进了舱室。

"躺下，好好睡一觉！你想干什么呀，啊？"

小战士默默地坐在床上。

"他去给你拿些吃的和伏特加——会喝酒吗？"

"会喝一点儿……"

"你可要当心，别沾染上这东西。刚才捉弄你的并不是他，听见了吗？给你说——不是他……"

"可他们为什么老欺侮我？"小战士低声问道。

斯穆雷没有立刻回答，他沉着脸说："咳，我哪儿知道？"

他跟我去厨房的时候，嘴里嘟囔着说："也真是的……干吗老纠缠一个可怜兮兮的人呢！你都看见了——有什么办法？真是没辙！人啊，小老弟，是会发疯的，会的……一旦被他们缠住——像臭虫那样，那就完了！他们甚至比臭虫还要厉害得多！可恶得多……”

我把面包、肉和伏特加给小战士端过来时，他正坐在床上，前后摇晃着身子，而且像女人似的抽抽搭搭地小声哭泣。

把盘子放在小桌上后，我说：“吃吧……”

“把舱门关上。”

“里面会黑的。”

“关上，不然他们还会来的……”

我走了。我不喜欢这个小战士，他无法引起我对他的同情和怜悯。这使我感到很有些愧疚，因为外婆曾多次教导我说：“对人应该有怜悯之心，大家都很不幸，人人都很艰难……”

“给他端去了？”斯穆雷厨师问我，“喏，他在那里干什么？”

“在哭。”

“咳……真是个草包！算什么战士？”

“我不觉得他有什么可怜。”

“是吗？怎么回事儿？”

“对人应该有怜悯之心……”

斯穆雷抓住我的手，把我拉到他身边，语重心长地说：“怜悯是不能勉强的，违心是不行的——懂吗？绝不可学着看风使舵，做墙头草，要自爱自重……”

这时，他把我推向一边，郁郁不乐地补充说：“这儿不是你待的地方！喏，抽一支……”

当斯穆雷揪小战士的耳朵时，这帮人竟然开怀大笑，他们如此欺负那个当兵的，这使我感到十分震惊，对乘客们的所作所为，我非常气愤，感到一种难以名状的侮辱和精神压抑。他们怎么会喜欢这种令人厌恶的可悲的恶作剧呢？这里有什么东西使他们感到如此开心和好玩呢？

瞧，现在他们又在矮矮的遮阳篷下坐的坐、躺的躺了——他们边吃，边喝，边玩牌，悠闲自在地相互交谈，看看河景，仿佛一小时前还在吹口哨、起哄、胡闹的一帮人，根本不是他们。他们一个个又都像平时那样，温文尔雅，慢条斯理；从早到晚，他们在船上就像许多蚊虫或灰尘那样，在阳光的照耀下，悠然自得，荡来荡去。这不，有那么十来个人，他们正在轮船搭板那里挤来挤去，一面画着十字；他们要下船到码头上去，可是从码头上同样也有一些人迎着他们过来，他们同样也是弯着腰，背着行囊和箱子，穿的也和他们一样……

这种不断的人员往来交替，对船上的生活毫无影响——新上船的乘客们的话题和下船乘客的话题完全一样，不外是土地、工作、上帝、女人，连用的词汇都一样。

“人们啊，上帝叫忍耐，那就得忍耐！毫无办法，我们命该如此……”

这些话听着一点意思都没有，而且直让人发火：我就看不惯那些乌七八糟的事情，我也不愿忍受别人对我的恶劣、不公、欺负人的态度。我明明知道，也感觉得到，我不应该受到这样的对待。那个小战士也不应该受这样的对待。没准儿——是他自己想成为笑柄的……

马克西姆这个严肃善良的小伙子被赶下了船，而谢尔盖这个卑鄙小人反倒被留下了。一切都乱了套，可为什么这些把人折磨得寻死觅活、几乎要发疯的人们，对于水手们的呵斥却总是言听计从，对他们的责骂也毫不介意呢？

“都挤在船舷边上干什么？”水手长大声呵斥道，同时眯起漂亮但很凶狠的眼睛，“轮船都已经倾斜了，赶快散开，你们这些道貌岸然的魔鬼……”

魔鬼们乖乖地涌到船的另外一侧，可是那边又像赶羊似的把他们往回轰。

“唉，这帮该死的……”

夜晚，晒了一天的铁皮遮阳篷下是又热又闷；乘客们在甲板上像蟑螂似的满地都是，到处乱躺；轮船驶近码头时，水手们把他们一个个踢醒。

“喂，别躺在这儿挡着路！走开，回到铺位上去……”

他们一个个爬起来，睡眼惺忪地向赶他们去的方向走去。

其实水手们和他们一样，只是穿着不同而已，但却能像警察一样对乘客们发号施令。

在这些乘客们的身上，首先表现出来的是他们的安分和胆怯，是可悲的逆来顺受，一旦这种安分守己的外壳被捅破，一种残忍、盲目，而且几乎总是使人感到不快的恶作剧爆发出来时，往往会让人感到它是那么的不可思议，那么令人害怕。我觉得，人们并不知道要把他们送到哪里去，在什么地方该下船，这对他们都无所谓。不管在哪里上岸，他们待不了多久，就又会上船航行，不是上这艘船，就是上那艘船。他们仿佛是一些迷路的人，无亲无故，周围世界对他们来说都很陌生，而且他们都胆小得要命。

有一次，半夜里，不知机器什么地方出了毛病，轰隆一声，像发射炮弹似的，甲板上立刻出现一片白烟，雾气腾腾，浓烟是从机房里出来的，从各个缝隙里往外冒烟；看不清是什么人大喊一声："加夫里洛，拿红铅粉和毡子来……"

当时我正在机房旁边的桌子上睡觉——平时我就在这上面洗碗碟，当我从轰隆声和震动中醒来时，甲板上还没有什么声音，这时机器正一个劲儿地往外冒热气，不时能听到锤子的敲击声。但是，一分钟后，甲板上所有的乘客便嚷嚷起来，呼天抢地，乱作一团，情况非常可怕。

在白色的烟雾中——很快就变淡了——没有戴头巾的女人和头发蓬乱、眼睛发直的男人们慌里慌张，东奔西突，相互碰撞；他们拎着包袱、布袋、箱子，跌倒了，又爬起来，哭天抹泪地祈求上帝保佑，嘴里喊着圣徒尼古拉的名字，乱成一团。这情形太可怕了，但同时也很有意思，我跟着这些人身后跑来跑去，一直在看——他们究竟想干什么？

这是我第一次看到夜里出事的情形，而且不知为什么，我立刻就明白是人们搞错了：轮船在行驶中一直没有减速，在船的右舷一侧，不远处，割草的农民在点燃篝火；夜色清朗，明月当空。

可是人们在甲板上越跑越快，各舱的乘客也都跑了出来，有人跳到了舷外，接二连三又有人跳了下去；有两个农民和一名修士，用木棍把固定在甲板上的长凳子给撬了下来，把一个装着鸡的大笼子从船尾扔到了水里；一个农民，跪在甲板中央通向船长指挥舱的舷梯旁，一个劲儿地向从他身边匆匆跑过的人们鞠躬，鬼哭狼嚎地喊着："教友兄弟们，我有罪呀……"

"快放救生艇，你们这些魔鬼！"一位很胖的老爷大声喊道，他没有穿衬衫，只穿一条裤子，用一个拳头，使劲捶打着自己的胸口。

水手们东奔西突，抓住人们的衣领，照准他们的脑袋就揍，然后把他们扔在甲板上。斯穆雷穿着睡衣，外面披一件大衣，迈着沉重的步子走来走去，一面用洪亮的声音，劝说着大家："你们不觉得羞耻吗？怎么，你们都疯了吗？轮船一点事儿没有，已经在靠岸了，喏！这就是河岸！跳进河里的几个傻瓜，已经被割草的农民打捞上来了，瞧，那就是捞他们的两条船，看见没有？"

他对准三等舱的乘客们的脑袋报以老拳，从上往下，挨个地打，打得他们一个个抱头鼠窜，一声不吭地直往甲板上跑。

混乱局面还没有平息，黑暗中，忽然有一个太太，手里拿一把汤勺，在斯穆雷面前挥舞着奔了过来，嘴里一直喊着："你怎么竟敢这样！"

一位浑身湿透的先生上前拦住了她；他一面舔舐着自己的胡子，一面很不耐烦地说：

"别搭理这个蠢货……"

斯穆雷两手一摊，尴尬地眨了眨眼睛，问我："这怎么回事儿，啊？她为什么冲我大喊大叫呢？真邪门了！我还是头一次看见她！……"

一个农民模样的人，一边擦鼻血，一边喊叫："咳，这帮人呀！整个一伙强盗！……"

一个夏天，我在轮船上经历过两次发生混乱的事。两次都是虚惊一场，都是因担心出危险而引发的。第三次是乘客们逮住了两个小偷——其中一个装扮成朝圣者，他们背着水手们把两个小偷打了几乎整整一个小时，当水手们将两个小偷拉走时，大家便破口大骂："这不明摆着嘛，小偷向着小偷呗！"

"你们本身就是窃贼，所以也就包庇这两个窃贼……"

两个小偷被打得昏了过去，当到了一个码头将他们交给警察时，他们人都站不起来了……

有许多这样的事，人在气头上，弄不清这些人究竟是好人，还是歹人？是逆来顺受者，还是胡作非为者？而且，为什么坏人那么冷酷、贪婪，而好人又是那么胆小怕事、忍气吞声呢？

对此，我问过斯穆雷厨师，但他总是一个劲儿地抽烟，弄得周围乌烟瘴气，而且往往唉声叹气地说："哎呀，你着什么急呀！人们啊，人们……有人聪明，有人傻。你好好读你的书，别净瞎琢磨。只要是好书，里面什么事情都说到了……"

他不喜欢宗教典籍和圣徒传一类的书。

"喏，这种书是给神父和他们的儿子们看的。"

我很想送他一本书，让他高兴高兴。我在喀山码头上花五个戈比买了一本《一个士兵救助彼得大帝的传说》[1]（以下简称《传

---

① 一本廉价、粗俗、浅薄的小册子，彩色封面，附有插图，描写一个勇敢的士兵如何砍下瑞典人的脑袋、建立奇功的故事。19世纪70年代多次再版，很畅销。1897年高尔基在自传里写道："这是第一本我非常喜欢的书。"（《高尔基文集》30卷集，第23卷，第270页）

说》)，但当时斯穆雷喝醉了酒，正在气头上，我没有把这个礼物送给他，我自己先把《传说》看了一遍。我很喜欢这本书，它通俗易懂，有趣，简明扼要。我相信，这本书肯定能让我的老师心满意足。

但是，当我把书送给他时，他一声不吭，把它在手里揉成一个纸团，扔到船舷外去了。

“这就是你的书的下场，傻瓜！”他闷闷不乐地说，“我像驯狗那样地教你，可你总想吃点野味，是不是？”

他跺着一只脚，大声吼道：“这是一本什么书呀？这种胡编乱造的东西我都看过！它里面写的什么——是真理吗？喏，你说话呀！”

“不知道。”

“我可是知道！一个人的脑袋被砍下后，他肯定要从梯子上摔下来，这时别的人绝不会再往草棚上爬了——当兵的可不傻！他们只需用火将干草一点——事情就完了！懂吗？”

“我懂。”

“这不就结了！我了解彼得大帝——压根儿就没有这档子事！你走吧……”

我知道斯穆雷的话是对的，但我还是喜欢这本书。我又去买了本《传说》，重新再看一遍，这时我惊讶地发现，这的确是一本坏书。这事弄得我很尴尬，因此，后来我对斯穆雷的态度就更加关注和信任了，但不知为什么，他越来越经常懊恼地跟我说：“唉，应该怎么教你才好呢！这儿不是你待的地方……”

我也感到这里不是我待的地方。谢尔盖对我的态度坏极了，我有好几次都发现，他背着小卖部的管事，偷偷把茶具从我的洗碗桌上拿走送给乘客们。我知道这被认为是盗窃行为，斯穆雷不止一次警告过我，说："你要注意，别让服务生把你洗碗桌上的茶具顺走！"

还有许多让我窝火的事，我常常想，下一个码头我就离船而去，逃进森林。但斯穆雷不让我走：他对我的态度越来越温和，而且，在轮船上航行也使我十分着迷。令人讨厌的是船在码头上停靠的时候，这时我总盼望着能发生点什么事情，这样我们的轮船就可以从卡马河到别拉亚河、维亚特卡河，说不定会沿着伏尔加河航行，我也就能够看到新的河岸、城市和新的人们了。

但这种情况并没有发生——我在轮船上的生活结束得非常出人意料，而且对我来说也很不光彩。一天晚上，我们正从喀山往下诺夫戈罗德航行，小卖部管事叫我到他那儿去一趟，我走进舱室，他便在我身后把门关上了，这时，他对沉着脸坐在铺有毡垫的凳子上的斯穆雷说："这不，他来了。"

斯穆雷粗暴地问我："你给谢尔盖茶具了吗？"

"是我不在的时候他自己拿的。"

小卖部管事小声说："是他不在的时候，可是——他知道。"

斯穆雷使劲在自己膝盖上打了一拳，然后又揉了揉膝盖，说："别着急，会弄清楚的……"

然后，他陷入了沉思。我看了看小卖部管事，他看了看我，但看上去他的眼镜后面像没长眼睛似的。

他生活得很恬静，走起路来悄无声息，说话时把声音压得很低。有时候，他那没有光泽的大胡子和两只无神的眼睛，不知从哪个角落里闪现一下便立刻消失了。每天睡觉前，他在小卖部总要对着圣像和长明灯跪很长时间——我是从门上一个很像红桃 A 的钥匙孔里看到的，但却看不到这位小卖部管事是如何祷告的：他只不过是站在那里，看着圣像和长明灯，捋着胡子，唉声叹气。

等了一会儿，斯穆雷问道："谢尔盖给过你钱吗？"

"没有。"

"从来都没有吗？"

"从来都没有。"

"他不会撒谎。"斯穆雷对小卖部管事说。可小卖部管事则低声回答说："无所谓。你看着办吧。"

"咱们走！"斯穆雷冲我喊着，他走到我的洗碗桌跟前，用指头轻轻在我头上弹了一下。

"傻瓜！我也是个傻瓜！我应该紧盯住你……"

到了下诺夫戈罗德，小卖部管事跟我结清了账：我得到约八个卢布，这是我挣来的第一笔大钱。

斯穆雷跟我道别时，愁眉苦脸地说："喏，好啦……现在你可要特别留意——懂吗？凡事不可掉以轻心……"

他把一个镶有珠子的五彩荷包塞到我手里。

"拿着，送给你啦！多好的手工艺品，这是我的教女给我绣制的……好啦，再见了！好好读书——这是最好的事！"

他抱着我的腰，把我举起来，吻了一下，然后稳稳当当地把我放在码头的搭板上。我为他和我直感到惋惜，看着他那高大、笨重、孤独的身影，边走边推开装卸工人，返回轮船的样子，我差一点放声大哭起来……

后来我遇到过许多像他这样善良、孤独和被生活抛弃的人！……

七

外公和外婆又搬到城里去住了。[1]我去找他们的时候，心里窝了一肚子气，感到愤愤不平，心情非常沉重——凭什么认为我是小偷？

外婆看见我仍然很亲热，马上就去烧茶炊；外公则像往常一样，连讽刺带挖苦地问道："攒了不少金子吧？"

"攒多攒少——都是我的。"我回答说，同时在窗旁坐了下来。我扬扬得意地从衣袋里掏出一盒香烟，大模大样地抽了起来。

"好小子，"外公说着，认真仔细地盯住我的一举一动，"原来是这样。抽起迷魂烟来了，啊？不嫌早了点吗？"

"有人还送给我荷包呢。"我扬扬自得地说。

"荷包！"外公尖声叫道，"怎么，你想捉弄我吗？"

他伸出两条结实的细胳膊，眼睛泛着绿光，向我扑了过来；我跳起身，一头撞在他肚子上——把老头儿撞得一屁股坐在地上；他吃惊地望着我，眼睛一眨一眨的，黑洞洞的嘴巴张得老大——这几秒钟时间显得非常沉重，然后他才心平气和地问道：

---

① 1881年秋天，当高尔基第二次到谢尔盖耶夫家去干活之前，就住在外公家里。

“是你把你外公我——你母亲的亲爸爸——撞倒的吗？”

“您打我也该打够了吧。”我嘟哝着说，我知道自己这样做很不好。

干瘪、轻巧的外公从地上站起来，坐到我身边，一把夺过我嘴里的香烟，扔到了窗外，然后用吓唬人的腔调说：

“野小子，这事儿上帝永远也不会宽恕你，一辈子都不会宽恕，你明白吗？老婆子，”他转身对外婆说，“他撞我时你都看见了吧？是他撞的我！把我撞倒在地。你问问他！”

她没有问我，而是直接走到我跟前，抓住我的头发，又揪又拽，嘴里说：

“为了这件事——你看我怎么收拾他，就这样……”

她揪得并不疼，但我咽不下这口气，特别是外公那阴阳怪气的冷笑，我实在是感到窝火——他在椅子上又蹦又跳，两只手拍着膝盖，像乌鸦叫似的，嘎嘎笑着：“就该——这样，就该——这样……”

我挣脱出来，跑进过道，躺在一个角落里，觉得心里十分压抑，万念俱灰，只听见茶炊在咕咕作响。

外婆走到我跟前，俯身悄悄对我耳语道：“希望你能原谅我，因为我可没把你揪疼，那是我故意做做样子！不那样不行呀——你外公这老头子，应该对他尊重，他这一生也是累断了筋骨，含辛茹苦一辈子——不该惹他生气。你人也不小了，一定要明白这一点……应该明白，阿廖沙！他现在充其量就是一个孩子……”

她的话仿佛让我洗了个热水澡，她那番充满情意的低声倾诉，使我感到既羞愧，又欣慰，我紧紧地抱住她，我们亲了又亲。

“到他那儿去吧，去吧，没关系！你不能一回来就当着他的面抽烟，得让他慢慢地习惯……”

我走进屋里，看了外公一眼，差一点没笑出声来——他的确像个孩子，一副心满意足、眉开眼笑的样子，两条腿乱蹬乱踢，两只长满棕色汗毛的手一个劲儿地拍打着桌子。

“怎么，小山羊？又想来顶人了吗？我说，你呀，整个一个强盗！跟你父亲一模一样！一个共济会的自由分子，进了家门也不画十字，现在又抽起烟来，我说，你呀，整个一个波拿巴[①]，值五个戈比！”

我一声不响。他发泄完后，觉得累了，也就不再说了，但喝茶的时候他又开始教训起我来：“一个人面对上帝，必须要有敬畏之心，就跟马一定要戴笼头一样。除上帝外，我们没有别的朋友了！人与人——都是不共戴天的敌人！”

说人与人是敌人，这一点我觉得有他一定的道理，别的话都说不动我。

“现在你还得到你姨婆马特廖娜家去，春天再到轮船上去。冬天就在他们家过。但不要说春天你就要离开他们……”外公说。

“喏，为什么要欺骗人家呢？”外婆说，可是刚才她还装着打我，欺骗外公呢！

---

① 波拿巴，指拿破仑·波拿巴，即拿破仑一世（1769—1821），法兰西第一帝国皇帝。此处有讽刺外孙不安分、有野心的意思。

“不欺骗能活得下去吗，”外公坚持说，“你说说看，有谁不欺骗能够活得下去呀？”

晚上，当外公坐下来读圣诗的时候，我和外婆走出大门，来到田野。外公住的那间屋子非常简陋，而且很小，有两个窗户，坐落在市郊，在卡纳特大街的“背面”，以前外公在这里曾经有过自己的住房。

“瞧我们来到什么地方了！”外婆笑着说，“老爷子总也找不到个称心如意的地方，老是搬家。这个地方他也不称心，可我觉得倒挺好！”

我们面前是一片贫瘠的草地，有三俄里长，其间沟壑纵横，边上是一片森林和喀山大道那一排白桦树。峡谷里的灌木枝繁叶茂，像一根根用来打人的枝条，寒冷的落日余晖把灌木丛染得一片血红。晚风习习，吹动着灰色的草丛；在最近的一条峡谷那边，一些城市青年男女的身影，也像草丛似的伫立在那里。远处靠右，是旧礼仪派[①]墓地的红色围墙，人们叫它“布格罗夫隐修院”[②]，左边，峡谷上面，一片黑压压的树林拔地而起——那里是犹太人的墓地。周围的一切看上去都很贫瘠，荒凉，都默默无

---

① 旧礼仪派，又称分裂教派，是一部分不承认1653—1656年尼康实行的教会改革的教徒，从俄罗斯东正教会中分裂出来的一个教派。直到1906年，旧礼仪派信徒一直受沙皇政府的迫害。他们下面还分了许多小的宗派和教派，如教堂派、反教堂派、逃亡教堂派等。

② 隐修院，又称隐修区，是避居穷乡僻壤的旧礼仪派隐修士们净心修炼的地方，因由商人布格罗夫出资兴建，故称“布格罗夫隐修院”。伏尔加河流域、俄国北方和西伯利亚，有许多类似这样的小修道院。

言地匍匐在这千疮百孔的土地上。城郊一座座矮小的房屋，透过自己的窗口，怯生生地望着这尘土飞扬的大路，一些喂养得很差的小鸡在大路上徘徊觅食。一群母牛正从女修道院旁经过，它们哞哞地叫着；兵营里军乐声声——铜号一个劲儿地猛吹，嘀嘀嗒嗒，震耳欲聋。

一个醉汉一边走，一边拼命地拉手风琴，脚下踉踉跄跄，嘴里嘟嘟哝哝："我一定要找到你……非找到不可……"

"傻孩子，"外婆对着红彤彤的太阳，眯缝着眼睛说，"你上哪儿去找呀？很快你就会倒下来睡着的，等你一睡着，有人就会把你偷个精光，你心爱的宝贝手风琴就会不翼而飞……"

我一面跟外婆讲我在轮船上生活的情形，一面在观察周围的环境。我在外面闯荡一阵后，回到这里，直觉得心里非常憋闷，感到自己就像是煎锅里的一条鲈鱼。外婆一声不吭地听着，听得非常专注，就跟我喜欢听她讲故事一样；当我讲到斯穆雷的时候，她一个劲儿地猛画十字，嘴里念叨着："一个好人，愿圣母能够保佑他，好人啊！你可不能忘了人家的好处！好事一定要记住，坏事嘛——就干脆忘掉……"

我很难跟她说清楚我为什么被人辞退了，但是我咬咬牙，还是讲了。这事没有给她留下什么印象，她只是轻描淡写地说了一句："你还小，不会生活……"

"大家相互都这么说：你不会生活——农民、水手、马特廖娜姨婆对儿子，都这么说；可是应该怎样才算会生活呢？"

外婆绷紧嘴唇，摇了摇头。

"这我可不知道！"

“可是你也在这么说呀！”

“干吗不说呢？”外婆心安理得地说，“你别不高兴，你还小，还不到你会生活的时候。其实谁又会生活呢？只有那些骗子。瞧你外公，他人聪明，又有文化，还不是一窍不通……”

“可你自己，生活得好吗？……”

“我？好哇。也有生活得不好的时候——什么情况都有……”

人们不慌不忙地从我们身边走过，身后拖着长长的影子；他们脚下扬起的尘土很快便遮住了他们的影子。傍晚时分的抑郁情绪越来越重，窗内传出外公如怨如诉的祷告声：“上帝啊，求你不要在怨恨时责备我，也不要在盛怒下惩罚我……”

外婆微笑着说：“你外公的祷告，想必上帝早就听厌了！他每天晚上都要牢骚一通，有什么好唠叨的？人已经老了，不需要什么了，可他总是在抱怨，老不服气……想必上帝在听他的晚祷时一定会笑着说：又是这个瓦西里·卡希林在唠叨！……走，我们睡觉去吧……”

我决定去捕捉会唱歌的鸟，我觉得干这个可以很好地维持生计：我去捕鸟，外婆拿去卖。我买了网子、环子和捕鸟器，做了几只鸟笼，于是，等天快亮的时候，我就蹲在峡谷里的灌木丛里守着，外婆则提着篮子和口袋在林子里转悠，采集新鲜的蘑菇、荚果和榛子。

疲惫的九月的太阳刚刚升起，它那白色的光芒时而消失在云层里，时而以银色的扇面洒向沟壑，照到我身上。峡谷底下仍然很昏暗，淡淡的薄雾从那里冉冉升起；峡谷的一侧是陡峭的黑乎乎、光秃秃的土坡，另一侧则比较平缓，上面覆盖着枯萎的杂草和浓密的灌木丛，它们的叶子有黄色的、棕褐色的和红色的；一阵风吹来，这些叶子便纷纷落下，飘得满峡谷皆是。

金翅雀在谷底的牛蒡草丛中不停地鸣叫，我看见灰色草丛中红顶鸟活泼好动的小红脑袋。好奇的小山雀在我身边一个劲儿地叫着，它们滑稽地鼓起白色的腮帮子，叫呀，跳呀，忙个不停，就像库纳维诺镇的女市民过节一样，动作敏捷，脑子聪明，生性凶狠；这些小鸟什么都想知道，什么都想碰一碰，因此便纷纷落进捕鸟器。看着它们拼命挣扎的样子真是叫人于心不忍，但这是我的生意，不能有恻隐之心；我把捕到的小鸟装进备用的笼子，往口袋里一装——它们便老老实实地待在黑暗之中。

一群黄雀落在一片山楂树上，山楂树上阳光灿烂，小鸟们欢欣雀跃，叫得更热闹了，那劲头儿就像一群上学的孩子。一只顾家心切的伯劳鸟迟迟不肯飞往温带过冬，它落在蔷薇细软的枝条上，用喙梳理着翅膀上的羽毛，两只乌黑的眼睛警觉地紧盯住面前的猎物。它像云雀一样，忽然飞起来捉到一只熊蜂，然后精心地将它插在蔷薇的刺上，重新站在枝头上，贼眼溜溜地转动着它那灰色的小脑袋。一只人称不祥之鸟的松雀悄无声息地从上空飞过，它正是我梦寐以求的猎取对象——能捕捉到它该有多好啊！一只掉队了的红肚子灰雀落在一棵赤杨树上，浑身通红，大模大样地像一位将军，而且不时扭动着黑色的嘴巴，很不耐烦地叫上几声。

太阳升得越高，飞来的鸟儿便越多，叽叽喳喳，叫得也就越欢实。整个峡谷里一片响声，其基调是风吹灌木发出的持续不断的沙沙声；鸟儿们喧闹的叫声压不住这轻轻的、哀婉甜蜜的嘈杂音响——从中，我听到了夏天告别的歌曲，听见了跟我悄悄诉说的特别话语，它们本身自然而然地就形成了一支歌曲。而与此同时，我的记忆中不禁又浮现出昔日一幕幕的情景。

不知外婆从高处什么地方喊道："你在哪儿呀？"

她坐在沟壑边，摊开头巾，上面摆了面包、黄瓜、蔓菁和苹果；在这些上帝赐予的美味佳肴中间，有一只小巧而漂亮的玻璃雕花长颈瓶，在阳光的照耀下，闪闪发亮，瓶口上的水晶塞子是拿破仑的头像，瓶内是一什卡利克[①]用金丝桃酿制的伏特加酒。

"天哪，多么好啊！"外婆怀着感激的心情说。

"我编了一首歌！"

"是吗？"

我给她念了两句类似诗歌的东西：

冬天正在临近，越来越明显，
再见了，我夏日的太阳！……

但外婆没等我念完，便打断了我，她说：

"有这样一首歌，而且更好听一些！"

于是她有板有眼地唱了起来：

哎哟，夏日的太阳已经走远，

① 旧俄国的量酒单位，1 什卡利克约合 0.06 升。

踏进了黑夜，落在远方森林那边！
哎呀，留下我一个姑娘家，
失去了春天的快乐，只身一人，孤孤单单……

早晨我来到村外，
想起了五月那热闹的场面——
眼下光秃秃的田野，一片凄凉——
我的青春年华已经不再出现。

哎呀，我亲爱的女友们！
当初雪翩然降落的时候——
请从我白净的胸腔取出我的心，
将它埋进皑皑白雪之中！……

作为一名作者，我的自尊心丝毫没有受到伤害，我非常喜欢这支歌，对这位姑娘也深表同情。

而外婆却说：“听了这支歌简直让人悲痛欲绝！看来是那个姑娘自己编写的：从春天起，她一直玩得高高兴兴，可是到了冬天，她的心上人把她给抛弃了，也许去找别的姑娘了，因此，她的歌写得如怨如诉，椎心泣血……没有亲身体验，不可能写得这样情真意切，而她，你看，这支歌她写得多么好啊！”

外婆头一回去卖鸟，就卖了四十个戈比，这使她非常惊讶。

“你瞧呀！我原以为这事儿纯粹是瞎忙活，是小孩子们的玩意儿，可结果完全不是这么回事儿！”

“你卖得太便宜了……”

“是吗？”

遇上赶集的日子，她能够卖一个卢布，或者更多，而且让她想不到的是，做这种小买卖竟然也能赚这么多钱！

“你想呀，一个女人整天地洗衣服或者擦地板，一天才挣二十五个戈比！不过，这样做也不大好！把鸟都关进笼子里，这样不好。算了，阿廖沙，别干这个啦！”

但是我非常热衷捕鸟，乐此不疲，它使我能够独立地生活，除了鸟儿，不会给任何人带来麻烦。我置备了很好的捕鸟器具；跟老的捕鸟人进行交流，使我受益匪浅；我常常只身一人，到几乎三十俄里之外的地方——伏尔加河岸的克斯托夫森林[①]——去捕鸟，那里有盛产桅杆的茂密的松林，林子里有许多交嘴雀和养鸟人所珍爱的河波罗山雀——一种极其漂亮的白色长尾巴鸟。

有时候，晚上出发，沿着喀山大道，通宵达旦地长途跋涉；有时候，遇上绵绵秋雨，在泥泞中出门趱行；背上背一个漆布口袋，里面装着捕鸟器和诱使别的鸟上钩的鸟笼；手里拄着一根粗大的核桃木拐棍。在黑茫茫的秋夜里，真是感到又冷又怕，非常恐怖！……道路两旁伫立着被雷电击中过的老白桦树，它们湿漉漉的枝条，就伸展在我的头顶上；在左边的山脚下，在漆黑的伏

---

① 克斯托夫森林和克斯托沃村都在伏尔加河沿岸。1891 年高尔基从下诺夫戈罗德出发，顺着俄罗斯的母亲河——伏尔加河，沿着喀山大道，开始了他著名的国内旅行。克斯托沃村就是他旅途中的第一站。为此，1965 年村里还为高尔基建立了一尊塑像。

尔加河上，最后几艘轮船和平底船上的桅灯星星点点地在发出亮光，船身两边的蹼轮拍打着水面，汽笛不断发出长鸣，这几艘船仿佛正在驶向一个无底的深渊。

道旁的村舍，层见叠出，伫立在铁青色的土地上；气势汹汹的饿狗会突然出现在你的脚旁，守夜的更夫打着响板，心惊胆战地喊道："是谁在那儿？深更半夜的，说句不中听的话，搞什么鬼名堂？"

我非常担心我的捕鸟工具被收去，所以随身总带几枚五戈比的硬币，准备打点守夜的更夫们。福基纳村有个更夫跟我成了朋友，一看见我就惊讶地喊道：

"又是你啊？你真是个天不怕地不怕的夜游神，老待不住，是不是？"

大家都叫他尼丰特，人瘦瘦小小的，花白头发，样子像个圣徒；他时常从怀里掏出些蔓菁、苹果和豌豆，塞到我手中，说："拿着，朋友，是我专门给你留的，好好吃吧。"

然后他一直把我送到村边。

"快去吧，上帝会保佑你的！"

天快亮的时候，我来到了林子，把捕鸟的工具架好，再把诱鸟上钩的鸟笼分别挂好，然后，我找一块林间空地，往那儿一躺，等待着白昼的降临。周围静悄悄的。一切都沉浸在秋日的美梦之中；透过灰蒙蒙的晨曦，隐隐约约可以看见山脚下开阔的草地；它们把伏尔加河分割开来，穿过河床，向前延伸，消失在茫茫大雾之中。远处，草地那边的森林后面，一轮红日正缓缓升起，它放射的光芒，在黑压压的树盖上空，像一团团大火，分外明亮，于是，一种异乎寻常、动人心魄的运动开始了：晨雾从草地上迅速升起，在阳光的照射下，银光灿烂；在它的后面，灌木丛、树木、草垛，从地面上显露了出来，草地在阳光的照耀下仿佛被融化了，流向四方，颜色微红，带着金黄。现在，阳光照射着岸边静静的河水——看上去仿佛整个伏尔加河都涌动起来了，都在向阳光照射的地方流去。太阳越升越高，一副喜气洋洋的样子；它祝福并温暖着光秃而冰封的大地，大地则散发出秋天甜美的芳香。清新透明的空气，使大地显得广袤万顷，横无际涯。一切都在向远方流去，流向蔚蓝色的天涯海角。我在这个地方观看日出已经有几十次了，每次展现在我面前的都是一个新的世界，一幅崭新的美景……

不知为什么，我特别喜欢太阳，连太阳这个名字本身我都喜欢，这个名字蕴含着一种甜美的音响，听起来掷地有声；我喜欢闭着两眼，把脸凑向火热的阳光，当阳光像利剑一样从栅栏或树枝的缝隙中穿过时，我就张开双手去抓取它。外公非常崇敬“从不对太阳俯首膜拜的米哈伊尔·切尔尼戈夫斯基公爵和贵族费奥多尔[①]”——我觉得这些人和茨冈人差不多，皮肤黑黑的，面色阴郁，一脸凶相，而且他们的眼睛总患有疾病，和穷苦的莫尔多瓦族人很相像。每当阳光在草地上升起的时候，我便不由得露出了开心的微笑。

---

① 指古代俄罗斯传说《米哈伊尔·切尔尼戈夫斯基公爵和贵族费奥多尔汗国殉难的故事》，据传他们因拒绝向鞑靼人的偶像顶礼膜拜，1246 年惨死在金帐汗国。

针叶林在我头顶上沙沙作响，露珠顺着绿色的叶端纷纷落下；在树木的阴影下，在蕨菜纹路清晰的叶片上，早晨的雾霜闪着银光。颜色发红的青草被雨水冲倒了，伏在地上，一动不动，但在阳光照射着它们的时候，能够看见草叶在微微地颤动，也许这是生命的最后努力吧。

鸟儿们苏醒了。灰色的煤山雀，像一个个毛茸茸的圆球，在枝头上跳来跳去；火红的交嘴雀用弯曲的喙在松树的顶端啄食着松子；白色的阿波罗山雀在树梢上摇来晃去，甩动着尾巴长长的羽毛，一只像黑珠子似的小眼睛疑心重重地斜视着我布下的网子。霎时间，你就听吧，整座森林，一分钟前还是那样凝重，若有所思，现在一下子变得百鸟齐鸣，出现了大地上最纯洁的生物繁忙景象——以他们为榜样，作为世间美之父的人类，为了自己求得安慰，便创造出了埃尔弗、基路伯、六翼天使及一系列的天使职务等级①。

我有点不忍心再捕捉小鸟了，将它们关在笼子里也觉得于心有愧；我更喜欢观察它们，但捕猎的热情和挣钱的愿望，压倒了我的恻隐之心。

鸟儿们的刁滑狡猾常常让我十分开心：一只蓝雀认真仔细地打量着一个捕鸟器，它知道这东西对它的威胁在哪里，于是便侧身而入，安全、麻利地避开捕鸟器的机关，把要吃的东西一下

---

① 埃尔弗，德意志民间神话中的自然神，天、地、山、林、家庭，无处不在，通常善待人类；基路伯，九级天使中的第二级，司智慧；六翼天使，基督教传说中的天使。天使中共分九个等级。

子叼走了。蓝雀这种鸟非常聪明，但是它们的好奇心太强，因此常常毁了自己。大模大样的红肚子灰雀有点儿呆头呆脑：它们成群成群地往网上撞，就像吃得饱饱的市民们上教堂去一样；一旦被网子网住，它们便万分惊讶，瞪大眼睛，用粗大的嘴巴使劲啄人的手指头。交嘴雀走进捕鸟器时不慌不忙，行若无事；有一只我从未看见过的鸟，叫鸸[①]，样子跟任何别的鸟都不一样，它在网前待了很长时间，长长的嘴巴摇来晃去，身子由粗大的尾巴支撑着；它像啄木鸟一样，在树干上跑来跑去，总是和蓝雀形影不离。这只烟灰色的小鸟有点怪怪的，它好像很孤单，谁都不喜欢它，它也不爱谁。它像喜鹊一样，喜欢偷东西，而且把一些细小的闪闪发光的玩意儿藏匿起来。

快到中午的时候，我便收拾行具，沿着森林和田野一路回家——如果走大路，穿过村子，那帮孩子和半大小子们就会把我的笼子抢走，把我的捕鸟工具扯坏——我已经吃过这样的亏了。

傍晚回到家，我是又累又饿，但我觉得这一天我长大了许多，了解了某些新的东西，变得更坚强自信了。这种新的力量使我能够面对外公的讽刺挖苦而泰然自若，不急不躁；外公看到了这一点，说起话来也开始严肃认真，讲道理了：

“别干这没意思的玩意儿了，算了吧！还没有谁靠捕鸟能够混出个人样来，这样的事还不曾有过，我知道！好好给自己找份工作，在工作中锻炼自己的聪明才智。一个人不能为鸡毛蒜皮的

---

① 鸸，身长约三寸，嘴长而尖，背部为烟灰色，翅膀黑色，胸部白色。在森林中专吃害虫。

琐事活着，人是上帝播下的种子，他应该结出上好的果实！人就好比是一个卢布：通过良性循环，转眼就能变成三个卢布！你以为生活容易吗？不，非常不容易！世界对于人来说，是伸手不见五指的黑夜，每个人都必须自己为自己照亮道路。人人都有十个手指头，可是每个人都想用自己的双手抓取更多的东西。必须显示自己的力量，没有力量，就得耍点小聪明；软弱无能的人，既进不了天堂，也下不了地狱！平时你好像跟大家生活在一起，然而你要记住：你是孤身一人；别人的话要听，可是谁的话也不要相信；遇事要三思而行，少说为佳；房屋和城市不是靠言辞，而是用卢布和斧子建造的。你不是巴什基尔人，也不是卡尔梅克人；他们的全部财产——是虱子加羊群……”

他能够如此这般地讲一个晚上，而且他的这些话我早就会背了。我爱听他的这些话，但对这些话的意思我心存疑虑。从他的话里可以知道，有两种力量在妨碍一个人按照自己的愿望生活，那就是上帝和人们。

外婆坐在窗前，在搓织花边用的线。纺锤在她灵巧的手中发出嗡嗡响声，她一言不发地听外公讲了很长时间，然后突然开口说：“一切都要看圣母的意愿了。”

“你这是什么意思？”外公叫道，“上帝！我并没有忘记上帝，我了解上帝！愚蠢的老太婆，难道你以为上帝播撒到人间的都是些傻瓜吗？”

我觉得，世上生活得最好的人莫过于哥萨克人和当兵的了，他们的日子单纯而快乐。天气好的时候，他们一大早就来到我们房屋对面那条峡谷的后面，分散在光秃秃的田野里，像一个个白蘑菇，接着便开始做复杂而有趣的演习：他们穿着白衬衫，动作敏捷，身强体壮；他们手持武器，在田野里高兴地奔跑着，然后消失在峡谷的深处；突然，一声号令，他们又跑回田野，嘴里高喊着“乌拉”，在战鼓咚咚的激励下，端着刺刀，直接向我们家冲来，看来，他们马上就会把我们家的房屋像草垛一样彻底捣毁，夷为平地了。

我也高喊着“乌拉”，奋不顾身地和他们一块奔跑；声声战鼓，催人奋进，让人热血沸腾，我直想摧毁点什么，或者把围墙给拆了，将小孩子们痛打一顿。

休息的时候，这些当兵的请我抽一种他们自制的马哈烟[①]，让我看他们那些非常沉重的武器；有时候，指不定哪个当兵的会用刺刀对着我的肚子，故意恶狠狠地喊叫说：“刺死你这只蟑螂！”

刺刀闪闪发亮，它仿佛是个活物，像蛇一样，虎视眈眈，直想要咬人——这不免使人感到有些害怕，但更多的是让人感到一种快慰。

敲鼓的是个莫尔多瓦人，他教我怎样用木制的鼓槌击鼓。他把着我的手教我敲，敲得我两手直发疼，然后他才把鼓槌塞到我发疼的手里。

“快敲——一、二，一、二！咚——嗒——嗒！左手的鼓槌，用力要轻一点，右手嘛，要重一些，咚——嗒——嗒！”他板着脸，一本正经地大声说着，使劲瞪着像鸟儿似的两只小眼睛。

---

① 马哈烟，用黄花烟草的叶子与茎切碎、用纸卷成的一种土制香烟。

我跟着那些当兵的在野地里一直跑到演习结束，后来我又穿越全城，把他们一直送到了军营[①]；一路上，听着他们嘹亮的歌声，看着他们和善的面孔——这一张张面孔都是全新的，就像一个个不久前刚铸造出的五戈比的硬币一样。

他们神采飞扬地走在大街上，队列整齐，步调一致，使人对他们产生一种好感，有一种想要置身其中的愿望，就跟想要归入大河、走进森林的感觉那样。这些人什么都不怕，能够勇敢地面对一切，战无不胜，攻无不克，只要他们愿意，没有他们做不到的，而最主要的是，他们每个人都非常淳朴，而且心地善良。

但是，有一次，休息的时候，一位年轻士官递给我一支很粗的香烟。

“抽吧！我这支香烟才叫一个棒呢，别人我谁都不会给，可你是个好小伙子——太好了！”

我抽了起来。他往后退了一步，这时，我面前突然蹿起一股红色的火苗，我的手指头、鼻子、眉毛都被烧伤了；一股带有咸味的灰色烟雾呛得我又是打喷嚏，又是咳嗽；我眼睛看不见东西，吓得我一个劲儿地在原地直跺脚，那些当兵的把我团团围住，高兴得放声大笑。我往家里走去——身后传来一阵口哨声和哄笑声，还有什么啪啪的响声，跟牧人打响鞭似的。被灼伤的手指头直发疼，脸上感到火辣辣的，眼泪不住地往下流，但使我感到难受的还不是疼痛，而是令人痛心的极度惊诧：他们为什么要这样对待我？为什么这事儿会让那些心地善良的小伙子们感到如

① 彼切尔军营坐落在伏尔加河上游岸边的尽头，距离老干草广场不远。

此好玩？

回到家里，我爬上阁楼，在那里坐了很长时间，回想我人生道路上遇到的种种无法解释的严酷经历。萨拉普尔那个小战士的事情使我感到特别难以忘怀，至今仍历历在目，好像他就站在我的跟前，质问我说："怎么样？明白了吗？"

没过多久，我又亲身经历了一起更加严重、更令人吃惊的事情。

我常到哥萨克人的营房里去玩——它们就坐落在彼切尔镇[①]旁边。哥萨克人和其他当兵的不同之处，不在于他们是骑马的高手，而且穿着讲究——而在于他们说的话、唱的歌与别人不同，舞也跳得特别好。有一个时候，每到傍晚，他们把马洗刷干净后，在马厩附近围成一个圆圈，这时，一位矮个子、红头发的哥萨克抖擞精神，像旋风一样站了出来，像吹铜号似的放声高唱；然后他全神贯注地挺直身子，轻声唱起关于顿河和蓝色多瑙河的忧伤的歌曲。他唱起来像红胸鸲鸟那样闭着眼睛——而这种鸟一旦唱起来，往往会一直唱到从树上掉下来摔死为止；这位矮个子哥萨克人敞开衬衫领子，裸露出他那像铜质马嚼环一样的锁骨；而且，他这个人浑身上下就像铜水浇铸的一般。他晃动着两条细腿，好像他脚下的土地在不住地颤动；他张开双臂，二目紧闭，放声歌唱；他好像已经不再是一个人，成了司号兵的一把铜号或牧人的一支芦笛。有时候，我觉得他眼看着就要摔倒，像红胸鸲

---

① 彼切尔镇在下诺夫戈罗德市的郊区，离彼切尔修道院很近，是在伏尔加河岸的一个高高的斜坡上。

鸟那样，仰面朝天，倒地而亡——因为他的全部精力和整个心思全都倾注到歌声中了。

他的伙伴们围着他，站了一个圆圈，有的两手插在口袋里，有的背抄着双手，一个个严肃认真地看着他那张古铜色的面孔，眼睛紧盯住他那只在空中轻轻舞动的手；他们一本正经地唱着歌，就像在教堂唱诗班里那样，从容不迫，泰然自若。他们所有的人——留胡子的和没留胡子的，此时此刻，全都像一尊尊圣像：庄严肃穆、超凡脱俗。他们唱的歌很长，像一条大路，是那样的平坦、宽广和睿智；当你仔细倾听的时候，你就会全然忘记究竟是白天还是黑夜，自己是小孩还是老人，一切都忘得干干净净！歌手们的声音渐渐停了下来，这时，可以听见战马在叹息——它们在怀念驰骋草原的生活；可以听见秋天的夜晚正在从田野里悄悄地、不可阻挡地走来；而你的心却在不断地长大，由于对人类和大地充满了某种非同寻常的感情和伟大的无言的爱，这颗心简直就要爆炸了。

我觉得，这个长着古铜色皮肤的矮个子哥萨克不是一般的等闲之辈，而是一个重要得多的神奇人物；比起所有的人来，他显得更优秀、更高大。我没法跟他谈话。他向我问话时，我只会受宠若惊地微笑，不好意思地一声不吭。我情愿像一条狗那样，默默地、老老实实地跟在他的身后，只希望能够经常看到他，听他唱歌。

有一回，我看见他一个人站在马厩的一个角落，将一只手伸到面前，仔细打量手指头上戴的一枚光溜溜的银戒指；他的漂亮的嘴唇在微微地颤动，棕红色的小胡子一撅一撅的，一脸的不高兴，显得忧心忡忡。

但是，有一次，晚上，天已经很黑了，我提着几只鸟笼，来到老干草广场[①]的一个小酒店——小酒店老板特别喜欢能叫会唱的小鸟，经常从我这里买鸟。

矮个子哥萨克就坐在柜台旁边炉灶和墙壁之间的一个角落里；跟他坐在一块儿的还有一个女人，这女人长得人高马大，身量几乎比他大一倍；她那张大圆脸油光锃亮，像一张上等的山羊皮；她用母亲般慈祥的目光看着他，神色有些忧郁；他已经喝醉了，伸出来的两只脚在地板上胡乱踢腾时，想必踢疼了那女人的双脚——只见她身子颤抖一下，皱起眉头，小声求他说："别犯傻了……"

这位哥萨克极力想扬起两道眉毛，可是它们又无精打采地垂了下来。他觉得很热，便解开制服和衬衫，露出了脖子。那女人把头巾从头上撸到肩头，将两只白白的、强劲有力的手放在桌子上，手指交叉在一起，以致整个手都被挤红了。我越是仔细地观察他们，就越觉得他很像是个在慈母面前犯了错误的孩子；她在对他说了些什么，态度亲切，又不无责备，而他则一声不吭，显得很尴尬——对于理所当然的责备，他无言以对。

突然，他好像被什么东西扎了一下似的站起身来，随便把军帽往头上一戴，用手一拍，几乎遮住了前额，而且制服也不扣，径直向门口走去；那女人也站起身来，对小酒店老板说："库兹

---

① 老干草广场，在下诺夫戈罗德市的东北方向，伏尔加河上游岸边的尽头，地处郊区，因为这个地方经常进行干草、燕麦和面粉的交易，故称老干草广场。

米奇，我们马上就回来……”

人们用嬉笑和打趣把他们送出小酒店。不知是谁粗声大气地说了一句：“领航员会回来的——他会给她颜色看的！”

我紧跟在他们后面，他们在我前面约十步远，黑灯瞎火地斜着穿过广场，踩着泥巴，向伏尔加河陡峭的岸边走去。我看见那女人搀扶着哥萨克人，摇摇晃晃地向前走去，还听见他们脚下泥巴发出的扑哧扑哧的声音，那女人以哀求的口吻轻声问道：“您要去哪儿？喏，去哪儿呀？”

我踏着泥巴，跟在他们身后，尽管这并不是我要走的路。当他们走到斜坡的岔道口时，哥萨克人停下脚来，向那女人退后一步，突然照她脸上就是一巴掌；那女人惊叫一声，诚惶诚恐地问道：“哎呀，你这是为什么呀？”

我也吓了一跳，赶紧跑上前去，这时哥萨克人一把将那女人拦腰抱住，隔着山坡的护栏把她扔了出去，自己随后也跟着跳了下去，于是两人抱作黑乎乎的一团，沿着长满青草的斜坡滚了下去。我简直被惊呆了，说不出话来，只听见下边有刺啦刺啦的响声，是连衣裙被扯破的声音；哥萨克人喘着粗气，那女人则细声细气、断断续续地喃喃道：“我要喊了……我要喊了……”

她痛苦地大叫一声，然后便悄无声息了。我摸了一块石头，朝下面扔去——只听见草叶发出窸窸窣窣的声音。在广场上，小酒店的玻璃门时开时关，发出“砰、砰”的响声；有人“哎呀”一声，也许是摔了一跤；然后一切又沉寂了下来，准备迎接随时再发生什么骇人听闻的事情。

斜坡下面有一大团白乎乎的东西，它一面哭泣，一面呼哧呼哧地往上爬，动作缓慢，而且摇摇晃晃——我看出来那是一个女人。她像一只绵羊那样，四肢着地地在向上爬；我发现她上身一丝不挂，露着两个大乳房，乍看上去好像她有三张面孔。现在她爬到了护栏边上，在上面坐了下来，几乎和我肩并着肩；她气喘吁吁，像一匹患了肺气肿的病马，一面整理着自己蓬乱的头发；在她那洁白的肌肤上，乌黑的泥土斑点清晰可见；她一直在哭泣，而且用猫洗脸那样的动作，擦拭着脸上的泪水；她看见我后低声惊叫道："天哪，你是什么人？快走开，真不知羞耻！"

但是我无法走开，因为我简直被惊呆了；还因为极度痛苦而一时动弹不得——我想起了外婆的妹妹说过的一句话："女人是一种力量，连上帝都上了夏娃的当……"

那女人站起身，用连衣裙的碎片遮住胸部，赤着双脚，迅速跑开了；这时，那个哥萨克人从坡底下走了上来，他手里挥舞着白色的布片，嘴里轻轻地吹了声口哨，听听周围有什么动静，然后用欢快的声音说："达里娅！怎么样？哥萨克人从来说到做到……你以为我喝醉了，是不是？不——不，那是我故意装给你看的……达里娅！"

他站得很稳，说话的声音也很清醒，而且带有嘲弄的意味。他弯下身子，用碎布片擦了擦自己的皮靴，又说道："喂，给你上衣……达什克[①]，别丢人现眼了……"

这时，哥萨克人大声说了些侮辱女人的话。

我坐在一堆碎石上，听着这说话的声音。在这寂静的夜

---

① 达什克，达里娅的小名。

晚，听上去它是那样的孤单，同时又是那样的威严，给人一种压抑感。

广场上的灯火在眼前跳动；右边是一片黑压压的树木，贵族女子学校[①]的白色建筑就坐落其中。哥萨克人满嘴的脏话，懒洋洋地向广场走去，手里挥动着一块白布，最后像一场噩梦似的消失了。

一根排气管道在斜坡下面的水塔上嗞嗞地喷着蒸汽；一辆四轮马车沿着斜坡驶了过去；周围一个人都没有。我闷闷不乐，沿着斜坡走去，手里攥着一块我没有来得及砸向哥萨克人的冷冰冰的石头。在胜利者乔治教堂附近[②]，我被夜间巡逻的更夫拦住了，他气势汹汹地问我是什么人，背后袋子里装的是什么东西。

我给他详细讲述了哥萨克人干的事情，于是他哈哈大笑，叫道："干得干净利索！老弟，哥萨克人可都是高手，我们根本没法跟他们比！不过那娘儿们也是条母狗……"

他笑得上气不接下气；我向前走去，不知道他究竟在笑什么。

事情想起来就令人毛骨悚然：假如这事发生在我母亲和外婆的身上，会怎么样？

---

① 即马利亚女子学校，坐落在伏尔加河上游岸边，是 1852 年开办的。

② 指伏尔加河右岸高高的斜坡。

八

天下雪了，外公又把我领到外婆的妹妹[1]家了。

“这对你不是件坏事，没有坏处。”他对我说。

我觉得，一个夏天，我经历的事情实在太多了，我变老了，也变聪明了，可是这期间东家家那种枯燥无味的生活却有增无减。他们仍和以前一样，由于吃得太多，累及肠胃，经常闹病，因而常常不厌其详地相互诉说着自己的病情，老太太向上帝做祷告时仍然是那么咬牙切齿，一脸凶相。年轻的女主人生完孩子[2]后人变瘦了，占的空间也小了，但走起路来仍然像个孕妇，大模大样，慢慢腾腾。她在给小孩做衣服时，总是小声地唱同一支歌曲：

斯皮里亚，斯皮里亚，斯皮里亚——
斯皮里亚，我亲爱的小弟兄；
我自己坐在雪橇上，

---

① 即马特廖娜·伊万诺夫娜·穆拉托娃（1832 年生），后来嫁给谢尔盖耶夫，B.C. 谢尔盖耶夫是她的儿子。1881 年冬天，高尔基又回到了这里。

② 谢尔盖耶夫家的第二个儿子是 1881 年生的，叫列昂尼德·谢尔盖耶夫，1930 年去世。

斯皮里亚，你可要在后踏板上站定……

一旦有人走进屋，她马上就不唱了，而且不高兴地嚷嚷道：“你来干什么？”

我敢说，除了这支歌，别的她什么歌都不会唱。

晚上，东家家的人把我叫到房里，吩咐道：“怎么样，讲讲你在轮船上是怎么度过的吧！”

我坐在厕所门旁边的一把椅子上讲了起来，在这种硬把我送来生活的环境里，回忆另一种生活，我感到非常得意。我讲得津津有味，完全忘记了听众，但是时间不长；两位女主人从来没有坐过轮船，她们问我：“总是怪怕人的吧？”

我不明白——有什么可怕的？

“要是轮船开到深水处——沉下去怎么办！”

东家哈哈大笑，可是我——尽管我知道轮船在深水处是不会沉下去的——却说服不了这两个女人。老太太深信轮船不是在航行，而是在行驶，跟陆地上的大车一样，靠许多轮子在河底行走。

“既然轮船是钢铁建造的，它怎么会浮起来呢？斧子怎么就浮不起来……”

“长柄勺在水里不是也不会沉下去吗？”

“这怎么能比呢！长柄勺很小，又是空的……”

当我讲到斯穆雷和他的书时，他们用怀疑的目光看着我；老太太说，书都是傻瓜和异教徒们写的。

“那么圣诗呢？大卫王呢？”

“圣诗就是经文，连大卫王为圣诗的事还请求上帝宽恕过呢。”

“这话是哪儿说的？”

“是我的手掌说的——我照你后脑勺上来一巴掌，你就知道是哪儿说的了！”

她什么都知道，对一切事情她讲起来都信心十足，而且总是——非常牛气。

“一个鞑靼人在佩乔尔卡大街死了，灵魂从喉咙里跑了出来，黑乎乎的，跟煤焦油一样！”

“灵魂是一种精气。”我说，但她很不以为然地甩了一句：“说的不是鞑靼人的灵魂吗？傻瓜！”

年轻的女主人也害怕书。

“读这种书非常有害，特别是年轻的时候，”她说，“我们格列比奥什卡就有一个姑娘，家境不错，只知道读书，读来读去，得——爱上了一个教堂执事。教堂执事的老婆把这姑娘可羞辱得不轻——简直太可怕了！在大庭广众之下，当着众人的面……”

有时候，我引用斯穆雷书中的话，其中有一本书里没头没尾地写道：“老实说，火药并不是什么人发明的；它像一切事物一样，是经过一系列长期细致观察和发现后出现的。”

不知什么原因，但我却牢牢记住了这句话，而且特别喜欢“老实说”这三个字，我感到这三个字有一种力量，它们给我带来了许多痛苦——滑稽可笑的痛苦。确实有这样的事。

有一次，东家家里的人要我再给他们讲点关于轮船的事，我回答说：“老实说，我已经没什么可讲了……”

这使他们大为惊讶，他们哇啦哇啦地一通嚷嚷：“什么？你说什么来着？”

这时四个人一块儿放声大笑起来，嘴里重复着说：“‘老实说’，啊——老天爷呀！”

连东家也对我说：“你编得很糟糕，怪人！”

从此，他们很长一段时间就叫我“老实说”。

“喂，‘老实说’！快去把小孩弄脏的地板擦一擦，‘老实说’……”

我对这种莫名其妙的讽刺挖苦并不生气，但却使我感到非常惊讶。

我生活在非常苦闷的氛围中，为了摆脱这种情绪，我拼命地干活儿。要干的活儿倒是不少——家里有两个小孩，由于主人对保姆不满意，所以他们经常换人；我必须照看两个小孩子，每天给他们换洗尿布，每个礼拜还要到“宪兵泉”① 去洗衣服，那里的洗衣女工们老是嘲笑我：“你怎么干起女人的活儿啦？”

有时候，她们把我惹急了，我就抡起湿衣服打她们，她们同样也毫不客气地回敬我，不过跟她们在一块儿，我很开心，也很有意思。

“宪兵泉”顺着峡谷底，流入奥卡河，这条峡谷将城市和一

---

① “宪兵泉”之所以叫宪兵泉，是因为这里的泉眼离宪兵队的马厩很近。《下诺夫戈罗德市简史》中有这样一段记述：“这里的泉水清澈干净，味道甘甜；1767 年俄国女皇叶卡捷琳娜二世来到下诺夫戈罗德时发现这里的泉水一点也不比涅瓦河的水质差。”

块以古代之神亚里洛[1]命名的土地分割开来。每逢悼亡节[2]，市民们就在这个地方举行游艺活动；外婆告诉我，她年轻的时候，人们还信奉亚里洛，给他上贡，祭奠他：他们把一个车轮子用麻刀裹起来，外面涂上树脂，然后点着火，推下山去，人们喊着，唱着，看着这个火轮子向奥卡河滚去。如果一直滚到了奥卡河，就说明太阳神亚里洛接受了祭品：这年夏天肯定是风调雨顺，五谷丰登。

洗衣女工们大都信奉亚里洛，她们个个大胆泼辣，能说会道；对全市的生活了如指掌，听她们讲她们的雇主——商人、官吏和军官们——的故事，非常有意思。大冬天在冰冷的小河里洗衣服等于是在服苦役，女工们的手都被冻裂了。她们对着小河上的一个木槽，弯下腰，洗着衣服；头上的破棚子陈旧不堪，千疮百孔，根本遮挡不了风雪；她们的脸被冻得鲜红，像针扎一样疼；沾了水的手指头被冻得打不了弯，眼泪一个劲儿地直往下流，可是这些女工们仍然聊个没完，互相讲述各种各样的故事，不管涉及什么人和什么事，她们全然不在乎。

讲得最好的是纳塔利娅·科兹洛夫斯卡娅，这个女工约三十开外，富有朝气，身体强健，长有两只爱嘲弄人的眼睛，能说会道，言辞犀利。女友们都很喜欢她，有什么事都跟她商量，她们

---

① 亚里洛，斯拉夫民间神话中的太阳神，主管丰收、爱情和男性生育。对他的崇拜通常以狂欢、舞蹈等形式来表达。

② 悼亡节，即复活节后第七周的星期四，通常举行民间祭祀活动，意在超度亡灵，祈求春耕吉利。

佩服她干活麻利，衣着整洁，而且还把自己女儿送到中学去学习。当她弯着腰，背着两筐沉甸甸的湿衣服沿着光滑的小路从山坡上往下走时，大家都高兴地迎过去，关心地问她："你女儿好吗？"

"还行，谢谢，老天保佑，在学习！"

"瞧吧，她很快就会当上贵太太的，是不是？"

"我也是为了这个才让她去学习的。那帮养尊处优的老爷太太们从哪儿来的呢？都是从我们这些灰头土脑的人中产生的，还能从哪儿来？人们的知识越多，手伸得就越长，捞的东西也越多；而谁捞得多，谁的事业就神圣……上帝派我们来时个个都是愚不可及的孩子，可返回时却要求我们必须成为足智多谋的老人，这就意味着：必须学习！"

她讲起来头头是道，充满自信，大家一声不响，洗耳恭听。人们眼前背后都夸奖她，对她的吃苦耐劳和聪明想法都感到惊讶，但却没有人学她的样子。她用棕褐色的皮靴筒给自己做了一副套袖，这样她胳膊肘以下就用不着光着，也不会弄湿袖子了。大家都说她想的这个办法好，但谁也没有学着去做；我做了一副——她们却笑话我。

"你呀，老跟在一个女人后边学呀！"

关于她的女儿，大家议论说："这可是件大事情！是啊，要多一位贵太太了，这容易吗？不过，也许人还没毕业，没准儿就死了……"

"其实有学问的人日子过得也不见得都一帆风顺：就说巴希洛夫吧，他的女儿学呀学呀，最后自己也当了老师。喏，可一旦当上了老师，就是说，成了嫁不出去的老姑娘了……”

“当然啦！不识字也能嫁出去，有点用处就有人娶……”

“女人的智慧不在脑子里……”

听她们自己如此恬不知耻地议论自己，真令人感到奇怪和难为情。我知道水手、士兵和掘土工人们怎样谈论女人，我也见过男人们总是相互夸耀自己在诱骗女人方面是多么老练，跟她们发生性关系时多么富有活力；我觉得他们对“女人”怀有一种仇视心理，他们大谈自己如何春风得意，大获全胜，但在这些故事的后面，除了炫耀，几乎总有一些东西使我觉得：他们的故事里吹嘘和杜撰多，真实情况少。

洗衣女工们相互不谈自己的风流韵事，但从她们关于男人所谈的种种事情中，我听得出有一种嘲弄和恶意在里面，于是我想，那句话大概是对的：女人是一种力量！

“一个男人，不管在外面怎么折腾，跟什么人要好，最终还得回到女人的身边，这是无法避免的。”有一次纳塔利娅这样说。一个老太婆用伤风了的声音甩过来一句：“他们还能到哪儿去？连那些什么修士、隐士之类，也纷纷离开上帝，到我们身边来了……”

这些谈话都是在谷底进行的，是在如泣如诉的潺潺流水声和捶打湿衣服的啪啪声的伴奏下，在连干净的冬雪也覆盖不了其肮脏的峡谷里进行的。这些关于一切种群和民族来源秘密的无耻谰言与恶毒谈话，使我感到心惊肉跳，深恶痛绝，它们使我的思想、感情和身边一再发生的“爱情故事”格格不入；在我的观念里，这种“爱情”和下流、淫荡的概念是牢牢联系在一起的。

但是，在峡谷里和洗衣女工们待在一起，在厨房里和勤务兵们待在一起，在地下室里和掘土工人们待在一起，毕竟比待在家里要有意思得多，根本没法儿相比，因为在家里，大家的谈话、思想观念和遇到的事情，全是老一套，毫无新意，只能叫人感到苦闷与厌烦。东家一家人生活在一个怪圈内，一天到晚就是做饭、吃饭、生病、睡觉，周而复始，没完没了；他们谈论罪恶和死亡，非常怕死；他们像磨盘上的谷粒，挤来滚去，随时都准备着被碾得粉碎。

空下来的时候，我就到干草棚里去劈木柴，想一个人待一会儿，但是很少能够如愿，因为那些勤务兵们老来讲些院子里发生的生活琐事。

叶尔莫欣和西多罗夫是经常到干草棚找我的两个人。叶尔莫欣是卡卢加省人，高个儿，有点驼背，一身粗壮结实的筋肉，小脑袋，两眼无神。他这个人很懒，傻啦巴叽，动作慢腾腾的，笨手笨脚，可是只要看见女人，他便像牛一样哞哞地向前奔去，好像要拜倒在女人脚下似的。他很快就把女厨子和洗衣女工们搞到手，院里的人对他能如此迅速得手都感到非常惊讶，也非常眼红，但是他力大无比，大家又都怕他。西多罗夫是图拉人，人长得干瘪瘦小，一天到晚总是愁眉苦脸，说话轻声细语，咳嗽一下都小心翼翼，他的眼睛炯炯有神，但总是有些怯生生的；他非常喜欢打量一些黑暗的角落，不管他在小声讲述什么，还是坐在那里一言不发，但他两眼总是盯住那个比较黑的角落。

“你在看什么呀？”

“没准儿老鼠会跑出来……我喜欢老鼠，它们跑来跑去，一声不响……”

我常为勤务兵们往农村代写家信，也帮他们写情书，我挺喜欢帮他们这个忙，但我最高兴的是替西多罗夫写信——每礼拜六他都及时给他在图拉的妹妹写信。

他把我请到他的厨房，跟我一起往桌旁一坐，便用手使劲胡噜自己的小平头，趴在我耳边，小声说：“好，动手吧！开头这样写：‘我最亲爱的好妹妹，祝你万事如意，身体健康，’该写的都写上！现在，再接着往下写：‘一个卢布我已经收到，其实你不用寄，谢谢。我这里什么都不需要，我们生活得很好，’其实我们的生活根本不好，像狗一样，喂，不过这话你不要写上，而要写：‘生活得很好！’她还小，才十四岁，何必让她知道这些呢？往下你就自己写吧，怎么教你的，你就怎么写……”

他坐在我的左边，身子紧贴着我，我耳旁有一股股热烘烘的气味，他一个劲儿地小声唠叨说：“叫她可别让小伙子们拥抱她，不许他们摸她的乳房，绝对不允许！写上：‘要是有人对她甜言蜜语，可不能信他的话，他这是想欺骗你，糟蹋你……’”

他强忍着咳嗽，本来发白的脸都憋红了；他鼓着腮帮子，眼睛里含着泪水，在桌旁边坐立不安，老是捅我。

“你别妨碍我！”我说。

“没关系，你写吧！千万不要相信老爷们的话，他们骗起姑娘来可是一骗一个准儿。他们知道自己该说什么，而且什么话都能够说，要是你听信这种人的话，他们会把你卖到妓院里去的。如果你的钱攒够了一个卢布，那你就把它交给神父，只要他是个好人，他会替你保管的。不过最好你还是把它埋在地下，别让任何人看见，一定要记住埋在什么地方。”

气窗通风口的铁片发出的吱吱响声，压过了西多罗夫的小声唠叨，听着他这样的唠叨，心里感到很不是滋味。我看了看被烟熏火燎的炉门，看了看落满苍蝇的碗柜——这厨房脏得实在让人难以想象，到处都是臭虫，到处都有一种呛人的油烟和汽油味。炉台上，木柴里，蟑螂窸窸窣窣地到处乱爬，我内心感到非常沮丧，眼泪都快掉下来了，觉得这个勤务兵和他的妹妹简直太可怜了。难道可以这样生活吗？难道这就叫生活得很好吗？

往下写什么，我已经不再听他唠叨了，我写这里的生活很枯燥，日子过得很不开心，而他则一面叹气，一面对我说：“你写得真不少，谢谢！现在她应当知道该提防什么了……”

“什么也不用提防。”我不高兴地说，虽然我自己对许多事情也担惊受怕。

西多罗夫边咳嗽边笑地说：“你真是个怪人！怎么能不提防呢？对于老爷们，对于上帝？需要提防的事还少吗？”

他收到妹妹的信后，便惴惴不安地求我：“劳驾给念念，快点……”

他硬是要我把这封字迹潦草、内容空洞的短信，一连念了三遍。

他这个人心地善良，性情温和，但是对待女人，他跟所有的人一样，像对待狗似的粗暴、简单。我有意无意间，从头到尾，亲眼目睹过他跟女人发生的这种关系，其发展速度之快，令人咋舌，简直不可思议。我看见西多罗夫怎样抱怨士兵生活之艰难，以此博得女人的同情与好感，看见他如何用花言巧语迷住对方，过后又把自己屡屡得手的情况讲给叶尔莫欣听，同时很嫌弃地皱起眉头，连连吐着唾沫，仿佛吃了苦药似的。这事狠狠地刺痛了我的心，我气愤地问这个当兵的："为什么所有的人都欺骗女人，对她们撒谎，耍弄她们，然后再把她们转手给他人，而且还经常打她们？"

他只是嘿嘿一笑，说："这些事你不用去管，他们这样做是不好，是一种罪过！你年纪还小，对你还早着呢……"

但是，有一次，我得到了一个比较明确、使我难以忘却的回答。

"你以为她不知道我在骗她吗？"他朝我挤挤眼，边咳嗽，边说，"她知——道！她自己愿意受骗。在这种事情上大家都在撒谎；像这种事，大家都觉得羞于见人，谁也不爱谁，只不过是在一起玩玩而已！这是很丢人的事，不信，等着瞧，到时候你自己会明白的！这种事必须在夜里进行，白天也得找个黑暗的地方，在贮藏室里，没错儿！为了这种事，上帝将人们赶出了天堂；因为这种事，人人都感到非常不幸……"

他讲得非常好，非常忧伤，而且有悔不当初的意思，这使我对他的放荡行为觉得情有可原，我对他的态度也比对叶尔莫欣的态度要好一些。我非常恨叶尔莫欣，千方百计地嘲笑他，捉弄他——而且我屡屡得手，常常气得他不怀好意地满院子追我，只是由于他行动笨拙，才很少追得上我。

"这是不允许的。"西多罗夫说。

我知道不允许，但我不相信人们因为这个能造成不幸。而且我看见过有人不幸福，但我不相信是由于这种事情造成的，因为我常常从两个恋人的眼睛里看到一种非同寻常的表情，感到恋爱双方都特别善良，看到这种发自内心的喜悦总是件令人高兴的事。

不过，我记得，生活毕竟是变得越来越乏味和严酷了。正如我天天所看到的，无论是生活方式，还是各种关系，永远都是不可动摇、一成不变的。除了眼前每天不可避免要出现的一切，根本不可能想到会有什么改善。

但是，有一次，几个当兵的给我讲了一件让我非常激动的事。

院里有一户住着一个裁缝师傅，在市内一家高级成衣店工作，为人谦虚谨慎，不爱说话，不是俄罗斯人。他老婆长得玲珑娇小，没有子女，没白没黑地成天读书。院里、楼里总是吵吵嚷嚷，到处都是喝醉酒的人，这两口子很少抛头露面，日子过得非常平静；他们从不接待客人，自己哪儿也不去，只是逢年过节时到剧院去看场戏。

丈夫从早到晚一直在班上工作，妻子像个青春少女，每礼拜白天两次到图书馆去。我常看见她身子摇摇晃晃，好像腿有点瘸似的，一路小碎步在堤坝上走着；她像个女中学生，抱着一摞用皮带捆着的书，两只小手戴着手套，看上去朴实可爱，清新整洁。她生一张鸟儿似的脸，两只小眼睛滴溜溜地直转，整个人显得是那样清纯靓丽，好像梳妆台上摆放的小瓷人。几个当兵的说，她右边缺了一根肋骨，所以走起路来有点摇晃，显得怪怪的，但我觉得这样反而挺好看，一下子就把她和院里其他的夫人们——军官们的妻子——区别开来。尽管这些军官夫人们声音洪亮，衣着华丽，穿着厚厚的裙垫，但她们却像是某种积压物品，长期存放在黑乎乎的贮藏室内，和各种没用的东西堆放在一起，完全被遗忘了。

院子里的人都认为裁缝师傅的这位娇妻有点呆头呆脑，精神不太正常，说她书读太多，都读成书呆子了，连家务都不会做；她丈夫亲自去市场采购食品，亲自向厨娘交代午饭和晚饭吃什么。他们家的厨娘不是俄罗斯人，大块头，性格抑郁，一只眼睛发红，总是泪眼兮兮的，另一只眼睛只剩下一道粉红色的细缝了。院子里的人说，裁缝妻子连炖猪肉和炖牛肉都分不清；有一次她可露大怯了，她去买香芹菜，买回来的却是洋姜！您想想看，简直闹出了大笑话！

在这幢房子里，他们三个全是外来人，好像是偶然落进这个大养鸡场的笼子里似的。这让人想起了那些为躲避严寒，从气窗口飞进人们又闷又脏的居室里的山雀。

这时，几个勤务兵忽然告诉我，说那些军官老爷们打算对裁缝师傅娇小的老婆搞一场恶作剧：他们分别出面，差不多每天都给她写信，诉说对她的爱慕之心、自己内心的痛苦和她如何如何美丽等。她给他们回信说，请他们不要打扰她安静的生活；对于她给他们带来的痛苦，她表示歉意；她祈求上帝能帮助他们不要再爱她。收到这样的回信，军官们聚在一块儿，集体朗读，百般嘲笑，然后再以某个人的名义给她写一封回信。

那些勤务兵给我讲这个故事的时候，他们自己也笑了，而且大骂裁缝师傅的妻子。

“倒霉的蠢货，不幸的瘸子。”叶尔莫欣瓮声瓮气地说，西多罗夫也小声跟着说：“任何一个女人都甘愿受骗。她全都知道……”

我不相信裁缝师傅老婆知道他们是在嘲笑她，于是我决定把这个情况告诉她。我瞅准她家厨娘去地窖的时候，赶紧从后楼梯跑到裁缝老婆的房子里，溜进厨房——那里空无一人，走进她的房间。裁缝老婆在桌旁坐着，一只手端着一个沉甸甸的镀金茶杯，另一只手——拿着一本打开了的书。她被吓了一跳，将书捂在胸前，低声喝道：

“你是谁？奥古斯塔！你是什么人？”

我急急忙忙、前言不搭后语地对她说起来，心想她会不会拿书或茶杯向我摔过来。她坐在一把很大的深红色的沙发椅上，身上穿一件天蓝色的宽松的连衣裙，下摆上缀着天鹅绒的穗子，领口和袖口都镶着花边，浅褐色的波浪式长发，披散在肩头。整个一个仙女下凡。她紧靠在椅背上，用圆圆的眼睛看着我，起初显得很生气，随后有点惊讶，面带微笑。

当我把想说的话都告诉她后，这时候我已经没有什么勇气了，便转身向门口走去。这时她冲我喊道：“站住！”

她把茶杯随便往托盘上一放，把手里的书往桌子上一扔，交叉着双手，用成年人那种低沉的声音说道：“你这孩子也真够怪的……过来，走近一点！”

我非常谨慎地走了过去，她拉住我一只手，用她那纤细的、冷冰冰的手指抚摸着，问道：“没有谁教你来告诉我这些话吧，是不是？喏，好吧，我看得出，我也相信——是你自己想出来的主意……”

松开我的手后，她闭上眼睛，慢条斯理地轻声说："原来那些臭当兵的在谈论这事！"

"您还是从这儿搬走吧。"我郑重其事地劝她说。

"为什么？"

"他们会缠着您不放的。"

她愉快地笑起来，然后问道："你上过学吗？喜欢读书吗？"

"我哪有时间读书。"

"只要你喜欢读，就能够找出时间。喏，谢谢你了！"

她把手里攥的一枚银币递给我——我羞于收下这冷冰冰的玩意儿，但又不敢拒绝她，于是我走的时候把它放在楼梯扶手尽头的立柱上了。

这女人给我留下了深刻的印象，这种印象对于我来说全然是新的，犹如在我面前升起一片朝霞，为此，我高兴了好几天，总是回忆起那宽敞的房间和坐在天蓝色沙发椅上的宛若天仙的裁缝师傅老婆。周围的一切都是我从未见过的，非常漂亮；豪华的金色地毯，就在她的脚下，冬天的阳光，透过窗上银色的玻璃照射进来，使她周围显得暖洋洋的。

我很想再次看到她——如果我去向她借书，将会怎么样呢？

我真的这样做了，又一次看到了她——还是那个地方，她手里还是拿着一本书，但她一边脸上包着一块红褐色的头巾，一只眼睛有些发肿。裁缝师傅太太把一本黑色封面的书递给我时，含混不清地说了句什么。我带着书离开那里时有点郁郁不乐、怅然若失的感觉，那书上散发出一股木馏油和茴香油的气味。我把书用干净的衬衫和纸包好，藏在阁楼上，生怕东家家里人拿去给弄坏了。

东家订了《田地》周刊，那是为了收集服装剪裁式样和它的增刊，并不是真的为了阅读，不过他们看过里面的插图后，便都收藏在卧室的柜子里，年底将它们装订成册，收在床底下，那里已经放有三本《绘画评论》[①]了。我擦洗卧室的地板时，脏水就流到了这些书的下面。东家订了一份《俄国信使报》[②]，每天晚上看的时候他总要骂上几句："真是见鬼了，他们干吗写这样的东西！无聊透顶……"

礼拜六，在阁楼上晾晒衣服时，我想起了那本书，便把它拿出来，打开，读了开头一行："房子和人一样，各有自己的面孔。"这句话写得如此贴切，令我不胜惊讶——我站在气窗边，开始往下读，一直读到我都快冻僵了才停下来。晚上，东家一家人都去做晚祷告了，我把书带到厨房，一门心思地读起来，书页已经破旧发黄，像秋天的树叶；这本书一下子便把我带进了另一种生活，让我接触到许多新的人名和关系，看到许多善良人物和阴险狡诈的坏蛋——他们不同于我经常见到的那些人。这是克萨维耶·德·蒙特庞[③]的一部长篇小说，跟他其他的作品一样，小

---

① 《绘画评论》，周刊（1872 年创刊），家庭读物，通俗易懂，图文并茂。

② 《俄国信使报》，是 1879 年在莫斯科出版的一份报纸。

③ 克萨维耶·德·蒙特庞（1823—1902），法国作家、记者，以写下层人民的贫困、受欺压生活而著称，但其作品的思想高度和艺术水准与真正意义上的社会小说还有距离。19 世纪下半期，俄国翻译出版了他 60 多部小说，其中就有 1875 年在巴黎出版的小说《巴黎的悲剧》。高尔基在这里凭记忆引用的"房子和人一样，各有自己的面孔"这句话，就是小说开头的一句。

说篇幅很大，涉及的人物、事件很多，主要刻画鲜为人知的、急剧变化的生活。小说的描写简洁明快，令人惊讶，字里行间仿佛有一道亮光，照出了善恶，帮助人们去爱，去恨，让读者全神贯注地关注那些生活在底层的芸芸众生。小说使人立刻产生一种要给主人公出主意想办法的强烈愿望，全然忘记了这突然呈现在面前的一切只不过是满纸谎言而已；在斗争的跌宕起伏中，人完全忘记了自我，被书中的故事所控制，读这一页时眉飞色舞，读下一页时又痛不欲生。

我读得如醉如痴，听到大门铃响，一下子还反应不过来是谁在按铃，为什么按铃。

蜡烛已经差不多快点完了，烛台上的蜡油我早上刚刚才擦过；本该由我照看的长明灯忽然从支架上滑落下来，熄灭了。我在厨房里急得团团转，一心想掩盖我所犯过错的痕迹，于是我赶紧将书藏到炉灶下面，把长明灯放好。这时保姆从房间里跑了出来。

“你耳朵聋了？没听见门铃在响！”

我急忙跑去开门。

“在睡懒觉吗？”东家厉声问道。他老婆吃力地在上楼梯，抱怨是我让她感冒了；老太太嘴里骂骂咧咧。在厨房里，她一眼就看见那支快点完了的蜡烛，一再追问我刚才在干什么。

我一声不吭，好像从高处什么地方掉下来似的，垂头丧气，直怕她发现那本书，而她则吵着说我要把房子烧掉。东家和他妻子过来吃晚饭，老太太向他们抱怨说：“瞧，整支蜡烛都点完了，房子也会烧掉的……”

晚饭时，他们四个人七嘴八舌地把我数落个够，把我以前有意无意间犯的过错都翻出来说说，还拿死来威胁我，但我知道，他们这样说既不是出于恶意，也没有什么良好的用心，纯粹是因为无聊。把他们和书中的人物一比，便会奇怪地发现：他们是多么空虚和可笑啊。

现在，他们吃饱喝足了，一个个拖着沉重的身子，疲倦地分头睡觉去了。老太太向上帝发了一通牢骚后，爬到炉灶上，一声不响了。这时，我起来从炉灶下面把书取出来，走到窗前。晴朗的夜晚，月光直接照进了窗口，然而书上的字迹太小，看不大清楚。但是偏偏我又特别想看。于是便从厨架上拿起一只铜锅，用它把月光反射到书上——谁知这样反而更糟，变得更加暗了。这时我站在墙角的长凳子上，靠近圣像，站在那里，凑着长明灯的光线读，后来读累了，就倒在凳子上睡着了，是老太太又推又叫把我喊醒的。她手里拿着书，使劲用书打我的肩膀；她气得面红耳赤，横眉怒目，光着脚，穿一件衬衫，使劲仰着她那一头棕红色头发的脑袋。维克多从床上大声喊道："妈妈，您就别嚷嚷了，好不好！还叫不叫人活了……"

"这下我的书算完了，非被他们撕毁不可。"我想。

喝早茶的时候，他们审问我。东家严厉地问道："你从哪儿弄来的书？"

两个女人争吵不休，相互打断对方的话头；维克多怀疑地闻了闻书页，说道："有一股子香水味儿，千真万确……"

当他们知道书是神父的后，大伙儿又仔细地看了看，对于神父竟然看这种小说，感到既吃惊，又愤怒，但这毕竟使他们感到稍稍有点放心，虽然东家一再语重心长地跟我说，读这种书是十分有害和危险的。

“看看那些所谓的读书人，他们把铁路都给炸了，想搞暗杀……”[①]

女主人又急又怕地喝住丈夫：“你疯了吗！跟他说什么呀？”

我把蒙特庞的小说拿给西多罗夫，跟他说是怎么回事。西多罗夫接过书，一声不响地打开一个小箱子，取出一条干净毛巾，把小说包好，藏在箱子里，对我说：“别听他们的，到我这儿来读好了，我绝对不跟任何人说！如果你来时我不在屋，钥匙就在圣像后面挂着，你自己打开小箱子，拿出来看就是……”

东家家里的人对这本书的态度，一下子提高了它在我心目中的地位——书中一定有重要而可怕的秘密。至于有些什么“读书人”在什么地方炸毁了铁路，想暗杀什么人，这我不感兴趣，但我却想起了以前我忏悔时神父曾向我提出的问题和中学生在地下室里读书的情形，想起了斯穆雷关于“正经书”的一番话和外公讲的关于巫师与共济会员的故事：“在英明君主亚历山大·巴甫雷奇[②]当政的时候，一些贵族在巫术和共济会思想的蛊惑下，打算将全体俄罗斯人民出卖给罗马教皇，这帮异教徒！这时，阿拉

---

① 指19世纪下半期俄国民粹派针对沙皇亚历山大二世的暗杀活动。他们于1879年11月19日、12月1日在莫斯科至库尔斯克的铁路线上进行爆炸，但未能成功。

② 亚历山大·巴甫雷奇，即亚历山大一世（1777—1825），1801—1825年为俄国的皇帝，系保罗一世的长子。他当政的最后几年，共济会的活动受到追查，1822年沙皇当局关闭了他们所有的组织，认为是他们在传播自由思想。

克切耶夫[①]将军用事实揭穿了他们，无论他们的职位、头衔有多高，一律流放到西伯利亚去服苦役；在那里，他们一个个像蚜虫似的自生自灭……”

这时我想起了“日全食时的满天星斗”“格尔瓦西”和煞有介事的俏皮话：“好奇心强的门外汉想打听我们的事呀！你们的眼力不行，永远也打听不清楚！”

我感到自己正处在某种重大秘密的门口，成天如痴如醉，疯疯癫癫；只想赶紧把那本书读完，生怕放在西多罗夫那里给弄丢了，或者他把书给弄破了。到那时我怎么向裁缝师傅的妻子交代呢？

可是，那老太太死盯住我，不让我往勤务兵那里跑，而且唠叨个没完：“整个一个书虫子！那些书只能教人学坏，学得放荡不羁，就说她吧，那个嗜书如命的女人，成了什么样子了——自己到市场买东西都不会，只知道跟那些军官们鬼混，大白天就接待他们，我知——道！”

我真想大吼一声：“不是这样！她没有跟人鬼混……”

但是我担心，我一为裁缝妻子辩护，老太太会不会马上想到这书就是她的呢？

有几天时间，我的情绪坏极了；精神恍惚，焦虑不安，觉也睡不好，直担心蒙特庞那本书会出事；正好，有一天，裁缝师傅

---

① 阿拉克切耶夫（1769—1834），俄国政治家、伯爵（1799）、将军，是亚历山大一世手下权力极大的专横残暴的宠臣，实际控制着国家的军政大权，推行反动的警察专制制度，残酷镇压一切对社会不满的人。

家的女厨子在院子里叫住了我，说：“请把书还回来吧！”

我趁午饭后东家一家人都躺下休息的时候，一个人来到裁缝妻子那里——我感到很不好意思，心情有些压抑。

她还是我头一次看见她时的那副样子，只是穿的衣服有点变了：她穿一件灰裙子，黑天鹅绒上衣，袒露的脖子上戴着一个绿松石十字架，看上去很像一只雌性的灰山雀。

我跟她说，我还没有来得及读完，他们不许我读；这时，我既感到委屈，又觉得很高兴能见到她，我的眼泪都要流出来了。

“呸，这些人真是愚蠢！”她说着，皱起了两道细眉，“可你们东家竟然长着一张很有教养的面孔。你别急，不用伤心，我来想想办法。我给他写封信！”

我听后吓了一跳，急忙向她解释，说我对东家家里人撒了谎，说书不是从她这里而是从神父那里借来的。

“别写，请不要写！”我恳求她说，“他们会嘲笑您，会骂您的。因为院子里的人谁都不喜欢您，都在嘲笑您，说您是个傻女人，缺一根肋骨……”

说完后，当时我就知道我的话说多了，伤了她的自尊心——她紧咬着上嘴唇，像骑在马上似的，使劲拍了一下大腿。我不好意思地低下头，真希望有个地缝能让我钻进去，但裁缝妻子这时往椅子背上一靠，开怀大笑起来，一再说：“哎呀，太愚蠢了……太愚蠢了！可又有什么办法呢？”她仔细地看着我，自问自答地说，然后，叹了口气，说：“你呀，是个很奇怪的孩子，非常奇怪……”

我站在她身边，往镜子里一照，看见一张高颧骨、宽鼻梁的脸，前额上有一大块青紫斑；头发很久都没有剪过了，乱蓬蓬地向旁边支棱着——这就是她所说的“很奇怪的孩子”吗？奇怪的孩子跟精致的小瓷人可不一样……

“那天我给你的零用钱，你没有拿走。为什么呀？”

“我不需要。”

她叹了口气。

“喏，那有什么办法！要是他们允许你读了，你就来找我，我借给你书……”

梳妆台上放了三本书，数我还回来的那一本最厚。我看着它，心情很忧郁。裁缝的妻子向我伸出一只粉红色的小手。

“喏，再见！”

我小心翼翼地碰一下她的手，便赶紧离开了。

也许大家议论她的话都是对的，她确实什么都不懂，明明是一枚二十戈比的硬币，可她把它叫作零用钱，完全像个小孩子。

不过这一点我挺喜欢的……

九

想起来真是既可悲，又可笑：突然萌发的读书热情，给我带来多少奇耻大辱、委屈和烦恼啊！

裁缝妻子的书都非常贵重，我怕老太太把它们扔到炉子里烧了，所以尽量不去想那些书，而趁每天早上到小店买早茶面包的时候，从店里借一些彩色小册子看。

小店老板是个非常令人讨厌的小伙子——厚嘴唇，成天汗津津的，脸色苍白，面部肌肉松弛，带着淋巴结核留下的疤痕和斑点，两眼发白，双手浮肿，手指头短小，而且不灵活。他的小店是这条街上年轻小伙和轻佻姑娘们晚上聚会的场所，我们东家的弟弟也常来这里喝啤酒，玩牌，几乎每晚必到。我经常来叫他回去吃晚饭，在小店后面一间拥挤不堪的小屋里，我不止一次地看见面色红润的老板娘傻乎乎地不是坐在维克多的腿上，就是坐在别的小伙子腿上。看来，小店老板对这一点并不介意；他的妹妹在店里帮他经营，那些唱歌的、当兵的跑过去和他妹妹搂搂抱抱，他也不感到生气，谁爱拥抱就拥抱。小店的货物不多，他说，这是因为他新开业，还没有来得及把一切都安排好，虽然小店秋天就已经开张了。他常给客人和顾主们看一些不堪入目的图画，给愿意传抄的人看一些寡廉鲜耻的歪诗。

我看过米沙·叶夫斯季格涅耶夫的空洞无物的小书[①]，每看一本要付一个戈比；这是很贵的，而这些小书没给我带来任何乐趣。《古阿克，或赤胆忠心》[②]《威尼斯人弗兰齐尔》[③]《俄罗斯人与卡巴尔达人大决战，或死在丈夫灵柩里的漂亮伊斯兰教徒》[④]等诸如此类的读物，也不能满足我的要求，往往使我大失所望，十分懊恼，因为这种书语言晦涩难懂，讲一些莫名其妙的事情，好像戏弄傻瓜似的在戏弄我。

《射击手》《尤里·米拉斯拉夫斯基》《神秘的修士》[⑤]《鞑靼骑手雅潘恰》[⑥]之类的书，我比较爱看——看后总使人有所回味；但我最爱看的还是圣徒传，这种书内容严肃，有可信度，有时候还挺感人的。不知为什么，所有为信仰而受苦受难的男圣徒，都使我想起了"好事儿"，女圣徒则使我想起了外婆，而其他一般的圣徒则使我想起了交好运时候的外公。

---

① 一些浅薄通俗的小册子，因为出这种书的地点在莫斯科尼科尔大街，所以又叫"尼科尔市场"文学，例如《酗酒良药》《民间笑话》等。

② 描写骑士的故事，1789 年第一次在莫斯科出版。19 世纪有许多出版商多次出过。

③ 即《关于勇敢的骑士威尼斯人弗兰齐尔和美丽的王后伦茨维娜的故事》，是根据西欧骑士小说改写而成的。

④ 19 世纪 20—40 年代的通俗作家 H. 兹里亚霍夫的小说。

⑤ 《射击手》的作者是 K. 马萨利斯基，《尤里·米拉斯拉夫斯基》的作者是 M. 扎戈斯金，《神秘的修士，或彼得一世生活中的某些特点》的作者是 P. 佐托夫——这都是一些粗制滥造的历史小说。

⑥ 即《鞑靼骑手雅潘恰，或喀山末代沙皇之死》，作者伊万·卡西罗夫是 19 世纪下半期的一位通俗历史小说作家。

我劈柴时到干草棚或者阁楼上去看书，都不方便，而且很冷。有时候，碰上我特别感兴趣的书，或者必须尽快把一本书读完，我便半夜里起来，点上蜡烛，挑灯夜读，但是老太太发现夜晚的蜡烛怎么变短了，她就会用一根小木片把蜡烛量一下，然后将木片藏起来。要是早上发现蜡烛的长度不够，或者是我找出了木片，但没有把蜡烛点燃的长度从木片上截去，这样厨房里准会有一场严重的吵闹；有一回，维克多怒不可遏地从床上喊道：

“妈妈，你别吵了行不行！还叫人活不活了！他当然要点蜡烛，因为他要看书，书是从小店老板那儿借来的，这事我知道！不信你到他阁楼上去看看……”

老太太跑上阁楼，找到一本什么书，立刻把它撕得粉碎。

不用说，这使我非常难过，但我想读书的愿望变得更加强烈了。我知道，要是有一位圣者来到这里——东家一家人也会想方设法地教训他，按照自己的方式改造他；他们这样做，完全是因为他们闲得发慌，寂寞难耐。如果他们不对别人指手画脚，大喊大叫，讽刺挖苦，那么他们便不再会说话，变成哑巴，自己连自己都看不见了。为了体现自身的存在，不管怎么着，必须得对别人有一个态度。东家一家人对身边的人，除了教训与指责，不会有别的态度；如果你按照他们的样子去生活、思考和感觉，那他们同样会把你说得一无是处。他们就是这样的人。

我千方百计、变着法儿地去看书，老太太多次毁坏了我的书，使我突然间债台高筑，欠了小店老板一个大数目——四十七个戈比！他催着要钱，而且威胁我说，等我来小店时，要把东家让我买东西的钱拿来抵债。

“到那时我看你怎么办呢？”他讽刺挖苦地问我。

我对他是深恶痛绝，看来他感觉到了这一点，所以他怀着一种幸灾乐祸的心情，用各种威胁来吓唬我：只要我一走进小店，他那张满是疤痕的脸，便笑逐颜开，亲切地问道：“欠我的钱带来了吗？”

“没有。”

这使他吃了一惊，眉头马上皱了起来。

“哪能呢？要我怎么办——到民事法庭去告你吗？把你送去劳教吗？”

我没有地方去弄钱——我的工钱给了外公，我六神无主，一筹莫展，不知如何是好——怎么办呢？我请求他宽限一些时日再还，作为回答，小店老板向我伸出一只油渍麻花、喧得像煎饼一样的手，说：“亲吻它一下——我就宽限！”

但当我从柜台上抓起秤砣，举起来要砸他时，他立刻蹲下身子，大叫：“怎么，你要干什么，你要干什么——我是逗你玩呢！”

我知道他不是在逗着玩儿，为了还清他的债，我决心去偷钱。每天早上我给东家刷衣服时，总能听见他裤子口袋里的硬币哗啦哗啦直响，有时候它们从口袋里掉出来，滚到地板上。有一次，一枚硬币掉到楼梯下的一个缝隙里，滚进柴堆里去了。后来我把这档子事儿给忘了，几天后才想起来，从柴堆里找出了这枚二十戈比的硬币。当我把它还给东家时，他老婆对他说：“瞧见没有？口袋里的钱，也应该有个数。”

但东家则面冲我笑着说：“他是不会偷钱的，我了解他！”

现在，我决心要偷钱了，又想起了他的这句话，想起了他那信任的微笑；我觉得偷钱对于我实在是太难了。有好几次，我从他口袋里将银币掏出来，数了又数，下不了偷的决心。为这事我苦恼了三天，后来突然一切都解决了，事情既简单，又快捷。东家冷不丁地问我："你怎么啦，彼什科夫，愁眉苦脸的，是不是身体不舒服了？"

我把我全部的苦恼一五一十地都跟他说了，他皱起了眉头。

"瞧你，读书都读成什么样子了！书呀——不是这样，就是那样——一定会惹祸的……"

他给了我半个卢布，并且严厉告诫我说："要当心，别在夫人和我母亲面前多嘴，不然她们会吵翻天的！"

然后，他又宽厚地嘿嘿一笑，说："你可够倔的了，真是见鬼！不过没关系，这很好。可是那些书一定不能再读了！从新年起，我要订一份好的报纸，到时候你就好好看吧……"

后来，每天下午，从喝茶开始，一直到吃晚饭，我都给东家一家人朗读《莫斯科小报》[①]上登的瓦什科夫、罗科沙宁和鲁德尼科夫斯基[②]的长篇小说，以及诸如此类的，为那些饱食终日、闲得发慌的人消愁解闷的作品。

我不喜欢朗读，因为这样会影响我对所读内容的理解；但东家一家人听得非常认真，专心致志，聚精会神，对主人公的种种

---

① 一份由 H. 帕斯屠霍夫办的通俗报纸，1881 年 8 月发行，格调不高，主要以小市民群体为读者对象。

② 瓦什科夫、罗科沙宁和鲁德尼科夫斯基都是经常为《莫斯科小报》供稿的作者。瓦什科夫长于写杂文、诗歌，鲁德尼科夫斯基则发表些小说，如《死亡天使》《初冰》等。

恶行嗟然长叹，惊讶万分，而且往往很得意地相互说：“咱们过得倒挺好——安安静静，平平和和，没遇上什么麻烦，真是谢天谢地！”

他们老是把故事情节搞混，把赫赫有名的强盗丘尔金的事，算在马车夫福马·克鲁奇纳的身上①，人名他们也常常搞错，张冠李戴；我一纠正听众们的错误——他们便大为惊讶。

“瞧，他的记忆力有多好！”

列昂尼德·格拉维②的诗常常登在《莫斯科小报》上，我非常喜欢，总是把其中一些诗抄在笔记本上，但东家他们谈起这位诗人时却说：“一个老头子了，还写什么诗。”

“酒鬼，疯子，对于他，什么都无所谓。”

我也喜欢斯特鲁日金和梅曼托-莫里③的诗，可是两位妇女——老、少女主人——却认定他们的诗不过是蹩脚的顺口溜而已。

“只有小丑和戏子才诵读这种诗。”

在这些冬日的夜晚，和东家一家人一起，挤在一间狭窄的小屋里，对于我来说，简直就是活受罪。窗外的夜晚，死一般的沉静；偶尔能听见什么东西因严寒而冻裂的噼啪声，人们像一条条冻鱼，坐在桌旁，相对无言。再不就是狂风大作，刮得玻璃窗、

---

① 指《莫斯科小报》上刊载的通俗小说《强盗丘尔金》中的丘尔金，常常被和博加特廖夫的小说《福马·克鲁奇纳》中的马车夫福马·克鲁奇纳混为一谈。

② 列昂尼德·格拉维（1843—1891），下诺夫戈罗德市的律师和诗人。

③ 斯特鲁日金和梅曼托-莫里，经常在《莫斯科小报》上发表幽默作品。斯特鲁日金的诗该报几乎每期都登，梅曼托-莫里伯爵的讽刺诗主要见于1882年11—12月的报纸上。

墙壁、烟囱呼呼直响；小孩子在育儿室里啼哭不止——我真想找个黑暗的角落，缩着身子往那里一坐，像狼一样号叫几声。

桌子一头坐着两位女主人，她们不是在缝什么，就是在织长筒袜子；维克多坐在桌子的另一头，弯着腰，很不情愿地在复制着图纸，时不时地喊上一嗓子："你们别老摇晃桌子呀！简直没法干了。两个刺儿头，咬耗子的狗……"

东家坐在旁边，正在大绣架前一块粗麻台布上绣十字图案；红色的虾，蓝色的鱼，黄色的蝴蝶，褐色的秋叶，在他的指尖下，一个个脱颖而出。这幅刺绣的图案是他亲自设计的，他绣这件活儿已经是第三个冬天了——他已经感到非常厌烦，因而，白天我有空的时候，他常常对我说："喂，彼什科夫，坐到台布前，操作一下试试！"

我坐过去，用一根粗大的针，绣了起来，我觉得东家挺可怜的，所以在各方面总是尽量帮助他。我总觉得有朝一日他会丢掉制图、刺绣和打牌，改弦更张，另外开始一种他梦寐以求的有意思的工作；他常常突然停下手里的活计，用惊讶的目光呆呆地盯着它，好像在观看一件他从未见过的东西；他的头发耷拉到前额上，挡住了面孔，很像是修道院的一名见习修士。

"你在想什么呀？"妻子问他。

"没想什么。"他回答说，赶紧开始工作。

我没有吭声，只觉得惊讶：难道可以问一个人在想什么吗？而且，这样的问题也不好回答——一个人经常同时想许多事：眼前的事、昨天的事、去年的事，什么事都有；这些事混杂在一起，难以捉摸，一切都在发展，都在变化。

《莫斯科小报》上的杂文不够晚上读的，我建议把放在卧室床底下的杂志拿出来念念，年轻的女主人将信将疑地说："那上面有什么可念的？都是些图画……"

但床底下除《绘画评论》外，还有《星火》杂志[①]，于是我们便开始念萨利阿斯[②]的《佳京－巴尔季斯基伯爵》。东家很喜欢小说里那个傻乎乎的主人公，这位少爷的可悲遭遇逗得东家开怀大笑，眼泪都笑出来了。

"没错儿，他真的是个活宝！"

"得了吧，净是瞎编。"为表示自己有独到见解，女主人说。

床底下的这些杂志可给我帮了大忙：现在我可以把杂志拿到厨房，也能够夜里看书了。

幸运的是，老太太搬到育儿室去睡觉了，因为保姆喝酒喝得太厉害了。维克多并不妨碍我。当家里人都入睡后，他便悄悄地穿好衣服，然后，一直到早上都不见他人影儿，不知到哪儿去了。他们不许我点灯，把蜡烛收走了，我又没有买蜡烛的钱；于是我便暗中把烛台上滴下的蜡收集起来，装在一只沙丁鱼罐头盒里，再往里面倒些长明灯里的油，然后用线捻成一个灯芯，放在炉子上点着，成夜成夜地冒烟。

我拿过一大本书，翻书页时把灯芯的红色火苗吹得东倒西歪，忽悠忽悠的，眼看就要把灯吹灭的样子，灯芯不时倒在气味

---

① 一份1879年出版的图文并茂的周刊，内容涉及文学、科学、艺术、政治。

② 萨利阿斯（1840—1908），写了许多历史风俗小说，他的《佳京－巴尔季斯基伯爵》就发表在《星火》1879年第6—17期上。

难闻的蜡油里，一股股油烟直熏我的眼睛，但是，我全然不顾这种难受与不便，因为它们比不上我在观看插图和说明时的那种精神享受。

那些插图使我面前的世界变得越来越宽广，它们在大地上装点了许多神话般的城市，让我看见了崇山峻岭和美丽的海岸。生活一下子变得豁然开朗，妙趣横生，大地更加诱人了，有那么多的城市，那么多的人口，真是水木清华，仪态万方。现在，站在伏尔加河岸边，放眼望去，前面已不再是空旷的荒野，可是以前，向伏尔加河对岸望去，总感到特别枯燥乏味：大片的草地，黑压压的灌木，草地边上是参差不齐的林子，而草地上空则是灰蒙蒙的寒冷的蓝天。大地一片空旷，寂寂荒野，顾影自怜。我心里只觉得空荡荡的，没着没落，淡淡的忧伤袭上心头，我感到万念俱灰，没有什么事情可想，我只想闭上眼睛。这令人沮丧的荒郊旷野，将我心里的一切都吸吮一空，留下一片空白。

插图的说明讲的都是别的国家，别的人，说的虽清楚明白，但尽是古往今来的各种事情。有时候，一些莫名其妙的词汇会进入脑海，什么“形而上学”“锡利亚主义”[①]“宪章主义者”[②]等，

---

① “锡利亚主义”一语源于希腊文，是古犹太教和早期基督教的一个神秘教派，公元 3 世纪受到教会的严厉谴责，中世纪时通过民间的邪教和各种教派又得到恢复。其基本理念是：凡遵守其教规者，都将在耶稣第二次降世后的“千年王国”里生活，其理想在世界末日到来之前一定能够实现。

② 19 世纪 30—40 年代英国第一次群众性的无产阶级革命运动的参加者，又称宪章派，他们三次向英议会提出请求，要求成人的普选权、限制工作日、提高工资等，但均被否决。运动逐渐消沉，最后退出历史舞台。

这些名词搞得我心烦意乱，它们铺天盖地而来，把一切都遮挡住了，我觉得如果我不搞清楚这些词汇的含义，我就永远什么也理解不了——因为正是它们把守住所有秘密的大门。它们往往整句整句地长期滞留在我的脑海里，如芒刺在背，使我无法思考别的事情。

记得我读过一首莫名其妙的诗：

匈奴王阿提拉①，
身披铁铠铁甲，
像坟墓一样，阴沉可怖，
像哑巴一样，不哼不哈，
他驰骋疆场，如入无人之境，
可谓一身豪气，无敌于天下。

黑压压的千军万马，跟随其后，他们大声叫问：

请问罗马在哪里，
它有多么强大？

---

① 阿提拉（约406—453），自公元434年起为匈奴人的领袖，曾远征东罗马帝国（443、447—448）、高卢（451）和北意大利（452），所向披靡，势如破竹，是匈奴部族联盟的鼎盛时期。这首题名《阿提拉》的诗，是B.斯拉维扬斯基用笔名涅米罗维奇－丹钦柯从波兰文译成俄文的，发表在1877年第15期的《绘画评论》上，它只是波兰浪漫主义诗人尤索夫·扎列斯基的长诗《两个草原》（1836）中的一个片断。高尔基的引诗只是凭记忆而为，与原诗词句略有出入。

罗马是一座城市，这我知道，可匈奴是什么人呢？我必须得弄清楚。

我找了个合适的机会，问了东家这个问题。

“匈奴？”他吃惊地重复说，“鬼晓得是什么玩意儿！兴许是瞎胡扯……”

同时他很不以为然地摇晃着脑袋。

“你脑子里净想些乱七八糟的东西，这可不好，彼什科夫！”

好不好我不管，但我想知道个究竟。

我觉得，团里的神父索洛维约夫应该知道什么是匈奴，因此，在院里看见他时我就问他了。

他面色苍白，体弱多病，脾气一向不好，两个眼睛红红的，没有眉毛，留有一撮黄胡子；他用一根黑手杖戳着地面对我说：“这关你什么事，啊？”

涅斯捷罗夫中尉对我的问题恶狠狠地回答说：“什——么？”

于是我想，关于匈奴的事儿，得去问药店的药剂师；他待我一向很和气，长有一张聪明的脸，高高的鼻梁上架着一副金丝边眼镜。

“匈奴，”药剂师帕维尔·戈利德贝格对我说，“是一个游牧民族，跟吉尔吉斯人差不多。这个民族已经没有了，整体消亡了。”

我感到又泄气，又沮丧，这倒不是因为匈奴人都死光了，而是因为我苦苦打听这么长时间的这个词的意思竟如此简单，没给我带来任何收获。

不过我还是非常感激匈奴这个民族——自从和他们打过交道

后，这个词就不再那么使我感到惶惑不安了；而且多亏匈奴王阿提拉，我才进一步结识了药剂师戈利德贝格。

戈利德贝格这个人，对一切深奥难懂的词汇，他都知道它们的微言大义，他有打开一切秘密的众多钥匙。他伸出两个指头，扶了扶眼镜，透过厚厚的玻璃镜片，仔细瞧着我的眼睛，说出话来，像一根根的钉子，直接钉进了我的脑门儿。

“词汇这东西，朋友，就跟树上的树叶一样，要想知道这树叶是这样，而不是那样，就需要知道树是怎样生长起来的，就必须学习！书就是良好的园子，朋友，那里面要什么有什么：愉悦的、实用的，一应俱全……”

我经常到他的药店去给大人们买苏打和氧化镁，因为他们经常感到“烧心”；给孩子们买月桂油膏和轻泻剂。药剂师的简短指教，使我对书的态度越发严肃认真起来，这样，不知不觉间，书就成了我的必备之物，就跟酒鬼离不开伏特加一样。

书向我展示出一种不同的生活——一种充满强烈情感和欲望的生活，它能激发人们去建功立业，也能驱使他们去作奸犯科。我发现，我周围的那些人们——他们既没有能力去建功立业，也没有能力去作奸犯科；他们袖手一旁，他们的生活和书中所描写的生活保持着距离，而且令人难以理解的是：他们的生活志趣究竟何在？我不愿意过这样的日子……这一点我很清楚——我不愿意……

从插图的说明中我了解到，在布拉格、伦敦、巴黎这些城市中没有各种各样的沟壑峡谷和成堆的污秽不堪的垃圾，那里的街道宽敞、平直，住房和教堂也与众不同。那里没有将人们关在家里长达六个月的寒冬，也没有只能让人吃酸白菜、腌蘑菇、燕麦面、土豆和令人作呕的亚麻籽油的大斋期。大斋期间——禁止看书——我的《绘画评论》被拿走了，于是我又过起了这百无聊赖的斋戒生活。如今，当我可以将这种生活同我所了解的书中的生活作一比较的时候，我感到我们的生活就显得更加贫乏和不像话了。看书的时候，我感到自己格外强健有力，干起活儿来劲头十足，动作异常麻利；我有了目标：能早点儿把活儿干完，留下看书的时间就会多一点。一没有书看，我就打不起精神，成天懒洋洋的，以前从不曾有过的健忘症也找到我头上来了。

记得正是在这种百无聊赖的日子里，发生了一件神秘的事：有一天晚上，大家都躺下睡觉了，教堂的钟声突然响了起来，全家人一下子都被惊醒了，大家也顾不得穿好衣服，纷纷跑到窗前，互相打听着："失火了吗？是在报警吗？"

只听见别人家也乱成了一团，房门开开关关，响声一直没断；有人牵着马，跑到了院子里。老太太喊着说，教堂遭抢劫啦，东家阻止她说："别喊了，妈妈，听得出来，这不是报警！"

"噢，那就是大主教死了……"

维克多从床上跳下来，一面穿衣服，嘴里嘟囔着说："我知道出了什么事儿，我知道！"

东家让我到阁楼上去看看有没有火光，我跑上去，通过天窗，爬到房顶上——没看见火光；钟声在寂静、寒冷的空气中不紧不慢地响着；整个城市都在昏睡；有人在黑暗中狂奔乱跑，脚下的积雪发出沙沙响声，看不清是什么人，只听见雪橇的滑板发出吱吱的声音，钟声一直在瘆人地响着。我回到了屋内。

“没看见火光。”

“呸，你呀你，天哪！”东家说，他穿好大衣，戴上帽子，把领子竖起来，犹豫不决地把两只脚往套鞋里穿。女主人央求他说：“别去！喏，不要去……”

“没事儿！”

维克多也穿好了衣服，故意向大家卖关子，说：“我可知道……”

兄弟二人出去了，两位女主人吩咐我摆上茶炊，自己直奔窗口跑去，但几乎就在这个时候，东家从外面按响了门铃。他一声不吭地沿着阶梯跑上来，推开过道的门，声音低沉地说：“沙皇被刺杀了！”①

“还是被刺杀了！”老太太大声叫道。

“被刺杀了，是一个军官告诉我的……如今该怎么办呢？”

维克多按响了门铃，他很不情愿地脱下外衣，一脸不高兴地说：“我还以为是要打仗呢！”

然后，大家坐下来喝茶，平心静气地交谈着，但是声音都很低，而且非常谨慎。外面也安静了下来，钟声已经不再响了。有两天时间，他们说话的声音都很小，神秘兮兮的；他们到什么地方去过，也有客人到他们这里来，详细地诉说着什么。我很想弄明白——究竟发生了什么事？但东家一家人把报纸都藏了起来，不让我看；我问西多罗夫：为什么要刺杀沙皇？他小声回答说：

---

① 指俄国沙皇亚历山大二世（1818—1881）1881年3月1日在彼得堡被民意党人刺杀一事。

“这事儿不许说……”

这件事很快就被淡忘了，被每天的生活琐事所掩盖，而且，没过多久，我遇上了一件非常不愉快的事。

一个礼拜天，东家一家人都去做早祷告了；我把茶炊放好后，便去收拾房间了；他们家的大孩子[①]跑进厨房，把茶炊上的水龙头开关给拔了，自己却坐在桌子下面玩了起来。茶炊内膛里炭火很旺，茶炊里的水一流干，茶炊便开焊了。我收拾房间的时候就觉得茶炊的响声不对劲儿，有些反常，走进厨房一看，不觉大吃一惊，发现整个茶炊都变黑了，一个劲儿地在抖动，好像想从地板上跳起来似的。开焊了的水龙头套管垂头丧气地向下耷拉着，茶炊顶盖歪到了一边，两边把手下面有几滴熔化了的锡——一个青紫色的茶炊，仿佛醉成了一堆烂泥。我用水一浇，它发出呲呲的响声，伤心地瘫倒在地板上。

大门台阶上的门铃响了，我去开了门；老太太当头便问：茶炊准备好了吗？我简短地回答说：“准备好了。”

这句本来因为一时心慌说出来的话，被当成了我对主人的嘲弄，因而加重了对我的惩罚。我被打了一顿。老太太用一把松树枝打我，疼倒不算很疼，不过后背皮肤上扎了许多刺，而且扎得很深；到了晚上，我的后背肿了起来，第二天中午，东家不得不把我送到医院。

---

① 指谢尔盖耶夫家的大儿子谢尔盖·瓦西里耶维奇·谢尔盖耶夫，1880年生。

医生是个细高个儿，瘦得有点滑稽可笑；他仔细看了看我的伤势，语气平静地低声说：“需要写一份拷打记录。”

东家的脸一下子红了，双脚在地上蹭来蹭去，开始跟医生小声说着什么，可是医生从他的头顶上望过去，简短地回答说：“不行。我不能这样做。”

然后，医生问我：“你想起诉吗？”

我觉得很疼，但是我说：“不想起诉，请赶快给我治疗一下……”

我被送进了另外一间屋子，放到一张台子上，医生用一把令人挺舒服的凉森森的镊子将一根根的木刺拔了出来，他开玩笑地说：“朋友，他们把你的皮可修理到家了，今后你什么都不用怕了……”

手术中，我感到奇痒难忍；完事儿后，医生说：“朋友，要记住，共拔出了四十二根刺，多了不起呀！明天这个时候你再来，给你重新包扎一下。你经常挨打吗？”

我想了一下，回答说：“以前更经常挨打……”

医生瓮声瓮气地哈哈大笑。

“会好起来的，朋友，完事儿了！”

他把我领到东家跟前，对他说：“领回去吧，拾掇好了！明天叫他来换绷带。算您走运——小伙子人挺逗的……”

上了马车，东家跟我说：“以前我也挨过打，彼什科夫——有什么办法？打也就打了，老弟！你挨打，好歹还有我可怜你，我挨打的时候可没有人可怜，一个可怜我的人都没有！到处都是人——人挤人，可就是没有人可怜你——连一个狗日的也没有！哎哟，简直一群鸡狗不如的畜生……”

他骂了一路，我很同情他，也很感激他，因为，他能跟我说这些话，是把我当人看了。

回到家里，大家对我，好像我是在过命名日似的，两位女主人一定要我详细说说医生是怎么给我治疗的，他都说了些什么——她们一面听，一面惊叹，“哎呀”“啊哟”地大呼小叫，时而满意地直咂吧嘴，时而又皱起眉头。她们对我受伤的情况、对我的病痛和种种不愉快的事情如此关心，简直让我受宠若惊！

我知道，他们对我没有提起诉讼这一点非常满意，于是，我便借此机会，要求他们能允许我向裁缝老婆借书看。他们不好拒绝我，只有老太太惊讶地叫道：“好哇，你这个小鬼头！”

一天后，我站在裁缝妻子面前，她亲切地对我说：“有人跟我说你病了，被送进了医院——瞧，这不是在瞎说吗？”

我没有吱声。照实说怪不好意思的——何必让她知道这种粗暴而令人伤心的事情呢？这样挺好，她毕竟和其他人不一样。

我又读起大仲马①、庞松·泰拉里②、蒙特庞、扎科奈③、加博

---

① 大仲马（1802—1870），法国作家，其代表作《三个火枪手》（1844）、《基督山伯爵》（1844—1845）等长篇小说，早在20世纪初就译成了中文，在我国广为流传。

② 庞松·泰拉里（1829—1871），法国惊险小说家，其小说在19世纪60—80年代的俄国非常流行。

③ 扎科奈（1817—1895），法国通俗小说家，著有《警探手记》等。

里奥[1]、埃马拉[2]、布阿戈贝[3]的大部头书了——我如饥似渴地一本接一本读，我感到非常开心。我觉得自己正置身于这种非同寻常的生活之中，它使我感到兴奋和激动，使我精神倍增。我自己制作的小油灯又冒起了黑烟，我整夜整夜地读，通宵达旦；我的眼睛有些发疼，这时老太太好心地对我说："悠着点儿，小书呆子，眼睛会累坏的，到那时可就什么都看不见了！"

然而，很快我就发现，在所有这些错综复杂、扣人心弦的小说中，尽管描写的事情五花八门，国家和城市也各不相同，但它们只说明一点，即好人遭不幸，受坏人迫害；坏人总是比较走运，而且比好人聪明能干，但是归根结底，总是有一种难以捉摸的东西最后能够战胜这些坏人，好人终归有好报。但是关于"爱情"的描写，实在令人生厌：所有的男人和女人都说着同样的话。这种千篇一律的现象，不仅让人乏味，而且使人疑窦丛生，摸不着头脑。

有时候看了小说的头几页，就能猜出谁最后胜利，谁最后失败，故事情节刚有个眉目，凭自己的想象力就能够猜出故事的结局。放下书，我就琢磨书中的故事，就像做课本上的算术题那样，而且常常是一猜一个准儿：哪个主人公如愿以偿，进了天堂，哪个主人公身败名裂，进了牢房。

---

① 加博里奥（1832—1873），法国侦探小说奠基人之一，著有《奥尔西瓦尔发生的罪行》《金盆》等。

② 埃马拉（1818—1883），法国作家，著有《缎带蛇》《吉利德大尉》等。

③ 布阿戈贝，即福久涅·仲布阿戈贝（1821—1891），法国作家，著有小说《新巴黎的秘密》《服苦役的上校》等。

但在这一切的背后，我看到一些活生生的，对于我非常重要的真实情况，一些不同生活、不同人际关系的特点。我知道，在巴黎，马车夫、工人、士兵和一切“下层老百姓”，他们和下诺夫戈罗德、喀山和彼尔姆的老百姓不同——他们和老爷们说话时，胆子要大一些，关系比较随和，约束也较少。比如他们书里描写的士兵，和我了解的士兵一个都不相像——既不像西多罗夫，也不像轮船上的那个维亚特卡人，更不像叶尔莫欣；书里的士兵比起他们来更富于人情味儿。他们身上有某种和斯穆雷共同的东西，但却没那么凶恶和粗暴。再比如，书中的店老板，也比我认识的那些店老板要好。书里的神父和我所了解的也不同——他们更真诚，对人更富有同情心。总之，国外的整个生活，正像书里所描写的，比我所了解的生活要更有趣，更轻松，更美好：在国外，人们不那么经常打架斗殴，而且常常不是往死里打；不戏弄、折磨人，就像欺侮那个维亚特卡士兵那样；人们向上帝祷告时也没有那么横眉怒目，凶相毕露，跟东家家的老太太似的。

特别明显的是，书中在叙述那些贪得无厌、品质恶劣的坏人时，并没有描写他们身上那种我非常熟悉，而且已经司空见惯了的莫名其妙的残酷和一心要捉弄人的愿望。书里的坏人心狠手辣，丧尽天良，但差不多总能够使人明白他为什么如此残暴，可我所看到的残暴却是盲目的，毫无意义的，人们只是拿残暴来取乐，并不想从中得到什么好处。

每读一本新书，在我的面前，这种俄国生活与外国生活的反差就越发明显，我心中产生一种模模糊糊的烦恼，加重了我对这些纸张业已发黄、边角已经污损、人们不知读过多少遍的书的怀疑。

后来，偶然中，我得到一本龚古尔的长篇小说《桑加诺兄弟》[1]。我用一个夜晚，一口气把它读完了。让我吃惊的是，我有一种以前从未体验过的感觉，于是我把这个简单、悲伤的故事重新又读了一遍。书中没有复杂的故事情节，表面上也没什么特别吸引人的地方，开头几页写得就像是一部圣徒传，非常严肃，干巴巴的。它用词准确，不加修饰，起初，我有些诧异，而且感到不快，但它的遣词造句，言简意赅，句句打中了我的心；它描写的关于两个杂技演员兄弟的悲剧故事，使我简直入了迷，拿着书的两只手激动得一直在颤抖。当我读到那个不幸的杂技演员拖着一双坏腿爬到阁楼上，而他弟弟却在暗中苦练心爱的艺术时，我不禁失声痛哭起来。

我把这本好看的书还给裁缝的妻子时，求她再借给我一本这样的书。

“什么叫这样的书呀？”她嘿嘿一笑，问道。

她这一笑，使我感到很不好意思，而且我也说不清楚，我究竟想看什么样的书，这时她说：“这本书有点枯燥乏味，你等着，我给你另外找一本比较有意思的……”

几天后，她给了我一本格林伍德[2]的《一个流浪儿的真实故

---

① 指埃德蒙·龚古尔（1822—1896）1879 年发表的自传性小说。

② 格林伍德（1833—1929），英国作家，其作品多以伦敦贫民窟的生活为背景。小说《一个流浪儿的真实故事》（1866）1868 年由俄国女作家玛尔科·沃夫乔克译成俄文，成为俄国的畅销书，先后再版 40 余次。

事》。这个书名对我就有一点刺激，但翻开第一页，它就在我内心里引起一阵狂喜，带着这样喜悦的心情，我一口气把它从头读到尾，有的篇章，我读了两三遍。

原来国外孩子们的生活有时候也这么艰难和痛苦啊！喏，我的情况并非那么糟糕，就是说，用不着垂头丧气！

格林伍德给我增加了很大的勇气，在这之后没有多久，我得到了一本真正的“正经”书——《欧也妮·葛朗台》[①]。

葛朗台老头儿使我清楚地想起了我的外公，只可惜这本书的篇幅太小，但使人惊讶的是，它包含了那么多的真实。这种真实在生活中我非常熟悉，又十分厌恶，但小说是用一种全新的方式来表现的——温良和善，心平气和。我以前读过的所有作品，除龚古尔的外，责骂起别人来，跟东家家里的人一样，总是疾言厉色，大声斥责，这往往会引起对坏人的同情和对好人的抱怨。当一个人消耗了大量的精力和聪明才智仍不能得到自己想得到的东西时总不免使人感到遗憾，究其原因，是那些好人自始至终，像一根根石头柱子，挡在他的面前，岿然不动。虽然所有的罪恶意图和阴谋诡计在这些石头柱上都无可避免地碰得头破血流，但是这些石头柱子却无法唤起人们的同情。因为墙壁无论多么好看和牢固，要是一心想摘取墙后苹果树上的苹果，那就不可能很欣赏这堵墙壁了。我已经感到，最珍贵、最鲜活的东西正隐藏在这些正人君子的高风亮节的背后……

在龚古尔、格林伍德和巴尔扎克的作品里，没有坏人，也没

① 法国作家巴尔扎克（1799—1850）1833 年发表的小说。

有好人，有的只是普普通通的人，是非常生动、有血有肉的人；他们不会让人怀疑，他们的言论和所作所为只能够那样说和那样做，不可能换成别的样子。

因此，我明白了，“一本好的、正经的书”无异于一个盛大的节日。但如何找到这样的书呢？裁缝妻子在这方面帮不了我的忙……

“这是一本好书。”她向我推荐阿尔森·古塞[①]的《沾满玫瑰、黄金和鲜血的双手》和贝洛[②]、保罗·德·科克[③]、保罗·费瓦尔[④]的长篇小说，不过我已经在专心致志地读这些书了。

她喜欢马里耶特[⑤]和魏尔纳[⑥]的长篇小说，但我觉得他们的作品非常枯燥乏味。我也不喜欢施皮尔哈根[⑦]的作品，但我喜欢

---

① 阿尔森·古塞（1815—1896），法国浪漫派作家。

② 贝洛（1829—1890），法国传奇小说家。

③ 保罗·德·科克（1793—1871），法国作家。父亲为荷兰银行家，1793年被法国大革命议会处死。科克一生写了400多部作品，喜剧、小说、诗歌都有，但以小说的成就最为显著，小说大都描写巴黎平民悲欢离合的故事，带有浓厚的传奇色彩。

④ 保罗·费瓦尔（1817—1887），法国传奇小说家。

⑤ 马里耶特（1792—1848），英国作家。父亲经商，他本人在海军服役。1829年后发表的几部小说大都以海军的生活为题材，他反对强行招募和贩卖奴隶的行为，主张人人平等，这种思想在他的作品中都有不同程度的表现。

⑥ 魏尔纳（1838—1918），德国浪漫主义作家。她的作品译成俄文的有：《祝你顺利》（1873）、《意志的力量》（1877）和《春天的征兆》（1881）等。

⑦ 施皮尔哈根（1829—1911），德国作家。大学学过法律和哲学。当过记者，写过小说、诗歌和文学评论。但他见长的还是他的社会政治小说，倾向性明显。他继承了“青年德意志”的传统，着力反映19世纪中期德国的社会斗争，主张“严格客观”地描写生活，有一定的现实批判力。

奥尔巴赫[①]的短篇小说。欧仁·苏[②]和雨果[③]的作品对我的吸引力也不大，我宁愿读华特·司各特[④]的书。我想读的，是像妙笔生花的巴尔扎克写的那种能够激动人心、让人心花怒放的书。我对那位像瓷人般的女人的兴趣也渐渐淡薄了。

我去见她时，特意穿了件干净衬衫，将头发梳好，尽量打扮得像样子一些——未必就能够做到，不过我还是期待着她看到我这副尊容后跟我说话时能够比较随便和友好一些，她那张白白净净、喜气洋洋的脸上不要总是挂着那副死样活气的微笑。但

---

① 奥尔巴赫（1812—1882），德国作家。生长在一个小商人家庭，大学学习过法律、哲学和历史，主张思想自由，参加过学生运动，坐过牢。19世纪30年代开始文学创作活动。他的短篇小说《黑林山地区的农村故事》以反映农民生活为主，对宗法式的生活有所美化；此外，他还写有长篇小说《莱茵河畔的别墅》（1869）和历史小说《斯宾诺莎》（1837）等作品。高尔基在《谈谈我是怎样学习写作的》一文中写道："奥尔巴赫和施皮尔哈根的作品向我表明，德国外省的人们和下诺夫戈罗德的人生活得不完全一样，不过人家生活得稍好一些。"（《高尔基文集》30卷集，第24卷，第484页）

② 欧仁·苏（1804—1857），法国小说家。在舰上当过外科医生。退职后从事文学创作。他的小说《巴黎的秘密》展现了下层人民生活贫困和道德沦丧的严重情况，引起社会轰动。他是欧洲最早描绘下层社会生活的作家之一，曾引起过马克思和恩格斯的注意。

③ 雨果（1802—1885），法国作家。其早期剧作反对暴政，崇尚民主，他的著名历史小说《巴黎圣母院》矛头直指教会和国王。拿破仑政变后，他侨居国外。他的《悲惨世界》《海上劳工》等长篇小说，充满了民主的理想，长篇小说《九三年》生动地描写法国大革命，受到世界各国进步作家的高度评价。

④ 华特·司各特（1771—1832），英国小说家、诗人。父亲是律师，自己大学毕业后也成了律师。1805年开始发表作品。主要作品有《湖上夫人》、历史小说《威弗莱》《清教徒》《艾凡赫》等。

她却一面微笑，一面用懒散、甜美的声音问我："都读完了？喜欢吗？"

"不。"

她微微扬起两道细眉，看了看我，然后叹了口气，用习惯的鼻音说："那为什么呀？"

"这方面的我已经读过了。"

"这方面的——什么意思？"

"关于爱情的……"

她眯起眼睛，笑得非常甜。

"哦，不过所有的书都描写爱情呀！"

她坐在一个大沙发椅上，穿一件淡蓝色的睡衣，两只拖着毛皮便鞋的小脚不停地摇晃着，膝头放着一本书，一面打着哈欠，一面用粉红色的手指，敲打着书的封面。

我直想问她："您怎么还不搬走呢？因为那些军官们老给您写信，嘲笑您……"

但这话我没有勇气对她说，我拿了一本厚厚的关于"爱情"的书离开了，心里感到既悲伤，又失望。

院子里对这个女人的议论越来越难听，讽刺挖苦、恶语中伤的话越来越多。这些不堪入耳的传言，想必都是胡编乱造的，但我听了心里感到十分窝火；背地里我非常同情这个女人，直为她担心。但当我去找她时，一看见她那敏锐的目光，猫一样灵活的娇小身材和那张总是喜气洋洋的面孔，我的同情与担心便烟消云散，消失得无影无踪。

春天，她突然走了，不知去向。几天后，她丈夫也迁往别处去了。

他们的房子空了下来，等待着新的住户。我进去一看，只见光秃秃的墙壁上原来挂画的地方留着画框的痕迹、弯曲的钉子和钉子钉的窟窿。油漆过的地板上，五颜六色的碎布、纸头、破药盒和香水瓶，散落一地；一枚很大的铜别针在闪闪发光。

我感到有些难过，很想和裁缝师傅这位娇小的妻子再见上一面——跟她说，我是多么感激她……

十

裁缝的妻子还没有搬走时，东家楼下已经搬来一位黑眼睛的年轻太太，跟她在一起的还有她的母亲和一个小女孩，母亲是一位头发花白的老太太，嘴里含了个琥珀烟嘴，一直不停地在抽烟。那位太太长得很美，威灵显赫，趾高气扬；她说话的声音低沉，非常好听，看人时总是昂起头，稍微眯上点眼睛，好像她站得很远，看不清楚似的。一个叫秋菲亚耶夫的皮肤黑黑的士兵，几乎每天都要把一匹细腿的枣红马牵到她家的门口，而这时这位太太则身着一件长长的银灰色的丝绒连衣裙，戴一副喇叭口形的白手套，穿一双黄颜色的皮靴，从屋里款款走出来。她一只手撩起连衣裙的后摆，并紧紧握住把上镶有浅紫色宝石的马鞭，另一只纤细的小手，亲切地抚摸着那匹露出牙齿的马脸——那马目光炯炯地斜眼看着她，浑身不住地抖动，一只蹄子轻轻地在坚实的地面上刨着。

“罗贝尔，罗——贝尔。”她小声喊道，使劲拍着那马弯下来的漂亮的脖子。

然后，她一只脚蹬着秋菲亚耶夫的膝盖，麻利地跨上马鞍，那马神气活现地踏着欢快的步子，沿着堤坝走去。她端坐在马上，驾轻就熟，就跟长在上面一样。

她长得美极了——实属罕见，她总能给人一种全新的感觉，让人觉得以前从未看见过，而且总是令人心醉神迷，喜不自禁。看见她，我就想起了狄安娜·普瓦提埃[①]、玛尔戈王后[②]、少女拉-瓦利耶[③]及历史小说中的其他美女和女主人公。

驻扎在城内的某师军官们经常围绕在她身边，每晚，在她那里弹钢琴，拉提琴，弹吉他，跳舞，唱歌；其中到她那里去得最勤的要数奥列索夫少校了；此人腿短，体胖，脸色发红，头发灰白，身上油渍麻花的，像轮船上的一名机械师。他的吉他弹得很好，对太太是言听计从，说一不二。

那个五岁的小姑娘跟她母亲一样漂亮，胖乎乎的，一头鬈发，很招人喜爱。她那双浅蓝色的大眼睛看人时一本正经，目光中透出一种期待，泰然自若，不急不躁；小姑娘身上有一种不是小孩子应该有的若有所思的神态。

老太太跟神情忧郁、寡言少语的秋菲亚耶夫和斜眼的胖女仆一天到晚忙于家务。孩子没有保姆，小姑娘几乎没有人照料，成天在门口或对面的一堆木头上玩耍。我晚上时常出去跟她玩，而且非常喜欢她，她很快就跟我混熟了，我给她讲故事时，她往往听着听着在我怀里便睡着了。她一睡着，我便把她送回到床上。很快，她养成了个习惯，睡觉前，一定要我去跟她道个晚安。我

---

① 狄安娜·普瓦提埃，法国作家大仲马的历史小说《两个狄安娜》的女主人公，美貌出众，为法王亨利二世（1519—1559）所宠爱。

② 玛尔戈王后，大仲马的长篇小说《玛尔戈王后》（1845）的女主人公，法王亨利四世（1553—1610）的王后。

③ 拉-瓦利耶，大仲马的名著《三个火枪手》（1844）的续篇《二十年后》（1845）的女主人公。

每次去，她都正经八百地向我伸出胖乎乎的小手，说："明天见！外婆，还应该怎么说？"

"上帝保佑你！"外婆说着，几缕青烟从她嘴里和尖尖的鼻子里冒了出来。

"上帝保佑你到明天，现在我要睡觉了。"小姑娘重复地说着，钻进镶有花边的被窝里。

她外婆郑重其事地教她说："不是到明天，而是——永远！"

"难道明天不是永远都有的吗？"

她喜欢说"明天"这个词儿，凡是她喜欢的东西，她都寄托于将来。她把采摘的鲜花和折断的树枝插在泥土里，说："明天这儿将出现一座花园……"

"明天什么时候我也要买一匹大马，像妈妈那样，骑在上面……"

她非常聪明，但不怎么快活——常常玩得最起劲的时候，突然想起事儿来，而且冷不丁地问道："为什么神父的头发跟女人们的一样？"

她被荨麻刺疼了，便指着它威胁说："等着瞧，我求告上帝，叫他使劲惩罚你。上帝谁都可以惩罚——他连妈妈也能够惩罚……"

有时，她隐隐约约也流露出一些忧伤，而且是很认真的，这时她紧紧偎依着我，用期待的目光，眺望着蓝蓝的天空，说："外婆有时爱发火，而母亲却从来不发火，她只是笑。大家都喜欢她，因而，她总是没有时间，客人们老来看她；他们看她，是因为她长得好看。她是个可爱的妈妈。奥尔索夫也这么说：可爱的妈妈！”[1]

我非常喜欢听小姑娘讲话——她给我讲一些我不了解的世界的事。她总是很乐意讲她母亲的事，而且讲了很多——一种新的生活慢慢呈现在我的面前；我又想起了玛尔戈王后，这就更进一步加深了我对书籍的信赖，同样，也增强了我对生活的兴趣。

有一天傍晚，我坐在大门口，等待到奥特科斯去玩的东家一家人回来。这时，小姑娘在我怀里睡着了，她母亲骑着马走过来，轻快地跳下马，仰起头，问道："她怎么啦——睡着了？"

"是的。"

"原来是这样……"

士兵秋菲亚耶夫跑上来，牵过马，太太将马鞭子往腰里一插，伸出两只手，说："把她给我吧！"

"我自己抱她走！"

"喔！"太太冲我像冲马似的喊了一声，然后一只脚重重地踏在门口的台阶上。

小姑娘醒了，她眨了眨眼睛，看看母亲，两只手向她伸了过去。她们一块儿走了。

人们对我喊来喊去，我已经习以为常了，但是这位太太对我也吆五喝六，我就很不高兴——虽然只要她稍一吩咐，人人都会听她的。

几分钟后，那个斜眼的女用人来叫我，说小姑娘在那里闹，

① 这段话中有一些因小孩子发音不准而拼错的词，这里就不再完全模拟原来的发音译出了，只译出其词意。

说不跟我道别，就不睡觉。

面对小姑娘的母亲，我不无得意地走进她家的客厅，小姑娘坐在她母亲的怀里，太太正在用灵巧的双手给她脱衣服。

“喏，好啦，”她说，“你看，他来了，这个怪人！”

“他不是怪人，他是我的小伙伴……”

“原来是这样啊？很好。那我们送给你的小伙伴一件礼物。你愿意吗？”

“是的，我愿意！”

“那太好了，这事由我来办，你现在可以去睡觉了。”

“明天见，”小姑娘说着，向我伸出一只手，“上帝保佑你到明天……”

太太惊讶地叫道：“这是谁教你的，是外婆吗？”

“是的……”

小姑娘走后，太太用一个指头示意我，让我过去。

“送你点什么礼物呢？”

我说，不用送我什么礼物，能不能借给我一本什么书看看？

她用芳香、灼热的手指托起我的下巴颏，满脸堆笑地问我：“原来是这样，你喜欢读书，是吗？你读过些什么书？”

她笑容可掬的样子显得更加漂亮了，我很不好意思地举出几部小说的名字。

“你喜欢它们些什么呢？”她双手放在桌子上，轻轻活动着手指，问道。

她身上散发出一种甜丝丝的浓郁的花香，同时夹杂着一股怪怪的马的汗臭味儿。她透过长长的眼睫毛看着我，态度严肃，若有所思——此前还没有人这样看过我。

房间里精美柔软的漂亮家具很多，显得有些拥挤，像一个鸟窝。窗子被各种花木的绿荫所遮挡，在幽暗中，炉台上雪白的瓷砖闪闪发光，旁边是一架亮锃锃的黑色钢琴，墙上挂着一些看不清楚的奖状，周边金框的颜色已经消退，奖状上印着龙飞凤舞的大写斯拉夫字母，而且，每个奖状下面都用绳子系着一枚深颜色的大奖章。这里的一切摆设，看着这位太太，都像我一样老老实实，规规矩矩。

我尽可能地向她解释，说我生活得很艰难，心里很苦闷，读书可以忘掉这一切。

“是吗，原来是这样？”她说着，站起身来，“这倒不错，看来你这样做是对的……好吧，咱们说好了？以后我借书给你看，可是现在我这里没有……其实，你可以先把这本书拿去……”

她从沙发上取过一本破旧的黄皮书。

“你看完后——我再给你第二卷，它们一共四卷……”

我带着梅谢尔斯基[①]公爵的《彼得堡的秘密》离开了那里，

---

① 梅谢尔斯基（1839—1914），俄国作家、政论家，主张维护贵族特权和封建专制制度，在政府资助下，出版《公民》杂志，宣扬自己的反动观点，反对俄国革命运动，甚至反对自由主义的社会改良。他的小说大多描写彼得堡上流社会的生活与道德风尚。《彼得堡的秘密》（1877），全名为《当代彼得堡的秘密——斯捷潘·鲍布硕士的手记》，是他的一部所谓反对虚无主义，实则反对革命民主主义的小说。高尔基这里援引的自由和棍子的寓言，源自《彼得堡的秘密》的第1部《虚无主义者》，内容基本上是对的，只是结尾不同，自由并没有死在医院，原作是说：“棍子把自由打得半死，后来被送进了医院。”

开始非常认真地读起了这本书，但读了头几页我就明白，彼得堡的“秘密”比起马德里、伦敦和巴黎的秘密来要乏味得多。只有那篇关于自由和棍子的寓言，我觉得挺有意思的。

> “我比你强，”自由说，“因为我比你聪明。”
>
> 但棍子回答说：
>
> “不，我比你强，因为我比你有劲儿。”
>
> 它们争来争去便打起来了；棍子打了自由，我记得，自由挨打后死在了医院。

书中讲述一个虚无主义者的故事。我记得，在梅谢尔斯基公爵看来，这位虚无主义者恶毒至极，只要他看一眼，甚至母鸡都能被他毒死。给我的印象是，虚无主义者是个贬义词，很不光彩，但再深一些我就不明白了，因此我感到很沮丧：显然，是我看不懂好书！而我坚信这是一本好书，因为像这样体面、漂亮的太太是绝不会看坏书的！

“喏，怎么样，喜欢吗？”我把梅谢尔斯基这本黄皮书还回去时，她问道。

她的问话，我当时很难回答，说不喜欢，我想，她肯定会生气的。

但她只是笑了笑，便走到门帘后面去了，门帘后面是她的卧室，她从卧室里取出一本蓝色的羊皮封面的袖珍书。

“这本书你一定会喜欢的，只是别弄脏了！”

这是普希金[①]的长诗集。我一口气就把它读完了，这种感觉，就像是你到了一个从未看到过的美丽的地方，恨不得一下子把各处都看个遍的那种感觉。这种情形有时候也有：在一片沼泽的森林里，踏着长满青苔的草墩子，你走啊，走啊，走了很长时间，突然，在你面前出现一块林中空地，那里百花盛开，阳光明媚。你看着它，真是赏心悦目，令人心旷神怡，然后你兴高采烈地到处跑着看，你的脚每每接触这片沃土上的柔嫩青草时，都会在你心中激起一阵狂喜。

普希金的诗，语言纯朴，音韵优美，令人惊讶，以至很长一段时间，我觉得散文作品很不自然，读起来非常别扭。《鲁斯兰》[②]的序篇，使我想起了外婆讲的一些优美的童话故事，它把它们完美地浓缩在一起了，而有些诗句，清晰明快，实实在在，令人不胜惊讶。

在那人迹罕至的小路上，
留着从未见过的野兽足迹。

我心里默默重复着这种妙不可言的诗句，而且这些我非常熟悉的、几乎觉察不出的羊肠小道就在眼前，看见了这些神秘的足迹——它们把还没有将水银般沉重的露珠抖落的青草踩倒在地

① 普希金（1799—1837），俄国大诗人。俄国近代文学的奠基者和俄罗斯文学语言的创建者，其作品我国均有中译本。

② 即普希金1817—1820年根据民间故事和传说用人民的语言写的第一部长篇叙事诗《鲁斯兰和柳德米拉》，向贵族文学提出了挑战，开俄国诗歌一代新风。

上。优美动人的诗句很容易就被记住了，它把所讲述的一切，描写得绘声绘色，喜气洋洋，使我感到无比幸福，我的生活变得轻松而愉快，诗歌的铿锵之音成了新生活的钟声。做个有文化的人是多么幸运啊！

对于我来说，普希金的美丽的童话最亲切，也最易懂了；读上几遍，我就能够将它们背下来；躺下睡觉时，闭上眼睛，小声背诵着，直到入睡。我时常将这些童话讲给勤务兵们听；他们听着听着，便放声大笑，还亲切地骂上几句；西多罗夫摸着我的头，小声说："真叫棒，不是吗？啊，天哪……"

我的兴奋劲儿被东家家里的人发现了，老太太骂骂咧咧地说："这小子读书读得走火入魔了，三四天都没有擦洗茶炊了！瞧我用擀面杖……"

什么——擀面杖？我用诗歌来维护自己，跟她对着干：

老妖婆，黑心肠，
坏事做绝……①

那位太太在我心目中变得高大起来——原来她在看这样的书啊！她可不同于像瓷人一样的裁缝师傅的妻子……

我把书给她送去，还给她的时候心里有些忧郁，她倒满有把握地说："这本书你喜欢吧！你听说过普希金吗？"

我在一本杂志上曾经看到过关于诗人情况的介绍，但我很想

① 见普希金的长诗《鲁斯兰和柳德米拉》。

听听她本人对普希金是怎么说的，所以我说：没听说过。

她简要地向我讲了普希金的生平和死亡[①]，然后，她满面春风地微笑着问道："你瞧，爱上女人有多么危险，是不是？"

从我读过的所有的书来看，我知道，这确实非常危险，但是也非常美好。我说："危险是危险，可是人人都在爱！而且女人为此也遭受痛苦……"

她像看其他东西一样，透过眼睫毛，看了我一眼，然后非常认真地说："是吗？这种事你也懂得？那么我希望你——不要忘记这一点！"

这时，她开始问我，喜欢哪样的诗。

于是，我一面朗诵，一面手舞足蹈地对她讲了起来。她一声不吭，认真地听我讲，然后站起身，在屋里一边走，一边若有所思地说："你呀，可爱的小家伙，应该去学习！这件事，让我想一想……你的东家跟你是亲戚吗？"

当我做了肯定的回答后，她惊叫一声："噢！"她好像是在责怪我。

她给我一本《贝朗瑞歌谣集》[②]，这个版本装帧非常精美，版画插图，红皮封面，裁口喷金。这些歌谣巧妙地将令人心酸的痛苦和大快人心的欢乐，紧密地结合在一起，让我读得如醉如痴，

---

① 普希金因为妻子于 1837 年 2 月 8 日同法国波旁王朝的亡命者乔治·丹特斯男爵决斗时受了重伤，10 日去世。

② 贝朗瑞（1780—1857），法国歌谣诗人。这里可能是指 1864 年圣彼得堡出版的精装本。

神魂颠倒。

《年老的流浪汉》中那令人鼻酸的话语，读来叫人不寒而栗：

我是一条有害的蛆虫——
搅得你们不得安宁？
那就请快点把它一脚踩死，踏扁，
没有什么值得心疼！
你们为什么不好好教我，
让我一身力气没处使用？
否则我从一条虫，
准能变成一条龙！
即使我死于非命，
我也会拥抱着我的弟兄，
如果我死时还是个老流浪汉——
我会呼吁报复人们，
我自己则抱恨终生！

接下去，我朗读了《哭泣的丈夫》，笑得我眼泪都出来了。贝朗瑞有两句歌谣我记得特别清楚：

及时行乐的学问——
普通人也不难弄懂……[1]

---

① 引自贝朗瑞的歌谣《劳动之歌》。

贝朗瑞激起了我难以抑制的逗乐的愿望，我很想搞点恶作剧，对大家讲些尖酸刻薄的话，而且在很短的时间内，我在这方面取得了很大的成效。他的歌谣我也熟记在心，而且常常利用到厨房去的短暂机会，乐此不疲地朗诵给勤务兵们听。

但很快我便知道不能这样做了，因为

一个十七岁的姑娘，
戴什么帽子都不恰当！——[①]

这两句歌谣引起了对姑娘们令人作呕的议论——这使我感到莫大的侮辱，简直把我给气疯了，我举起煎锅朝士兵叶尔莫欣的头上打去。西多罗夫和其他几个勤务兵，把我从他那不大灵活的手中拉了出来，但是从此以后，我便不再往军官厨房里跑了。

他们不让我出去玩，其实也没有时间去玩——要干的活儿越来越多。如今，除了女仆、门房和“跑腿”的日常工作要我做外，我每天还必须把细棉布钉在一大块木板上，把图纸贴上去；抄写东家的工程预算材料，核查承包商的账目——东家像一部机器，每天从早一直忙到晚。

那些年，市场上公家的房子都归私商们所有了，许多商号都急着改建装修；我们东家承包了店铺装修和新店建设的工程。他先是画出“拱梁改造和屋顶开天窗”的设计图纸等，然后，我再把这些图纸，连同一个装有二十五个卢布钞票的信封，送到一个

---

① 引自普希金的长诗《鲁斯兰和柳德米拉》。

老建筑师那里——老建筑师把钱收下后，签上意见："图纸符合实际，切实可行，工程由我监督施工，某某人签字。"不言而喻，他根本没有看到工程的实际情况，也不可能去监督施工，因为有病，他压根儿就出不了家门。

我分别给市场管理员和某些用得着的人送去贿赂，然后从他们那里得到"干一切非法勾当的许可证"——这是东家给这些证明书起的名字。由于我干了这些事，我才有了当东家一家人晚上出去做客时坐在门口台阶上等他们回来的权利。这种事不经常发生，但他们回到家里时往往已经是后半夜了，因此，我得一连几个小时坐在门口的台阶上，或者是对面的木头堆上，眼巴巴地望着借给我书的那位太太家的窗户，聚精会神地倾听里面欢快的谈话和音乐。

窗户是敞开着的。透过窗帘和鲜花的缝隙，我看见军官们挺拔的身影在屋内款款走动，圆球似的少校在房间里滚来滚去，衣着极其朴素而漂亮的她，则步履轻盈，仿佛是在游动。

我暗中称她为玛尔戈王后。

"这就是法国书里所描写的那种最快乐的生活。"我望着她家的窗户，心里想。而且我总不免感到有几分不快：眼看一些男人围着玛尔戈王后，像一群黄蜂围着一朵鲜花似的转来转去，我那稚嫩的嫉妒心实在接受不了。

和其他人相比，有位高个子军官来她家的次数最少；此人平时郁郁寡欢，脑门儿上有一道刀痕，两个眼窝很深；他来的时候总是带一把小提琴，而且演奏得非常好——这么说吧，他演奏时，过路的人都会在窗下驻足倾听，满大街的行人都会站在木头堆上洗耳恭听，甚至我们东家一家人——要是他们在家的话——都会打开窗子，边听边对这位音乐家赞不绝口。我不记得除教堂执事外他们还夸奖过什么人；我还知道和音乐比起来，他们毕竟还是更喜欢鱼油馅饼。

有时候，那位军官也用低沉的嗓音唱歌和朗诵诗歌，而且莫名其妙地喘着粗气，用手掌使劲捂着前额。有一回，我正跟小姑娘在窗下玩耍，玛尔戈王后请他来上一曲，他推辞再三，后来才一字一板地朗诵道：

只有歌需要美，
而美却不需要歌……[①]

我很喜欢这两句诗，但不知为什么，我对这位军官有一种怜悯之心。

我更喜欢看我认识的这位太太一个人在房间弹钢琴的样子。我完全被她的琴声所陶醉了，除了窗子，除了窗内黄色灯光下那女人的苗条身姿，除了她脸庞高傲的侧影和在琴键上像小鸟飞翔似的一双白白的手，别的什么东西我都看不见。

我望着她，听着那令人忧伤的音乐，不禁胡思乱想起来：我一定要到什么地方寻找一个宝藏，然后把它完全献给她——让

---

① 是俄国诗人 A. 费特（1820—1892）的诗《我只想看见你的笑容……》（1873）中的诗句，这里的诗句和原诗稍有出入。

她成为有钱人，富甲一方！如果我是斯科别列夫[①]，我会再次对土耳其人开战的，用他们的赔款，在奥特科斯——全市最好的地方——建造一幢房子送给她，哪怕只是为了让她离开这条街，离开这幢房子也好，因为这里人人都在对她指指点点，恶意诽谤她。

不管是街坊邻居，还是我们院里的下人，尤其是我们东家一家人，大家谈起玛尔戈王后来，就像议论裁缝师傅的妻子那样，伤天害理，丧心病狂，只不过他们比较谨慎一些，说话的声音低一些，说时先往四下打量一下。

也许是他们怕她，因为她是一位非常显要人物的遗孀——她屋子里墙上挂的奖状，都是俄国的老沙皇戈都诺夫[②]、阿列克谢[③]、彼得大帝[④]颁发给她丈夫祖上的。这是士兵秋菲亚耶夫跟我说的，他这个人识字，常看《圣经》。也许是人们害怕她，怕她用手里那根镶有浅紫色宝石的鞭子抽他们——他们说她以前曾经抽过一个什么重要官员。

但人们背后的议论远没有他们公开说的话好听，这位太太生活在一片敌视她的氛围中，我觉得这种敌意简直莫名其妙，实在是百思不得其解。维克多说，有一次他半夜回家时，往玛尔戈王

---

① 斯科别列夫（1843—1882），俄国步兵上将。多次率领俄国军队在中亚细亚作战。1877—1878年俄土战争时成功地指挥俄军，土耳其战败，被迫签订了《圣斯特法诺和约》，俄国取得南高加索等处大片领土。

② 戈都诺夫（约1552—1605），俄国沙皇。

③ 阿列克谢（1629—1676），俄国沙皇。

④ 即彼得一世（1672—1725），俄国沙皇。

后的卧室窗口里看了一眼，看见她在沙发床上坐着，只穿一件衬衣，而少校在跪着给她修脚指甲，用海绵为她擦拭。

老太太骂骂咧咧，嘴里直往外吐唾沫；年轻的女主人则红着脸，尖声叫道："呸，维克多！不知羞耻的东西！哎呀，这帮老爷简直禽兽不如！"

东家一声不吭，只是微笑着——多亏他没有说什么，但我很害怕他也跟着起哄，大吵大嚷起来。两个女人又是尖声喊叫，又是长吁短叹，她们详详细细地询问维克多，到底那太太是如何坐在那里的，那少校又是怎样跪在那里的——维克多加油添醋，又讲了许多新的细节。

"脸涨得通红，伸着舌头……"

我不认为少校给太太剪脚指甲有什么丢人的地方，但我不相信他会伸着舌头，我觉得他是在造谣中伤，于是我对维克多说：

"既然你觉得这样做不好，为什么你还要往窗户里看？您已经不是小孩子了……"

当然，为此我被骂了一顿，但我对这顿骂并不感到生气，我一心想的是——赶紧跑下楼，像少校那样，跪在太太面前，恳求她："请您还是从这里搬走吧！"

现在，当我知道还存在着另外一种生活，还有不同的人们和不同的思想感情时，这幢房子及其所有的房客，在我心中激起了越来越大的反感。整幢房子被一张肮脏的、无耻谰言之网所笼罩，这里没有一个人不被人恶意中伤。团里的神父有病在身，可怜巴巴的，可是他也被说成是酒鬼和好色之徒；据东家家里的人说，那些军官和他们的妻子都有外遇和奸情；士兵们关于女人的那套陈词滥调，我听得都厌烦死了；最让我讨厌的是我们东家一家人——他们一贯喜欢无情地议论别人的真正价值，对此我了如指掌；对别人的毛病指指点点，是唯一一种不用花钱的娱乐。我们东家一家人对周围的人造谣生事，恶意诽谤，只不过是为了开心好玩，逗个乐子，好像这样也就满足了他们对大家的报复之心，因为他们自己生活得太虔诚、太艰难和太乏味了。

一听到他们用污秽的语言谈论玛尔戈王后，我就会气得浑身发抖——这可不是小孩子的感情反应——心里充满了对造谣者的愤恨，千方百计地想整治他们一下，搞点恶作剧；有时候我对自己和对所有的人都不由产生一种痛苦的怜悯之心——这种无言的怜悯比愤恨还要令人难受。

每逢节日，东家一家人都要去教堂做祷告，于是我早早就去到她家。她把我叫进自己的卧室，我坐在一张包着金黄绸子的小沙发椅上，这时，小姑娘爬到我的腿上，而我则把我读过的书讲给她母亲听。她侧卧在一张大床上，两个小手掌合在一起，放在面颊下，身上盖着一条金黄色的罩单，和卧室的布置非常协调；乌黑的头发编成一条辫子，从黝黑的肩头上甩了过来，垂落在她的面前，有时从床上一直能拖到地面。

她听我讲的时候，一双温柔的眼睛望着我，脸上露出一丝笑容，说：“唔，是吗？”

在我的眼里，即使是她的一个善意的微笑，我也只能看作是王后宽宏大量的表示。她说起话来，声音低沉，亲切甜美，而且，我好像觉得她老是在说同一句话：“我知道我比所有的人都优秀，都纯洁，简直没法相比，因此他们之中任何人我都不需要。”

有时我看见她面对镜子——坐在一把矮矮的沙发椅上，在梳头；发梢披落在膝盖和沙发椅的扶手上，从椅子背后垂了下来，几乎触及地面——她的头发又长又密，跟外婆的一样。我从镜子里看见她黝黑、结实的乳房，她当着我的面戴乳罩，穿长袜，但她那一尘不染的裸体，并没有使我感到羞臊，相反，我为她感到高兴和骄傲。她身上总有一种花香味儿在保护着她，使人不敢对她产生非分之心。

我身体健康，强壮有力，对男女关系的秘密，一清二楚，但人们当着我的面谈论这种秘密时是那样丧心病狂，幸灾乐祸，那样残酷无情，污秽不堪，我无法想象我面前的这个女人也会落入男人的怀抱，很难设想什么人能够有权以主人的身份肆无忌惮和恬不知耻地贴近她，用手触摸她的身子。我深信，玛尔戈王后是不屑于厨房和贮藏室里的爱情的，她需要的是另外一种高尚的愉悦，是别样的爱情。

但是有一次，将近黄昏，我走进客厅，听见卧室门帘后面传出我心中的太太清脆的笑声和一个男人恳求的声音：“等一会儿呀……我的天！我不相信……”

我本该转身离开，我知道这是怎么回事儿，但是我却无法走开……

“是谁在那儿？”她问道，“是你吗？进来吧……”

卧室里的花香味儿很重，让人透不过气来；窗帘都拉上了，房间里的光线很暗……玛尔戈王后躺在床上，被子一直盖到下巴处，那位拉小提琴的军官就坐在她身边靠墙的地方，穿一件衬衫，敞露着胸口——他胸前也有一道疤痕，红红的，从右肩一直延伸到乳头，非常醒目，幽暗中我甚至都能清楚地看见。军官的头发乱蓬蓬的，十分可笑；我第一次看见他愁苦的带伤疤的脸上露出了笑容——他的笑显得有些古怪。而他那双像女人一样的大眼睛，望着玛尔戈王后，好像他只是头一次才发现她的美丽。

“他是我的朋友。”玛尔戈王后说。我不知道她是在指我，还是指他。

“你干吗那么害怕？”我听见了她的声音，好像是从远处传来的，“到这边来……”

我走了过去，她伸出热乎乎的光光的胳膊，一把搂住我的脖子，并且说：“你长大后一定会幸福的……去吧！”

我把书放回到书架上，又拿一本便走了，这一切仿佛是在做梦。

我心里感到咯噔一下。不用说，我从未想到过我的这位王后会像所有的女人那样去谈情说爱，而且那位军官也不允许她有这样的想法。我看见过他在我面前的笑容——他笑得是那么开心，像突然感到惊奇的婴儿一样；他那张愁眉不展的脸一下子焕然一新，令人不可思议。他理应爱她——难道可以不爱她吗？她也可以慷慨地将自己的爱奉献给他——他的小提琴拉得是那么曲尽其妙，诗歌朗诵得又是那么沁人肺腑……

但是，我之所以需要寻找这些自我安慰，很明显，对于我来说，我对自己的所见所闻和玛尔戈王后本人的态度，并不认为一切都好，一切都正确。我感到自己好像失去了什么东西，一连几天都闷闷不乐，长吁短叹。

有一次，我憋足了劲儿，大闹了一通。后来，我到太太那里去借书时，她非常严厉地对我说："我听说，你还挺能闹的呀！这我可没想到……"

我忍不住对她说，我生活得多么苦恼，说我听见别人说她的坏话时心里有多么难受。她站在我对面，一只手搭在我的肩上；起初，她很注意地听我讲，神态严肃，但是很快地，她便笑了起来，轻轻地将我推开。

"好了，这些我都知道——你明白吗？我知道！"

然后，她拉着我的双手，非常亲切地说："以后你别把那些污言秽语放在心上，你越不把它们当回事儿，对你就越好……你的手可没有洗干净……"

其实，这事她完全可以不说。我想，如果她也擦铜器、拖地板和洗尿布的话，她的手不见得能比我的干净。

"一个人会生活——要遭人忌恨；不会生活——则被人看不起，"她若有所思地说，一面搂紧我，让我紧贴着她的身子，笑嘻嘻地看着我的眼睛，"你爱我吗？"

"是的。"

"非常爱吗？"

"是的。"

"那——怎么个爱法呢？"

"不知道。"

"谢谢。你是个好孩子！我喜欢别人爱我……"

她莞尔一笑，想说什么，但只是叹了口气，很长时间没有说话，也没有松手，把我放开。

“以后你常到我这儿来玩吧，能够来就来……”

我利用这一点，从她那里得到不少好处。午饭后，东家一家人都去午睡了；这时我便跑到楼下，只要她在家，我就在她那里坐上个把小时，甚至更长久一些。

“应该读一些俄国的书，应该了解自己的、俄国的生活。”她开导我说，一面用灵巧的粉红色的手指，将发卡别进芳香四溢的头发里。

接着，她列举出一些俄国作家的名字，问道：“记得住吗？”

她常常若有所思地、不无烦恼地说：“你应该去上学读书，可我总是把这事给忘了！哎呀，我的天哪！……”

我在她那里坐了一会儿，拿着新书，跑上阁楼。这时，我的五脏六腑好像被洗过了似的。

我已经读过阿克萨科夫[①]的《家庭纪事》和杰出的俄罗斯叙事诗《林中》[②]，读过不同凡响的《猎人笔记》[③]和格列比奥恩卡[④]与

---

① 阿克萨科夫（1791—1859），俄国作家。生于贵族家庭，曾在莫斯科任书刊检察官，观点保守，相信农奴制，但其主要作品《家庭纪事》（1856）等真实描写了俄国地主阶级的生活习俗和对农奴们的专横残暴，受到进步评论界的好评。

② 俄国作家梅利尼科夫（1818—1883）的作品，对19世纪中叶伏尔加河流域的社会生活、商人、手工业者及分裂派教徒们的风俗习惯进行了广泛的描写，在一定程度上反映了作者对封建农奴制压迫人民的不满情绪。

③ 俄国作家屠格涅夫（1818—1883）的特写集，也是他的成名作（1847—1852）。该书以大自然的美丽景色为背景，淋漓尽致地勾勒了沙皇制度下农奴与地主的关系，于看似平淡的生活中揭示了农奴制的假仁假义和地主老爷的凶残本性。

④ 格列比奥恩卡（1812—1848），乌克兰作家、诗人、寓言家。其作品同情人民，揭露社会黑暗和封建官僚的种种恶行。

索洛古勃[①]的几本书，还有韦涅维季诺夫[②]、奥陀耶夫斯基[③]和丘特切夫[④]的诗歌。这些作品洗涤了我的心灵，驱散了贫苦现实笼罩在我心头的阴影。我感受到了什么叫作好书，也懂得了它们对我的必要性。这些书在我心中牢牢树立起一种坚定的信念：我在世界上并不孤单，因此我不会完蛋的！

外婆来看我时，我兴致勃勃地把玛尔戈王后的事讲给她听了——外婆有滋有味地嗅着鼻烟，很有把握地说："好哇，好哇，这太好了！要知道，好人总是多，只要你肯去找——总是能够找到的！"

后来，有一次她跟我说："要不要我到她那儿去一趟，替你道声谢谢？"

"不，不需要……"

"那好，不需要就不需要……上帝呀，上帝，这一切是多么好啊！我愿意永远活着——千秋万代！"

---

① 索洛古勃（1863—1927），俄国作家、诗人、翻译家、俄国象征派代表人物之一。作品多以讽刺的笔触描写俄国外省的生活，用幻想与现实相对抗，带有悲观主义色彩。翻译介绍过许多法国作家的作品。

② 韦涅维季诺夫（1805—1827），俄国诗人、文艺评论家。其浪漫主义诗歌富于哲理，洋溢着渴望自由的激情。

③ 奥陀耶夫斯基（1802—1839），俄国公爵、十二月革命党人。起义失败后，被流放到西伯利亚，开始写诗，其诗歌充满浪漫主义爱国倾向，他的著名诗句"星星之火将燃成熊熊烈焰"曾被列宁用作《星火报》的刊头题词。

④ 丘特切夫（1803—1873），俄国诗人。具有泛斯拉夫主义倾向，他认为社会必须进行重大变革，但同时又惧怕革命，因此，他的诗常包含着对革命风暴的预感和惶恐不安的复杂心情。

我上学读书的事，玛尔戈王后没顾得上张罗——圣三主日[1]那天发生一件伤脑筋的事，差一点把我给毁了。

节日前不久，我的眼皮忽然肿了起来，眼睛都睁不开了，东家家里人怕我瞎了，我自己也非常害怕。他们把我领到一个熟识的妇产科医生亨利希·罗德泽维奇[2]那里，他从我的眼皮内侧切开一个口子，然后用纱布把眼睛包起来，这样我一连躺了几天，痛苦、烦闷极了。圣三主日的前一天，我眼上的纱布被取了下来，这我才又能下地行走了，就像一个被埋了的大活人从坟墓里又站了起来。没有比双目失明更可怕的事了，这是一种难以形容的苦难，它剥夺了一个人十分之九的世界。

在喜气洋洋的圣三主日那天，我因为有病，从中午起，就不让我干什么活儿了，于是我到各个厨房走走，看看那些勤务兵们。除了一脸严肃的秋菲亚耶夫外，所有的人都喝醉了。傍晚前，叶尔莫欣对准西多罗夫的脑袋就是一棍子；西多罗夫倒在过道里，不省人事，叶尔莫欣吓得逃往峡谷里去了。

西多罗夫被打死的消息，马上在院子里就传开了，搞得人心惶惶。人们挤在大门口，争相观看倒在地上的这个士兵——西多罗夫直挺挺地躺在门槛上，头冲着过道，脚还在厨房里。人们小声议论着，说应该去把警察叫来，但是谁也不去叫，也没有人去

---

① 圣三主日，又称圣灵降临节或三一主日，系东正教十二大节日之一，教徒们在复活节后第 50 日举行节日庆祝活动。

② 城市医生、性病专家，和谢尔盖耶夫一家人很熟。据谢尔盖耶夫的儿子讲，高尔基在他们家学制图时曾经向医生借过书（《高尔基资料汇编》）。

动那个士兵。

这时洗衣女工纳塔利娅·科兹洛夫斯卡娅走了过来，她穿一件新的雪青色的连衣裙，肩上搭一块白头巾，她愤怒地推开众人，走进过道，蹲下身子，大声说："尽是些蠢货——他还活着呢！快去拿点水来……"

有人劝她说："你还是别管闲事的好！"

"我说了：拿点水来！"她火烧火燎地喊道，一面麻利地将自己的新连衣裙提过膝盖，往下拽了拽衬裙，把西多罗夫满是鲜血的脑袋放在自己的膝盖上。

大伙儿对她这样做很不以为然，他们诚惶诚恐地纷纷离去；在昏暗的过道里，我看见洗衣女工那张圆圆的脸变得煞白，眼睛里含满了泪水。我提来一桶水，她让我把水浇在西多罗夫的头上和胸部，并提醒我说："可别浇到我身上了——我还要去做客呢……"

西多罗夫醒了过来，睁开两只无神的眼睛，开始发出呻吟。

"抬起来。"纳塔利娅说，她伸直胳膊，两手托住他的胳肢窝，以免把连衣裙弄脏了。我们把西多罗夫抬进厨房，放在床上；她用一块湿抹布给他擦了擦脸，临走时，她说："将抹布蘸上水，敷在他头上。我这就去找那个混账王八蛋。等着瞧吧，这帮酒鬼非要喝到被抓去服苦役不可。"

她把弄脏了的衬裙脱下来，往屋角的地上一扔，细心整理一下沙沙作响的揉皱了的连衣裙，然后便走了。

西多罗夫伸展着身子，一面打嗝儿，一面哼哼，一滴滴颜色沉着的、沉甸甸的鲜血从他的头上直接滴落在我光着的脚面上——这使我感到很不舒服，但是由于害怕，我不敢把脚从滴血的地方挪开。

真叫人难受。院里喜气洋洋，一派节日气氛，房前台阶和大门上装点了许多小白桦树；每根石柱上都扎了好多新砍来的槭树枝和花楸树枝；整条大街装饰得一片翠绿，一切都显得那样朝气蓬勃，万象更新；从早上起我就觉得，这春天的节日会持续很长一段时间的，而且从今天起，生活将会变得更洁净、更光明和更快乐。

西多罗夫开始呕吐起来，一股热烘烘的酒气和生葱味儿充满了厨房，令人透不过气来；窗外不时有人在窥视，他们把一张张模糊不清的嘴脸紧贴在玻璃窗上，两个手掌撑在脸的两边，使劲将鼻子压在窗子的玻璃上，如此一来，这些人的模样，活像一个个大耳朵怪物，极其难看。

西多罗夫边回忆，边嘟哝着说："我这是怎么啦？摔倒了？叶尔莫欣呢？他是——好样的……"

然后便咳嗽起来，醉醺醺地哭着，直流眼泪，而且伤心地喊着："我的好妹妹……好妹妹……"

他站起身来，东倒西歪的，全身都湿透了，而且有一股臭气；他身子一摇晃，一头栽到床上，怪模怪样地翻着眼珠子说："我可算被打惨了……"

我感到非常好笑。

"谁他妈的在笑？"西多罗夫两眼无神地看着我，问道，"你怎么还笑呢？这下我可被打惨了，彻底完蛋了……"

他双手把我推开，嘴里嘟囔着说："第一步，是未卜先知者伊里亚；第二步，是骑在马上的叶戈里；而第三步——不要走近我！滚开，你这只恶狼……”

我说：“别再犯傻了！”

他莫名其妙地大发雷霆，扯开嗓子喊叫，两只脚一个劲儿地乱踢腾。

“我被打得半死，而你……”

这时，他挥动有气无力的脏手，照我眼睛上就是一拳——我大叫一声，眼前什么都看不见了；我急忙跳到院子里，迎面碰见纳塔利娅；她拉着叶尔莫欣的一只手，一路叫道：“快走，你这个畜生！你怎么啦？”

她一把抓住我，问道：“是他打的……”

“他打的，啊？”纳塔利娅惊讶地拉长音调说。

她拉一下叶尔莫欣，对他说：“喏，该死的，这么说，你应该谢谢自己这位大救星了！”

我用水洗了洗眼睛，顺着过道朝门口望去，发现这两个当兵的已经和好了。他们先是相互抱头痛哭，然后两个人又抱着纳塔利娅，而她则使劲打他们的手，喊叫道：“松开你们的爪子，狗东西！你们把我当成什么人了？我是那种轻佻的女人吗？趁你们家的老爷不在家，躺下歇会儿去吧，还不快去！不然你们会倒大霉的！”

她像哄小孩子似的将他们两个安顿睡下——一个躺在地板上，另一个躺在床上；一直等到他们打起鼾来，她才来到过道里。

“我全身都弄脏了，可我本来穿得干干净净，是要去做客的！他真的打了你？……你也真够窝囊的了！这都是那伏特加给闹的。可别喝那玩意儿，小伙子，永远也不要喝……”

后来我跟她一块儿坐在大门口的长凳上，问她咋就不怕喝得醉醺醺的人呢。

“头脑清醒的人我也不怕，他们都在我这儿！”她伸出一只攥得发红的拳头，“我已故的丈夫就是个嗜酒如命的人，因此，有时候，他一喝醉，我就把他的手脚捆绑起来，等他睡醒后，我把他的裤子往下一扒，用结结实实的树枝子使劲地抽他，跟他说：既然你结了婚，那就不要再喝酒了，不能老是醉醺醺的——你的乐趣应该是老婆，不应该是伏特加！没错儿。就这样，我一直打到累了为止，后来他在我跟前变得乖乖的……”

“您真够有劲儿的。”我说。这时我想起了那个连上帝都敢欺骗的女人——夏娃。

纳塔利娅叹了口气，说：“女人的力量应该比男人大，应该抵上两个男人的力量，可是上帝赋予女人的力量小了！男人都是靠不住的。”

她说话的时候心平气和，毫无恶意；她坐在那里，背靠着围墙，双手交叉地放在隆起的胸口上，愁眉锁眼地一直盯着满目乱石的一堆垃圾上。她那番妙言要道，我听得入了迷，全然忘记了时间，这时我突然看见东家夫妇手挽手地从垃圾堆那边走过来。他们缓缓而行，显得很神气，像一对火鸡，眼睛直勾勾地看着我们，互相在说着什么。

我赶紧跑过去，把大门打开；女主人上楼梯时，恶狠狠地对我说：“你是不是在向洗衣女工们献殷勤？在楼下那位太太家里学的吧？”

这种话真是愚蠢至极，根本不值得我去生气；真正叫人生气的，是东家阴阳怪气地甩出的一句话：“那又怎么样——也到时候啦！……”

第二天上午，我到下面干草棚里去抱木柴，在一个方方的猫洞旁边，就在干草棚门边，捡到一个空钱包，我多次看到西多罗夫用过这个钱包，便当即给他送去了。

“那里边的钱呢？”他问道，一面伸手往钱包里掏，“一个卢布三十个戈比，在哪儿？拿出来！”

他头上缠一条毛巾，人又黄又瘦；他非常生气地眨巴着发肿的眼睛，不相信我捡的是一个空钱包。

叶尔莫欣来了，他指着我，对西多罗夫说：“准是他偷的，是他，领他去见东家家的人！当兵的绝不会偷当兵的！”

他这句话反倒提醒了我，偷钱的肯定就是他，过后把空钱包往干草棚那里一扔，然后往我身上赖——我立刻当着他的面喊道：“你胡说，是你偷的！”

我完全相信我的推断是正确的——他那张愚蠢的脸，由于害怕和愤怒，都扭曲变形了，他急得团团转，尖声叫道：“你拿出证据来！”

我能有什么证据呢？叶尔莫欣嚷嚷着把我拖到院子里，西多罗夫在我们身后，也跟着在嚷嚷什么，各种各样的人都从窗户里探出了脑袋。玛尔戈王后的母亲泰然自若地抽着烟，一面向外面张望。我知道，这回我在那位太太的心目中算是完了——我一下子傻了眼。

记得，两个当兵的抓住我两只手，东家家的人站在他们的对面，听着他们的指控，深表同情地连连称是。这时女主人很有把握地说："不用说，这事肯定是他干的！昨天他还在大门口向一个洗衣女工献殷勤呢：这就是说，他有钱了；没有钱就可别想从她身上占到什么便宜……"

"本来就是！"叶尔莫欣叫道。

我感到天旋地转，简直把我给气疯了，我冲女主人大发雷霆，结果我被狠狠地揍了一顿。

不过令我感到难受的，与其说是这顿皮肉之苦，还不如说是我心中的一个想法：如今玛尔戈王后会怎样看我。我怎样在她面前还自己的清白？在这种倒霉透顶的时刻，我真是感到苦不堪言。

幸好这两个当兵的把这件事在院子里和街坊四邻间传扬开了。傍晚时分，我在阁楼上躺着，只听见纳塔利娅·科兹洛夫斯卡娅在下面直嚷嚷："不行，我干吗要保持沉默！不，亲爱的，走呀，走！我说了——走哇！不然，我可要找老爷去了，他会让你说出来的……"

我马上感觉到，她这通嚷嚷和我有关。她就在我们的门口嚷嚷，声音越来越高，咄咄逼人。

"你昨天给我看的是多少钱？你这钱是从哪儿来的？你说说看。"

我高兴坏了，只听见西多罗夫垂头丧气地拉长声调说："哎哟——哟，是叶尔莫欣……"

"可你们败坏一个孩子的名声，让他狠狠地挨了一顿揍，是不是？”

我真想跑下阁楼，跑到院子里，手舞足蹈地跳上一通，亲吻那个洗衣女工，好好谢谢她，但大约就在这个时候，我家女主人从窗口里叫道：“这孩子挨揍，是因为他出口伤人。至于说他是小偷——除了你这个不要脸的女人，谁都没有这样想过！”

“您自己，太太，才真正是不要脸呢，跟您说吧，您是一头真正的母牛。”

我听着她这番痛骂，像听音乐一样。委屈和对纳塔利娅感激的热泪，使我的心感到有些隐隐作痛，我强忍着眼泪，憋得我简直透不过气来。

后来，东家顺着楼梯慢腾腾地走上了阁楼，坐在我身边人字架接头的地方，他拢着头发说：“怎么，彼什科夫老弟，你是不是感到挺倒霉的？”

我一声不吭地转过身去。

“但毕竟你骂人是不对的，不像话。”他接着说。

我轻声地向他宣布：“等我能下地了——我就离开你们……”

他坐了一会儿，一句话没说，一直在抽烟，然后仔仔细细地看了看烟头，低声说：“没什么，你看着办吧！你已经老大不小了，怎么着对你更合适，你自己掂量着办……”

后来他便走了。跟往常一样——我觉得他怪可怜的。

这事儿过后，第四天，我离开了他们家。我特别想跟玛尔戈王后道个别，但我缺乏去见她的勇气，说老实话，我希望她能主动叫我去。

在和小姑娘告别时，我请求她说：“告诉你妈妈，就说我非常感谢她，非常！会说吗？”

“我一定说，”她答应道，脸上露出亲切温柔的微笑，“明天见，是吗？”

我再次见到她时已经过去了二十年，她嫁给了一名宪兵军官……

十一

我又来到“彼尔姆号”轮船上，当了洗碗工。[①]这艘船通身洁白，像一只白天鹅，宽敞，快捷。现在我干的是洗碗的“粗活”，或者叫“厨房打杂的”，月薪七个卢布，我的职责是给厨师们打杂。

餐厅的管事，人长得圆滚滚的，态度傲慢，盛气凌人，脑袋秃得像只皮球；他成天双手抄在背后，迈着笨重的步子，在甲板上走来走去，活像一头大肥猪在炎热的天气里想寻找个阴凉去处。他老婆在餐厅里非常招眼，这位太太，年纪约四十出头，样子很漂亮，但是喜欢浓妆艳抹，厚厚的脂粉常常从脸上掉下来，在她鲜艳的连衣裙上落些发黏的粉末。

伊万·伊万诺维奇是高薪聘请来的厨师长，外号“熊崽”，矮个子，胖墩墩的，鹰钩鼻子，眼神里总带有几分嘲讽的意味。他喜欢打扮，戴着硬领，每天刮脸，两边的脸颊总是青青的，黑色的小胡子往上翘着。没事儿时他总爱用他那烤得发红的手指头摆弄他的胡子，没完没了地对着一面带把的小圆镜子照了又照。

司炉雅科夫·舒莫夫是轮船上最有意思的人，他宽肩膀，阔

---

① 高尔基是从 1882 年春到晚秋在“彼尔姆号”轮船上当洗碗工的。（见《高尔基资料汇编》，第 11 卷，第 354 页）

胸膛，长得方方正正，是一条汉子。他那张有个小翘鼻子的又扁又平的脸，活像一把铁铲；一双熊一样的小眼睛，隐藏在浓密的眉毛下面；脸上的胡子都打成了小旋儿，就像沼泽地里的青苔；他的头发长得非常密实，像一顶帽子，要费很大的劲儿，他才能将弯曲的手指头伸进去。

他牌玩得特好，很能赢钱，食量大得惊人；他像一条饿狗，总是围着厨房转悠，想要几块肉和骨头吃；每到晚上，他便跟"熊崽"一起喝茶聊天，讲述自己的离奇故事。

从小他就给梁赞城里的一个牧民当帮手，后来经一位过路修士的引荐，进了修道院，在那里当见习修士，一干就是四年。

"我本来是能够当上修士的，而且是响当当的黑衣修士，"他说话又快，又很风趣，"只是后来从奔萨城来了一个女朝圣者，留在我们修道院里不走了——她这个人可有意思了，搞得我迷迷糊糊，晕头转向，她说：'你这个人真是不错，身体又好，可我呢，老实说，一个规规矩矩的寡妇，孤身一人，你何不跟我去，给我看管院子。老实说，我自己有房子，而我是做羽绒和羽毛生意的……'"

"好吧，她让我去给她看管院子，我就去当了她的情人。在她身边，有吃有喝，一晃就是两三年，好不自在……"

"你就大胆吹吧。""熊崽"打断他的话，认真对着镜子照了照自己鼻子上的几颗粉刺。"要是吹牛能卖钱——你准能够发大财！"

雅科夫在嚼什么东西，打着旋儿的花白胡子在他那木呆呆的脸上不住地抖动，两只毛烘烘的耳朵也跟着一动一动的；他听了

“熊崽”对他的评价，继续有条不紊地、快速地讲下去：

“她比我岁数大，我觉得跟她在一起没意思，太乏味，于是我便跟她的侄女勾搭上了，事情败露后，她揪住我的脖颈子，硬是把我赶了出来……”

“这就是给你的奖赏——再好不过了。”“熊崽”说，他的话讲得轻松流畅，跟雅科夫似的。

司炉往嘴里塞一块方糖，继续说：“我四处游荡了一段时间，后来跟一个来自沃洛基麦尔的小老头合伙做生意，什么东西都卖，于是我们到处奔波，满世界地跑：去过巴尔干山区，到过土耳其人那里，罗马尼亚人那里也去过，还到过希腊人、奥地利人那里——打过交道的人多了，各种各样的都有，无外乎是买进卖出，转手倒卖而已……”

“偷过人家东西吗？”“熊崽”很认真地问。

“老头儿——绝对不干！而且他对我说：在异国他乡，一定要站得直，行得正，这里的规矩是：干一点儿坏事就能掉脑袋。不错，偷东西的事，我也试过，只是结果很惨：我本想把一个商人的马从院子里偷走，可是，唉，还没有得手，就被人逮住了，当然，对我先是一顿痛打，打完之后——扭送警察局。当时我们是两个人，一个是道地的盗马老手，我呢，是跟着起哄的，更多的是出于好奇。我在这个商人那里干过活，在新浴室里砌过炉灶，后来那个商人生病了，做了个噩梦，梦见了我，这下可把他给吓坏了，赶紧要求警察局的长官：‘放了他——指我——吧，就是说，把他放了吧，否则我总是梦见他，要是不饶了他，我的病就好不了，看来，他是个巫师。’这样一来，我成了巫师了！

喏，他是位著名的商人，于是我就被放出来了……”

“真不该放你出来，应该把你浸在水里，淹上两三天，把你那一肚子馊主意好好泡一泡。”“熊崽”插了一句。

雅科夫立即接着他的话茬说：“没错儿，我肚子里的确有许多馊主意，直说了吧，我肚子里的馊主意足够全村人用的……”

“熊崽”将一个手指头伸进箍得很紧的衣领里，很不耐烦地把它扯开，一边摇晃着脑袋，一边发牢骚说：“这叫什么事儿呀！这么一个罪犯，活在世上，吃饱喝足后，成天溜溜达达，你说，这是为什么？说呀，你活着到底为了什么？”

司炉吧唧着嘴，回答说：“这我也不知道。活着就活着呗。有的人躺着，有的人忙着，当官的人坐着，但任何人都得吃饭。”

“熊崽”越发不耐烦了。

“这么说，你是一头蠢猪，简直——不可理喻！干脆——吃猪饲料好了……”

“你怎么能骂人呢？”雅科夫吃惊地问，“所有男人都是同一棵橡树上的橡籽。你用不着骂骂咧咧，因为你再骂，我也不会因此变得更好一些……”

这人一下子就把我牢牢吸引住了。我看着他，听他往下讲，惊讶得张着嘴巴。我觉得他对生活有自己一套稳健扎实的认识。他对所有的人都直接称呼“你”，他那两道浓眉下的一双眼睛对所有的人都一视同仁，直来直往，不管是船长、餐厅管事和头等舱的重要乘客，还是他自己、水手、餐厅仆人和统舱里的乘客，都无一例外地站在一条线上，没有任何区别。

有时候，他站在船长或轮机手的面前，背抄着猴子般的两条长胳膊，一声不吭地听他们骂他偷懒，或者骂他玩牌时随便赢别人的钱，他站在那里，看得出来，这种责骂对他根本不起作用；威胁他，说下一个码头就把他赶下轮船，也吓不住他。

跟“好事儿”一样，他身上也有一种与众不同的东西。看来，他本人对自己的这种独特之处，对于别人很难理解他这一点，也是深信不疑的。

我从未看见这个人闷头生气或考虑再三过，也不记得他长期保持沉默过——他那张胡子拉碴的嘴里的话，什么时候都滔滔不绝，即使这些话不是他的本意，但也像流水似的一个劲儿地向外流。当别人责骂他或者他在听什么有趣的故事时，他的嘴唇总是不停地在嚅动，好像是在默默重复他听到的话，或者是在小声嘟囔什么。每天值完班，他钻出锅炉房，光着脚，敞着怀，一身油污，大汗淋漓，衬衫全湿透了，胸口露出浓密的卷毛；很快，他那平缓、单调、有点沙哑的声音从甲板上便传了过来，他的话像雨点般哗哗地落了下来。

“你好哇，大妈！你要到哪儿去呀？去奇斯托波尔吗？这个地方我知道，我到过那里，在一个有钱的鞑靼人家里当过长工。那个鞑靼人叫乌桑·古拜杜林，有三个老婆，这老头儿红光满面的，身子骨可结实了。其中一个年轻老婆是鞑靼人，我跟她也有过那种事儿……”

他什么地方都去过，所到之处，对所有的女人从不放过。这种拈花惹草的事，他对谁都讲，而且毫无恶意、心平气和，好像他这一辈子从未受过气，也没有挨过人骂。转眼工夫，他说话的声音又从船尾什么地方传了过来：“只有老实巴交的人，他们才会去玩牌！‘撞大运’‘打三张’‘拉皮条’[①]，可有意思了！牌这玩意儿可是好东西，坐着不动，钱就能到手，是种不错的买卖……”

我发现他很少说“好呀”“坏呀”“糟糕呀”这样的词儿，但是像“有意思”“好玩儿”和“好奇”这些词儿差不多总是挂在嘴上。对于他来说，漂亮的女人就是好玩儿的蝴蝶，阳光明媚的好天气就是有意思的日子。他最常说的一句话就是：“小菜一碟儿！”

大家都认为他是个懒汉，可我觉得，他面对熊熊火焰的炉膛，在酷热难耐、气味呛人的恶劣环境中，他和所有的人一样，在勤奋地工作，在尽职尽责，而且我从未听见他像其他司炉工们那样喊苦叫累过。

有一次，不知谁把乘客中一个老太太的钱包掏走了。那是个晴朗安静的夜晚，大家相处得都很和睦友好。船长给了老太太五个卢布，乘客们相互也凑了些钱。当大家把这些钱送给那个老太太时，她冲大家又是画十字，又是鞠大躬，说：“亲人们啊，这钱，比我原来丢的还多出三个卢布又十戈比呢！”

不知谁高兴地喊道：“拿着吧，大妈，有什么好嚷嚷的？三个多卢布，总会有用得着的时候……”

有人意味深长地说：“钱又不是人，不会成为累赘的……”

这时雅科夫走到老太太跟前，认真地对她说：“把多出来的钱给我吧，我好玩牌去！”

---

① “撞大运”“打三张”“拉皮条”都是扑克牌的一种玩法。

大家都笑了起来，心想，这是司炉在开玩笑，但是他一再对感到很不好意思的老太太央求说:“给我吧，大妈！你要钱有什么用呢？没准儿明天你就入土了……”

大伙儿骂了他一顿，把他给轰走了。他摇晃着脑袋，惊讶地对我说:“这些人真奇怪！干吗要管别人的闲事呢？本来嘛，是她自己说这钱是多出来的呀！而这三个卢布对我来说可是件美事儿……”

他一看见钱，就来了精神劲儿，顿时感到心花怒放——说起话来总喜欢将银币和铜币在裤子上蹭来蹭去，等把硬币蹭亮了，他用弯曲的手指头拿着它，凑到长着翘鼻子的脸前，眉毛一动一动的，仔细打量个没完。不过他这个人在钱的事情上并不吝啬。

有一次，他让我跟他玩一把，碰碰运气，我说我不会。

“不会？”他觉得很奇怪，“怎么能不会呢？亏你还识文断字呢！你应该学学。来，咱们不真的赌，只赌糖玩儿……”

他赢了我半磅方糖，全都一块块地塞到他那胡子拉碴的腮帮子里了，后来，他看我会玩了，便提议说:“现在咱们玩真的吧，赌钱！你有钱吗？”

“有五个卢布。”

“我有两个多卢布。”

不用说，他把我给赢惨了。我想把本捞回来，便把一件值五个卢布的外套押了上去，结果也输了，又把一双值三个卢布的皮靴赌上——又输了。这时，雅科夫很不满意，几乎是很生气地对我说:“不行，你不能玩牌，性子太急躁——一下子就把外套给输了，还有皮靴！这些东西我不需要。给你，把衣服拿回去，钱也拿回去——四个卢布；给我留一个卢布，算是你交的学费……好不好？”

我很感激他。

“小菜一碟儿！”对于我的感激，他这样说，“玩儿嘛，就是玩玩，找找乐子，可你跟打架似的，一个劲儿地往前冲。就是打架，也不能够脑袋发热，胡打硬拼——要瞅准了再打！干吗要硬拼？你还年轻，应该学会牢牢控制自己的感情。一次——不成，五次；五次——不成，七次；七次不成——那就算了。不玩儿了。等冷静下来再玩！本来就是玩儿嘛！”

我越来越喜欢他，也越来越不喜欢他。有时候他讲的故事使我想起了我外婆。他身上有许多地方对我很有吸引力，但他那种根深蒂固的、看来一辈子都改不了的对人的冷漠态度，使我感到极为反感。

有一次，太阳快落的时候，二等舱一位喝醉酒的乘客，一个又高又大的彼尔姆的商人，掉到船舷外去了，在金光闪闪的发红的航道中一个劲儿地扑腾。轮船发动机迅速关闭，船也停下了；叶轮下泛起团团的泡沫，在夕阳的照耀下，河水被染得一片血红；在这滚滚血浪中，在距离船舷很远的地方，有一个黑乎乎的人在拼命地拍打着河水，声嘶力竭地一个劲儿在呼救，听着着实让人感到揪心。乘客们也在喊着，挤着，跑到船舷和船尾上，聚集在那里。落水者的同伴，一个棕红色头发、谢了顶的男人，也喝醉了，他挥拳向众人乱打一通，直奔船舷边，大喊大叫：“都闪开！我要把他救上来……”

有两个水手已经跳下去了，正挥动双臂，向落水者游去，船尾上也放下了救生艇；在船员的呼喊声和妇女们的尖叫声中，传来了雅科夫有点沙哑的慢条斯理的声音："他肯定——会淹死的，绝对没跑儿，因为他身上穿着外套！穿着长长的外套——必然会淹死！比如，拿女人来说吧，为什么她们比男人要淹死得快？因为她们穿着裙子。女人只要一落水，马上就会沉下去，像一普特[①]重的大秤锤似的……你们瞧，这不已经沉下去了嘛，我不是瞎说吧……"

那落水的商人果然沉下去了，人们找了两个小时也没找到。他的同伴，清醒过来后，坐在船尾上，绷着脸，一个劲儿地嘟哝着抱怨说："这下可好，到家倒是到家了！可是现在该怎么办，啊？我怎么向他的家里人交代，啊？他家里人……"

雅科夫站在他面前，双手背在后面，开始劝他："没关系，生意人！谁也不知道他命中注定该死在什么地方。有的人吃蘑菇，忽然间——死了！成千上万的人都吃蘑菇，一点事儿没有，可就是有那么一个人——吃死了！是蘑菇的原因吗？"

他这个人肩膀很宽，又健壮，站在那位商人面前，像一座大磨盘，他对商人说的话，就像磨盘里碾出来的麸皮，没完没了。起初，那商人只是默默地哭泣，用宽大的手掌擦去滴在胡子上的眼泪，但是听着听着，他大声吼叫道："你这该死的家伙！干吗老捅我心窝子？老少爷们儿呀，快把他轰走吧，不然——真是造孽呀！"

雅科夫离开时平心静气，他说："这人可真够怪的！把好心

---

① 1普特等于16.38公斤。

当成驴肝肺了……”

有时候我觉得这个司炉工很傻，但更多的时候我觉得他是在故意装傻。我一直想问问他：他是如何周游世界的，都看到了些什么，但总是不成功，白费心思；他常常仰起头，稍稍睁开他那双熊一样的黑眼睛，一只手抚摸着胡子拉碴的脸，拿腔拿调地回忆道：“到处都是人，老弟，像蚂蚁一样！告诉你吧：走到哪儿——哪儿都是人——都在忙忙碌碌！不用说，最多的是庄稼人——简直遍地都是，跟秋天的落叶似的。你问保加利亚人吗？我看见过保加利亚人，也看见过希腊人，还有塞尔维亚人、罗马尼亚人，各种各样的茨冈人，我也都见过——他们人多得很，各种各样都有！他们是什么模样？还能是什么模样？城里人——城里人的模样；农村人的模样，跟我们这里完全一样。相同的地方很多。他们甚至会讲我们的话，只是说得不太好，譬如鞑靼人或者莫尔多瓦人。希腊人不会讲我们的话，他们叽里咕噜一通，好像是在说话，可到底说的什么——听不懂。跟他们只能用手比画着交谈。跟我一块儿的那个老头儿——总是装模作样的，好像希腊人的话他也能够听懂，嘴里嘟嘟哝哝，什么卡拉马拉，卡里麦拉的。这老头儿可狡猾了，把那些人骗得一愣一愣的！……你又要问了——他们到底是什么样的人？你也真够怪的，他们能是什么样的呢？喏，当然，是黑头发了，而且，罗马尼亚人也是黑头发，他们有同一种信仰。保加利亚人也是黑头发，不过，他们跟我们是同一种信仰。而希腊人——他们跟土耳其人有点相似……”

我觉得他没有把知道的事情都讲出来；还有些事情，他不愿意说出来。

从杂志的画片上，我知道希腊的首都是雅典——一座极其古老和非常美丽的城市，但雅科夫只是怀疑地摇头，否定雅典这座城市的存在。

“那是别人对你胡诌的，老弟，根本没有什么雅典，倒是有个雅丰，不过它不是一个城市，而是一座高山，而且山上有一座修道院。别的什么都没有。这个地方叫雅丰圣山，有关于这座山的画片，跟我在一块儿的那个老头儿就曾经卖过。有个叫贝尔格莱德的城市，坐落在多瑙河畔，就像雅罗斯拉夫或下诺夫戈罗德那样。他们那里的城市很一般，不算漂亮，可是农村就另当别论了！女人们也是这样，噢，她们简直让人着迷，可爱极了！为了一个女人，我差一点就留在了那里——她叫什么名字来着？”

他用手掌使劲儿在木呆呆的脸上摩挲了一把，硬撅撅的胡茬子发出窸窸窣窣的声音，喉咙深处也发出了响亮的笑声，使人想起了破铃铛的叮当声。

“我这个人记性真坏！我和她在一起的时候，还经常……分手的时候她哭了，甚至我也哭了，千真万确……”

他泰然自若、恬不知耻地教我应该怎样跟女人交往。

我们坐在船的尾部，温暖的月夜迎面而来，河面碧波粼粼，银光闪闪，岸边绿草如茵，隐约可见；矿山上，点点灯火，时隐时现，像被大地俘获的颗颗星斗。周围的一切都在活动，无时无刻不在瑟瑟地颤抖，过着平静而执着的生活。一个有点沙哑的声音，响彻在这温馨而忧伤的寂静中：“有时候，她张开双臂，敞开自己的胸怀……”

雅科夫的故事听上去有些厚颜无耻，但并不惹人讨厌，故事中既没有连篇累牍的大话，也没有惨绝人寰的暴虐，有的只是某种朴实的善良和些许愁思与忧伤。天上的月亮同样恬不知耻地裸露着身子，同样感情激动，使人愁肠百结，浮想联翩。此时此刻，能够想起来的只有好的和最美好的人和事——玛尔戈王后和那令人永志不忘的真实的诗句：

只有歌需要美，
而美却不需要歌……

我像赶走轻微的睡意那样，驱散了自己这种梦幻似的苦思冥想，我再次向司炉师傅雅科夫询问关于他生活的情况，问他又看到了些什么。

“你真是个怪人，”他说，“怎么跟你说呢？我什么都看到了。你会问：修道院看到了吗？看到了。小饭馆呢？也看到了。老爷们的生活，农民们的生活，都看到了。衣食不愁的日子，饥寒交迫的日子，我都经历过……”

他，仿佛在沿着一座摇摇欲坠的险桥越过一条水深流急的小河似的，慢慢悠悠地回忆说：“喏，比方说，因为偷马，我被关进了警察局——我想，这下肯定会把我发配到西伯利亚去！可警长这时候嘴里正在骂骂咧咧，因为他新房子里的炉子老是冒烟。我就说：‘老爷，这点毛病，我能够修好。’他冲着我说：‘少废话！据说最高明的师傅都束手无策……’可是我跟他说：‘有时候一个牧人比一位将军更聪明。’——当时我的胆子也真够大的，心想，反正还不是一样——发配到西伯利亚！这时他说：‘去修吧，要是你修坏了——当心我打断你的骨头！’花了两天两夜的时间，我把炉子给他修好了——警长大为惊讶，喊道：‘我说，你呀，这个傻瓜，笨蛋！原来是个工匠师傅呀，可你怎么会偷起马来了，这是怎么回事儿？’我跟他说：‘这事儿呀，老爷，纯粹是一时糊涂。’他说：‘没错儿，一时糊涂，我真为你感到惋惜！’是啊。他说——感到惋惜。看见了吗？一个警察，论职责，他应该冷酷无情，可他却感到惋惜……”

“喏，后来怎么样了？”我问道。

“没什么。他感到了惋惜。还能要他怎么样呢？”

“对你有什么可惋惜的，你简直是块顽石！”

雅科夫温厚地笑道：“你这人真怪！说我是块顽石，是吗？可你连顽石都表示同情，顽石也有自己的用武之地，它们可以修桥铺路。什么东西都应该怜惜，没有什么东西是毫无用处的。沙子算什么？可沙子上面也能长出青草……”

当司炉师傅这样讲的时候，我心里特别清楚：他知道的有些事情，我是不懂的。

“你对厨师怎么看？”我问道。

“你是指‘熊崽’吗？”雅科夫冷冷地说，“对他怎么看？对于这个人，完全没的说。”

的确如此。伊万·伊万诺维奇这个人循规蹈矩，八面玲珑，别想抓到他什么毛病。但有一点非常有意思：他不喜欢司炉师傅，经常骂他，可又经常请他喝茶。

有一次，他对司炉师傅说：“如果是农奴制度，而且，我是你的老爷——像你这样的吃货，我每礼拜能抽打你七次！”

雅科夫很认真地说：“七次——多了点儿吧！”

厨师“熊崽”一面大骂司炉师傅，不知为什么，又一面给他些乱七八糟的吃食；他很随便地塞给他一块肉，说：“吃去吧！”

雅科夫嘴里不慌不忙地嚼着，对他说：“伊万·伊万内奇[①]，有你的照顾，我的力气会越来越大的！”

“你这样的懒虫，要力气有什么用？”

“怎么没有用？可以长寿呀……”

“活着干什么，你这个懒鬼！”

“懒鬼也得活呀。是不是你活得有些不大开心呀？要好好地活着，伊万·伊万内奇，可有意思了……”

“整个一个百（白）痴！”

“什么百（白）痴？”

“白痴，就是傻——瓜——蛋。”

“有这种词儿！”雅科夫十分惊讶，可是“熊崽”却跟我说：“你想想看：我们成天在锅炉边，火烤火燎的，血都要烤干了，骨头也快烤焦了，你倒是好——瞧，一个劲儿地在大嚼特嚼，像头大肥猪！”

“人跟人的命是不一样的。”司炉师傅说着，嘴里一面嚼着吃的。

我知道，烧锅炉比在炉灶前工作更累，更热，有几次我夜里想和雅科夫一起“清除一下炉渣”，我感到纳闷儿的是，不知为

---

① 即伊万·伊万诺维奇，这种简化的叫法在口语中经常见。

什么，他不愿意向厨师表示自己的工作有多么繁重。不，这人肯定知道什么特殊的事情……

所有的人——船长、轮机长、水手长——都在骂他，谁愿意骂就骂，可令人奇怪的是：为什么没有赶他走呢？司炉们对他显然比对其他人要好，尽管他们也笑他爱夸夸其谈，说他爱玩牌。我问过他们："雅科夫这人好吗？"

"雅科夫吗？还行。他这个人从不得罪人，你怎么对待他都没关系，哪怕把火炭扔到他怀里，他都不会生气……"

尽管雅科夫烧锅炉的工作非常繁重，而且他吃起东西来胃口跟马一样，但他的睡眠时间很少——下班后常常连衣服都不换，一身大汗，灰头土脸的，通宵达旦地伫立在船尾，不是跟乘客们交谈，便是和他们一起玩牌。

他站在我面前，就像一只上了锁的箱子，我感到箱子里一定藏有某种我需要的东西，我一门心思地在寻找能够打开箱子的钥匙。

"你呀，小老弟，我真不明白，你究竟想要知道什么？"他问道，眉毛下两只深陷的眼睛，一直在打量我。"喏，世界各地，我的确去过很多地方，还有什么呢？你真是个怪——人！现在你好好听着，我给你讲讲有一次我经历过的事吧。"

下面就是他讲的故事：某某县城住着一个患有结核病的法官，他老婆是个德国人，身体健康，无儿无女。这德国女人爱上了一个在街上摆摊卖布的生意人，这个卖布的已经结了婚，老婆很漂亮，有三个孩子。卖布的发现那德国女人爱上了他，于是便想捉弄她一下：叫她夜里到他家花园来一趟，可是他自己又另外叫了两个朋友，让他们预先躲藏在花园的小树丛里。

“一切计划妥当！喏，那德国女人来了，他随便跟她扯了几句后，她就说：好啦，现在我整个人都在这里了！而他对她却说：太太，我没法回报你，我是个结了婚的人，不过我为你预备了两个朋友，他们一个是鳏夫，另一个还没有结婚。德国女人‘哎呀’一声惊叫，照他脸上‘啪’地就是一记耳光，他一下子从长椅上滚了下来，而她则在他脸上、身上一顿拳打脚踢！是我送她过来的——当时我在法官家里看大门。我从围墙缝里看见她把他打得一塌糊涂。这时，躲藏在那里的他的两个朋友急忙跳出来，朝德国女人冲了过去，抓住她的头发；我赶紧翻过围墙，将他们拉开，我说：‘不行呀，掌柜老爷，不能够这样！那德国太太对他是真心诚意的，可是他却在故意羞辱她。’我把她拉开了，可他们用砖头砸伤了我的脑袋……德国女人非常懊恼，在院子里走来走去，不知如何是好；她对我说：‘雅科夫，等我丈夫一死，我就离开这里，回到德国那里——我一定要走！’我说：‘那还用说，当然要走了！’法官死后她便走了。她这个人对人很亲切，通情达理。法官也很和蔼可亲，愿上帝赐他安息……”

我感到很纳闷，不明白这件事的含义，所以我一直没说话。不过我感到这里面存在着某种我所熟悉的、冷酷而荒唐的东西，可是——我能说什么呢？

“故事好听吗？”雅科夫问道。

他说了句什么话，反正气得我破口大骂，但他心平气和地解释说：“人们衣食不愁，就容易事事满足；不过，有时候他们也想逗逗乐子，开开玩笑，但是玩笑没有开好，他们好像不会逗笑。这些人，当然，是认认真真的生意人。做生意是很花脑子的，但光靠脑子过日子，是很乏味的，不信你试试，所以才想逗个乐子。”

船尾后面的河水泛着白沫，迅速向远处流去，滔滔河水，汹涌澎湃；黑压压的堤岸护送着河水，缓缓地向后退去。乘客们在甲板上呼呼大睡；这时，在长凳之间，在睡着了的人们中间，一个又高又瘦的女人在悄悄走动，向我们走来；她穿一件黑色的连衣裙，没系头巾，满头白发——司炉师傅在我肩膀上捅了一下，小声说：“你瞧，苦闷着呢……”

我好像觉得，别人的苦闷，让他很开心。

他讲了很多故事，我认真仔细地听，都好好记住，但我不记得有哪一个是令人高兴的故事。他讲的比书中写的显得更平静——在书中，我常能感受到作家的情感，他的愤怒、喜悦、忧伤和嘲讽。司炉师傅则不然，他不嘲笑，不谴责，对什么都不生气，也不流露出明显的高兴；他说话时就像一个面对法官的无动于衷的证人，就像一个对被告、原告、法官一样漠不关心的陌生人……他这种冷漠的态度使我越来越感到反感，激起了我对雅科夫的愤懑之情。

在他的面前，生命的燃烧就像锅炉下面炉膛里的熊熊火焰；面对着炉膛，他那像熊掌似的粗糙的大手，紧紧握住一把大木槌，轻轻地敲击着控制喷嘴的开关，决定着减少或者增加投放的燃料。

“有人欺负过你吗？”

“谁能够欺负我？我力气大着呢，我只需一下子！……”

“我不是指打架，而是说灵魂——有人欺负过你吗？”

“灵魂是不能欺负的，灵魂是不接受欺负的，”他说，“人的灵魂，无论如何都不能去触动，不管怎么着都不能去触动……”

甲板上的乘客、水手——所有的人，经常都在大谈特谈灵魂，就跟在谈论土地、工作、面包和女人一样。一般人说起话来，张口闭口都是“灵魂”两个字，这个词儿现在非常流行，就跟五戈比的硬币一样。我不喜欢人们动不动就把这个词儿挂在嘴边，男人们骂娘时，不管出于恶意还是善意，都拿灵魂来说事儿——这让我感到非常痛心。

我记得十分清楚，外婆在谈到灵魂——爱情、美丽、喜悦的秘密所在——时，总是非常小心谨慎。我相信，一个好人死后，白衣天使们会把他的灵魂带上蓝天，带到我外婆的善良的上帝那里，而上帝一定会热情欢迎它的：“怎么样，亲爱的灵魂，怎么样，纯洁的灵魂，你历尽苦难，备受煎熬了吧？”

接着，上帝便把六翼天使的翅膀——六只白色翅膀——赐给了这个灵魂。

雅科夫·舒莫夫谈起灵魂时也跟外婆一样，非常小心谨慎，三言两语，而且不太愿意谈。他骂人时从不伤及灵魂，别人谈及灵魂时，他从不吱声，只是弯着他那发红的、公牛般的脖子。当我问他：灵魂是什么？他回答说：“是一种精气神儿，是上帝呼出来的气……”

这样的回答对于我是不够的，我进一步向他追问，这时司炉师傅低着头说：“关于灵魂，小老弟，连神父也说不明白，这事儿神秘着哪……”

他使我经常在考虑他这个人，一门心思想弄清楚他究竟是怎么回事儿，但这种努力最终也毫无结果。除了他，我什么都看不见，他那宽大的身躯把我眼前的什么东西都挡住了。

餐厅老板娘对我热情得令人有些生疑——早晨我应该给她打洗脸水，其实，这是二等舱的女招待卢莎——一个干净、开朗的姑娘——的差事。当我站在餐厅旁边狭小的舱室里时，我身边就是裸露着上身的老板娘，因此，她那黄黄的松弛的躯体，我看得一清二楚——像发过头了的软面团，真让人恶心，它使我想起了玛尔戈王后那黑黑的强壮结实的肉体。老板娘一直在说着什么，一会儿唠唠叨叨，不停地抱怨，一会儿又大发脾气，讽刺挖苦。

我听不懂她说的话的意思，虽然我从旁似乎也隐隐约约地猜出了几分——她的话的意思是可怜而可鄙的，是没脸见人的。但我并不生气——我的生活距离老板娘很远，和轮船上正在发生的事情也相去甚远；我躲在雅科夫这块毛烘烘的大顽石的后面，他把我和这个日夜不停驶往某处的整个世界隔离开了。

"我们的加夫里洛夫娜完全爱上你了。"我像做梦一样听到卢莎嘲笑我的话。"快张开嘴巴，咬住幸福……"

不光卢莎嘲笑我，整个餐厅里的服务生都知道老板娘的弱点，而厨师则皱着眉头说："这个女人什么滋味都尝过了——现在想尝尝甜点心的味道，蛋白酥甜点心[①]的味道了！这样的人……彼什科夫，可要当心，要睁大两只眼睛，不，要睁大三只……"

---

① 指美少年的吻。

雅科夫也像长辈似的，语重心长地对我说："当然喽，要是你再大两岁，我就会对你换一个说法，可是现在，就你这个年龄——我看最好你还是别去理她！要不，你自己瞧着办……"

"得了吧，"我说，"真叫人恶心……"

他表示同意，说："那还用说……"

不过，这时候他把手指头插进粘成一块的头发中去，想把它们蓬松开来，于是又扯起他那套油腔滑调的话来："咳，也应该设身处地为她想想——这种事儿——也难啊，大冬天的……连狗都喜欢有人抚摸它，何况是人呢！女人需要有人疼爱，就跟蘑菇需要潮湿的环境一样。她自己显然羞于开口，可是有什么办法呢？肉体上需要有人疼爱，其实——别的也没有什么……"

我使劲盯住他那难以捉摸的眼睛，问道："你——可怜她吗？"

"你说——我吗？她难道是我母亲吗？是有人不可怜他们的母亲，可是你呀……真是个怪人！"

他咯咯地笑了，声音不高，像只破铃铛。

有时候，我看着他，仿佛自己跌进了无声的空间，落入了无底深渊和一片黑暗之中。

"你看，别人都结婚，可你——雅科夫，为什么不结婚呢？"

"干吗要结婚呢？女人，我随时都能弄到手，这件事真是托上帝的福了，简单得很……一结婚，就得有个固定的住处，得干农活儿，可我的土地贫瘠，数量又小，而且被我叔叔占去了。我弟弟当兵回来后，跟叔叔争吵起来，事情一直闹到法院——因为他用棍子打了叔叔的脑袋，打出了血。为此，他在牢里被关了一年半；出狱后——只有一条路——再去坐牢。而他老婆是个性格活泼、喜欢说笑的女人……这有什么可说的！既然结婚了，有了老婆，就要守在自己的窝，当家做主，可是当兵的不行——自己的生活不能自己做主——身不由己呀。”

“你向上帝祷告吗？”

“你这个人真怪！当然祷告了……”

“怎么祷告？”

“方式多了。”

“什么样的祷告词？”

“我不会什么祷告词。我呀，老弟，我的祷告词很简单：上帝啊，求你保佑活着的人，让死去的人安息吧；上帝啊，求你保佑人们免于病灾……然后再说点别的什么……”

“说什么呢？”

“随意说呗！不管你对他说什么，他都能够听见！”

他对我的态度很好，充满好奇，像对待一只会逗人玩儿的聪明小狗一样。有时候，夜里，跟他坐在一块儿，他身上总是散发出一股石油、煤烟和葱的气味——他喜欢葱，嚼起生葱来跟吃苹果一样。他突然要求我说：“我说，奥廖哈[①]，你这毛头小子，念一段诗听听吧！”

有许多诗我都会背，而且，我有一个大厚本子，里面抄了些我喜爱的诗。我给他朗诵《鲁斯兰》[②]，他听起来，一动不动，像

---

① 即阿廖沙，昵称。

② 即普希金的长篇叙事诗《鲁斯兰和柳德米拉》。

个瞎子和哑巴，屏住嘶哑的呼吸声，然后低声问道："一篇很好听的童话故事，通顺流畅！怎么，是你自己编的吗？是普希金编的？是有这么一位老爷，叫穆欣－普希金，我见过他……"

"不是他，这个普希金早已被人打死了！"

"为什么？"

我三言两语地把事情的经过跟他讲了，就像玛尔戈王后给我讲时那样。雅科夫一直听着，后来他很平静地说："为女人丢掉性命的人可真不少……"

我常常把从书上读来的各种故事讲给他听，它们往往串在一起，在我脑子里形成一个非常长的故事，情节跌宕起伏，生活美丽动人，充满火热的激情，疯狂的英雄壮举，贵族门第的场面，传奇式的成功，决斗与死亡，高尚的谈吐与卑鄙的行为。在我的故事里，罗坎博尔身上具有的是拉·摩尔、汉尼拔、柯罗纳[①]身上的骑士特点；路易十一[②]身上——是葛朗台[③]老人的特点；骑兵少尉奥特列塔耶夫[④]和亨利四世融合在一起了。在故事中，凭借一时的灵感，我改变了人物的性格，调整了故事情节；对于我来说，这故事变成了另外一个世界，在这里，我想怎么样就怎么样，跟我外公的上帝一样——我也可以主宰一切，随心所欲。但

---

① 大仲马的小说《玛尔戈王后》中的人物。

② 路易十一（1423—1483），1461 年起为法国国王，阴险狡诈，极度吝啬，是英国作家司各特的著名历史小说《昆丁·达沃德》（1823）中的人物。

③ 葛朗台，巴尔扎克的小说《欧也妮·葛朗台》的主人公。

④ 奥特列塔耶夫，Г. 库左舍夫公爵 1856 年出版的小说《骑兵少尉奥特列塔耶夫》里的人物。此人仪表堂堂，是位生活放荡、挥霍无度的地主。

书里这种混乱的局面，并没有妨碍我看到现实本来的面目，也没有冲淡我想了解芸芸众生的愿望，它像一层透明却无法穿透的云层遮住了我，使我不至于受到许多带传染性的污泥浊水和生活遗毒的侵害。

书使我对许多东西有了抵抗力，不受其害：我知道人们如何相爱，如何受苦，我知道不应该涉足妓院。那种廉价的色情活动只能激起人们对它的厌恶，只能为那些热衷此道的人感到惋惜。罗坎博尔教导我要坚定不移，不能向环境的力量屈服，大仲马笔下的人物使我决心要献身于某种重要而伟大的事业。快乐的亨利四世国王是我心爱的一个人物，我觉得，贝朗瑞的著名歌谣①讲的恰恰就是他：

他给农民带来许多好处，
自己平时也爱喝上几口；
要是全体人民都很幸福，
为什么国王就不能喝酒？

小说把亨利四世描写成一个非常善良的人，他接近人民，他光明磊落，像灿烂的太阳；他使我相信法国是全世界最美好的国家，是骑士的国度；无论是穿王袍的国王，还是身穿着布衣的农

① 指贝朗瑞 1813 年写的歌谣《意弗托国王》，作品塑造了一个善良简朴、爱好和平的好国王的形象，和现实生活中骄横奢侈、穷兵黩武的拿破仑形成鲜明的对比。

民，都同样端庄自重，高风亮节：昂热·皮图[1]和达达尼昂是一样的骑士。亨利四世被杀时[2]，我伤心地哭了，对拉瓦利亚克恨得咬牙切齿。在我给雅科夫讲的故事中，这位国王几乎总是充当主人公，而且我觉得这位司炉师傅也喜欢上了法国和“亨利国王”。

“亨利国王是个好人——甚至可以跟他一块儿钓钓鲈鱼，或者随便干点别的什么事情都成。”他说。

他既不拍案叫绝，也不打断我的故事，问这问那；他只是默默地听着，低眉锁眼，脸上毫无表情，像一块陈旧发霉的旧石头。但要是我出于某种原因讲不下去时，他便立刻发问：“讲完了吗？”

“不，还有呢。”

“那你别停下来呀！”

关于法国人，他叹口气说：“他们倒挺凉快……”

“你什么意思？”

“你看，咱们待在这么热的地方，还在干活儿，他们倒好——那里凉快着呢；而且，他们什么事情也没有，整天吃喝玩乐——日子悠闲得很！”

“他们也工作。”

“从你的故事里可没看见他们也在工作。”司炉师傅公正地说。这时我忽然明白，我看过的绝大部分的书根本都没有描写那

---

① 昂热·皮图，大仲马的小说《昂热·皮图》（1851）中的主人公。

② 亨利四世（1553—1610），法国国王，被狂热的天主教徒拉瓦利亚克杀害。

些品德高尚的主人公是如何工作的，是干什么工作的。

“好啦，我得稍微睡一会儿。”雅科夫说着，就在坐的地方往背后一倒便躺下了，一分钟后，响起了均匀的鼾声。

秋天到了，卡马河两岸一片棕红，树木变成了金黄色，倾斜的阳光开始变得发白——雅科夫突然离开了轮船。就在临走的前夕，他还跟我说：“小子，后天咱们就要到彼尔姆了，到时候咱们到澡堂子去痛痛快快地洗个蒸汽浴，完了咱们再去有乐队的饭馆，好好撮上一顿——那才叫过瘾呢！我喜欢看机械管风琴演奏。”

但是在萨拉普尔，轮船上上来一个胖男人，长着一张女人脸，皮肤松弛，没有一点胡子；他身上长长的厚呢大衣和头上那顶带护耳的狐皮帽子，使他看上去更像是女人了。他迅速占住厨房这边比较暖和的一张小桌，要来了茶具，大衣不脱，帽子不摘，满头大汗地喝起那发黄的开水。

秋天的乌云带来了绵绵细雨，淅淅沥沥地没完没了；当上船的这个男人用方格子手帕在脸上擦汗时，雨好像下得也比较小了，可是当那个人又出汗的时候，雨也越下越大了。

很快，雅科夫来到他身边，他们开始察看日历上的地图——这位乘客用手指头指指戳戳，司炉雅科夫则平心静气地说：“那有什么！没事儿。我才不在乎呢——小菜一碟儿……”

“那就好。”那位乘客尖声尖气地说着，便将日历塞入腿上一个半打开的皮口袋里。他们一面喝茶，一面小声地交谈着。

雅科夫去接班的时候，我问他这位乘客是什么人。他嘿嘿一笑，回答说："看上去蛮可爱的，好像是阉割派[1]教徒。从西伯利亚来，够远的了！挺有意思的，生活有条不紊，循规蹈矩……"

他离开我走了，走在甲板上，身后留下一个个黑色的脚印，像马蹄印似的，着着实实，但他马上又停了下来，在腰里挠了挠说："我要到他那里打工去了，一到彼尔姆我就下船，再见了，小鬼头！我得先坐火车，然后再走水路，还得骑马，要走五个礼拜呢，瞧他待的那地方……"

"你了解他吗？"我问道，我为雅科夫这突如其来的决定感到惊讶。

"从哪儿了解？压根儿没见过，他待的那个地方我也没去过……"

第二天一早，雅科夫穿着他那件油迹斑斑的短皮大衣，光脚穿着一双破鞋，戴着"熊崽"那顶没有帽檐儿的破草帽，伸出钢铁般坚硬的大手，使劲握着我的手说：

"跟我一块儿去吧，啊？他也会要你的，他人挺好的，只要我跟他说一声就成。愿意去吗？我去跟他说！到那里后把你身上那多余的东西一割，人家还会给钱。把一个人废了，对于他们来说，可是一桩喜事，为此，他们还要进行褒奖……"

那个阉割派教徒站在船头上，胳膊下夹着一个白颜色的包袱，两只呆滞的眼睛死死地盯着雅科夫，他那笨拙臃肿的身子活

---

① 一种宗教派别，18 世纪 70 年代出现于俄国，主张用对男女进行阉割的办法，宣扬舍弃世俗生活，同肉欲决裂，以"拯救灵魂"。十月革命后，苏联禁止该教派活动。

像一个被淹死的人。我低声骂了他几句，司炉师傅再一次紧紧握住我的手。

"随他去吧，管他呢！人各有志，各念各的经，关我们什么事儿？喏，再见啦！祝你好运！"

这样，雅科夫·舒莫夫像一只大狗熊，一摇一摆地走了，我心里有一种沉甸甸的复杂的感觉——既为司炉师傅感到惋惜，又替他感到难过，记得，还夹杂着几分羡慕，我忐忑不安地想：一个人干吗要去那不为人知的地方呢？

再说了，雅科夫·舒莫夫到底是怎样一个人呢？

十二

深秋季节，轮船航线停了，我到一家圣像作坊里当了学徒[①]，但是，第二天，我的女主人——一个性格温和、有点迷糊的老太婆，用弗拉基米尔的地方口音对我说："眼下白天短，夜晚长，所以说，你打早起就到店铺里去，在那里当店伙计，晚上回来再学习手艺！"

于是她便把我交给了店铺的掌柜使唤。这位掌柜个子不高，腿脚麻利，是个很招人喜欢的漂亮小伙儿。每天早晨，天刚放亮，我就和掌柜的冒着寒冷，沿着睡意蒙眬的伊林卡商业街，穿过全城，来到下诺夫戈罗德的集贸市场，我们的店铺就坐落在一家旅馆大楼的二层楼上。这里原先是一间货仓，光线很暗，有一扇大铁门，一个小窗口冲着用铁栏杆围起来的凉台，店里堆放着许多大小不一的圣像和神龛，有不带花饰的和带"葡萄"花饰的，还有用教会斯拉夫文印刷、黄皮封面装帧的书籍。我们店铺旁边还有另外一家铺子，也经营圣像和书籍，铺子老板是一个长着黑胡子的商人，跟一位信奉旧教的饱学之士是亲戚，这位博览群书的人，在伏尔加河对岸旧教派盛行的地区很有名气；黑胡子

---

① 高尔基是1882年秋天到圣像作坊当学徒的。1883年圣像作坊老板萨拉巴诺夫死后，作坊便归老板娘掌管了。这家店一直存在到1920年。

商人跟前有一个儿子，年纪和我相仿，勇敢机智，人长得精瘦，一张小脸，白不呲咧，像个小老头儿，两只眼睛像老鼠似的，滴溜溜地直转。

店铺门一开，我就得赶紧去小饭馆里打开水；喝完茶——收拾铺子，擦去货物上的灰尘，然后——到阳台上，往那儿一伫，瞪大眼睛，紧盯住来往的顾客，只怕他们到旁边的铺子里去。

“顾客都是傻瓜，”掌柜信心十足地跟我说，“他们反正都一样，只要价钱便宜就行，对于商品——他们一窍不通！”

他动作麻利地把绘着圣像的画板一一放好，同时吹嘘自己对业务有多么精通。他教我说：“姆斯塔村那里的货物——价格便宜，三俄寸宽、四俄寸高的圣像——物有所值……六俄寸宽、七俄寸高的圣像——价钱也可以……圣徒们的情况你了解吗？一定要记住：沃尼法季圣徒是掌管酗酒的；受难者瓦尔瓦拉圣徒是主管牙痛和意外伤亡的；瓦西里·布拉任内——主管伤寒、热病……你知道有几位圣母吗？你看：这是悲伤圣母、三手圣母、阿巴拉茨卡娅显灵圣母、勿哭我圣母、消愁圣母、喀山圣母、庇护圣母、七箭圣母……”

我很快便记住了各种尺寸和不同质地的圣像的价格，记住不同圣母圣像的差异，但是要记住每位圣徒的使命和意义可不是一件容易的事。

有时候，我正站在店铺门口想事儿，掌柜的会突然考问起我这方面的知识：“主管难产的圣母——是谁？”

要是我回答错了，他就会不屑一顾地问道：“你的脑袋是干什么用的？”

比较难的是招揽顾客。我不喜欢那些画得千奇百怪的圣像，不好意思将他们向外推销。在外婆的故事中，圣母给我的印象总是年轻漂亮，心地善良；杂志插图上画的也是这个样子，但圣像上画的圣母可不是这样：看上去总是老态龙钟，脸色严峻，一只长长的鹰钩鼻和一双木呆呆的小手。

逢集的日子——礼拜三和礼拜五，生意非常红火，农民和老太婆们有时来到凉亭，甚至全家都来了——都是一些从伏尔加河对岸过来的旧礼仪派[①]；他们生活在林区，神情忧郁，心存疑虑。有时你会看到这样的情形：一个笨手笨脚的乡下人，身上穿着羊皮袄和家里自己做的厚粗呢大衣，慢慢腾腾地沿着长廊走了过来，仿佛怕摔倒似的——面对他们，真让人感到不知该怎么办，觉得很难为情。你费了很大的劲上前拦住他，在他那穿着又笨又重皮靴的两只脚前跑前跑后，像蚊子似的轻声细语地问道：“你老人家需要点什么吗？这儿有带注释和详解的赞美诗，有叶夫列姆·西林的书、基里尔的书，有圣法教规，有日课经，一应俱全，您请进吧！各种圣像，应有尽有；价格适宜，质量上乘，颜色凝重，请您随意挑选！顾客可以按照自己的意愿预先定制——所有的圣徒和圣母都可以预订！你是不是想定制与命名日有关、和家庭平安有关的圣像呢？这里是俄罗斯最好的圣像作坊！是全市商号中的佼佼者！”

---

① 即拒绝 1653—1656 年俄罗斯教会改革的宗教团体和教会的统称。他们从俄官方东正教会中分立出来，成了反对派。1906 年以前，旧礼仪派信徒一直遭受沙皇政府的迫害。旧礼仪派又分为教堂派、反教堂派、逃亡教堂派等小的派别。

这位让人捉摸不透、难以理解的顾客，好长时间一言不发，像盯狗似的一直看着我，然后，他突然伸出一只木头般的手，把我挡开，径直向隔壁那家店铺走去，我家掌柜搓着两只大耳朵，不满意地嘟哝道：“把顾客给放走了，做的什么生意……”

旁边店铺里传出一阵阵甜言蜜语，话说得天花乱坠：“我们呀，亲爱的，可不做羊皮生意，也不做皮靴；我们制作的都是圣物，它们比金银珠宝都珍贵，是无价之宝呀……”

“鬼晓得！”我家掌柜既妒忌，又赞叹，“真会蒙乡下人！学着点儿！好好学着点儿！”

我勤勤恳恳地学着——任何一件事，既然干了，就一定要干好。但我在招揽顾客、做生意方面就是做不好。这些面色阴郁的乡下男人寡言少语，老太婆们跟耗子一样胆小，动不动就被吓得什么似的，总是耷拉着脑袋；我觉得这些顾客挺可怜的，真想把圣像的真实价格悄悄地告诉他们，就别再多收他们二十个戈比了。我觉得他们都很贫穷，食不果腹，但奇怪的是，这些人竟不惜花三个卢布五十戈比买一本赞美诗集——这是他们最常买的书。

他们对各种书籍的了解，对圣像笔法优劣的熟悉程度，令我非常惊讶。有一次，我把一个头发花白的老人让进店里，他很客气地跟我说：“亲爱的，你说你们的圣像作坊是俄罗斯最好的作坊，这话不对，最好的作坊是罗果仁的，在莫斯科！”

我羞愧地站到了一边，他慢慢地向外面走去，并没有拐进隔壁店铺里去。

“撞上懂行的啦？”掌柜挖苦地说。

“您没跟我说过罗果仁的作坊的事……”

他破口大骂起来：“这帮狗东西，成天不声不响地东游西逛，他们无所不知，无所不晓，这些老不死的……”

掌柜的堂堂仪表，衣食不愁，自尊心很强。他痛恨这帮乡下人，有时候他也直向我吐苦水：“我聪明伶俐，爱干净，喜欢神香、香水等芳香的气味，可是为了给老板娘赚上五个戈比，我只得低声下气向这些满身臭气的乡巴佬点头哈腰！我这样做心里能舒服吗？乡下人算什么东西？是臭羊毛，是地上的蛆虫，不过……”

他难过地不再往下说了。

但我喜欢乡下人，他们像雅科夫那样，个个身上都有某种神秘的东西。

有一次，一个人高马大的乡下人来到了店里，他穿一件农民常穿的带大襟的上衣，外面是一件短皮袄；进门后，他脱下毛茸茸的帽子，眼睛看着屋角摆放长明灯的地方，伸出两个指头一再在胸前画十字，尽量不去看灯光照不到的地方的圣像，然后，一声不吭地用目光扫视一下周围，说道：“给我来一本带注释的赞美诗！”

他卷起外衣袖子，嚅动着两片土黄色的干裂的嘴唇，对着赞美诗的内封页看了又看。

“有没有更老一些的版本？”

“要知道，老的版本可是值几千卢布的呀……”

“知道。”

乡下人在指头上蘸点唾沫，翻着书页；他每翻一页，碰到的地方都会留下一个黑黑的指纹。店掌柜用憎恶的目光盯着顾客的头顶，说："圣书上的话自古就有，上帝从未改变过自己的话……"

"知道，听说过！上帝没改变，可是尼康[①]改变过。"

最后，这位顾客合起书，一句话没说便走了。

有时候，这些从林区来的人也跟掌柜争吵；我心里明白，他们对书中内容的了解，比我们掌柜更清楚。

"都是些从沼泽地过来的异教徒。"掌柜的抱怨说。

同时，我也看到，尽管这个农民对新书感到不称心，但他看着它的样子还是充满了敬意，小心翼翼地抚摸着它，生怕书本会像小鸟一样从他手里飞走似的。看到这种情形，心里总是很愉快的，因为我也认为书是一种奇妙的东西，它包含着写书人的心灵；打开书，我就把这颗心灵解放了出来，它也就可以和我神秘地进行交谈了。

经常有些老头老太太拿一些尼康时期以前的古版书或这些书的手抄本来卖；这些手抄本，都是避居在伊尔吉兹和杰尔仁涅工茨偏僻地带的旧礼仪派教徒们抄写的，字迹工整秀丽，非常漂亮；另外还有未经德米特里·罗斯托夫斯基[②]修改的日课经文月

① 尼康（1605—1681），原名尼基塔·米诺夫，1652年起为俄罗斯东正教会牧首，大主教，因推行教会改革，引起各教派分裂。尼康认为"神权高于皇权"，干涉国家内政外交，后与沙皇决裂，被免去牧首职务，最后被流放。

② 德米特里·罗斯托夫斯基（1651—1709），修士，教会作家。

书[①]的抄本，古代绘制的圣像，各种十字架，带珐琅的青铜折叠式圣像[②]，沿海地区的铸制品，莫斯科公爵们赏给酒店掌柜们的银器等；所有这些东西，他们都藏在衣襟内，卖的时候鬼鬼祟祟，四下打量，显得很神秘。

因此，我们家掌柜和邻家店铺的人都眼巴巴地盯着这样的卖主，互相争着做这些人的生意。他们花几个卢布、几十个卢布把这些古董买下来，到市场上一转手，再卖给那些有钱的旧礼仪派教徒，能要几百卢布的高价。

掌柜教我说："你要盯住这些神出鬼没的家伙——这帮巫师，要把眼睛瞪得大大的！他们能够给我们带来财运！"

这样的卖主一上门，掌柜的便叫我去请博学多识的彼得·瓦西里伊奇，他是古书、圣像和各种古董的行家。

这是位个子高高的老人，留着一把圣瓦西里那样的大胡子，面容慈祥，长着一双聪慧的眼睛。他有一只脚的脚掌被人砍断过，所以手里总是拄着拐杖，走起路来一瘸一拐的；无论是冬天，还是夏天，他都穿一件像东正教神职人员穿的那种又轻又薄的僧袍，戴一顶像饭锅似的怪里怪气的丝绒帽。平时他精神饱满，腰板笔直，可是一走进店铺，马上就变得弯腰弓背，耷拉着双肩，低声哼哼咳咳的；他常常用两个指头在胸前画着十字，嘴

---

① 月书，源自希腊文 menaios（按月的），是俄国东正教教堂供教徒们全年逐日祈祷的经文汇编，按教会纪念每位圣徒的日子，逐一编写，每月 1 册，内容主要是圣徒们的传记和言行录。

② 圣像有两折的和三折的两种，且都涂有特殊的珐琅。

里咕咕哝哝地在背诵着祷告词和赞美诗。这种虔诚的态度和老态龙钟的样子，立刻就能赢得卖主对这位古董行家的信任。

“您又遇上什么犯难的事了？”老人问道。

“这不，有人来出让圣像，说是斯特罗加诺夫画派[①]的作品。”

“什么？”

“斯特罗加诺夫画派。”

“啊……我听不清楚，上帝堵住了我一只耳朵，不让我听尼康教派的那些胡言乱语……”

他脱掉帽子，平举着圣像，横看看，竖看看，又仔细打量一番木头底座上的榫头接缝，然后眯起眼睛嘟囔道：“那些黑心肝的尼康派教徒，发现我们珍爱古代文物，于是就昧着良心，千方百计制造出许多赝品——如今连圣像也造起假来了，而且造得很巧妙，哎呀，足能够以假乱真！这些圣像，从外观上看，很像是斯特罗加诺夫画派或乌斯秋日纳市[②]的作品，再不就是苏兹达利市[③]的作品，可是认真仔细地一看——假的！”

如果老人说圣像是“假的”，那就意味着，它准是稀世珍品。有一系列的暗语告诉掌柜，这圣像或古籍可以出多少钱。我知

---

① 16世纪末17世纪初俄国著名的圣像画派，由许多杰出的画师组成，该画派因巨商斯特罗加诺夫家族的姓氏而得名。他们为这家人画了许多圣像。该画派画工精细，用色典雅，但人物姿态和造型多矫揉造作。该家族的亚·谢·斯特罗加诺夫（1733—1811）伯爵还出任过美术研究院院长。

② 俄罗斯城市，位于沃洛格达州。

③ 俄罗斯城市，位于弗拉基米尔州。有许多古代大教堂、修道院建筑和丰富的宗教文物。

道，“可叹和可悲”表示是十卢布，“尼康虎”——二十五卢布。我觉得欺骗卖主的行为是可耻的，但我对古董行家的这套鬼把戏却很感兴趣。

“那些尼康派的教徒们，尼康虎的徒子徒孙们，他们都是些黑心肝，什么都能干得出来，因为他们已经走火入魔——瞧，这打底色用的颜料，好像还算地道，法袍也出自同一人之手，可是你瞧这面部——就不是出于同一支画笔了，绝对不是！老的彩绘大师，像西蒙·乌沙科夫[①]，虽说是个异教徒，但画起圣像来，面部、衣着，自始至终，一气呵成，连画板、打底色都是他亲自动手操作的；而现如今，那些不信神的家伙，无论如何也做不到这一点！从前的时候，画圣像是一种神圣的事业，可如今呢——纯粹是手艺人的一种职业行当，这不是在亵渎神灵嘛！”

最后，他小心翼翼地将圣像放到柜台上，然后戴上帽子，说道：“造孽啊。”

他这话的意思，就是说：“请买下吧！”

卖主被他这番花言巧语说得迷迷糊糊，如堕五里雾中，被这位老人的渊博学识折服，于是毕恭毕敬地问道：“老人家，您看，这圣像到底咋样？”

“这圣像——出自尼康教派之手。”

---

① 西蒙·乌沙科夫（1626—1686），俄国著名圣像画家。其圣像、壁画和版画作品在俄国各大教堂多有收藏。他把圣像的传统画法和表现人物面部的生命力结合起来，在运用光线、体现立体感方面多有建树，反映了宗教艺术向世俗艺术过渡中的一种画风上的探索。

“这绝不可能！我们的祖父辈、曾祖父辈，都在这幅圣像面前祷告过……”

“尼康可生活在你的曾祖父们的前面啊。”

老人将圣像举到卖主的脸前，态度严肃地说：“你瞧瞧看，这副喜笑颜开的样子，能有这样的圣像吗？这是画儿，是瞎胡画，是尼康派教徒们在虚应故事，粗制滥造——这种玩意儿没有灵魂！我何必要说谎呢？我已经这把年纪了，一辈子老老实实，很快我就要去见上帝了，我还能昧着良心说话吗——没什么意思！”

他走出店门，来到凉亭，一副老态龙钟、风烛残年的样子，他因别人对他的眼力表示不信任而耿耿于怀。掌柜的只花几个卢布便买下了这幅圣像，卖主走时冲彼得·瓦西里伊奇深深地鞠了一躬。我到小饭馆去打沏茶用的开水了，回来时我看见这位古董行家精神抖擞、眉开眼笑的样子。他正在爱不释手地仔细打量着那件购得的圣像，并且教我们掌柜说：“你瞧，这圣像庄严肃穆，笔工精细，画师作画时怀着对神的敬畏之心，世俗之态——一点儿都没有……”

“是谁的手笔？”掌柜的喜眉笑眼，连蹦带跳地问。

“想知道这个，对你来说还早了点儿。”

“您看，行家能出多少钱？”

“这我就说不准了。要不，我找个人再看看……”

“哎哟，彼得·瓦西里伊奇……”

“要是我卖的话——给你五十卢布，其余的——全归我！”

“哎哟……”

“你不用哎哟……”

他们一边喝茶，一边恬不知耻地谈着交易，四目相对，两张骗子嘴脸。很显然，掌柜的完全被掌握在老人的手心之中；待会儿等老头儿一走，掌柜的准会跟我说：“你可要当心，别多嘴多舌，不要把收购这件东西的事告诉老板娘！”

卖圣像的事谈妥后，掌柜的问道：“城里可有什么新闻吗，彼得·瓦西里伊奇？”

老人用发黄的手捋了捋胡子，露出两片油光光的嘴唇，开始谈起那些富商巨贾们的生活：生意兴隆，纵酒狂饮，疾病缠身，婚礼庆典，夫妻移情别恋等。他编起这些油腥味儿很重的故事来，非常快捷，而且得心应手，就像一个巧厨娘在烙煎饼似的，同时伴随着咯咯的笑声。我家掌柜那张圆圆的脸，由于嫉妒和兴奋，涨得发紫，眼睛里蒙上一层想入非非的薄雾；他叹了口气，满腹委屈地说：“这才叫人过的生活！可是我……”

“各人有各人的命，”古董行家瓮声瓮气地说，“有的人的命，是天使用银锤打造的，而另外一些人的命，是魔鬼用斧头背敲出来的……”

这个身体强壮、结实硬朗的老人什么都了解——全城的生活，商人们的秘密，官员、神父和市民们的各种隐私，他无所不知，无所不晓。他目光锐利，像猛禽一样；在他的身上，狼的凶残和狐狸的狡猾兼有；我总想气气他，但他只是远远地看着我，好像隔着一层烟雾似的。我觉得他的周围有一道无底的深渊，如果要靠近他——准会身陷其中。而且，我感到他身上有某种和司炉师傅雅科夫·舒莫夫很相近的东西。

虽然掌柜的人前背后对这位古董行家的聪明才智赞不绝口，但有时候，他和我一样，也非常想整治他一下，气气这个老头儿。

“要知道，在大家心目中你可是个骗子。”掌柜的突然对老头儿说，同时用挑衅的目光瞧着他。

老头儿懒洋洋地嘿嘿一笑，回答说：“只有上帝才不骗人，而我们就生活在傻瓜中间，要是不骗傻瓜——好处从哪儿来呢？”

掌柜的火了：“乡下人并不都是傻瓜；要知道，商人也是从庄稼人变来的！”

“我们不是在谈论商人。傻瓜不会骗人。傻瓜是圣洁的，他们的脑子处于休眠状态……”

老头儿越说越没精神，一副懒洋洋的样子，这叫人特别生气。我觉得，他好像是站在一个土墩子上，而他的周围全是泥沼地。想让他生气是不可能的，他根本不会发怒，或者是他善于将愤怒深深埋藏起来。

但是常常有这样的情况：他自己主动来找我——走到我跟前，阴阳怪气地嘿嘿一笑，问道：“那个法国作家你叫他什么来着，是叫波诺斯①吗？”

他这样歪曲别人姓名的恶劣做法，使我大为恼火，但我强忍

---

① “波诺斯”系俄语“понос”的音译，即泻肚的意思。

着怒气，回答说："叫蓬斯·德·杰拉里[①]。"

"在哪儿'丢失'的？"[②]

"您不要胡诌，您年纪也不小了。"

"没错儿，年纪是不小了。你在看什么书？"

"叶夫列姆·西林[③]。"

"谁写得更好一些：是你那些以社会题材为主的作家，还是这位以宗教题材为内容的作家？"

我没有吭声。

"那些以社会题材为内容的作家大都写些什么呢？"他紧接着问。

"生活里发生的事，什么都写。"

"这么说，狗呀、马呀都写——它们也常出现在生活中。"

掌柜的哈哈大笑，我怒不可遏。我感到心情十分沉重，非常反感，但如果这时候我拂袖而去，掌柜的肯定会拦住我，问我："你要到哪儿去？"

然而老头儿对我步步紧逼："好吧，你是个识文断字的人，那么，请你来解决一道难题吧：你面前站着一千人，他们全都是赤身裸体，一丝不挂，其中有五百女人，五百男人。亚当和夏娃

---

① 蓬斯·德·杰拉里（1829—1871），法国作家。出版过大量以强盗、骗子等为题材的惊险通俗小说，著名的有《巴黎的悲剧》和《亨利四世的青年时代》等。

② "杰拉里"听起来与俄语中"丢失"的发音略为近似，老头儿在故意往一边打岔，东拉西扯。

③ 叶夫列姆·西林（生卒不详），俄罗斯人，写了许多宗教方面的著作。

就在他们中间。你怎么把他们两个挑出来呢？”

他反复问了我很久，最后，得意扬扬地宣布说：“小傻瓜，要知道，他们两个不是父母所生，是上帝创造出来的，就是说，他们没有肚脐眼儿！”

老头儿知道无数这样的“难题”，常拿它们来捉弄人。

我最初到店铺里当班时，常把我看过的一些书的内容讲给掌柜的听；如今，我讲的这些故事反被用来对我进行恶意攻击了：掌柜的把这些故事再讲给彼得·瓦西里耶维奇[①]听的时候，常常故意加油添醋，颠倒黑白，加以歪曲。老头儿巧妙地帮助掌柜提出一些恬不知耻的问题；他们如簧的舌头把许多不堪入耳的脏话像扔垃圾似的，一股脑儿地倾倒在欧也妮·葛朗台、柳德米拉和亨利四世的身上。

我知道，他们这样做并不是出于恶意，而是由于寂寞难耐，但这并不能使我感到好受一些。为编造这些污言秽语，他们像猪一样在垃圾堆里乱拱一气，同时心满意足地哼哼着，把他们认为那些与己无关的、不理解的、滑稽可笑的美好的东西，使劲抹黑，将其弄得污秽不堪。

整个中心商场及其所有的居民、商人和店主们，都过着一种愚蠢幼稚的莫名其妙的生活，但总少不了搞出种种恶作剧。如果有乡下人来问：到城内某个地方怎样走能够更近一些，人们指给他的方向肯定是错误的——这对大家已经习以为常了，已经不能

---

① 彼得·瓦西里耶维奇，口语中常叫彼得·瓦西里伊奇。

给骗人者带来什么乐趣了。人们把两只老鼠捉住，将它们的尾巴拴在一块儿，然后放回到路上，看它们如何朝不同的方向拼命挣扎，互相撕咬；有时往老鼠身上洒些汽油，然后点上火，将其活活烧死。有时他们在狗尾巴上拴上一只破铁筒，狗受惊后，一边狂叫，一边拖着铁筒，叽里咣当地拼命向前奔跑，人们看着，哈哈大笑。

诸如此类的娱乐消遣活动还有许多，好像所有的人——特别是乡下人，他们活着，纯粹是为了给中心商场逗乐子。在对待人的方面，总让人感到大家有一种习惯成自然的欲望：嘲弄他一下，让他感到疼痛，感到浑身不自在。奇怪的是，我所读过的书，对于人们这种经常相互肆意嘲弄的强烈愿望却只字不提。

我觉得，在中心商场的此类游戏中，有一种游戏使我感到特别生气和反感。

在我们店铺的下面，有一个做羊毛和毡靴生意的商人，他有一个掌柜，此人特别能吃，下诺夫戈罗德的整个市场无不为之感到惊讶。他的东家很欣赏掌柜的这个本事，像夸奖狗的凶猛或马的力量那样，对掌柜的能吃这一点，大加称赞。他常常跟毗邻的商家们打赌："有谁敢打十个卢布的赌？我说米什卡两个小时内能吃下十俄磅火腿肉！"

不过，大家都知道米什卡能够做到这一点，于是他们说："赌我们不打，但火腿肉可以买，让他吃给我们看看。"

"不过要纯肉的，不带骨头！"

人们争论一会儿，你一言我一语，显得很懒散。这时从黑乎乎的货仓里钻出一个人来：瘦瘦的，没有胡子，是一位颧骨高高的小伙子，穿一件长长的厚呢子大衣，腰里扎一条宽宽的红腰带，粘了一身羊毛絮絮。他郑重其事地从自己的小脑袋上摘下帽子，两只深陷的眼睛流露出浑浊的目光，他一声不吭地看着东家那张圆圆的、胡子拉碴的赤红脸。

“一巴特曼[①]的火腿，你吃得了吗？”

“在多长时间内？”米什卡爽快地尖声问道。

“两个钟头。”

“难啊！”

“有什么难的！”

“那就来两瓶啤酒吧！”

“得了，”东家说，并且吹嘘道，“你们不要以为他的肚子是空的，不，他早上吃了差不多两俄磅的白面包，中午照常吃了午餐……”

人们拿来了火腿，大家在一旁围观，尽是些五大三粗的商人，穿着很沉的大皮袄，鼓鼓囊囊的，一个个活像个大秤砣；他们挺着个大肚子，可是眼睛却很小，眼泡儿肿着，一副百无聊赖、昏头昏脑的样子。

大家把手抄在袖筒里，围成一个圈儿，把那个带着刀子和一大块黑面包的吃主团团围住。他毕恭毕敬地在胸前画过十字，在

① 巴特曼，古代东方某些亚洲民族的重量单位，因地域不同而重量各异，伏尔加河流域 1 巴特曼等于 10 俄磅。

一个装羊毛的大麻袋上坐了下来，他把火腿放到身旁的木箱上，两只无神的眼睛对它一再进行打量。

这位吃主切下一薄片面包和厚厚的一片肉，把它们整齐地摞在一起，然后用双手把它举到嘴边——他的嘴唇在嚅动着，他像狗一样伸出长长的舌头，舔着火腿和面包，露出尖利、细小的牙齿——也像狗吃东西那样，埋头在那块火腿肉上。

“开始吃了！”

“看着时间！”

大家的目光不约而同地都集中在这位吃主的脸上、下巴上和由于咀嚼耳边鼓起的那块肌肉上；他们眼看着他那尖尖的下巴有节奏地上下起伏着，无精打采地交换着看法：“真是地道——跟熊吃东西一个样！”

“你看见过熊吃东西吗？”

“难道我是住在林子里吗？不过是就这么一说——跟熊吃东西一个样。”

“就这么一说！——跟猪吃东西一个样。”

“猪可不吃猪肉火腿……”

他们彼此敷衍地笑着，这时马上有行家出来纠正说：“猪什么东西都吃——不管是小猪崽，还是自己的亲姊妹，通通都吃……”

吃主的脸色渐渐变褐，耳朵变得发青，眼睛从深陷的眼窝里向外鼓着，呼吸显得很是吃力，但他的下巴仍在有节奏地上下嚅动着。

“加油呀，米哈伊洛[①]，抓紧时间！”人们在鼓励他。他惴惴不安地打量着剩下的肉，喝口啤酒，又嚼了起来。大伙儿非常兴奋，不断看着米什卡的东家手里的表，相互提醒着：

“他可不能把表往回拨呀——将表从他手里拿过来！”

“盯住米什卡：以防他把肉往袖筒里塞！”

“在规定时间内他肯定吃不完！”

米什卡的东家故意大声嚷嚷道：“我押上一张二十五卢布的票子！米什卡，可不能输呀！”

大伙儿对东家一个劲儿地起哄，但就是没有人出来跟他打这个赌。

这时米什卡仍在一个劲儿地嚼呀，嚼呀；他的脸已经变得像火腿一样的颜色了；高高的鼻梁，尖尖的鼻子，一直在呼哧呼哧地喘着粗气，如怨如诉，嗟悔无及。看着他那副吃相，真是吓人。我觉得，他马上就会大喊一声，哭叫起来：“你们饶了我吧……”

再不就是有块肉卡在嗓子眼儿里，一头栽在围观者面前，当场毙命。

最后，他终于把所有的东西都吃完了，瞪着一双醉醺醺的眼睛，筋疲力尽地哑着嗓子说：“给我点水喝……”

而他的东家却看着表抱怨说：“混蛋，你超了四分钟……”

大伙儿逗他说：“可惜没跟你打赌，要不你可是输了！”

“但他毕竟是个猛小伙子！”

---

① 米什卡的大名米哈伊尔的俗称。

“是啊，应该送他去杂技团……”

“天哪，怎么能这样作践人呢，啊？”

“大家喝茶去吧，怎么样？”

于是，人们像平底船似的，一起涌向小饭馆。

我想弄明白，究竟是什么东西让这些笨手笨脚、膀大腰圆的汉子们围在一个倒霉的小伙子身边看热闹？为什么他这种病态的大吃大喝，竟然让他们那样开心？

狭窄的走廊里堆满了羊毛、羊皮、大麻、麻绳、毡靴和马具，这里光线阴暗，使人感到非常沉闷。砖砌的圆柱子把走廊和人行道隔离开来，这些砖柱子粗大而笨重，样子非常难看；由于岁月的腐蚀和外面的污染，柱子已经被尘土覆盖，破败不堪。所有的砖块和一道道砖缝，大概被人们暗中算计过几千次了，那上面各种奇形怪状的图案，构成一张沉重的网络，永远留在了人们记忆之中。

路人们在人行道上不慌不忙地走着，运货的马车和雪橇沿着大街缓缓而行。街对面，有一幢红砖砌成的方方正正的两层楼的店铺——广场上堆放着许多木箱、干草和被人踩脏、弄皱、粘满积雪的包装纸。

所有这一切，加上人和马，虽然都在走动，但看上去好像根本没有动窝儿，只是懒洋洋地在原地打转，仿佛被几条无形锁链牵着似的。忽然，你会觉得，这种生活——几乎没有任何声音，一点儿响声都没有。雪橇滑板的吱吱声、商店的开门声、商贩卖馅饼和热蜂蜜水的喊叫声，不绝于耳，但人们的这些声音听起来都不怎么悦耳，不那么动听，单调乏味，毫无兴致，很快你就会见怪不怪，习以为常，也就不再介意了。

沉闷的钟声在教堂周围回旋——这郁郁寡欢的声音从来就没有停止过，一直萦绕在耳边。它仿佛就在市场的上空飘荡，从早到晚，从未间断；它把所有的思想、感情剥离开来，在各种实际印象上留下沉重的铜一般的积淀。

寂苦、冷漠和厌烦从四面八方袭来：它们来自被脏雪覆盖着的大地，来自屋顶灰蒙蒙的积雪，也来自房屋肉红色的砖墙；寂寞与苦闷，像缕缕炊烟，从烟囱里袅袅升起，慢慢爬上灰暗、低矮、虚无空旷的天空。马寂寞难耐，人也寂寞难耐。寂寞有它自身特有的气味——一种难闻的、令人麻木的汗臭味儿，这种气味，像一顶暖和的、把头箍得很紧的帽子，压迫着脑袋，挤入胸腔，激起一种怪怪的醉意，一种蒙蒙眬眬想闭上眼睛的感觉，特别想扯开嗓子大声吼叫，接着向什么地方跑去，最后，一头撞到墙上。

我仔细地察看商人们的脸，他们饱食终日，个个红光满面，肥得流油，被冻得木呆呆的，一动不动，像睡着了似的。他们跟沙滩搁浅的鱼那样，张开大嘴，不停地打着哈欠。

冬天生意不景气，因此商人们眼中那种警觉、贪婪的目光没有了；这种目光夏天的时候可给他们增添不少的光彩，使他们显得非常活跃。眼下他们穿着沉重的皮袄，被压得弯腰躬背，行动十分不便；他们说起话来有气无力，可是一旦争吵起来——脾气大着呢；我想，他们这样做，是故意给人看的，意思是说——我们精神着呢！

我知道，寂寞与无聊使他们感到压抑，感到没法活下去。因此，我只能给自己做这样的解释：他们搞这种残忍、愚蠢的娱乐，只不过是为了抗衡吞噬一切力量的寂寞与无聊所进行的毫无意义的斗争。

有时候我跟彼得·瓦西里耶维奇谈起这一点。尽管他对我通常总是抱着嘲笑和挖苦的态度，但他对我爱好读书这一点还是很喜欢的，所以，有时候他也愿意开导我几句，而且态度非常认真。

“我不喜欢商人们的生活。”我说。

他把一绺胡子绕在一个长指头上，问我：“你怎么知道他们是如何生活的？是不是你常到他们那里去做客？这里呀，小伙子，是街面，人们不是生活在街面上，他们只是在街面上做生意，要么——在街面上转一转，很快便回家了！人们出门时都穿得整整齐齐，可谁能知道衣服下面是什么样子。一个人在自己的家里，在自己的四堵墙内，生活是没有遮掩的，是敞开的，但实际上是怎么个活法——这你就不知道了！”

“不过他们的思想，不管在这里，还是在家里，总该是一样的吧？”

“谁能知道隔壁的邻居在想些什么呢？”老人严厉地瞪大眼睛，语重心长地说，“老人们常说：‘思想好比虱子，是数不清的。’兴许，一个人回到家里后，马上跪在地上，哭着求告上帝：‘宽恕我吧，上帝，在你神圣的日子里，我犯了大罪！’没准儿对他来说，家就是一座修道院，只有他一个人和上帝单独住在这里呢？事情就是这样！每一个蜘蛛都熟悉自己的那个角落，都会吐丝布网，而且知道自身的重量，以便撑得住自己……”

他说话非常认真时，声音就会变得更小，更低沉，好像在讲什么重大秘密似的。

“你现在就说长论短，可这对于你还早了点儿，在你这个年纪，人们不是靠脑子生活，而是靠眼睛！因此，你只用看在眼里，记在心里就行了，无须多嘴。理智是为事业的，信仰是为心灵的！你喜欢读书——这很好，但对一切都要把握个度：有些人读来读去，最后失去了理智，不信上帝了……”

我觉得他这个人会长生不老的——很难想象他会变老，会发生变化。他很喜欢讲述关于商人、强盗和假币制造者的故事，这些人后来都成了名人。这种故事我从外公那里已经听过很多，而且我外公讲的故事比这位古董行家讲的要好听得多。但故事的意思都是一样的：历来财富都是靠对人和上帝犯罪而得来的。彼得·瓦西里耶夫[①]从来不同情什么人，但一谈起上帝，他却总是温情脉脉，唉声叹气，不敢正眼看人。

“事情就是这样，人们连上帝都在欺骗，而上帝——耶稣他老人家，全都看在眼里，哭诉着说：人们啊，人们，我可怜的人们，地狱正等待着你们呢！”

有一次，我大着胆子提醒他说：“您不是也欺骗乡下人嘛……”

他听后并没有生气。

“我这能算什么大事？”他说，“捞他三五个卢布——不就完

① 彼得·瓦西里耶夫，即彼得·瓦西里耶维奇、彼得·瓦西里伊奇的另一种叫法。

了嘛，还能咋的！”

他见我在看书，便从我手里把书要过去，挑毛拣刺地一再问我读过的内容，而且带着一脸怀疑、惊讶的神情，对掌柜的说：“你瞧——这些书他也能够看懂，整个一个小机灵！”

然后他便开导起我来，话讲得头头是道，使我永志不忘：“你听我说，我的话对你会有用处的！有两个基里尔，两个都是主教，一个是亚历山大里亚学派[①]，另一个是耶路撒冷教派[②]。前者坚决反对万恶的异教徒聂斯托利，因为他恬不知耻地到处散布，硬说圣母是一个凡人，没有产下上帝，生的是一个人，取名耶稣，就是说，是一位救世主，由此可见，大家不应该称她为圣母，而应该称她为耶稣的生母——明白吗？这就叫作邪教！耶路撒冷教派的基里尔一直反对阿里乌邪教异端分子……”

我很钦佩他宗教史方面的知识，而他呢，伸出像神父那样保养得很好的一只手捋着胡子，自我吹嘘说：“在这方面——我是

---

① 亚历山大里亚学派的基里尔（死于444年），人称“教会之父”，是聂斯托利的异端邪说的主要反对者。聂斯托利是君士坦丁堡的大牧首，认为耶稣不是神的儿子，只不过是一个普通的凡人。聂斯托利认为可以称“圣母”为“耶稣的生母”，仅此而已。

② 另一个基里尔是耶路撒冷教派（4世纪）的主教，坚决反对聂斯托利的异端邪说，同时也反对另一个主要邪教——阿里乌教派。阿里乌教派是4—6世纪的一个基督教教派，创始人是亚历山大里亚地区的阿里乌神父（死于336年），他不承认正统基督教会关于圣父与圣子（耶稣）系同体的这一基本教义，认为耶稣只是为圣父所创造，其地位应低于圣父，是上帝与人的儿子。阿里乌教派在4世纪曾先后两次被基督教世界主教会议革出教门，宣布为邪教。

一位将军。圣三主日[1]时，我去莫斯科和那些恶毒的尼康派学者、神父和非宗教界人士进行过面对面的辩论。我，一个小人物，竟能够跟那些大教授们当面交谈，没错！我言辞犀利，有一个神父让我追问得理屈词穷，难以招架，鼻子都流血了——厉害吧！”

他面色红润，目光炯炯有神。

看来，他认为，辩论到使对方的鼻子流血，这是他大获全胜的巅峰，是自己荣誉金冠上最鲜艳的一颗红宝石，所以他每讲起这件事，浑身都有些飘飘然：“那位神父体魄健壮，仪表堂堂！他站在讲经台前，鼻血吧嗒、吧嗒一个劲儿地往下滴！可是他没有注意到自己的狼狈相。那神父厉害极了，像荒原上的一头猛狮，声音洪亮——像一口大钟！我说话声音不高，但一句是一句，像锥子一样，句句刺中他的心窝儿和两肋！……他简直像个火炉，一个异教徒的满腹怨恨与怒火，一股脑儿地全发泄出来了……哎呀，那个场面啊——啊！”

还有几个古董鉴赏家也常到店里来：一个叫帕霍米，大腹便便，穿一件油渍麻花的紧身长外衣，一只眼睛，虚胖，总是呼哧呼哧的；另一个叫卢基安，是个小老头儿，像老鼠一样，浑身光溜溜的，待人亲切，性格开朗，跟他一起的那个人，面色阴郁，个头儿很大，像个赶马车的——黑胡子，表情死板，看着让人很不舒服，但一双眼睛很漂亮，总是一动不动的。

---

① 又称三一主日或圣灵降临节，是东正教十二大节日之一。意思是，上帝只有一个，但包含圣父、圣子、圣灵三位一体；教徒们通常在复活节后第50天举行节日庆祝活动。

他们几乎总是带些古书、圣像、香炉、盅樽之类的东西来卖；有时候，他们也领来一些卖主——都是伏尔加河对岸的老头儿、老太太。事情办完后，他们就坐在柜台旁，像几只落在田埂上的乌鸦，喝着加了糖的茶，就着白面包，相互讲述着自己受尼康派教堂迫害的情形：那里——东西被查抄了，祷告用的书被没收了；这里——警察查封了祷告室，根据第103条款[①]，将房主告上了法庭。这第103条款是他们最常谈的话题，但他们谈起这一条款来心态特别平静，就像在谈一件无法避免的事情——比如冬天的严寒——一样。

他们谈起为信仰所遭受的迫害，言语中经常提到警察、查抄、监狱、法庭、西伯利亚等这些字眼儿，它们在我的心目中像一粒粒火炭，激起了我对这些老人们的好感与同情。我读过的书教导我要尊重那些为达到自己目标而顽强奋斗的人们，要珍视那种坚韧不拔、不屈不挠的精神。

这些人是生活的导师，我从他们身上所看到的一切不好的东西，全都忘记了；我只是觉得他们是那样的镇定与顽强，觉得在这种镇定、顽强的背后，是他们为真理而奋斗的不可动摇的信念，是他们为了真理而不惜忍受一切痛苦的决心。

后来，当我看到人民群众和知识分子中有许多这样和类似这样支持旧信仰的人后，我才明白，他们这种顽强的精神，是他们在进行消极对抗，因为他们离开原来的地方便无处可去，而且他们哪儿也不想去。因为那些陈旧的话语和过时的观念在紧紧地束

① 《惩治条例》第103条专门对付那些宗教分裂分子。

缚着他们，使他们已经完全麻木了。他们的意志已经僵化，不能再向前发展了，一旦有外力将他们推动一下，他们便会从原来习惯的地方机械地滑落下去，就像石头滚下山坡一样。他们靠着对昔日的回忆和自己对痛苦与压迫的病态的挚爱，抱残守缺，死死固守在已经僵化了的真理的墓地旁边，但是，如果有人夺去他们经受苦难的可能，他们会感到非常空虚，他们会像风和日丽天的浮云一样，消失得无影无踪。

他们这种心甘情愿、带有极大自我陶醉的心理和不惜为之赴汤蹈火的信念——毫无疑问，是一种非常坚定的信仰，但它像是一件破旧的衣服——油渍麻花，脏了吧唧的，也正是因为这一点，它才很少受到时间的摧残。他们的思想感情已经习惯于偏见与教条的狭窄、沉重的躯壳，尽管它们没有了翅膀，肢体残缺，却活得舒舒服服，非常悠闲自在。

这种出于习惯的信仰，是我们生活中最可悲和最有害的现象之一。在这种信仰的影响下，就像在石墙的背阴处一样，一切新生的东西成长起来都非常缓慢，都会扭曲变形，营养不良。在这种愚蠢的信仰中，爱的光芒少之又少，而屈辱、怨恨和始终与憎恨为伍的忌妒，却太多太多了。这种信仰发出的火花，只不过是腐朽之物发出的磷光罢了。

但是，为了确信这一点，我历经许多艰难的岁月，内心的许多东西被打碎了，抛到了脑后。而与此同时，当我在无聊、可耻的现实中第一次遇到生活的导师时——我觉得他们都是具有伟大精神力量的人，是世界上最优秀的人。他们当中几乎每一个人，都被审判过，都蹲过监狱，哪个城市都放逐他们，他们只能同罪犯们一起，在押送中四处流浪；他们全都小心翼翼地度日，成天东躲西藏。

然而，我发现，这些老人们尽管对尼康派的“精神伤害”多有不满，但他们本身却又非常愿意，甚至乐此不疲地相互排挤，尔虞我诈。

只有一只眼睛的帕霍米，喝醉酒后，喜欢夸耀他那确实惊人的记忆力——有些书他能够背得滚瓜烂熟，就像研究犹太法典的犹太学者熟记《塔木德》[①]书那样，能够“指哪儿背哪儿”；你可以挑出任何一页，从你指头点的那个地方起，帕霍米便能够轻声细语、带点鼻音地接着往下背。他老是在看着地板，而他那只唯一的眼睛，好像总在地板上寻找丢失的什么珍贵的东西似的，看上去非常焦急。他最常用梅舍茨基公爵的《俄国的葡萄》[②]那本书来展示他的才能——其中他最拿手的，是背诵“那些坚韧不拔、无所畏惧、历尽磨难、一往无前的受难者们的苦难经历”，而彼得·瓦西里耶夫却总是在挑他的毛病。

“胡说八道！这跟疯修士基普里安完全扯不上，是圣徒丹尼斯的事。”

“哪里还有什么丹尼斯，这里说的是季奥尼西……”

“你少跟我咬文嚼字！”

① 犹太教圣法经传，犹太教教义、宗教理论与法典汇编。

② 全名为《俄国的葡萄，或对俄国为笃信古宗教而备受迫害者的写照》，1906年出版于莫斯科。书的作者是谢苗·杰尼索夫（梅舍茨基公爵）（1682—1741）。该书流传很广，对研究俄国的宗教旧礼仪很有意义。

“你也不用教训我！”

过一会儿，两个人气鼓鼓的，互相瞪着对方，说：“你这个大肚汉，厚颜无耻的家伙，瞧你的肚子撑得……”

帕霍米针锋相对，像拨算盘珠子似的回敬他说：“可是你呢，整个一个色鬼，一头公山羊，只知道围着女人转。”

掌柜的抄着手，面带微笑，不怀好意地像怂恿小孩子似的，一个劲儿地撺掇两个旧教派的卫道者，说：“对，一定要回敬他！好，接着再来！”

有一回，两个老头儿打了起来。彼得·瓦西里耶夫冷不丁地对自己的伙伴，伸手就是一耳光，打得对方撒腿便跑。他自己打得也累了，一面擦脸上的汗，一面冲着逃跑的伙伴背影喊道：“你给我听着，这全是你的错！你这个该死的，是你脏了我这只手，呸，真是造孽！”

他特别喜欢责怪自己的伙伴，说他们的信仰不够坚定，都堕落成“反对派”①了。

“这都是那个阿列克萨沙②把你们给弄糊涂了——他这个人说

---

① 又称“否定派”，即旧礼仪派中反教堂派中的一支，亦称基督教救世派。他们不承认教会组织，又称“无僧派”。“反对派”产生于17世纪末，非常激进，否定一切圣礼仪式和关于无惠的说教。该派在下诺夫戈罗德、雅罗斯拉夫和科斯特罗马等地相当活跃。

② 阿列克萨沙（亚历山大·瓦西里耶夫），分裂派信徒、逃犯，高尔基小时候在圣像店铺里见到过这个姓里亚宾宁的人，当时他化名亚历山大·瓦西里耶维奇，警方经过多年查找，终于发现他就是在逃犯里亚宾宁，遂将他投入狱中，没等开庭他便死了。

的比唱的还好听！”

他对“反对派”这个词很是反感，看来也有些害怕，不过对于“这个教派的实质是什么”这样的问题，他的回答并不是太清楚：

“‘反对派’是一种最可恶的邪教组织，它只信理智，不信上帝！据说，哥萨克人除了《圣经》，别的什么书都不看，而《圣经》则是从萨拉托夫的德国人那里，从路德[①]那里传过来的，人们谈起他时就说：‘他给自己起这个名字是有所指的，其实，路德就是残暴、缺德的意思！’反对派教徒自称为鞭笞派教徒[②]，也有叫史敦达教派[③]的，这一切通通都来自西方，是从西方异教徒那里传来的。”

他跺着那只有残疾的脚，冷冷地却掷地有声地说：“现在知道该把新教教派的什么人赶走了吧，知道谁应该倾家荡产，通通被烧死了吧！要倾家荡产、通通烧死的不是我们；我们是地

---

① 路德（1483—1546），德国宗教改革运动活动家。16世纪欧洲宗教改革运动的发起者，基督教新教的创始人，在西方宗教历史和文化上影响很大，是代表市民阶级中保守势力的思想家。他将《圣经》译成德文，使德语的文学语言达到规范化。

② 鞭笞派教徒，19世纪60年代俄国流行的一个教派。它产生于俄国17世纪末至18世纪初。鞭笞派教徒将表面的礼仪规矩和宗教书上的说教，跟真正的“精神上的”宗教信仰对立起来，认为“圣洁的灵魂”寓于“正人君子”之身，只有这样他们才能变成“基督”或者“圣母”。

③ 史敦达教派，19世纪后半期产生于俄罗斯和乌克兰农民中间的一个宗教派别，受新教的影响，是新教教义和精神基督教派教义相结合的产物，即代表富农阶级利益的福音洗礼教派。他们不承认官方的宗教，其宗教生活的主要形式就是朗读《圣经》，特别是《新约全书》。

道的俄罗斯人，我们的信仰是真正的、东方的、俄罗斯土生土长的信仰，而他们那些则都是西方的、被肆意歪曲了的自由思想！德国人、法国人能带来什么好东西？比如，一八一二年[①]，他们就曾……”

他越讲越起劲儿，忘记了站在他面前的只不过是一个小孩儿；他一只手使劲抓住我的腰带，一会儿向自己身边拉，一会儿又往外推，滔滔不绝，娓娓动听，时而热情洋溢，时而慷慨激昂，像年轻人一样富有朝气：“人的思想就像一只恶狼，在自己想入非非的密林中徘徊徜徉，在魔鬼的驱使下游来荡去，残酷地折磨着人的灵魂——这是上帝的赐予！这些魔鬼的喽啰们在瞎想些什么呢？所有的反对派教徒，通过鲍格米勒派[②]之口，到处散布，说撒旦[③]是上帝的儿子，是耶稣基督的哥哥——瞧他们胡说

---

① 1812 年法国军队在拿破仑的率领下侵犯俄国，结果在俄军的反击下，伤亡惨重，大败而归。

② 鲍格米勒派，10—15 世纪在巴尔干地区发生的反封建异端运动，到 17 世纪形成基督教教派。10 世纪中叶兴起于保加利亚，集新摩尼教二元教义（源于亚美尼亚和小亚细亚的保罗派）与福音派的保加利亚正教会的教义而成，由司祭鲍格米勒所创建，故名。该派的中心教义从二元宇宙论出发，认为凡物质世界皆魔鬼所创造，因此，他们反对道成肉身之说，反对关于上帝通过物质施恩于人的基督教教义；反对洗礼、圣餐及正教会的全部组织体系；反对人的一切物质活动，特别是婚姻和酒肉，主张严于律己，俭朴端方。

③ 撒旦，一些宗教（如基督教、伊斯兰教等）中的恶魔、厉鬼、易卜劣厮等，与神相对应，主宰地狱。据圣经故事，撒旦原来是天使，后因堕落犯罪，被贬到人间，在上帝的允诺下对人进行试炼。他在世上引诱人们犯罪，被捆在无底洞中一千年，释放出来后他又挑拨离间，引起四方征战。也有说它就是伊甸园中的蛇。

八道到什么程度！他们还说：上级的话不要听，工作不要干，老婆、孩子不要管；人嘛，什么东西都不需要，什么规章制度也不要，想怎么活，就怎么活，只听从魔鬼的指使。瞧，又是那个阿列克萨沙，噢，这条蛆虫……”

有时候，刚好遇上掌柜的让我去干事，这样我便离开了老人，但是，他一个人仍然留在走廊里，独自在那里瞎叨叨：“啊，没有翅膀的灵魂；啊，天生就瞎了眼的公猫——怎样我才能躲开你们呀？”

然后，他仰起头，双手按着膝盖，很长时间，一句话不说，一动也不动，聚精会神地望着冬日灰蒙蒙的天空。

他开始对我更加关心，态度也更加和蔼可亲了，他见我在看书，便拍着我的肩膀说：“看吧，小伙子，看吧，会有用的！你好像有几分聪明，但可惜你对长辈不够尊重，对所有的人，你都以眼还眼，以牙还牙。你想想看，这样胡闹会给你带来什么后果？小伙子，只能被抓进劳改连服苦役。不会有别的结果。书——你尽管读，不过要记住——书与书不同，要学会自己动脑子！据说，鞭笞派教徒中有一个传教士叫达尼洛[1]，他竟然认为，无论旧书，还是新书，都不需要，他把它们收集起来，装了一大口袋——扔进河里去了！是啊……当然，他这么做也十分愚蠢！还有那个阿列克萨沙，满脑子鬼主意，他也在搅浑水……”

---

① 达尼洛，鞭笞派的奠基人，一般认为是17世纪科斯特罗马省的农民达尼洛，他当过兵，后来逃了出来。据说他是个无僧派分子，有许多老书；他对人们说，无论新书、老书都不能使人们得救，于是他把所有的书通通丢进了伏尔加河。

他越来越经常提起那个阿列克萨沙，有一次，他心事重重地来到店铺里，板着脸对掌柜的说："亚历山大·瓦西里耶夫就在这里，在市内，是昨天到达的！我找啊，找啊——总也找不到他。藏起来了！我坐在这里等一会儿，说不定他会到这儿来的……"

掌柜的很不乐意地回答说："我什么都不知道，什么人也不认识！"

老人点点头说："理应如此：对你来说，所有的人都是买主和卖主，没有别的人！请给我来杯茶吧……"

当我提一大铜壶开水回来时，店铺里已经来了几位客人：卢基安老头儿满脸堆笑，显得很高兴；门后昏暗的角落里，坐着一位陌生人，他穿一件厚大衣，长筒毡靴，腰里系一条绿色宽皮带，帽子戴得很低，看上去很别扭，把眉毛都遮住了。此人相貌一般，没什么突出的地方，人倒是挺谦恭、文静，很像一个刚刚丢掉职位、正为此大伤脑筋的掌柜。

彼得·瓦西里耶夫没有朝他那边看，他正在说着什么，态度非常严厉，语气也很有分量，他的右手一直在哆嗦，不住地在碰他的帽子：他抬起手，好像要画十字的样子，把帽子向上推了推，接着——一推再推，差不多推到了头顶，然后又使劲往下拉，一直拉到眉毛处，看上去很不自然。他这种神经质的动作，让我想起了伊戈沙这个必死无疑的小傻瓜。

"各种各样的江鳕鱼在我们这条浑浊的小河里来回畅游，水都让它们搅得越来越浑了。"彼得·瓦西里耶夫说。

那个样子很像一位掌柜的人，平心静气地小声问："你这话——是不是在说我呀？"

"就算是说你吧……"

于是，那人声音不高，但非常诚恳地又问："那么，请问：你对自己是怎么个看法？"

"我对自己的看法，只能跟上帝讲——这是我自己的事……"

"不，都是人嘛，也是我的事，"陌生人一本正经地强调说，"面对真理，请不要把脸转过去，不要随随便便地就熟视无睹，置若罔闻，因为这对上帝和人来说，都是极大的犯罪！"

我很乐意他称彼得·瓦西里耶夫为人，而且他那平和庄重的声音也让我感到非常激动。他说话的神态，就跟优秀的神父说"上帝啊，我生命的主宰"的时候一模一样，整个身子向前倾斜，人都快要从椅子上滑下来了，可一只手还在自己的面前不停地比画着……

"请不要指责我，我的罪孽不比你大……"

"茶炊开了，突突地响起来。"老古董行家不屑一顾地甩了一句，可那位陌生人根本不理他这个茬儿，继续往下说："只有上帝明白是谁在搅浑圣灵之源泉，兴许这是你们的罪过，因为你们都是些死啃书本、夸夸其谈的人；我绝非死啃书本、夸夸其谈之辈，我是一个普普通通的大活人……"

"我知道你说的普普通通，我听得够多的了！"

"是您在把人们的头脑搞乱，把明明白白的思想搞糊涂，你们都是些书呆子，是口是心非的法利赛人[①]……这就是我要说的话，你能说些什么呢？”

“异端邪说！”彼得·瓦西里耶夫说，可是那人在自己的面前扬起手掌，好像在念那上面写的东西似的，满腔热忱地说：“你们以为将人们从一个围栏赶进另一个窝棚——他们就会感到更好一些吗？我告诉你们——没那回事！我要说的是：人呀，应该进行自我解放！面对上帝，房子、老婆和你的一切的一切，有什么用处呢？作为一个人，应该自己把自己解放出来，从一切人们为之打打杀杀的因素中解放出来，从金银珠宝和一切财产中解放出来，因为它们只不过是身外之物，是罪魁祸首，是万恶之源！要拯救灵魂，不是在地上人间，而是在广袤的天堂！请摆脱所有的羁绊，我是说，把一切束缚、绳索，通通斩断，打破这个世界的网罗，因为这种网罗是反基督的……我走的是光明大道，不做昧心事，不接受黑道……”

“可是面包、水和衣服——你接受吗？要知道，它们可是世俗之物呀！”老人成心挖苦地说。

但这些话也未能触动亚历山大·瓦西里耶夫，他继续往下说，而且越发的真诚；他的声音不高，但听起来好像是在吹喇叭。

“作为人，你觉得什么最珍贵？只有一个上帝最珍贵。在上

① 法利赛人系公元前 2 世纪至公元 2 世纪犹太教上层人物中的一派，他们固守犹太教的旧传统，抵制希腊文化的影响，但实际上却把希腊人关于灵魂不死的观念吸收到犹太教中来了，所以后来“法利赛人”这个称谓往往带有伪善者、伪君子的含义。

帝面前——你是纯洁的，一尘不染，从内心深处斩断一切世俗的羁绊，这样上帝便会看到：你——孤身一人；他——也是独自一个！这样你和上帝的距离就拉近了，这是你接近上帝的唯一途径！这才是拯救灵魂的办法——丢掉父母，把一切都通通抛弃，即使让你非常着迷的眼睛——也一定将其剜掉！为了上帝，你一定要弃绝物欲，保全灵魂，这样你的灵魂才能够如熊熊烈火，永不熄灭……”①

“那样你就去和癞皮狗们为伍好了，”彼得·瓦西里耶夫说，一面站起身来，“我原以为，从去年起，你能变得更聪明一些，可实际上却更糟了……”

老人摇摇晃晃地走出店铺，向凉台走去，这使亚历山大感到有些惶惑不安，他惊讶地急忙问道：“你要走吗？啊……怎么回事？”

但态度和蔼的卢基安递过来一个让人放心的眼神，说：“没什么……没什么……”

这时，亚历山大嗔怪地说：“你也一样，是个闲不住的普通人，同样废话连篇，说了很多没用的话，有什么用呢？什么三呼哈利路亚②，什么二呼哈利路亚……”

---

① 参见《新约全书·马太福音》，第10章、第18章。

② 哈利路亚，赞美上帝之词。基督教赞美歌曲中的小句，犹太教中颂扬上帝的欢呼语。在教会礼仪方面这是个有争议的问题，甚至造成了分裂。旧礼仪派坚持认为在做神事时“哈利路亚”要连呼两次，叫“二呼哈利路亚”，尼康主张要“三呼哈利路亚”，这与带珐琅的三折圣像和二折圣像的争论很有些类似。这种不同意见说明，亚历山大·瓦西里耶维奇作为逃亡教派的一分子，对于官方教会和旧礼教，均持否定的态度。

卢基安冲他露出微笑，而且也向凉台走去，可是他却转身对掌柜的胸有成竹地说："他们接受不了我的精神，无法容忍！所以像火里冒出的烟那样，消失了……"

掌柜的皱起眉头，斜了他一眼，冷冷地说："我对这些事从来不闻不问。"

那人显得似乎有些尴尬，把帽子往下拉了拉，小声嘟哝着说："怎么能不闻不问呢？这种事……他们很希望能有人过问……"

他低垂着脑袋，一声不吭地坐了一会儿。后来有两个老头儿把他叫了过去，于是，他们三个人没有道别便走了。

这个人当着我的面大发脾气，像夜晚的篝火，燃烧一阵便熄灭了，这使我觉得他否定生活的言论，多少有几分道理。

晚上，我抽空把他的事赶紧讲给圣像作坊的大师傅伊万·拉里奥诺维奇听，他这个人平时沉默寡言，待人非常亲切。他听完后跟我解释说："看来，他是属于逃亡教派[①]，有这样一个教派，什么都不承认。"

"那他们怎么生活呢？"

"颠沛流离，四海为家，所以后来人们就称他们为逃亡教派。他们说：'大地和一切与大地有关的东西都和我们无关'，可是警方认为他们是害群之马，到处进行抓捕……"

---

① 18世纪后半期俄国东正教旧礼仪派中反教堂派的一个教派，是"反对派"的一个变种，自主活动。他们追求精神漂泊，行踪无定，逃避社会责任，他们公然蔑视国家义务和税收，迁往荒凉之地居住，藏匿起来，迄今在乌拉尔和东西伯利亚地区尚生活着少数逃亡教派的教徒。

我虽然生活很苦，但我不明白：怎么能逃避一切呢？当时我周围的生活中有许多有意义的事情值得我去珍视，因此，亚历山大·瓦西里耶夫在我的记忆中很快就被淡忘了。

但是在遇到困难的时候，他的形象仍时不时地出现在我眼前：他在田野里走着，沿着灰蒙蒙的道路向森林里走去，那只没干过活的白白的手，拄着拐杖，频频触击着地面，嘴里嘟嘟哝哝地说："我走的路是正确的，我什么都不接受！我要断绝一切联系……"

由他想起了我的父亲，样子就像外婆在梦中所看见的那样：手里拄着一根核桃木拐杖，身后跟着一条花狗，耷拉着舌头……

十三

圣像作坊设在一幢半砖石结构的大房子里，有两个房间。其中一间——有三个窗户面向院子，两个窗户冲着花园；另一间——一个窗户朝花园，一个窗户冲大街。窗户都很小，呈四方形，窗上玻璃因陈旧而变得模糊不清，很不情愿让冬天惨淡的阳光透进作坊里来。

两个房间都摆满了桌子，每张桌子后面都坐一位伏案干活的圣像画工，有的一张桌子后面坐两个人。天花板上垂吊着许多圆的玻璃球；它们里面装满了水，将灯光聚集在一起，再将那发白的寒光反射到圣像的方形木板上。

作坊里又热又闷，在这里干活的圣像画工，有二十个左右，他们分别来自帕列赫、霍卢伊和姆斯乔拉[①]。他们全都穿着花布衬衫，领口敞着，下身是斜纹布裤子，打着赤脚，或者穿一双破鞋。画工们头顶上烟雾腾腾，那是点燃着的马哈烟冒出的蓝灰色浓烟，周围有一种强烈的干性油、油漆和臭鸡蛋的气味。一首弗拉基米尔地区哀婉凄楚的歌曲，像松脂一样在缓缓地流淌：

如今的人简直丧心病狂——

① 这是弗拉基米尔省的三个村庄，是历史上有名的圣像彩绘中心。

男孩竟敢当众引诱姑娘……

人们也唱别的歌曲，但同样都很悲伤，不过最常唱的还是这首歌曲。它那舒缓凄婉的曲调并不妨碍人们进行思考，不影响白狼毫笔在圣像上运色细描，勾勒出衣饰的褶纹，在圣徒们瘦骨嶙峋的脸上描绘出细致入微的痛苦表情。镂雕工戈戈列夫是个嗜酒如命的老头儿，长着一个颜色发青的大酒糟鼻子，他正在窗前用小锤子一个劲儿地敲敲打打；单调乏味的敲击声一再闯进慢慢悠悠的歌声之中，仿佛是一条蛀虫正在啃噬一棵树木。

没有人喜欢画圣像，不知是哪个居心险恶的聪明人，把画圣像的工作分成一连串烦琐的工序，使这些工序失去了美感，无法引起人们对这项工作的喜爱和兴趣。细木工潘菲尔是个斜眼儿，心狠手辣，阴险狡诈，他把自己刨好并上了胶的不同尺码的柏木板和椴木板搬过来；患肺结核的小伙子达维多夫将它们打上底色；他的伙伴索罗金涂上“列夫卡斯”[①]；米利亚申根据圣像的原画用铅笔勾画出图样；戈戈列夫老头儿再来上金，并在上面雕出花纹；再由负责衣饰的画工师傅绘制圣像的背景和服装，然后，一件没有脸和手的圣像便制作出来了，靠在墙边，等待面部彩画师来完成最后的工序。

一幅幅供圣像壁和圣堂门悬挂的巨大圣像，斜靠在墙边，这时它们的面部还没有画出来，又缺胳膊少腿的——只是清一色的法衣或甲胄，还有大天使穿的短衬衫，看着叫人感到非常不舒

① 希腊语，白色的意思。这里指给圣像打底色用的白垩涂料。

服。这些五颜六色的木板，显得死气沉沉，毫无生气，缺乏应有的精气神儿，但这种精气神儿好像都有过，后来却神奇地消失了，只留下身上沉重的法衣。

当彩绘脸面的画工画好“原身”后，圣像便转交给另外一位师傅，由这位师傅根据雕刻的纹路涂上“珐琅”；上面的题词由别的师傅单独撰写，最后上漆则由很少说话的作坊主管伊万·拉里奥内奇来完成。

伊万·拉里奥内奇的脸色发灰，胡子也是灰色的——光滑细密，像丝绒一般，两只灰色的眼睛显得特别深邃，充满了忧伤。他笑起来很好看，但不便冲他微笑，不知为什么总觉得有些别扭。他的样子很像柱塔僧[①]西梅翁的圣像——干瘦干瘦的，而且，他那双全神贯注的眼睛，一直遥望着远方的某个地方，凝神静思，超尘拔俗，全不把众人和墙壁放在心上。

我到作坊几天后，专事彩绘神幡[②]的画工卡别久欣醉醺醺地来到了作坊。他是来自顿河的一名哥萨克人，人长得很帅气，力大无比；他紧咬牙关，眯起两只女人般妩媚的眼睛，二话不说，挥动铁拳，便向众人打去。他个头不高，但身材匀称，在作坊里东奔西突，四面出击，好像一只猫掉进地窖的老鼠群里了；大家惊慌失措，纷纷躲向墙角，互相大声呼喊着：“打他呀！”

彩绘脸部的画工师傅叶夫根尼·西塔诺夫举起凳子照这个狂

---

① 传说是生活在公元5世纪初的一位基督教苦行僧，因终日幽居教堂内，勤修苦练，祷告时因常站在小柱子上或把自己关在柱塔内而得名。

② 神幡，画有基督或圣徒像的锦旗。

徒的头上就是一下子，把他打翻在地。他一坐在地上，大伙儿当即将他按住，用几条毛巾把他捆了起来，但他又撕又咬，一心想把毛巾解开。这时叶夫根尼也火了——他纵身跳到桌子上，胳膊肘夹紧两肋，正打算向卡别久欣身上跳去，叶夫根尼个子很高，身体结实，一旦他跳下去，肯定非把卡别久欣的胸腔压扁不可，但就在这时，拉里奥内奇出现在他的身边，他穿着大衣，戴着帽子，伸出一个指头，摇晃着警告西塔诺夫不要往下跳，同时低声但一脸严肃地对各位师傅说："把他抬到过道里去，让他清醒清醒……"

人们将他抬出作坊，把桌椅摆放好，重又干起活来，不时谈论几句这个哥萨克人力气过人的事，并预言说，总有一天他会在斗殴中被人打死的。

"打死他是很难的。"西塔诺夫非常平静地说，好像在谈一件他非常熟悉的事情。

我看了看拉里奥内奇，不禁纳闷地想：为什么这些身强力壮、脾气暴躁的人，就那么轻易听从他的指使呢？

他告诉大家应该如何干活，就连最优秀的工人师傅也很乐意听他的劝说。他教得最多，而且费口舌也最多的人，要算是卡别久欣了。

"你呀，卡别久欣，既然你是一位画师，你就应该用意大利的画法，画得活灵活现才是。油画要求各种暖色调要和谐统一，可你这里白色用得太多，结果，圣母的两只眼睛就显得冷冰冰的，寒气袭人。面色画得倒很红润，像苹果似的，可是跟眼睛很不协调，摆放的位置也不对——一只眼靠近鼻梁，另一只眼却靠近鬓角，结果，圣母的形象看上去就不那么纯洁神圣了，显得有些狡猾、俗气。卡别久欣，你没有把心思放在工作上。”

哥萨克一边听，一边做鬼脸，然后，他眯起女人般的眼睛，恬不知耻地满脸堆笑，用因为喝酒而变得有些沙哑的声音，娓娓动听地说：“哎哟，伊万·拉里奥内奇，我的老爷子——这可不是我干的活儿。我天生是个音乐家，可是却让我——当了修士！”

“只要勤奋努力，什么工作都能够干好。”

“不，我哪儿行呀？我还是当个马车夫，赶着飞快的三驾马车，驾……”

于是，他亮出喉结，扯着嗓子唱道：

> 哎哟哟，我套上枣红色的骏马，
> 赶起三套马车，
> 啊，驰骋在寒冷的黑夜，
> 一路狂追，直奔我心爱的姑娘！①

伊万·拉里奥诺维奇②安详地笑着，扶了扶架在灰白、伤感的鼻梁上的眼镜，转身走开了；有十来个人齐声跟着唱起来，声音高亢洪亮，形成一股强大的洪流，好像要把整个作坊都架到空中似的，节奏鲜明地摇动着它：

---

① 茨冈人的民歌《我套上枣红马，赶起三套马车》。

② 即伊万·拉里奥内奇。

根据以往的习惯——马儿知道，

姑娘家在何方……

学徒工帕什卡[1]放下手头倒蛋黄的工作，拿着碎蛋壳，用清脆的童音，跟着唱了起来。

大家陶醉在歌声之中，忘情地唱着，真是同声相应，同气相求；他们一直斜眼注视着这个哥萨克人。在他放声高歌的时候，整个作坊都把他看作是自己的主心骨。大家都真心地拥戴他，眼睛紧紧盯住他那大起大落、指挥若定的双手——他张开双臂，仿佛要飞起来似的。我相信，要是他突然停下来不唱了，大声喊道："把所有的东西都打他个稀巴烂！"我想，即使平时最稳重的工匠师傅，也会在几分钟之内把作坊给砸了，将一切毁坏！

他很少唱歌，但他那热情奔放的歌曲有一股强劲的力量，这种力量所向披靡，无往而不胜。不管人们的情绪有多么低沉，他都能使大家振奋起来，调动他们的热情，集中力量，和衷共济，形成一个强大的机体。

这些歌曲，使我对唱歌者及其对众人的完美的控制力，产生了强烈的忌妒心；我激动不已，难以自持，只觉得心中隐隐作痛，直想大哭一场，对唱歌的人们大声喊道："我爱你们！"

患肺结核的达维多夫，面黄肌瘦，头发蓬乱，也张大了嘴，样子怪怪的，很像一只刚出蛋壳的小鸡。

只有当哥萨克人担任领唱的时候，他们才唱那些欢快的、热

① 帕什卡，帕维尔的爱称。

情奔放的歌曲，平时他们唱的大都是些音调拖得很长、愁肠百结、悲天悯人的歌曲，比如《没良心的人》《林荫树下》[1]和关于亚历山大一世之死的歌《我们的亚历山大怎样检阅军队》[2]。

有时，根据我们作坊最优秀的面部彩画工日哈列夫的倡议，大家也试着唱些教堂的歌曲，但很少有唱好的时候。日哈列夫喜欢标新立异，总想搞点与众不同、只有他一个人能够明白的东西，所以往往弄得大家根本就没法唱。

日哈列夫四十五岁左右，人很瘦，谢顶，头顶周围长着像茨冈人那样的黑色鬈发，眉毛又黑又长，像两撇小胡子似的；尖削、浓密的胡子，使他那消瘦、黝黑、非俄罗斯型的脸庞显得非常漂亮，但是鹰钩鼻下面那一撮硬胡子在两道浓眉的衬托下看上去就有些多余了。他的两只蓝眼睛不一般大小：左眼明显比右眼大。

“帕什卡！”他用男高音向我的同伴——那个学徒工——喊道，“来，起个头儿：《赞美上帝》，大伙儿听着！”

帕什卡在围裙上擦了擦手，领头唱道：“赞——美……”

“……上帝的英名。”几个人跟着唱起来，然而，日哈列夫不耐烦地喊道：“叶夫根尼，低一点儿！把声音往下降，让它发自内心的最深处……”

叶夫根尼·西塔诺夫闷声闷气的，像敲木桶似的，大声唱道：“奴——仆先生们……”

---

① 俄罗斯圆舞曲。

② 1825 年亚历山大死后流行的俄罗斯民歌。

“不——对！这里一定要唱出磅礴的气势，要唱得惊天动地，墙倒屋塌！”

日哈列夫完全处于莫名其妙的亢奋状态，他那两道奇特的眉毛不停地在额头上下滑动，声音时断时续，手指在无形的古斯里琴①上不住地弹奏着。

“奴仆先生们——明白吗？”他意味深长地说，“这句话应该领会它的核心意思，应该透过整个外壳，感受它的内核。奴——仆们，赞颂上帝吧！你们这些活生生的人，怎么就不明白呢？”

“正如你们所知道的，我们这里从来都没有唱好过。”西塔诺夫温文尔雅地说。

“好吧，那就算了！”

日哈列夫很不乐意地开始干起活来。他是一位优秀的画师，他绘制的圣像面容，有拜占庭风格的，弗里亚戈②风格和“栩栩如生的”意大利风格的③。每当收到大宗的圣像订单时，拉里奥内奇都去跟他商量，因为他是圣像真品真正的行家，圣像方面所有奇珍异宝的贵重复制品——无论是费奥多罗夫斯克的、斯摩棱斯克的，还是喀山等其他地方的——都要从他手里经过。但他在反复查看这些真品时，常常大声地抱怨说：“……这些真品把我们

① 俄国古代的一种弦乐器，类似于中国的古筝。

② 古时对意大利人的称谓，也泛指一般外国人。

③ 拜占庭风格是古代圣像绘画的传统。从15世纪末起，在西欧绘画（先是弗里亚戈风格，后是意大利文艺复兴时期艺术）的影响下，这些传统发生了微妙的变化。绘画中的世俗因素渗透进了亘古以来的圣像绘画之中，这引起老派画师们的强烈不满。

给束缚住了……说老实话，是束缚住了！……”

尽管他在作坊里的地位举足轻重，但和其他人相比，他从不趾高气扬，居功自傲，他对学徒工们——我和帕维尔——的态度非常和蔼。一心要教我们手艺——这是他的绝活，除了他，没有人会干。

别人很难理解他，一般地说，他是个不苟言笑、悒悒不乐的人，有时候他能整个礼拜都在埋头干活，一句话不说，像个哑巴；他惊奇地看着大家，跟陌生人一样，仿佛生平头一次看见这些他熟悉的人似的。虽然他喜欢唱歌，但这些日子他没有唱，甚至也没有听别人唱。大家都注意着他，彼此递换着眼色。他弯着腰，将圣像横放在胸前的膝盖上，圣像中间的地方顶着桌子的边沿。然后，他用一支细小的画笔，仔细地描绘着圣像那灰暗冷漠的面孔；他自己的脸也是一副灰暗、冷漠的样子。

突然，他开口说话了，话说得清清楚楚，透着一肚子的不满：“先行者——什么意思？古人曰：行者——走也。先行者，即走在前面的人，并没有什么别的意思……”

作坊里非常安静，大家都斜眼看着日哈列夫，嘿嘿地发笑；寂静中，有人忽然冒出一句莫名其妙的话：“不应该把他画成身披羊皮的样子，要给他画上翅膀①……”

---

① 这里指的是《圣经》故事中的人物施洗约翰。他曾预告救世主的来临，是耶稣基督的先行者，之所以叫他施洗者，因他常在约旦河边为人施洗之故。通常他的圣像身上都披着绵羊或山羊皮，有时候则带有翅膀。高尔基艺术博物馆收藏有一幅羽翼丰满的先行者施洗约翰的圣像——是16世纪初的作品。

“你在跟谁说话呀？”有人问他。

他没有吭声，不知是没有听见有人问他，还是压根儿就不愿意回答；后来，在充满期待的寂静中，凌空又传来了他说话的声音：“应该了解生平传记，可有谁了解它们呢——生平传记？我们了解什么？我们的生活平平庸庸，毫无生气……哪儿有什么灵魂？灵魂又在哪里？圣像真品——没错！——有。可是心灵——却没有……”

这些公开道出的想法，除西塔诺夫外，遭到了所有人的讥笑，几乎总有人在恶意地小声嘀咕：“礼拜六——他还要去喝酒……”

西塔诺夫个子高高的，身体健壮，是位二十二岁的小伙子，一副圆圆的脸，没长胡子，也没有眉毛；他神色忧郁地望着墙角，态度十分严肃。

记得日哈列夫在临摹完费奥多罗夫斯克的圣母像——好像是要送往昆古尔[1]去的——后，他把圣像摆放在桌子上，情绪激动地大声说道：“圣母像大功告成！你就像一只杯子——一只深不见底的杯子，世人发自内心的辛酸泪水将倾注其中……”

然后，他把一件不知什么人的大衣往肩上一披，离开作坊——往酒吧去了。青年人发出一阵笑声，不停地打着口哨；年长一些的用羡慕的眼光，望着他的背影，西塔诺夫走到画好的圣像跟前，细心地看了看，解释说：“不用说，他喝酒去了，因为他舍不得把圣像交出去。这种难舍难分的情意——不是人人都能

---

① 昆古尔，原彼尔姆省的一个县城。

够理解的……”

每逢礼拜六，日哈列夫总是要大喝一通。这好像不是爱喝酒的师傅们通常的毛病；事情的开始常常是这样：上午他写个便条，让帕维尔送到什么地方去，快到吃午饭的时候，他对拉里奥内奇说：“我今天——要到澡堂去！”

“要很久吗？”

“噢，天哪……”

“那就去吧，不要迟于礼拜二！”

日哈列夫同意地点了点他的光脑袋，两道眉毛一抖一抖的。

从澡堂里回来，他穿戴一新，里面穿一件胸衬，脖子上系着三角巾，缎子坎肩外挂一条长长的银链，一句话没说便出去了，行前他吩咐我和帕维尔说：“天黑前请把作坊收拾干净一些，把大桌子擦洗好，将桌面弄平整！”

大家的心情非常之好，像过节似的，人人都穿得整整齐齐，干干净净，还去澡堂洗了澡，匆匆吃过晚饭。晚饭后，日哈列夫回来了，他大包小包地带了许多吃的东西、啤酒和葡萄酒，跟他一起来的还有一个女人——她人高马大，硕大无朋，各方面比常人都大一圈，简直长得有些大而无当。她身高两俄尺十二俄寸[①]，我们所有的椅子和凳子在她跟前都变成玩具了，甚至个子很高的西塔诺夫往她跟前一站，也只像个半大小子。她身材匀称，但像小山似的乳房几乎一直挨着了下巴，而且行动迟缓，举止笨拙。她的年纪约四十开外，但她那张表情死板的圆脸和一双马一样的

---

① 等于 1.948 米。

大眼睛却显得非常光滑和水灵，一张小嘴像画出来似的，跟廉价布娃娃的嘴十分相像。她装模作样地满脸堆笑，向所有的人都伸出热乎乎的大手，同时说了些没用的废话。

“您好。今天天气真冷。你们这里的气味真重。是油漆味儿吧。您好。”

看着她那像大河流水那样四平八稳、强劲有力的身姿，着实令人非常高兴，但她的言谈话语里总有一种催人入眠的东西，她说的全是些废话，自然让人听得昏昏欲睡了。她说话前总是先要鼓足底气，这样，本来已经很红的面庞就显得更加圆鼓鼓的了。

青年人嘿嘿直乐，小声说：“瞧呀，简直像一台机器！”

“像一座钟楼！”

她微微噘起小嘴，双手放在胸前，在摆好的桌子旁，靠近茶炊的地方坐了下来，然后用她那马一样善良的目光，挨个儿地打量着众人。

大家对她都非常敬重，青年人甚至还有点怕她——一个半大小伙子用贪婪的目光一直望着她那高大的身躯，但当这女人明若观火、一览无余的目光和他的目光相遇时，那小伙子便不好意思地垂下了眼睛。日哈列夫对自己的女宾也很敬重，跟她说话时以“您”相称，叫她大嫂，请她吃东西时——躬身相邀，毕恭毕敬。

“真是不敢劳您的大驾，”她甜滋滋地拉长声调说，“您也太费心了，真的！”

她自己倒是从容不迫，两只胳膊只有从胳膊肘到手的这一部分在活动，而胳膊肘则紧紧贴在左右两肋。她身上散发出一股热面包的醇香气味儿。

由于兴奋，戈戈列夫老人说起话来结结巴巴，他一个劲儿地夸奖这女人有多么漂亮——就跟教堂执事赞颂圣母似的；她一边听，一边露出满意的微笑，当老人说话前言不搭后语时——她马上便接着自我介绍说：

“我当姑娘时本不漂亮，是婚后生活让我变漂亮的。快到三十岁时，我出落得如花似玉，非常漂亮，甚至引起了贵族们的注意，一位县首席贵族还答应送我一辆双套马车……”

卡别久欣喝醉了酒，头发乱蓬蓬的。他恶狠狠地看着她，粗暴无礼地问：“这双套马车——他为什么答应送给你？”

“为了我们的爱情，这还用说。”女来宾解释说。

“爱情，”卡别久欣有点尴尬地嘟哝道，“这里有什么爱情？”

“您呀，一个如此英俊的小伙子，肯定非常懂得什么叫作爱情。”那女人干脆利落地说。

大伙儿哄堂大笑，震得作坊都直摇晃。西塔诺夫小声跟卡别久欣说：“一个蠢婆娘，如果不是更坏的话！爱这样的女人，谁都知道，除非苦闷至极，无法排解……”

由于喝了葡萄酒，他的脸色变得刷白，鬓角上冒出豆大的汗珠，两只聪慧的眼睛炯炯有神，忐忑不安。戈戈列夫老人晃动着丑陋的鼻子，伸手抹去眼上的泪水，问道：“你有过几个孩子？”

“我们曾经有一个孩子……”

桌子上方吊着一盏灯，炉灶角落那边还有一盏。它们的光线很弱，作坊犄角旮旯的地方都黑黢黢的，一些还没有画好的、缺胳膊少脑袋的圣像，正在从那里向这边看着；应该画上胳膊和脑袋的地方，现在只是一些单调的灰色空白点，看上去比平时要更加吓人，好像圣徒们的躯体从彩绘好的衣服里一个个都神秘地不见了，从这座地下室里溜走了。一个个玻璃灯罩紧挨着天花板，在钩子上挂着，作坊里一片乌烟瘴气，到处闪耀着淡淡的蓝光。

日哈列夫围着桌子忙个不停，招呼着大家吃东西；他那光秃秃的脑袋，一会儿冲这个点点头，一会儿冲那个点点头，纤细的手指一直在指指点点，比比画画。他变瘦了，鹰钩鼻也变得更尖了；当他转身对着灯光时，脸上便能显出他鼻子的侧影。

“请喝呀，朋友们，吃吧。”他用响亮的男高音说。

那女人特会来事，像唱歌似的说：“怎么，大哥，这还用您来操心吗？他们每个人自己都有手，自己的肚子自己知道，能吃多少吃多少，多了也吃不下呀！”

“大家歇会儿吧！”日哈列夫兴奋地叫道，“朋友们，我们都是上帝的奴仆，让我们来唱《赞美上帝》吧……”

歌没有唱起来，因为大伙儿酒足饭饱后，一个个都打不起精神了。卡别久欣双手抱着一架双排式手风琴；皮肤黝黑、神态严肃的年轻人维克多·萨拉乌京，像一只小乌鸦，手持铃鼓，手指头在绷紧的鼓面上不住地敲击，鼓面发出低沉的嘭嘭声，同时伴随着清脆的铃声。

“跳个俄罗斯舞吧！”日哈列夫吩咐说，“大嫂，请吧！”

“哎，”那女人站起身，叹道，“您可真能张罗！”

她走出来，站在一块空地方，活像一座钟楼。她穿一条宽大的咖啡色裙子，一件黄色的细亚麻布上衣，头上系着一条红头巾。

手风琴拼命地吼叫着，琴片发出吱啦吱啦的嘶鸣，铃鼓的铃声叮当作响，鼓面发出叹息似的沉闷的响声。这一切，听起来让人感到很不舒服，因为它像是一个发了疯的人，在哭着，喊着，脑袋一直在往墙上撞。

日哈列夫不会跳舞，只会迈着小碎步，踩着擦得油光锃亮的皮靴后跟，像山羊似的，又蹦又跳，和那令人陶醉的音乐旋律，根本合不上拍。他的两只脚好像是别人的，身子扭来扭去，十分难看，像一只黏在蜘蛛网上的黄蜂，或是被网住了的一条鱼——看上去很不雅观。但是所有的人，甚至喝醉酒的人，都目不转睛地看着他那副手忙脚乱的样子，大伙儿一声不吭地盯住他的脸，看着他的一招一式。日哈列夫脸上的表情可有意思了：一会儿现出和蔼可亲的样子，一会儿又显得非常尴尬；再不就突然表现得十分高傲，眉头紧皱，一脸严肃；这不，他不知对什么事情感到惊讶了，只听见他哎呀一声，双目紧闭，少顷，又睁开了眼睛——变得忧心忡忡起来。他紧握拳头，悄悄地向那女人走去，突然，他一跺脚，扑通一声，跪倒在那女人面前，张开双臂，扬起眉毛，从内心深处露出了微笑。她从上到下地打量着他，志得意满，莞尔一笑，然后心平气和地提醒他说："您这样会吃不消的，我的大哥！"

她原想美滋滋地把眼睛闭上，但有三戈比硬币大小的两只眼睛就是闭不上，于是她紧锁眉头，现出一脸不高兴的样子。

她也不会跳舞，只会慢慢晃动她那巨大的身躯，悄无声息地从一个地方挪动到另外一个地方。她左手拿一块手绢，轻轻地摇动着；右手叉着腰——这使她看上去很像一只巨型的陶罐。

日哈列夫一直围在这位陶罐般的女人的身边转悠，非常矛盾地不时变换着自己的面孔——仿佛跳舞的不只是他一个人，而是十个人，而且十个人各不相同：有沉默寡言、性格温顺的；有脾气暴躁、非常可怕的；还有他自己这样的人：老是在担惊受怕，暗地里唉声叹气，很想从这个高大、讨厌的女人身边悄悄溜走。这不，说话间，又来了一个人——龇牙咧嘴，蜷缩着身子——像一条受伤的狗。这种枯燥而难看的舞蹈太让我失望了，使我想起了那些当兵的、洗衣女工和厨娘们的种种丑事，想起了他们那些猪狗不如的胡作非为。

记得西多罗夫悄悄说过："在这种事情上——大家都在撒谎，因为人人都觉得这种事情非常可耻：谁也不爱谁，只不过是在一块儿玩玩，逢场作戏……"

我不愿相信"在这种事情上大家都在撒谎"这句话，如果是这样，那玛尔戈王后呢？当然，日哈列夫也没有撒谎。我知道，西塔诺夫爱上了一个"卖笑的"女子，染上一身脏病，但他并没有像大伙儿说的那样，为此把她痛打一顿，而是给她租了一间房子，让她进行治疗，而且，每当谈起她时，言语间总是显得特别亲切，还有点不好意思。

那位人高马大的女人一直在那里摇来晃去，呆头呆脑地对人微笑着，挥动着手里的手绢；日哈列夫围着她一蹦一跳的；我看在眼里，心里却在想：难道欺骗上帝的夏娃和眼前这匹高头大马真的很相像吗？我心里产生一种对她的憎恶感。

那些脸还没有画好的圣像，从黑黢黢的墙边向里面张望着，黑夜正在从玻璃窗外悄悄地逼近。作坊里灯光暗淡，人们感到透不过气来，但是仔细听去，在沉重的脚步声和嘈杂的人声中，还能够听见铜脸盆中的水滴滴答答落入污水桶里的声音。

这一切根本不像我在书中看到的生活！太不像了。这不，大家最后都感到非常无聊。卡别久欣将手风琴往萨拉乌京手里一塞，大声叫道："跳吧！疯狂地跳吧！"

他像万尼卡·茨冈[①]那样跳了起来——仿佛是在空中旋转飞舞；紧接着，帕维尔·奥金佐夫、索罗金也起劲地跳起来，他们的动作麻利，手脚灵便；患肺结核的达维多夫跟着也在地板上移动着脚步，由于灰尘、烟雾、伏特加和熏肠的强烈气味，他一直在不停地咳嗽，这种熏肠总是散发出一股制革用的芒硝的气味儿。

大家跳呀，唱呀，喊叫呀，但每个人都知道，自己只不过是在寻欢作乐，而且，大伙儿都好像在互相经受一次考试——测验一下自己的灵活性和承受力。

喝醉了的西塔诺夫一会儿问问这个，一会儿问问那个："难道可以爱这样的女人吗，啊？"

看来他简直要哭起来了。

拉里奥内奇耸起他那尖瘦的双肩，回答他说："女人就是女人，——你想要求什么？"

那些大家所议论的人，不知不觉地一个个全不见了。两三天后，日哈列夫才回到作坊，接着去洗了个澡，然后得有两个礼拜，一声不响地坐在自己的位置上，闷头干活，摆出一副一本正经的样子，仿佛跟谁都不认识似的。

---

① 万尼卡·茨冈，指《童年》中在染坊里干活的工人"小茨冈"——伊万。

“都走了吗？”西塔诺夫在问自己，他用充满忧伤的、浅蓝色的眼睛仔细打量着作坊。他的脸长得并不漂亮，显得有些苍老，但他的两只眼睛却炯炯有神，而且非常善良。

西塔诺夫对我的态度很友好——这得益于我那个抄有很多诗的厚厚的笔记本。他不相信上帝，不过，除了拉里奥内奇，很难弄清楚作坊里有谁真的热爱上帝，而且对他深信不疑，因为大家谈起上帝时的口吻都很不严肃，冷嘲热讽，跟议论女主人似的。可是每当坐下来午餐和晚餐的时候——大家却都要画十字，临睡前要做祷告，节假日还要到教堂做礼拜。

西塔诺夫这些事都不做，所以大伙儿认为他不相信上帝。

“没有上帝。”他说。

“那么世间万物是从哪儿来的呢？”

“不知道……”

当我问他怎么会没有上帝呢？他解释说：“你看见了吗，上帝——高不可攀呀！”

这时，他把一只手高高举过头顶，然后放下来，距地面一俄尺高的时候，说：

“人——非常矮小！是不是？可是书上说：‘人是按照上帝的面貌和样子创造的’[①]，这你是知道的！然而戈戈列夫和上帝有什么相像之处呢？”

这下可把我给问住了：一个醉醺醺的脏老头儿——戈戈列

---

① 《圣经》上的原话是：“上帝说，我们要照着我们的形象、按着我们的样式造人。”见《旧约全书·创世记》，第1章。

夫，虽说上了年纪，还在犯俄南[①]那样的罪恶。我想起了那个维亚特卡的当兵的，想起了叶尔莫欣和外婆的妹妹——他们身上哪儿有什么和上帝相像的地方呢?

“人跟猪一样，这谁都知道，”西塔诺夫说，但他马上又安慰我说，“没关系，马克西梅奇[②]，还有好人，有好人！”

跟他在一块儿感到很轻松，很随便。他有什么不知道时，就坦白地承认说：“不知道，我连想都没想过！”

这一点——也很非同一般，因为在遇见他之前，我见到的人，都是无所不知，无所不晓，什么问题都能够说上一通。

令我感到奇怪的是，我看见在他的笔记本里，除了有一些感人肺腑的好诗外，还有许多不堪入目、只能让人感到脸红的歪诗。当我和他谈起普希金时，他便指着他笔记本上抄的一首诗《加夫里利阿达》……

“普希金——会什么？只会插科打诨而已，而别内迪克托夫[③]，马克西梅奇，那可就不同了，很值得注意！”

这时，他闭上眼睛，轻声朗诵道：

---

① 据《旧约全书·创世记》第38章称：俄南是犹大的二儿子，哥哥死后，父亲怕断后，要俄南和他嫂子同房，为哥哥续后，当俄南知道孩子将来不归自己后，同房时有意将精子遗洒在地，此举被耶和华视为大逆不道，罪在不赦，遂叫他死了。这里系指戈戈列夫有手淫的恶习。

② 马克西梅奇，即马克西莫维奇的简称。高尔基的全名是：阿列克谢·马克西莫维奇·彼什科夫。

③ 别内迪克托夫（1807—1873），俄国诗人、彼得堡科学院通信院士。其抒情诗充满浪漫色彩，在社会上名噪一时，但很快便被人们遗忘了。这里援引的几行诗出自他的诗作《无底》（1838），与原作文字稍有出入。

请看这漂亮的女人
那令人销魂的酥胸……

不知为什么，他特别推崇下面这三行诗，而且扬扬自得地朗诵起来：

即使鹰的目光
也无法穿过那灼热的门限
长驱直入——窥视其百转柔肠……

“你明白吗？”

当时我实在不便承认说我不明白，这使他更加感到扬扬自得了。

十四

我在作坊里的工作并不复杂：早上，当大家还在睡觉时，我就应该给师傅们把茶炊准备好，这样，当他们在厨房喝茶时，我和帕维尔便来收拾作坊，把调颜料用的蛋黄和蛋清分开，然后再到店铺里去。晚上，我得磨颜料，“观摩”手艺。起初，我对“观摩”怀有很大的兴趣，但不久我就明白了，几乎所有从事这种鸡零狗碎工作的人都不喜欢这个工种，觉得枯燥乏味，苦不堪言。

晚上有空时，我常给他们讲我在轮船上的生活，讲我从书上看来的各种故事。这样，不知不觉间，我在作坊里的地位便有点与众不同——我成了一个讲故事能手和诗歌朗诵者了。

我很快就明白了，所有这些人，都没有我见多识广。他们几乎每个人从小就被关在这个狭小的作坊里，从此便一直待在里面。全作坊只有日哈列夫一个人到过莫斯科，一谈起莫斯科，他总是意味深长地皱着眉头说：“莫斯科不相信眼泪，在那里可得处处当心！”

其他所有的人只到过舒雅和弗拉基米尔。他们说起喀山时，问我：“那儿俄罗斯人多吗？有教堂吗？”

对于他们来说，彼尔姆就在西伯利亚[①]。他们不相信西伯利亚是在乌拉尔以东。

“乌拉尔的梭鲈鱼和鲟鱼不就是从里海那边运过来的吗？由此可见，乌拉尔是在海上！”

有时候，我觉得他们是在嘲笑我，因为他们坚持认为英国位于大洋的彼岸，波拿巴出身于卡卢加省[②]的贵族。当我把自己的所见所闻讲给他们听时，他们都不大相信我的话，但他们却喜欢听那些吓人的童话和情节曲折的故事。就连那些上了岁数的人，也觉得编的故事比真人真事听起来还过瘾。我看得很清楚，故事越离奇，越不可思议，幻想、虚构的成分越多，人们就越爱听。一般说来，他们对现实的生活不感兴趣，大家都在幻想未来，不愿正视眼前的贫困和丑恶现象。

使我更加惊讶的是，我已经相当尖锐地感受到了生活与书本之间的矛盾。我面对的是活生生的人，而书中却没有这样的人，如斯穆雷、司炉工雅科夫、逃亡教派亚历山大·瓦西里耶夫、日哈列夫、洗衣女工纳塔利娅……

达维多夫的箱子里有一本已经很破旧的戈里欣斯基[③]的短

---

① 彼尔姆位于下诺夫戈罗德的东北部，不在西伯利亚地区。

② 俄国的一个省。

③ 戈里欣斯基，著有多篇反映人民生活的短篇小说和《工厂生活随笔》（1861）。

篇小说集，一本布尔加林[1]的《伊万·维日金》和一本布拉姆别乌斯男爵[2]的书。我把这几本书都给他们朗读了，他们很喜欢听，可拉里奥内奇说："有时间读读书——倒不错！免得吵架和打闹！"

我开始千方百计地找书，找到后，几乎天天晚上给他们朗读。这样的晚上非常美好。作坊里静悄悄的，跟夜里一样；桌子上方吊着几只玻璃灯罩，它们像一颗颗惨白的寒星，其光线照射着伏案工作的一个个头发蓬乱或者完全秃了顶的脑袋。我望着这一张张不动声色、若有所思的面孔，不时能听到他们对书的作者或书中人物的赞美之声。他们听得非常投入，态度温文尔雅，和他们平时的样子完全不同。我非常喜欢他们此时此刻的样子，他们对我的态度也非常好，我心里感到非常踏实。

有一次，西塔诺夫说："我们一有书读，就好像是到了春天，冬季防寒的窗框被拆去，头一次向外面打开窗户。"

找书非常困难，没有想到向图书馆去借，但我毕竟还是想了些办法，求爷爷告奶奶，想方设法搞到一点书。有一回，消防队

---

① 布尔加林（1789—1859），俄国作家、报人，出版反动的政治和文学性报纸《北方蜜蜂》，1925年十二月党人起义失败后，他成了沙皇情报机关"第三厅"的文化特务，大肆攻击普希金、果戈理等作家。《伊万·维日金》是他的长篇小说。

② 布拉姆别乌斯男爵，O.先科夫斯基（1800—1858）的笔名，记者、作家，还是一名研究东方问题的学者，写过一些东方生活和奇闻逸事的故事。

长给我一本莱蒙托夫[1]的书，我这才体会到了诗歌的力量，感受到它对人们的巨大影响。

记得，我刚开始读《恶魔》的头几行，西塔诺夫就朝书里看了看，然后又看了看我的脸；他将画笔往桌子上一放，双手往膝盖中间一夹，摇晃着身子，面带微笑；椅子在他身下发出吱吱的响声。

“安静点儿，弟兄们。”拉里奥内奇说。他也放下了手中的活计，走到我正在旁边朗诵的西塔诺夫的桌子前。长诗使我万分激动，又悲又喜，我的声音哽住了，泪水模糊了我的眼睛，我看不清诗句。但让我更感动的是，大家在作坊里的活动都轻手轻脚，小心翼翼，整个作坊仿佛都在缓缓地转动，好像有一块磁石把大家都吸引到我跟前来了。当我朗诵完了第一部分，几乎所有的人都围到了桌旁，站在那里，彼此紧紧地靠着，相拥在一起，面面相觑，相对而笑。

“念吧，念吧。”日哈列夫说着，使劲把我的头按在书上。

我朗读完后，他把书拿过去，看了看书名，然后往胳肢窝里一夹，宣布说：“这书得再读一遍！明天你再朗读一次，书我先收起来。”

他走到一旁，把莱蒙托夫的诗锁进自己的抽屉里，开始干起活来。作坊里安安静静，大家各就各位，都小心翼翼地回到自己

① 莱蒙托夫（1814—1841），俄国诗人。《恶魔》是作者历时十余年完成的一部长诗，体现了诗人叛逆的思想，作品说明纯个人的、利己主义的反抗，最后只会带来更大的孤独与不幸。

的桌旁；西塔诺夫走到窗前，额头紧贴着玻璃，一动不动；而日哈列夫又一次把画笔一扔，厉声说道：“瞧，这就是生活，上帝的奴仆们……没错！”

他耸起双肩，垂下脑袋，接着说：“我简直能把这个恶魔画出来：躯体是黑色的，浑身是毛，翅膀是火红色的——用赭红颜料，脸和四肢——画成青灰色，跟夜晚月光下的残雪差不多。”

一直到晚饭前，他都有些反常，在凳子上坐不安席，心烦意乱，一直在摆弄着手指头，没头没脑地说一些关于恶魔、女人、夏娃和天堂的话，以及什么圣徒作恶多端等。

“这一切全都真有其事！”他断然地说，“既然圣徒们跟有罪的女人可以偷香窃玉，寻花问柳，那么恶魔出卖良知，多行不义，自然也就心安理得了……”

大家听他说着，一声不吭；也许他们跟我一样，不想说什么。大伙儿都没心思干活了，老是看着表；钟声刚敲过九点，大家便一齐撂下手里的工作。

西塔诺夫和日哈列夫走到院子里，我跟了过去。西塔诺夫仰望着星空，嘴里念道：

在被遗弃的天体空间
一列列商队在缓缓而行……[①]

“竟然能想得出这样的佳句！”

---

① 引自莱蒙托夫的长诗《恶魔》中的诗句。

“我一句也没有记住，”日哈列夫说，刺骨的严寒冻得他直打哆嗦，“什么都不记得，可是他——我看见了！事情也怪了——有人硬是让你去同情魔鬼，不是吗？难道你不觉得这恶魔很值得同情吗，啊？”

“值得同情。”西塔诺夫表示同意。

“这才叫作——人！”日哈列夫耐人寻味地抛了一句。

在过道里，他提醒我说：“马克西梅奇，关于这本书，你在店铺里对谁都不要说，因为，不用说，这是一本禁书！”

我一听，心里非常高兴：“以前我做忏悔时，神父就问起过这样的书！”

晚饭时，大家都无精打采，不像平时那样热闹，谈笑风生，好像发生了什么重大的事情，需要认真思考一番。晚饭后，大家躺下睡觉时，日哈列夫把书取了出来，对我说：

“喏，再读一遍！慢点儿，不用急……”

有几个人悄悄地从床上爬起来，衣服都没穿好，走到桌前，围着桌子，盘腿坐了下来。

我读完后，日哈列夫用指头敲着桌子，再一次说：“这就是生活！啊，恶魔呀，恶魔……原来是这样呀，老兄，啊？”

西塔诺夫弯下腰，从我的肩膀后面念了几句，笑着说：“我要抄到我的笔记本上……”

日哈列夫站起来，拿着书，走向自己的桌子，但他忽然又停了下来，用颤抖的声音气鼓鼓地说：“我们像一群什么也看不见的小狗崽，什么事情都不懂。上帝和魔鬼都不需要我们！我们算什么上帝的奴仆？约伯[1]是上帝的奴仆，上帝还亲自跟他谈过话！同样，跟摩西也谈过话！连摩西这个名字也是上帝给起的：摩——西，意思就是上帝的人[2]。可我们是谁的人呢？……”

他把书锁进抽屉后，便开始穿衣服，并且问西塔诺夫：“去小酒店吗？”

“我找自己的相好去。”西塔诺夫小声说。

他们走后，我便在门口就地躺下，紧挨着帕维尔·奥金佐夫。他辗转反侧，折腾了好一阵，才呼呼入睡了，可是突然他小声哭了起来。

“你怎么啦？”

“我觉得这些人太可怜了，”他说，“因为我跟他们在一块儿生活已经三年多了，我完全了解他们……”

我也觉得这些人非常可怜。很长时间我们都没有睡着，一直在小声谈论着他们，从他们每个人身上寻找出他们善良、优秀的

---

① 据《圣经·旧约全书》讲，约伯系乌斯人，极富有，且有忍耐精神，上帝为考验他，夺去了他的财产、女儿，他都忍了。最后上帝把女儿还给了他，并给了他加倍的财产。

② 《圣经·旧约全书》上说，摩西系古代犹太人的首领。利未部落人，亚伦的弟弟。上帝让他将在埃及为奴的以色列人领出埃及，红海的海水自动分开为他让路。在西乃山，上帝向他传了“十诫”，颁布了犹太教的教义。后来，犹太教、伊斯兰教、基督教的信徒均尊摩西为“先知”。这里说摩西的名字是上帝给起的，是上帝的人，这也是民间对《圣经》人物名字起源的一种说法，《圣经》故事里的说法是：犹太人在埃及生下儿子都要扔到河里，因此摩西生下后被装进一只箱子里藏在芦苇中，法老的女儿洗澡时发现了他，取名摩西，即从水里拉出来的意思（见《旧约全书·出埃及记》，第2章）。

特点，找出他们身上能够进一步激起我们幼稚的同情心的东西。

我和帕维尔·奥金佐夫相处得非常好。后来他成了一名优秀的画师①，但是好景不长，不到三十岁，他便开始酗酒，后来我在莫斯科希特罗夫市场看见他流浪街头，不久前，我听说他得伤寒病死了。一想到这么多好人在我这个年纪就不明不白地死去，真叫人不寒而栗！人人都会衰老——最后死去，这是自然规律；但是任何地方的人，也不会像在我们俄国那样，衰老得如此之快，而且如此之没有道理……

当时他还是个孩子，比我大两岁，圆圆的脑袋，活泼好动，聪明诚实，很有天赋，擅长画鸟、猫和狗。他常给画工师傅们画漫画，把他们画成各种鸟类，真是活灵活现，妙趣横生。西塔诺夫被画成是一只鹬——神情忧郁，金鸡独立；日哈列夫是一只公鸡——鸡头上没毛，鸡冠伤痕累累；疾病缠身的达维多夫是一只其貌不扬的麦鸡。不过画得最好的是老镂雕工戈戈列夫——帕维尔把他画成了一只蝙蝠，大耳朵，尖鼻子，长有六个趾头的小爪子，圆圆的黑脸上有两个白眼圈，瞳孔像两颗滨豆，分别横在两只眼睛里——这使他那张脸显得栩栩如生，奇丑无比！

帕维尔将漫画给画工师傅们看时，他们并没有生气，不过大家对戈戈列夫的那幅漫画印象很不好，他们严肃地对他说：“你最好把它撕掉，不然老头儿看见了会揍你的！”

老头儿成天醉醺醺的，脏了吧唧，身上臭烘烘的；他笃信宗

① 帕维尔后来成了正式画师，高尔基一直和他保持着联系，1900—1902 年帕维尔给高尔基写的许多信都保存了下来（见《高尔基及其时代》，第 579 页）。

教，但虔诚得令人讨厌；他一向不怀好心，净在掌柜面前说全作坊人的坏话；女主人打算把自己的侄女嫁给掌柜的，于是掌柜的便觉得自己已经是这个家和大家伙的主人了。作坊里的人对他是又恨又怕，自然也怕戈戈列夫了。

帕维尔千方百计地跟这个镂雕工作对，打定主意，想方设法跟他过不去，让戈戈列夫一分钟都不得安宁。我在这方面也尽量地帮助他，作坊里的人见我们每每对戈戈列夫施出狠招儿，感到非常开心，但也警告我们说："孩子们，当心你们会被抓住！'金龟子'会要了你们的命！"

"金龟子"——这是作坊里的人给掌柜的起的外号。

我们没有被他们的警告吓住，我们把睡着了的戈戈列夫画成个大花脸；有一次，他喝醉酒后睡着了，我们把他的鼻子涂成金黄色，一连三天，他都没能将他那酒糟鼻缝隙里的黄颜色除掉。但是，每当我们得以狠狠捉弄一下这老头儿的时候，我都会想起轮船上那个矮小的维亚特卡的当兵的，因此心里总感到有些茫然。虽说戈戈列夫上了点年纪，但他毕竟还很有力气，常常冷不防地对我们动手，打我们一顿，打完后还要到女主人那里告上一状。

女主人——同样每天喝酒，所以总是很和善，乐呵呵的。她一再吓唬我们，用她那发胖的手敲着桌子，嚷嚷道："又是你们这两个小鬼头在捣乱，是不是？他上年纪了，应该尊重他才是！是谁往他酒杯里倒的煤油？"

"是我们……"

女主人非常惊讶，说："哎呀，天哪，你们竟大言不惭地承认了！哎呀，你们这些该死的……应该尊重老人才是！”

她把我们轰了出去。晚上，她把这事对掌柜的说了，后来掌柜的生气地对我说：“你怎么能这样干呢？你识文断字，甚至还读圣贤之书，结果竟搞出这样的恶作剧，啊？你要当心啊，小兄弟！”

女主人孤身一人，很让人同情。有时候，她喝了点甜酒，往窗前一坐，随口唱道：

没有人疼爱我，
也没人怜悯我；
我的苦闷无人理解，
我的忧伤向谁诉说。

她有点泣不成声，用苍老而颤抖的声音，拉长音调唱道：“哎——唷——唷……”

有一次，我看见她手里抱一罐热牛奶，向楼梯走去，但忽然两腿一弯，蹲了下来，然后沿着楼梯，一级一级地滑了下去，怀中的陶罐却一直没有撒手。但牛奶洒到了她的连衣裙上，她把两手一伸，气鼓鼓地冲着陶罐嚷道：“干什么，你这该死的东西？要往哪儿去？”

她人并不胖，但身子软得跟棉花似的，像一只逮不着耗子的老猫，由于吃得太饱，它行动笨拙，只能打打呼噜，美美地回忆自己昔日的辉煌与快乐。

“这不，”西塔诺夫皱着眉头，若有所思地说，“本来事业挺红火，好好一个作坊，有聪明的人在掌管着，可现在一切都完了，全落在‘金龟子’的手里了！干来干去，结果都是为他人作嫁衣！一想到这些，脑袋瓜里那根弹簧一下子便断了——什么都不想干了，什么工作不工作——去他的吧，只想往房顶上一躺，仰望天空，躺他一个夏天……”

帕维尔·奥金佐夫也受到了西塔诺夫这些思想的感染，他学着大人们的样子抽起烟来，大谈上帝、酗酒和女人，还说任何工作都是瞎掰，有人在干，有人在破坏，对于别人创造的东西，既不珍惜，也不理解。

在这种时候，他那张瘦削、可爱的面孔便隆起了皱纹，显得很苍老。他坐在地铺上，双手抱膝，久久凝视着方方的蔚蓝色的窗户，望着堆满积雪的干草棚的棚顶和寒冬天空的繁星。

画工师傅们鼾声如雷，有人在梦中叽里咕噜地嘟哝着什么，有人老在说梦话，但吐字模糊；达维多夫在吊床上一个劲儿地咳嗽，正在耗尽他的余生。屋角里，人挨人躺着许多人——卡别久欣、索罗金、佩尔申，这些“上帝的奴仆”酒后正在酣然大睡；而那些缺胳膊少腿、面目全非的圣像正从墙边看着他们。作坊里充满了干性油、臭鸡蛋和地板缝里的脏东西散发出来的酸臭气味儿。

“我觉得这些人真是挺可怜的！”帕维尔小声说，“天哪！”

对人们的这种怜爱之心，使我越来越感到于心不安。正像我已经说过的，我们俩都觉得这些画工师傅们都是好人，可是他们生活得不好，很对不住他们，他们的日子寂寞难耐，令人无法忍受。在寒冬风雪交加的日子里，大地上的万物——房子、树木——风雨飘摇，岌岌可危；它们大声地吼叫着，哭喊着；远处传来了大斋节沉闷的钟声；愁闷，像沉重的铅块，如汹涌的波浪，势不可当地充塞了整个作坊，它重重地压在人们的心上，扼杀了他们身上一切富有朝气的东西，将他们推向酒馆，拖到女人身边，把女人当成和伏特加酒一样消愁解闷、忘掉自我的工具。

在这样的夜晚——读书已经于事无补了，于是，我和帕维尔便用自己的办法，尽量让他们开心：将脸上抹些煤灰，涂上颜料，拿麻绳当胡子，表演我们自己编排的各种喜剧，勇敢地同寂寞展开斗争，尽量逗大家发笑。记得有一本叫《一个士兵救助彼得大帝的传说》的书，我把它改编成对话的形式，然后，我们爬上达维多夫的吊床，在那里表演，干脆利落地把想象中的瑞典人的脑袋一个个地砍下来，逗得观众们哈哈大笑。

大家特别喜欢看“中国鬼秦库同传奇”①。帕维尔扮演那个想做好事的倒霉的中国鬼，别的角色由我来扮演：男人、女人、道具、善良的鬼魂，甚至石头，即中国鬼每次做善事无果而终、灰心丧气时坐的那块石头。

看的人哈哈大笑，我感到惊讶的是，这么容易就能够让他们开怀大笑，如此轻而易举，反而使我感到有些不太痛快。

“喂！两个小丑！”他们冲我们喊道，“喂，你们两个坏蛋！”

---

① 未查到相应的中国出处。俄文资料只是说：请参阅 P. 佐托夫：《秦库同（译音）或一个精灵的三件善事》（幻想长篇小说），讲一个下凡的神仙在人间专事善举、不做恶事的故事。

但是，越往下演，我就越觉得，在这些人的心里，悲伤比欢乐离他们要更近一些。

我们从来没有什么欢乐可言，而且欢乐本身也得不到珍视，它是作为遏制俄国莫名其妙烦闷情绪的手段而故意把它从后台推上前台的。这种欢乐的内在力量是很靠不住的，它不是出于对生活的渴望自然产生的，而仅仅是因为希望活下去，又因为日子太苦而引发出来的。

因此，俄国人的欢乐，往往在出人意料和很难捉摸的情况下，能演变成为一场残酷的悲剧——这种事太司空见惯了。一个人好好地在跳舞，好像正在摆脱加在他身上的各种锁链，可是忽然间，由于苦闷至极，他兽性大发，疯狂地向人群扑去，乱撕乱咬，见什么毁什么……

这种在外力推动下激发起来的、强颜欢笑的娱乐，对我有很大的触动，我异常兴奋，不能自已，开始叙述和表演我脑子里突然出现的种种幻想——我非常希望能够唤起人们身上真正的、自由、轻松的欢乐！我取得了一定的成绩，大伙儿夸奖我，说我了不起，但是，那种仿佛已经被我动摇了的苦闷情绪，重新又慢慢地回来了，而且越来越厉害，形成一股强大的力量，继续不断地在折磨着人们。

脸色发灰的拉里奥内奇亲切地说："啃，你这个人真能逗乐，上帝保佑你！"

"挺会宽慰人的，"日哈列夫附和着说，"你呀，马克西梅奇，真应该到马戏团或戏班子里去，你准能成为一个挺不错的丑角！"

整个作坊，圣诞节和谢肉节时去过剧院的只有两个人——卡别久欣和西塔诺夫；几位画工老师傅很严肃地建议他们到约旦河的冰窟窿[①]里去净身洗礼，洗去自己身上的这一罪恶。西塔诺夫特别经常劝我的一句话就是："把一切都扔掉，学演戏去！"

然后，他神情激动地向我讲述了可悲的"演员雅科夫列夫的一生"[②]。

"是吗，竟然有这样的事！"

他喜欢讲玛丽亚·斯图亚特[③]女王的故事，骂她是个"骗子"，他特别欣赏的是《一个西班牙贵族》[④]这本书。

"唐·塞萨尔·德－巴赞这个人，马克西梅奇，人格非常高尚！十分了不起！"

---

① 根据《圣经》故事，东正教在纪念耶稣约旦河受洗礼的节日前夕，为举行水祓净的宗教仪式，在冰封的水域上开凿一个冰窟窿；仪式进行时，神父将十字架浸入水中，似乎这样便能赋予水以神奇的力量；仪式后，有的教徒也冒着严寒入水一洗，以表示自己的宗教虔诚。

② 雅科夫列夫（1773—1817），俄国著名悲剧演员。其生平传记由 P. 佐托夫撰写，但出版时未署作者名字，只有一个书名：《演员雅科夫列夫先生生平纪实》，圣彼得堡，1817 年。

③ 玛丽亚·斯图亚特（1542—1587），苏格兰女王，曾觊觎英国王位。因苏格兰加尔文宗贵族起义迫使她弃位逃往英国，被英国女王伊丽莎白一世监禁，后因同天主教的阴谋有牵连，被法庭审判处决。德国诗人、剧作家席勒（1759—1805）于 1801 年写了一部描写 16 世纪英吉利和苏格兰两女王矛盾冲突的剧本就叫《玛丽亚·斯图亚特》。

④ 《一个西班牙贵族》是一部五幕剧，是从一法国剧本改编而成，在俄国省城上演时很走红，剧中主人公是根据雨果的浪漫主义剧作《吕伊·布拉斯》的基调塑造的。

西塔诺夫自己身上就有“西班牙贵族”的某些气质：有一次，在瞭望塔前的广场上，三个消防队员为了寻开心，痛打一个农民。围观者不下四十人，他们看着消防队员殴打这个农民，并且一再起哄叫好。这时西塔诺夫冲了上去，抡起他那长长的胳膊，劈头盖脸地将三个消防队员一顿猛揍，然后把这个农民扶起来，推向众人，大声叫道：“把他带走吧！”

他自己则留了下来，对付他们三个。消防大院距这里不过十步之遥，那三个消防队员完全可以叫人来把西塔诺夫痛打一顿；但所幸的是，三个消防队员被吓坏了，赶紧逃回了消防大院。

“几个狗杂种！”他在他们身后骂道。

每逢礼拜天，青年人常聚众到彼得巴甫洛夫斯克墓地后面的林场去进行拳击，跟环卫工人和附近农村的农民一比高低。环卫工人们推举一位著名的拳击斗士和这些城里人交手，这位拳击斗士是个莫尔多瓦人，人高马大，小脑袋，眼睛有些毛病，经常流泪。他站在自己的队列前面，叉着腿，用短上衣的脏袖子擦了擦眼泪，憨厚地挑战说：“怎么样，就请站出来吧，不然我可就冻坏啦！”

我们这边出来跟他对阵的是卡别久欣，而且他老是挨这个莫尔多瓦人的打。但这个被打得头破血流的哥萨克人总是上气不接下气地说：“拼上命我也要打败这个莫尔多瓦人！”

最后这竟成了他的生活目标，为此，他甚至把酒都戒了，睡觉前用雪擦身子，多吃肉，强壮筋骨，每天晚上提着两普特重的哑铃，反复地在胸前画十字。但这也无济于事。于是，他在拳击手套里缝进了几个铅块，向西塔诺夫夸口说：“这次你就看着吧——莫尔多瓦人的末日到了！”

西塔诺夫严厉警告他说：“拉倒吧你，不然，比赛开始我就揭穿你！”

卡别久欣不相信西塔诺夫会这样做，但是，当大家到了赛场后，西塔诺夫突然对莫尔多瓦人说：“请你退下去，瓦西里·伊万内奇，让我先跟卡别久欣比！”

卡别久欣满面通红，大声吼叫道：“我不跟你比，你快走开！”

“你会比的。”西塔诺夫说着，走到他跟前，用咄咄逼人的目光，死死盯住这位哥萨克人的脸。卡别久欣气得在原地直跺脚，他摘下手套，往怀里一揣，迅速离开了赛场。

比赛双方对当时出现的情况都很惊讶，感到十分扫兴，这时，一位颇受尊敬的先生很不高兴地对西塔诺夫说：“老弟，把你们家里的事带到这种场合来解决，从来可没有这样的规矩呀！”

大家纷纷围上来，责骂西塔诺夫，他好长时间一声不吭，但末了他对那位颇受尊敬的先生说：“要是我防止了一起凶杀呢？”

那位可敬的先生马上便猜到是怎么一回事了，他甚至脱下了帽子，对西塔诺夫说：“那样的话，我方应该向你——深表谢意！”

“光你知道就行了，大叔，请不必声张！”

“为什么？卡别久欣是一位难得的拳击手，几次失败，急红了眼，这个我们懂！以后比赛，事先我们检查一下他的手套就是了！”

“这是你们的事！”

这位可敬的先生走后，我们方面的人便骂起西塔诺夫来：“大个儿，你鬼迷心窍啦！不然卡别久欣早把他给揍扁了，现在可好，我们成了败方……”

大伙儿不依不饶地骂了很久，骂得非常痛快。

西塔诺夫叹了一口气，说：“我说，你们这些人啊，一群废物……”

这时，使大家感到意外的是，西塔诺夫提出要同莫尔多瓦人进行一对一的角斗；对方马上站起来，摆好架势，高兴地挥舞着拳头，一面说着俏皮话：“咱们练练，暖和暖和身子……”

几个人手拉着手，围成一个大圈，背冲着大家。

双方拳手彼此警觉地注视着对方，右拳朝前，左拳护胸。经验老到者一眼便能够看出：西塔诺夫的手臂比莫尔多瓦人的要长。场上鸦雀无声，积雪在两个赛手脚下踩得咯咯作响。这时有人绷不住劲儿了，又抱怨、又着急地嘟哝道：“还不开打……”

说话间，西塔诺夫挥起右手，莫尔多瓦人急忙用左手抵挡，这时西塔诺夫左手一拳，正好击中对方的胸口；莫尔多瓦人上场受挫后，便后退一步，很满意地说：“年轻轻的，人倒不傻呀！”

于是，他们开始挥拳相向，你来我往，拳拳瞄准对方的心窝子；几分钟后，认识的和不认识的观众，都一个劲儿地喊着：“加油呀，画圣像的！照他脸上打呀，给他留个记号！”

莫尔多瓦人比西塔诺夫要强壮得多，但动作明显有些笨拙，他出拳不快，自己出一拳，往往要先吃对方两拳。但莫尔多瓦人屡屡被击中的是身体，看来，并无大碍；他嘴里嗨哟着，还不时地笑笑：突然，他一个上拳，重重击中了对方的腋下——西塔诺夫的右肩被打脱臼了。

“赶紧把他们拉开——平局！”几个人齐声喊道。这时，人们围的圈子全乱了，大家将两个拳手分开了。

莫尔多瓦人憨厚地说：“画匠的力气并不大，可是非常灵活！当着大伙儿的面，我敢说，他会成为一个优秀拳击手的。”

这时一群半大小伙子互相打斗起来。我领着西塔诺夫去找正骨医生。西塔诺夫的所作所为，使他在我心目中的形象变得更加高大了，增加了我对他的好感和敬重。

一般地说，西塔诺夫这个人非常真诚，正直，而且，他认为这是自己应该做的，但一向大大咧咧的卡别久欣却变着法儿地嘲笑他：“喂，热尼亚[①]，你活着是为了做给人看的！你净化自己的心灵，就跟节日前擦洗茶炊一样，可以向别人夸耀说：瞧这茶炊有多么亮，闪闪发光！可你的内心却是铜质的，所以跟你在一块儿，非常没意思……”

西塔诺夫平心静气，一声不吭，不是埋头干活，就是往笔记本上抄莱蒙托夫的诗。他把自己所有的空闲时间，都花在抄诗上了，当我跟他说：“你手头有的是钱，买一本得啦！”

他回答说：“不，最好还是自己抄！”

他的字写得很漂亮，秀丽俊美，笔意疏放，每抄完一页，在等待墨水晾干的工夫，他轻声地朗诵道：

---

① 西塔诺夫是姓，叶夫根尼是他的名字，而热尼亚是叶夫根尼的小名、爱称。

没有怜悯，没有同情，
你观察世间，
这里既没有真正的幸福，
也没有永恒的美……①

然后，他眯起眼睛，说："这话——千真万确！嗨，他对事物的了解，真是一针见血！"

我对西塔诺夫和卡别久欣两人的关系感到非常惊讶：这位哥萨克人只要一喝醉，总要跟人找碴儿闹事，而这时西塔诺夫便耐心地劝导他："算啦，别惹是生非了……"

接着便对这个醉鬼大打出手，那一顿揍啊，连平时把打架斗殴当热闹看的画工师傅们都觉得不能不管了，赶紧把他们拉开。

"要不是及时阻止住叶夫根尼，他会闹出人命的，反正他已经豁出去了。"他们说。

卡别久欣头脑清醒的时候对西塔诺夫也老是讽刺挖苦，而且没完没了。嘲笑他对诗歌的迷恋和他的不幸的爱情，满嘴脏话，不堪入耳，目的是想引起他的妒忌，但是每次都不成功。不管卡别久欣怎么讽刺挖苦，西塔诺夫全当耳旁风，不急不躁，没有反应，有时甚至自己还跟卡别久欣一块儿笑。

他们睡觉，床挨床，夜里两人嘀嘀咕咕，能说很长时间，不知说些什么。

他们这种交谈，吵得我不得安宁——我很想知道，这两个性

① 引自莱蒙托夫的长诗《恶魔》，文字与原作稍有出入。

格截然不同的人究竟有什么友情可言呢？但是我一走近他们，哥萨克人便很不乐意地说：“你来干什么？”

西塔诺夫跟没看见我一样。

但是，有一次，他们把我叫过去，卡别久欣问我：“马克西梅奇，如果你有了钱，你会干什么？”

“那我就买书。”

“还有呢？”

“不知道。”

“嗨。”卡别久欣很扫兴地把脸转到一边，然而，西塔诺夫却平静地说：

“瞧见了吧——无论是老的还是小的，都不知道！告诉你吧：财富本身——毫无用处！一切都是有条件的……”

我问：“你们在说什么呀？”

“不想睡觉，就说说话呗。”卡别久欣回答说。

后来，我仔细听了听，才知道他们夜里谈的无非是人们白天谈的那些话题，什么上帝，真理，幸福，女人的愚蠢与狡猾，有钱人的贪得无厌，以及整个生活错综复杂，难以理解等。

听他们谈话，我总是非常经心，他们的谈话使我非常激动。我高兴的是：几乎所有的人都众口如一地说：日子过得很糟糕，应该生活得更好一些！但同时我又发现，想过好日子的愿望，不起任何作用，作坊里的生活，画工师傅们相互之间的关系，毫无改变，依然如故。所有这些言谈话语，在照亮我面前的生活，展示生活背后某种令人沮丧的无聊与空虚。人们生活在其中，就像池塘里的细微沙尘，经风一吹，他们便莫名其妙、心急火燎地随风飘荡，他们自己也说，这种无谓的涌动是毫无意义的，它只能使他们感到不快与烦恼。

他们大发议论，乐此不疲。每次总要责怪个什么人，或者后悔什么事情做错了，再不就自我吹嘘一通；常常因为鸡毛蒜皮的小事，恶语相向，严重伤害了彼此的感情。他们总想弄清楚人死后究竟是个什么样。作坊门口有个污水桶，有块地板坏了，一股股冷风和又酸又臭的烂泥味儿从地下直往这个潮湿的窟窿里灌，大家的脚都冻坏了，我和帕维尔用干草和破布把这个窟窿给堵上了。他们总说应该换一块木板，可是窟窿却越变越大，遇上刮风下雪的日子，风雪像从烟囱里刮来的一样，从窟窿里呼呼地直往上冒，大家都感冒了，不住地咳嗽。气窗上的铁片嘎啦嘎啦直响，非常讨厌，他们用各种脏话，破口大骂。后来我去给它抹了点油，日哈列夫听了听，说："气窗倒是不响了，可是——感到更寂寞了！"

从澡堂里回来，大家往布满灰尘、肮脏不堪的床上一躺——已经没有人对这种肮脏和难闻的气味儿感到愤怒了。有许多影响大家生活的小事情本来是可以很容易解决的，但就是没有人去管。

他们经常说："谁都不可怜人——无论是上帝，还是自己……"

但是，当我们——我和帕维尔——给满身虱子、蓬头垢面、奄奄一息的达维多夫擦洗身子时，他们却一直嘲笑我们，他们把自己的衬衫也脱下来，让我们给他们擦背，说我们是搓澡的。总之，他们不断地讽刺挖苦我们，好像我们干了什么丢人和可笑的事情似的。

从圣诞节一直到大斋日，这期间达维多夫始终躺在床上，咳嗽不止，大口大口的血痰，一直往外吐，因为够不到污水桶，都吐在地板上；每天夜里他都说胡话，吵得众人不得安宁。

大伙儿差不多天天都说："应该送他到医院去！"

但是一直没有送，起初，是因为达维多夫的身份证已经过期，后来，又说他的病情有所好转，最后，大家说："反正他也活不久了！"

他自己也说："我——活不了多久了！"

他的话不多，但风趣幽默，为了驱散作坊里令人难受的沉闷气氛，他总是尽可能地说点笑话——从吊床上探出他那又黑又瘦的脸，上气不接下气地说："你们听听吊床上的人的声音吧……"

于是，他有板有眼地念了一首情调忧伤的打油诗：

我在吊床上，
醒得就是早，
白天和夜晚，
蟑螂把我咬……

"情绪还不错！"大家感到很欣慰。

有时候，我和帕维尔凑到他身边，他还强打精神，开玩笑地说："贵客到了，拿什么招待你们呢？有鲜活的小蜘蛛——想品尝一下吗？"

他死得很慢，这让他感到很不耐烦。他心中十分懊恼地说：

"怎么总死不了呢，真是糟糕！"

他对死毫不畏惧，这让帕维尔感到非常害怕，他常常夜里把我叫醒，小声说："马克西梅奇，好像他已经死了……要是他半夜真的死了，我们就躺在他下面，哎呀，我的天哪！我害怕死人……"

再不，他就说："嗨，他才多大岁数呀，怎么能够这样？二十都不到，就要死了……"

有一次，是个有月亮的夜晚，他把我叫醒后，瞪着两只惊恐的眼睛，对我说："你听！"

达维多夫正在吊床上打呼噜，他声音急促，却十分清晰地说："给我拿过来，拿过——来……"

然后，他开始打起嗝来。

"他就要死了，真的，你瞧着吧！"帕维尔惴惴不安地说。

白天一天，我都在忙着把积雪从院子里运到田里，十分劳累，非常想睡觉，可是帕维尔一再央求我："别睡了，看在上帝的分儿上，快别睡了！"

这时他忽然折起身，跪在那里，疯了似的叫道："赶快起来，达维多夫死了！"

有个人醒了，几个人影从床上坐了起来，有人生气地在询问。

卡别久欣爬上吊床，吃惊地说："真——的，好像是死了……虽然……身上还有热气……"

周围很安静。日哈列夫在胸前画了个十字，往被窝里一钻，说："喏，有什么办法，但愿他能够升入天国！"

有人提议说："不然把他抬到过道里……"

卡别久欣从吊床上爬下来，向窗外看了看。

“就让他躺到早晨吧，活着的时候他也没有招惹过谁……”

帕维尔用枕头捂住脑袋，放声大哭起来。

可是西塔诺夫——没有醒来。

十五

田里的雪融化了，冬天的云消失了，雨雪交加，洒满大地；太阳沿着白昼的运行轨道越走越慢，空气也变得越来越暖和，看来，欢乐的春天已经来临，正顽皮地躲藏在城外田野的某个地方，很快就会涌进城里。大街上到处都是红褐色的烂泥，人行道旁边是奔腾不息的小溪，几只麻雀在阿列斯坦斯基广场[①]积雪已经融化了的地方欢快地蹦跳着。人们身上也有欢欣雀跃、一片忙碌的气氛。除了春天的喧闹，大斋的钟声从早到晚，几乎一直没有停止过，钟声轻轻撞击着人们的心扉，令人柔肠百转，浮想联翩——这一阵阵的钟声，犹如老年人的话语，包含着某种内心的哀婉之情，语气冷漠凄苦，仿佛在诉说着世间的万事万物："有过，这事发生过，出现过……"

我的命名日那天[②]，作坊的伙伴们送给我一幅小巧精美的圣徒阿列克谢的画像，日哈列夫语重心长地说了很长一段话，使我刻骨铭心，没齿不忘。

"你是谁呀？"他摆弄着手指头，扬起眉毛说，"充其量不

---

① 即干草广场。

② 旧历 3 月 17 日。

过是个毛孩子，一个孤儿，生下来只有十三个年头儿①，可是我呢——差不多是你年龄的四倍。我夸奖你，鼓励你，是因为你敢于面对一切，从不躲避退让！以后永远要如此，这样才好！”

他讲到上帝的奴仆和上帝的人，但这二者的区别，我没有听明白，而且看来他也不清楚。他讲得枯燥乏味，作坊里的人都在笑他；我手捧着圣像，站在那里，既很受感动，又觉得很尴尬，一时不知如何是好。最后，卡别久欣不耐烦地冲着这位演说家喊道：“你别再跟他瞎叨叨了，他耳朵甚至都听出老茧了。”

然后，他拍了拍我的肩膀，也夸奖说：“你的优点，是对所有的人都很好——这是你的长处！别说打你了，就是骂你几句——也很困难，难以出口啊！”

大家看着我的时候眼神都很和善，亲切地笑我那一脸尴尬的样子。再过一会儿，说不定我会因为突然感到自己是一个为大家所需要的人而高兴得放声大哭起来。可是恰巧就在这天早上，掌柜在店铺里用手指着我，对彼得·瓦西里耶夫说：“这孩子真讨厌，什么都不会干，简直没用！”

和平时一样，我一早就来到店铺里，但是午后，掌柜对我说：“你回去吧，把库房顶上的积雪扒下来，堆到地窖里去……”

今天是我的命名日，他并不知道。我相信，这事别人也不知道。作坊里为我举办的庆祝仪式结束后，我换了身衣服，跑到

① 根据已发表的高尔基的传记材料，高尔基在作坊干活的时间是1882—1883年，高尔基命名日那天（1883年3月17日）他应该是15岁，而不是13岁（见《高尔基及其时代》，第577页）。

院子里，爬到库房顶上，把一冬天压得很厚实的积雪不停地往下铲。但因为只顾干了，忘记把地窖门打开了，结果铲下来的雪一下子把地窖门给堵住了。我从库房顶上跳下来一看，事情坏了，于是赶紧动手把雪从地窖门口往外扒；雪很潮湿，堆得又瓷实；木锨很难铲进去，可是又没有铁锨，结果我把木锨也给掘断了，恰恰就在这个时候，掌柜的来到了门口，正如俄罗斯的一个成语所说："乐极生悲，物盛而衰。"

"原来——是这样，"掌柜的挖苦说，一面向我走过来，"我说，你呀，哪像个干活的样子，真是见鬼了！我打烂你这个榆木脑袋……"

他抡起锨把就向我打来，我身子往后一闪，愤怒地说："我可不是雇来给您扫院子的……"

他将锨把朝我脚前摔过来，我抓起一把雪，朝他脸上扔去；他气呼呼地跑开了，我也丢下手里的活不干了，回到了作坊。几分钟之后，他的未婚妻——那个一脸粉刺、举止轻佻的姑娘——从楼上跑了下来。

"马克西梅奇，到楼上去一下！"

"我不去。"我说。

拉里奥内奇感到很惊讶，小声问我："怎么了——为什么不去？"

我跟他说了是怎么回事，他皱着眉头，忧心忡忡地上楼去了，走前小声对我说："我说，你呀，老弟，你做事也太唐突了点……"

作坊里一时间闹得沸沸扬扬，大家都在骂掌柜的。卡别久欣说："瞧吧，这下子他们会把你赶走的！"

这我倒不怕。我和掌柜的关系早就很僵了，令人无法忍受——他一直讨厌我，而且越来越厉害，我对他也是忍无可忍，但我想弄明白的是，他为什么对我如此蛮不讲理。

在店铺里，他经常将硬币扔得满地都是；打扫卫生时，我总是把这些零钱捡起来，放入柜台上的一个杯子里，用来打发要饭的。当我揣摸出他老扔这些钱的实际用意后，我跟掌柜的说："您把钱扔给我，真是白费心机！"

他一听就火了，急赤白脸地嚷道："你少来教训我，我知道自己在做什么！"

但他马上又改口说："什么叫——我扔钱是白费心机？是它们自己掉在地上的……"

他不许我在店里看书，说："这不是你这号人该干的事！怎么，你也想当大学问家吗？好吃懒做的东西！"

他一直想用一枚二十戈比的硬币来抓我的把柄，我知道，我打扫卫生时，要是有一枚硬币滚进地板缝里了——他准会一口咬定，说硬币是我偷的。于是我再一次建议他别要这种把戏，但是，就在这一天，当我从饭铺打开水回来时，我听见他正在教唆邻家铺子不久前新雇来的一个伙计说："你教教他怎样去偷赞美诗集——很快我们就能收到，有三大包……"

我知道他们在说我——我一进店铺，他们当时显得很尴尬，不过，除了这件事外，我还有他们存心要坑害我的可靠证据。

邻居店铺里的伙计为他效劳已经不是第一次了。大家都认为这个伙计是个很精明的生意人，但是他太贪杯，嗜酒如命；酩酊大醉时，主人把他赶走了，但过后则又把这个营养不良、体质很差、眼睛狡猾的家伙叫了回来。表面上他显得很温顺，对主人的一举一动，言听计从；他留着一把胡子，总是笑嘻嘻的，脸上经常带着聪明的微笑，喜欢说俏皮话，谈吐机敏，但是有口臭，就像所有有牙疾的人那样，尽管他的牙齿看上去很白，也很结实。

有一次他让我大吃一惊：他走到我跟前，亲切地微笑着，但是他突然出手，打掉我的帽子，使劲抓住我的头发。我们两个打了起来。他把我从走廊一直往店铺里拉，并且想方设法把我一个劲儿地往地上的神龛上推——如果他这一招能够得逞，那我势必就会打碎玻璃，弄坏雕琢的花纹，没准儿还会碰坏珍贵的圣像。但是他的力气不行，最后是我制服了他。让我大为吃惊的是，这时，他，一个长着大胡子的男子汉，竟然坐在地上伤心地哭了起来，一面擦着被打伤的鼻子。

第二天上午，我们两家的主人都出去了，就剩下我们两个人在家。这时，他用一个手指头摸着肿起来的鼻梁和眼睛下面的地方，友好地对我说："你以为我是心甘情愿对你动手的吗？我不是傻瓜，我知道我打不过你，我力气小，又爱喝酒。这都是主人让我干的，他说：'你去找碴儿跟他闹，打起来时，尽量让他在自己店里把东西弄坏得多一些，反正——亏损的是他们！'就我自己而言，我才不愿意干呢，瞧，你给我脸上添的彩……"

我相信了他说的话，因此觉得他也很值得同情。我知道他跟一个女人一块生活，过着半饥不饱的日子，经常受那女人的挤对，但我还是问了他："要是有人让你去投毒杀人——你会干吗？"

“他会让人干的，”这位伙计小声说，脸上露出一丝苦笑，“他——会让人干的……”

这件事过后不久，他问我：“听我说，我现在身无分文，家里什么吃的也没有，女人吵个没完，朋友，你能不能从你们仓库里随便偷个圣像出来，让我拿去换几个钱，怎么样？帮我去偷吗？要不——偷一本赞美诗也行，咋样？”

我想起了鞋店和教堂看门人的事，心想：这个人肯定会出卖我！但是我很难回绝他，于是我给了他一个圣像，但我不敢把价值好几个卢布的赞美诗偷出来给他，因为我觉得这样做罪过就大了。有什么办法呢？道德历来就蕴含着浅显的道理，《刑法惩治条例》① 的天真幼稚之处，就在于它清楚地道出了这个小小的秘密，即它掩盖了私有制的极大的虚伪性。

当听说我的掌柜在唆使这个可怜虫叫我去偷赞美诗时，我被吓了一跳。显然，我家掌柜已经知道我用他的东西送人情的事了，隔壁邻居家的伙计把偷圣像的事告诉了他。

这种以怨报德的卑鄙行为和他们给我设下的可耻圈套——加在一起，使我对自己和所有的人都产生一种愤懑和厌恶的感情。有几天时间，我万分苦恼地在等待着那几包书的到来。它们终于到了，我正在仓库里拆包，隔壁店里的伙计找我来了，让我给他一本赞美诗。

于是我问他：“圣像的事，是你跟我家掌柜说的吗？”

“是我说的，”他垂头丧气地回答说，“我呀，老弟，什么事

① 即《刑法条例大全·惩治条例及法典汇编》，圣彼得堡，1879 年。

都瞒不住……”

我一听就傻了，一屁股坐在地上，瞪大眼睛看着他；而他则急急忙忙地向我解释，样子很狼狈，可怜极了。他嘟嘟哝哝地说：“是这么回事，是你家掌柜自己猜出来的，也就是说，我家主人猜出来了，告诉了你家……”

我觉得，这下子我算是完了——这些人暗中勾结，对我使坏，现在等待我的恐怕只能是少年犯教养院了！至于什么时候——反正都一样！只好破罐子破摔了。我把赞美诗塞到隔壁家伙计的手里，他把它藏进大衣下，马上便走了，但很快他又转了回来，而且——把赞美诗扔在我脚下，然后扬长而去，嘴里说：“我不能拿！否则会跟你一起完蛋的……”

我没明白他这话的意思——为什么会跟我一起完蛋？但是他没有拿走这本书，我感到非常满意。这件事以后，我家个子矮小的掌柜一看见我，气就不打一处来，而且狐疑多端，心里老是犯嘀咕。

拉里奥内奇上楼后，我心里一直在琢磨这些事。他上去没有多久就回来了，情绪看上去比平常更压抑，更寡言少语。晚饭前，他当面跟我说：“费了不少口舌，想把你从店铺里要出来，回到作坊去。可是不成！‘金龟子’不愿意。你非常不合他的心意……”

这家人中我还有一个死对头——掌柜的未婚妻，一个十分轻佻的姑娘。作坊里所有的青年小伙子都跟她打情骂俏，在过道里等她，跟她搂搂抱抱；对此，她并不生气，只是像小狗一样，小声地吭唧几声。一天到晚她嘴里总在嚼什么东西，口袋里整天装着甜饼干、小点心之类的零食，嘴从来就没有闲着过——看着她那副浅薄轻浮的面孔和一双不安分的灰色小眼睛，真让人感到浑身不舒服。她经常出一些谜语，让我和帕维尔猜，这些谜语往往都含有粗俗下流的内容，还给我们说一些难登大雅之堂的绕口令。

有一次，一位老画工师傅对她说：“你呀，姑娘，简直不知道什么叫害臊！”

她干脆恬不知耻地用一首黄色小调来答复他：

> 要是姑娘知羞害臊，
> 她就当不成婆娘了……

我头一次看见这样的女人，实在让我讨厌，她赤裸裸地卖弄风骚，把我给吓坏了；她见自己这套把戏对我不起作用，于是更加肆无忌惮，纠缠得没完没了。

有一天，在地窖里，我和帕维尔帮她清洗做克瓦斯和酸黄瓜用的木桶，她对我们说：“孩子们，你们想不想亲嘴，我来教你们，好吗？”

“我比你还在行呢。”帕维尔笑着说；我对她说，你找你未婚夫亲去吧，我这话说得太不客气，她听后生气了。

“哎呀，你这孩子怎么这样不懂礼貌！一位小姐想跟他表示亲近，他竟然不理不睬，你说说看，他算老几呀！”

然后，她伸出一个指头，威胁地补充说：“嗬，你等着瞧，我会让你记住这一点的！”

帕维尔支持我，也对她说：“要是你未婚夫知道你这样胡闹，他肯定会收拾你的。”

她轻蔑地皱了皱自己那张长满粉刺的脸。

“我才不怕他呢！凭我的嫁妆，我能找到十个未婚夫，而且比他要好得多。一个姑娘家，只有在举行婚礼前，才可以寻欢作乐。”

接着，她便和帕维尔厮混起来，我也是从那个时候起，就有了她这个没完没了的告密者。

待在店铺里是越来越困难了，所有的宗教书籍我都看遍了，那些古董行家们的争论和谈话已经不再吸引我了——他们说来说去，还是那些老话。只有彼得·瓦西里耶夫，谈起话来仍然那么吸引我，对黑暗的人生那么谙熟，谈吐依然那么风趣，富有激情。有时候，我想，当年以利亚先知[①]，孤身一人，满世界去复仇时的情形，恐怕就是这个样子。

但是，当我每次和老人坦率地谈及关于人们和我的看法时，他都能耐心地听我把话讲完，然后把我说的话，再一五一十地告诉掌柜的。掌柜的不是趾高气扬地挖苦我一顿，就是恼羞成怒地对我大骂一通。

有一次，我告诉老头儿，说我有时候把他的话记到了笔记本里，那里还有从书里摘抄下来的许多诗歌和各种各样的格言警句。谁知这事把这位古董行家吓了一跳，他急忙走到我跟前，忧

---

① 以利亚，犹太先知，奉耶和华之命，严厉斥责以色列王亚哈离经叛道、崇奉异教、虐待百姓的恶劣行径。他神通广大，能呼风唤雨，创造了不少世间奇迹。

心忡忡地问我："你为什么要这样做？亲爱的，这样可不行！是为了怕忘记吗？不行，你不能这样做！你这个人可真是！赶快把笔记本给我，啊？"

他反反复复、一而再再而三地说服我，让我把笔记本交给他，或者把它给烧了。后来，他没有好气地跟掌柜的嘀咕了半天。

我们回家的路上，掌柜的严厉地跟我说："你记什么笔记呀——以后不许再这样做了！听见了吗？只有密探才干这样的事。"

我漫不经心地问了一句："那西塔诺夫呢？他也在记。"

"他也在记呀？这个傻大个儿……"

他半天没说话，然后态度异常温和地跟我说："听我说，你能不能把自己的笔记本给我看看，还有西塔诺夫的——我给你五十个戈比！不过不要让西塔诺夫知道，悄悄地……"

想必他以为我一定会按照他的意思去做，所以他就没有再说什么，然后迈动两条小短腿，跑到我前面去了。

回到家里，我把掌柜的意思对西塔诺夫说了，西塔诺夫皱起了眉头。

"你实在没有必要多嘴多舌……现在他会叫人来偷你我的笔记本的。快把你的笔记本给我，我把它藏起来……他会很快把你撵走的，你等着瞧吧！"

这一点我完全相信，所以，只要我外婆一回到城里，我就决心离开这里。整个冬天，我外婆都住在巴拉赫纳市，她是被请去教女孩子们织花边的。外公又回到库纳维诺镇去住了，我没去过他那里，他到城里时也没来看过我。有一次我们在大街上遇见了，他穿一件厚重的浣熊皮大衣，像神父一样神气活现地迈着八字步，我跟他打了个招呼，他手搭凉棚地看了我一眼，若有所思地说："噢，是你啊……你现在当圣像画师了……对，对……喏，走吧，走吧！"

他把我推向路边，仍然那么神气活现地迈着八字步，向前面走去。

我很少看到外婆。她在不停地干活，养活着身患老年痴呆症的外公，还照看着两个舅舅的几个孩子。特别是萨沙——米哈伊尔舅舅的儿子，一个爱幻想、喜欢读书、长得很帅的小伙子——给她添了不少的麻烦。他在好几家染坊里都干过，经常变换老板；找不到工作时，就靠外婆养活，心安理得地等着外婆给他去找新的工作下家。靠外婆养活的还有萨沙的姐姐，她不幸嫁给一个嗜酒如命的工匠，经常打她不说，还将她赶出了家门。

每次见到外婆，我从思想上对她的心灵越来越感到钦佩，但是——我已经感觉到，她的美好的心灵已经被各种童话故事遮住了，她无法看到，也不能够理解严酷现实的诸多现象，她也根本不理解我的种种忧虑和不安。

"必须要忍耐，阿廖沙！"

每次，当我谈起生活之丑恶、人们的痛苦和烦恼，谈到让我感到愤怒的种种事情时，"必须要忍耐"这句话便是她所能给我的唯一回答。

我很不善于忍耐，如果说有时候我能够表现出像牲口、树木和顽石那样的美德的话——那纯粹是为了进行自我考验，为了检查自身的承受力和在生活中坚韧不拔的程度。有时候，年少的人由于愚蠢的争强好胜心态，羡慕成年人的力量，往往试图举起，并且真的举起大大超过他们的肌肉和筋骨所能够承受的重量，他们夸口说自己能像成年大力士那样，举着两普特重的哑铃在胸前画十字。

这种事情，从直接和间接的意义上讲，在肉体上和精神上，我也都干过。只不过是由于偶然的缘故，我没有受到致命的损伤，没有终身残废。因为只有一个人的忍耐，其对外部环境力量的逆来顺受，才是对他的最严重的摧残。

如果我最终将以伤残之躯躺进坟墓的话，那么，临死前，我一定会不无自豪地说，四十年来[①]，好心的人们一直在想方设法、千方百计地扭曲我的心灵，但是他们坚持不懈的努力，到头来还是没有成功。

我希望搞点恶作剧，为大家消愁解闷，逗他们笑一笑，这种热切的愿望，越来越使我着迷。我做到了这一点。我给他们讲下诺夫戈罗德市场上商人们的故事，把他们一个个描写得活灵活现，给他们表演乡下农民和农妇们买卖圣像的样子，讲掌柜的如何巧妙地让他们上当受骗，讲古董行家们如何争论不休，说长道短。

作坊的画工师傅们哈哈大笑，有时候放下手里活计，看我如何表演，但每次表演后，拉里奥内奇总是劝我：“你最好晚饭后再表演，不然会影响大家干活……”

---

① 高尔基 1868 年生，《在人间》1916 年完成，当时他已经 48 岁了。

“表演”过后，我感到很轻松，就跟卸掉了压在我肩上的重担一样；半小时，一小时，我脑子里一片空白，非常舒服；然后脑袋好像又鼓胀起来，里面塞满了细小、尖利的钉子；它们在里面不停地攒动，发热。

我被一片沸腾的脏粥给包围了，而且感到我自己也正在被慢慢地煮化了。

我在想：难道整个生活就是这样吗？而且我也将像这些人那样生活，找不到、看不见任何更美好的东西了吗？

“你变得爱生气了，马克西梅奇。”日哈列夫说，仔细地打量着我。

西塔诺夫常常问我：“你怎么啦？”

我无法回答。

生活从我心头执拗而粗暴地抹去了我最美好的记忆，居心叵测地用一些没用的垃圾取而代之——对于生活的这种强暴行为，我感到愤怒，奋力反抗。我跟大家一样，同在一条河里游泳，但是对于我来说，水太冷了，而且，它并不像浮起别人那样，把我也轻而易举地浮起来——有时我觉得我正在沉入某个深渊。

人们对我的态度越来越好了，他们不像对待帕维尔那样，随便对我大声呵斥，让我干这干那；他们用父名称呼我，表示对我的尊重。这一切都很好，但令人痛苦的是，眼看着他们大量地喝酒，成天醉醺醺的，实在令人讨厌，而且他们对女人的态度完全是一种病态，虽然我明白，酒和女人，是他们生活中的唯一乐趣。

我常常想，连聪明、大胆的纳塔利娅·科兹洛夫斯卡娅本人也称女人为玩物，这不禁令我百感交集，忧从中来。

那样的话，应该怎样看待我外婆呢？还有玛尔戈王后？

我一想到王后，总有一种近乎恐惧的感觉——她是那样的超尘拔俗，与众不同，简直就像梦中看见的一样。

关于女人的事儿，我思前想后，反复琢磨，我已经考虑好了：下一个节日我是不是到大家喜欢去的地方逛上一次？这不是生理上的需求——我身体健康，酷爱干净，但有时候却像发疯了似的，很想拥抱一位聪慧可爱的人儿，把满腹的苦闷与烦恼，像讲给母亲听似的，推心置腹地向她倾诉一番。

我很羡慕帕维尔，他每天夜里都给我讲他跟对面那家女佣的浪漫故事。

“兄弟，事情就是这么怪：一个月前我还往她身上扔雪块呢，我不喜欢她，可是现在，坐在凳子上，身子紧贴着她——没有比她再亲近的人了！”

“那你们谈些什么呢？”

“当然，无所不谈。她向我谈她自己，我向她——也谈我自己。喏，我们互相接吻……只是，她非常老实……兄弟，人好得一塌糊涂！……喂，你抽起烟来，像个老兵似的！”

我烟抽得很多，烟草能够麻痹人，能够缓解心中的不安与烦恼。幸好，我讨厌伏特加的气味儿，可是帕维尔喜欢喝，喝醉了就哭着抱怨说：“我想回家，想回家！让我回家吧……”

我记得，他是个孤儿；父母早年去世，又没有兄弟姊妹；从八岁起，就到处混日子，任人摆布。

我郁愤难平，再加上春天来临，情绪波动，我决定再回到轮船上去，然后从阿斯特拉罕下船，再往波斯跑。

不记得我为什么一定要往波斯跑了，也许只是因为我很喜欢下诺夫戈罗德市场里的波斯商人：他们坐在那里，像石雕一样，迎着太阳，展示着他们那染了色的大胡子，不慌不忙地抽着水烟袋；他们的眼睛又大又黑，好像没有他们看不透的东西。

要不是遇上复活节，没准儿我已经跑到别的什么地方去了，因为节日期间，一部分画工师傅回家了，回到自己村里去了，而留下来的人只顾一个劲儿地饮酒作乐。在一个阳光明媚的日子，我到奥卡河畔的田野里去玩，遇见了我以前的东家——外婆的侄子。

他穿一件灰色的夹大衣，两只手插在裤兜里，嘴里叼支烟卷，帽子扣到后脑勺上，他和蔼地向我露出友好的微笑。看上去他心情很愉快，风度翩翩，非常潇洒。当时，除了我们两个外，田野里别无他人。

“啊，彼什科夫，祝贺基督复活！”

我们连吻三次，以示庆贺[①]。他问我过得怎么样，我坦率地告诉他说，作坊、城市，总之，这里的一切，我都烦透了。因此，我决定要到波斯去。

“拉倒吧你，”他认真地说，“什么波斯不波斯的？见它的鬼去吧！这一点，老弟，我可知道，我在你这个年龄的时候，也非常想往外跑，什么鬼地方都愿意去！……”

---

① 按照东正教的习惯，复活节期间人们见面时不仅要相互道贺，还要连吻三次，表示对节日的庆贺。

他张口闭口地鬼呀鬼的，显得非常豪放，我很喜欢他的这种干脆劲儿；他身上散发出一种春天美好的朝气，整个人都显得那么爽快——落落大方，自然洒脱。

“抽烟吗？”他问我，一面把装着粗烟卷的银质烟盒伸到我面前。

喏，他这一下可算把我给彻底打垮了！

“这么吧，彼什科夫，你还是回到我这儿来干吧！”他建议说，“我呀，老弟，今年在市场上承包了四万卢布的工程项目——你明白吗？我想让你到那里负责这项工作，当个工长什么的，验收各种材料，监督各项工作是否到位，防止工人们盗窃物资——怎么样？工资嘛，月薪五卢布，外加五戈比的午餐补助！你早出晚归，这样家里的两个娘儿们也管不着你。不用理她们！不过你可不要告诉她们，说我们已见过面了，复活节后第一个礼拜日你来就是——说定了！”

我们友好地分了手。道别时，他握了握我的手，甚至走出很远了，他还友好地向我挥动着帽子。

我在作坊里告诉大家，说我要走了。起初大多数人都感到很遗憾，尤其是帕维尔，显得很激动，这使我颇有些受宠若惊。

“好吧，你仔细想想，”他不太高兴地说，“我们在一块儿习惯了，真不知以后你如何跟各种各样的农民们相处？木匠、油漆匠，什么人都有……我说，你呀！这叫作丢了西瓜，捡了芝麻——放着助祭不当，偏要去当工友……”

日哈列夫则抱怨说：“人往高处走，鱼往深处游，你人挺能干的，心肠又好——怎么往低处走呀……”

作坊大伙儿为我举行了欢送会，气氛很忧伤，有些沉闷。

“当然，应该什么都试一试，”日哈列夫说，他的脸色喝得已经有些发黄了，“不过，最好还是认准一件事儿，就一门心思地干下去……”

“而且要干一辈子。”拉里奥内奇小声附和说。

但我觉得他们说这些话时有些言不由衷，非常勉强，仿佛是在履行义务——我和他们之间的联系纽带，不知为什么，好像突然腐朽了，断掉了。

喝醉了酒的戈戈列夫在吊床上哑着嗓子唠叨说：“只要我愿意——你们通通都得关起来！我知道一个秘密！你们这里谁相信上帝？啊哈……”

和平时一样，靠墙摆放着许多面部还没有画好的圣像；紧贴着天花板，悬挂着许多玻璃灯罩。大伙儿很长时间没有挑灯夜战了，这些灯罩也没派上用场，它们上面落了一层烟黑和尘土。周围的一切，我记得清清楚楚。闭上眼睛，虽然什么都看不见，但整个地下室，所有这些桌子，窗台上的颜料桶，一捆捆的画笔和笔架，许多圣像，屋角的脏水桶，上面那个很像消防帽的铜洗脸盆，还有戈戈列夫从吊床上耷拉下来的颜色发青的光腿——太像被淹死的人的腿了——全都呈现在眼前。

我真想快一点离开，但是，在俄国，人们喜欢把这种令人忧伤的时刻拖得很长。临别前，他们总要像做安魂弥撒似的搞一个仪式。

日哈列夫扬起眉头，对我说：“那本关于恶魔的书，我不想还给你了——算二十个戈比你愿意让给我吗？”

书是我的——是当消防队长的老头儿送给我的，我舍不得把莱蒙托夫的这本书送给别人。但是，当我有点不高兴地拒绝收下他的钱时，日哈列夫心安理得地把硬币往口袋里一塞，斩钉截铁地说："随你的便，反正我不还给你了！这书对你不合适，它是那种要不了多久就会惹祸的书……"

"可商店里还在出售呀，我看见过！"

他特别恳切地对我说："这什么都不能说明，商店里还卖手枪呢……"

就这样，他没有把莱蒙托夫的那本书还给我。

我上楼去和女主人告别时，在楼道里遇上了她的侄女，她问我："听说——你要走了，是吗？"

"是要走了。"

"要是你不说走，他们也会赶你走的。"她对我说。她说话的口气虽然不大客气，但态度还满真诚的。

而醉醺醺的女主人则对我说："再见了，基督保佑你！你——不是个好孩子，很不懂事儿！虽然我没看见你干过什么坏事儿，可大家都说你这个人不怎么样！"

这时她突然哭了起来，眼泪汪汪地说："要是我那死去了的宝贝丈夫还活着的话，他肯定会臭骂你一顿，在你后脑勺上来两巴掌，但是他会把你留下来的，不会赶你走！可是眼下全变了，稍有不如意——立马走人！哎呀，孩子，你到哪儿去呀，哪儿能找到个安身立命之处呀？"

十六

我和东家坐着小船，在市场街道两旁砖砌的店铺间穿梭划行，由于春汛到来，水已经淹到了店铺的二层。我在前面划桨，东家坐在船尾，笨拙地掌握着船的航向，他把船的尾舵深深地插进水里。小船摇摇晃晃地从一条街划向另一条街，在平静、浑浊、若有所思的水面上兜来绕去，趑趄而行。

“哎呀，真是见鬼，水现在涨这么高了！这样会耽误工期的。”东家抱怨说，一面抽着雪茄，雪茄散发出一股呢子烧煳了的气味儿。

“慢点儿！”他惊慌地喊道，“我们要撞到路灯柱子上了！”

他拨正了航向，骂道：“唉，给我们的是条什么船，这帮混蛋！……”

他指给我看那些水退后需要维修的店铺。他的脸刮得铁青，胡子修得很短，嘴里叼着雪茄烟，压根儿不像个承包商。他穿一件皮夹克，高筒靴一直到膝盖，肩上背着猎袋，两腿夹着一支勒贝尔火枪[①]，样子仿佛有些心神不定，时不时地将皮帽子往前拉一拉——让它挡着眼睛；他一直噘着嘴，总是不放心地向四下张望；他把帽子往后脑勺上一推，人马上就变得年轻起来，嘴边也

① 这种枪 1887 年法国军队开始使用，其发明者为勒贝尔（1838—1891）。

露出了笑容，显然是想起了什么愉快的事情，很难令人相信现在他手头有那么多的工作在等待着他去做，他正在为水退得太慢而焦虑不安，看来，他脑子里还有一些与工作无关的想法，像滚滚浪花，起伏不定。

我暗自惊讶，心头也有些沉重：望着这座死气沉沉的城市，一排排的房屋，紧闭的窗户——全市完全被淹没在大水之中，看上去整个城市正在从我们的船边漂流而过。

天空灰蒙蒙的。太阳躲进云层里，只是偶尔透过浓浓的云雾，露出一个冬天常有的银白色的巨大白点。

水也是灰蒙蒙的，而且十分寒冷；根本看不出它在流动，好像已经完全停滞了，和许多空着的房子与一排排油漆成灰黄色的店铺一起，走进了梦乡。当惨白的太阳透过云层鸟瞰大地的时候，周围的一切才有了一些亮光，灰色的天幕映照在水中——我们的小船就悬挂在这上下二重天体之间；两边的砖石建筑也在随着升高，几乎于不知不觉中正在向伏尔加河和奥卡河漂去。小船周围漂浮着许多破木桶、箱子、筐子、碎木板和干草，有时还有些像死蛇一样的木棍或原木。

有的地方房屋的窗子是开着的，长廊顶上晾晒着衣服和一双双毡靴；有个女人正从窗口向外眺望这浑浊的流水；一条小船拴在长廊的一根铁柱子上，红色的船体像一块肥肉映照在水中。

东家冲着这种种生活的迹象，频频地点头，他向我解释说："那里住的是市场看守人员。他从窗户里爬到屋顶上，然后乘坐小船，到处巡视，进行查看，看有没有小偷？要是没有——那么自己便顺手偷点儿……"

他说话时心平气和，一副懒洋洋的样子，好像在考虑别的什么事情。周围一点声音都没有，空空荡荡，简直不可思议，像做梦一样。伏尔加河和奥卡河汇合一处，流进一个大湖；远处，在草木繁茂的山岗上，一座城市拔地而起，斑驳陆离，煞是好看；眼前一派花木，到处都是果园，虽说枝头还有些发暗，但一棵棵树木业已抽芽，而且一座座果园，给家家户户的房屋和教堂披上一层暖洋洋的绿装。耳边传来复活节的钟声——浑厚而低沉——一直在水面上回荡，好像整座城市都在发出响声，可是这里——仿佛成了一块完全被遗忘了的墓地。

我们的小船一直在两排黑压压的树木间徘徊，我们正沿着主干道向古老的大厅划去。雪茄刺鼻的浓烟遮住了东家的眼睛，使他有些烦躁不安；小船不是船头，就是船身，老是撞在树上——东家又急，又恼怒，惊讶地说："这是条什么破船！"

"您不要老摇晃那个舵。"

"怎么能不摇呢？"他嘟哝道，"既然船上有两个人，那总是一个人划桨，一个人掌舵。你瞧：中国店铺……"①

我对这里的市场情况早就一清二楚，也非常熟悉那些可笑的店铺和它们那莫名其妙的房顶。房顶四角都有中国人的石膏雕像盘腿而坐，早先我和我的伙伴们还朝那些石膏像扔过石头，因此，有些中国人的石膏像的脑袋和手臂就是被我砸掉的。不过现

---

① 市场附近每年春天都要发大水，人员来往必须得乘船。高尔基和东家从市场大厦向中央大厅那边绕道划去，大厅两边有许多中国建筑风格的店铺，经营茶叶、白糖、纸张等货物。

在我已经不再为干过这种事而感到骄傲了……

“像什么样子，”东家指着这些店铺说，“如果让我修建的话……”

他嘴里吹着口哨，把帽子一直推到后脑勺上。

不知为什么，我总以为，要是由他来建筑这个砖石结构的城市，仍然坐落在这个年年因两河交汇而发大水的低洼地带，那么这个城市肯定还是这么单调乏味。他也可能会想出些什么中国街之类的玩意儿……

他把雪茄烟往船外的水里一扔，紧接着冲它嫌恶地啐了一口唾沫，说：“太枯燥乏味了，彼什科夫，真是没意思。一个有文化教养的人都没有，连个说话的人都找不到。想吹吹牛，聊聊天——跟谁去吹呢？没有人。清一色的木工、石匠、老农和骗子……”

他向右边看了看，那里有一座白色的清真寺，矗立在水中，非常漂亮，坐落在一个小山坡上[①]；他好像想起了一件什么被遗忘的事情，继续往下说：“于是我开始喝啤酒，抽雪茄烟，学德国人的样子。德国人，老弟，非常精明能干，但个个都是很难对付的凶禽猛兽！啤酒——是好东西，雪茄烟——我还抽不惯！抽多了，老婆会抱怨说：‘你身上怎么总有一股马具匠身上的气味？’是啊，老弟，人生在世，就得挖空心思，变着法子……喂，自己把握航向……”

---

① 在穆斯林广场上，是集贸市场的所谓亚洲部分，这里的经营者多是波斯人、亚美尼亚人和中国人。

他把船桨放在船舷上，端起猎枪，朝房顶上的中国人雕像开了一枪——中国人雕像毫发无损，子弹打中了屋顶和墙壁，周围扬起一片烟尘。

“没打中。”枪手并不感到遗憾，又装上了子弹。

“你对女孩子怎么样——开过荤吗？还没有？可我十三岁的时候就已经恋爱了……”

他像讲梦里的事情那样，讲起他在建筑师那里当学徒时与他们家女用人初恋的故事。浑浊的水流发出轻轻的拍击声，不断冲刷着建筑物的墙根屋角，大教堂后面是一片灰蒙蒙的汪洋，水面上偶尔露出几枝颜色发黑的柳条。

大伙儿在圣像作坊里经常唱教堂讲习班唱的歌曲：

> 蓝色的大海，
> 狂暴的海洋……[①]

这蓝色的大海，大概就是死一般的寂寞难耐……

“夜里睡不着觉，”东家说，“有时候起来，站在她的门口，冻得跟小狗一样，浑身直打哆嗦——屋子里冷啊！每天夜里她的主人都到她那里去，很可能碰上我，可是我——不怕，况且……”

他边想边说，那神态就像在仔细察看一件穿破了的旧连衣裙似的——看看是不是还能够再穿？

---

① 俄国诗人、翻译家 И.И. 科兹洛夫（1779—1840）的诗句（见《科兹洛夫诗歌集》，1855 年，圣彼得堡，第 164 至 166 页）。

“她发现了我，心软了下来，便开门叫我进去：‘进来吧，小傻瓜……’”

这样的故事我听多了，都有点听烦了，尽管其中有令人感到高兴的地方——所有的人在讲自己的“初恋”时都不会夸大其词，自我标榜，也不会出言不逊，满嘴脏话，而常常是情意绵绵，多愁善感。我的理解是：这是讲故事人生活中最美妙的时刻。对于许多人来说，好像只有这个时候才是美好的。

东家笑着，摇了摇脑袋，忽然惊叫道：“这事儿你可绝对不能跟我老婆讲！咳，其实这又算得了什么呢？可就是不能说！就这么回事儿……”

他不是在讲给我听，而是讲给他自己听。如果他什么话都说，那我肯定会说点什么的——待在这种寂寞空旷的地方，说话、唱歌、拉手风琴是绝对不可少的，否则，在这个被寒冷、浑浊的大水所淹没的城市里，一觉睡去，定将噩梦缠身，永远都醒不过来。

“最要紧的是：不能过早地结婚！”他语重心长地对我说，“结婚——可是件大事，老弟，是重中之重的大事！日子，你可以想在哪儿过就在哪儿过，想怎么过就怎么过——随你的意愿！生活在波斯——当伊斯兰教徒，生活在莫斯科——当个巡警，受苦受累，偷盗扒窃——这一切都可以改变！可是老婆，兄弟，她好比天气，你是没法改变的……也改变不了！她不是靴子，老弟——说脱就脱，说扔就扔……”

他脸色一变，皱起了眉头，望着灰茫茫的大水，用一个手指头抹了抹自己的鹰钩鼻子，嘴里嘟囔着说：“是啊，老弟……一定得把眼睛睁得大大的！比方说——你腹背受敌，陷入了困境，可你一直在顽强地坚持……喏，不过，话又说回来了——每个人面前都会有陷阱……”

我们的船划进梅晓拉湖[①]的灌木丛里了，它和伏尔加河汇于一处。

“轻点儿划。”东家小声说，他把猎枪瞄准了灌木丛。

他打中了几只瘦鹬鸟[②]，然后下令说：“向库纳维诺镇进发！我在库纳维诺镇要一直待到晚上，你回到家后就说，我跟承包商们有事要办，得耽搁一下……”

在镇内的一条街上，我让他下了船——这条街也被大水淹了，我沿着市场又回到了斯特列尔街，把船拴好，然后我坐在上面，看着两条河的河水交汇于一处，眺望着城市、轮船和天空。天空像一只大鸟的松软的翅膀，一切都笼罩在宛若白絮的云层之下。金色的太阳从蔚蓝色的云缝里只需向大地看上一眼，下面的一切便大为改观。周围的一切都在发生变化，而且生机勃勃，充满了希望，湍急的河水轻而易举地将数不清的木筏漂往下游；一脸大胡子的农民稳稳当当地站在木筏上，摇动着长长的木桨，迎着对面驶过来的轮船，相互大声地吆喝着。一艘小型轮船拖着一艘平底船逆流而上，河水不断地阻拦它，颠簸它，而它则像一条狗鱼，左右应对，无往不宜，一面喘着粗气，一面奋力转

---

① 在下诺夫戈罗德市奥卡河对面，集贸市场北边，斯特列尔街。

② 一种水鸟，体色暗淡，嘴细长，腿长，趾间无蹼，食小鱼，贝类。候鸟，即我国成语“鹬蚌相争，渔人得利”中所说的鹬。

动叶轮，顶着迎面扑来的湍湍急流。平底船上肩并肩地坐着四个农民，他们将腿伸到船外——其中一人穿着红衬衫——一面唱着歌，歌词虽然听不清楚，但我知道这支歌。

我觉得，在这里，在这奔流不息的河上，什么我都知道，一切东西我都感到非常亲切，我都能够理解。而我身后那座被大水淹了的城市——只不过是一场噩梦，是像梦本身一样很难理解的东家的异想天开。

饱览了这一切之后，我动身回家。我感到自己已经变成了大人，有能力担当任何工作。回家途中，我从内城的山上眺望伏尔加河——远远望去，大地看上去是那样的浩瀚广袤，它能够给予你所希望得到的一切。

在家里，我有书可看。以前玛尔戈王后住过的那套房子里，现在住着一大家子人：五位小姐，一个比一个漂亮；还有两个中学生——这些人总给我书看。我如饥似渴地阅读着屠格涅夫的作品，它们是那样的通俗易懂，那样简洁明快，像金秋时节那样清澈透明；他笔下的人物又是那么的纯洁，总之，他所描写的一切，是那么的美好，那么的温文尔雅，令我不胜惊讶。

我在读波米亚洛夫斯基[①]的《神学校》时同样感到非常惊讶：奇怪的是，书中写的和圣像作坊里的情况太相像了；那种因苦闷

---

① 波米亚洛夫斯基（1835—1863），俄国作家。生于一个穷教堂执事家庭，毕业于神学校，但他不愿做神职人员而专事创作。这里所说的《神学校》，就是他 1862 年后发表的最成功的作品《神学校特写》，对学校的黑暗现象做了有力的揭露。

烦恼而导致的惨无人性的恶作剧——我真是太熟悉了。

我觉得读俄国书的时候感觉非常好，因为书中总让人感到有一种你所熟悉的、带点伤感的东西，就好像书里藏着大斋节的钟声——只要你翻开书页，缓缓的钟声便响彻在耳边。

我勉强看完了《死魂灵》[①]，《死屋手记》[②]——也一样；《死魂灵》《死》《三死》《活尸》[③]——这些近乎千篇一律的书名无意中扫了人们的兴，使人对这些书产生一种模糊不清的反感。《时代的特征》[④]《稳步前进》[⑤]《怎么办？》[⑥]《斯穆林村纪事》[⑦] 等诸如此类的书，我也不喜欢。

但我非常喜欢狄更斯[⑧] 和司各特[⑨]，读他们的书，真是一种莫

---

① 《死魂灵》是俄国作家果戈理（1809—1852）1842 年发表的“震撼了整个俄罗斯”的长篇小说。

② 《死屋手记》（1861—1862）是俄国作家陀思妥耶夫斯基（1821—1881）描写苦役犯生活的一部力作，屠格涅夫将其比拟为但丁《神曲》中的《地狱》。

③ 《死》《三死》《活尸》是俄国作家列夫·托尔斯泰（1828—1910）的 3 部作品。《死》，即中篇小说《伊凡·伊里奇之死》（1884—1886），短篇小说《三死》是作家 1859 年发表的，《活尸》是个剧本，写于 1900 年，写一个贵族因对社会制度不满而离家出走，暴露了贵族的冷酷与虚伪。

④ 《时代的特征》（1869）是 Д. 莫尔多夫采夫（1830—1905）的长篇小说。

⑤ 《稳步前进》（1870）是 И. 奥穆列夫斯基（1836—1883）——笔名费多罗夫——的一部关于“新人”的小说。

⑥ 《怎么办？》（1864）是俄国批评家、革命民主主义者尼·加·车尔尼雪夫斯基（1828—1889）的长篇小说。

⑦ 《斯穆林村纪事》（1874）是 П. 扎索季姆斯基－沃洛格金（1843—1912）的小说。

⑧ 狄更斯（1812—1870），英国小说家。

⑨ 见 210 页注④。

大的享受，一本书能连续读两三遍。司各特的书使人能够想起富丽堂皇的教堂内做节日弥撒的盛况，虽然有些冗长、枯燥，但总是非常庄严隆重；狄更斯一直是我极其敬重的作家——此人深谙最难掌握的关爱人的艺术。

每到晚上，门前台阶上便会聚集一大群人。有 K. 家的兄弟姐妹们①和几个少年，还有翘鼻子的中学生维亚切斯拉夫·谢马什科；有时候，一个什么重要官员的女儿——普季齐娜小姐——也来。大家在一起谈书，谈诗歌，这些话题我也感到很亲切，而且能够听得懂，我读的书比他们都多。但他们常常相互讲些学校里的事，对老师表示不满。听着他们讲的故事，我感到自己比他们自由多了，我对他们的忍耐力不胜惊讶，但话又说回来了，毕竟我还是非常羡慕他们——他们在学习呀！

我的伙伴们年纪都比我大，但我觉得我比他们大，比他们成熟，比他们有经验，这使我感到有点不好意思，因为我很想和他们更接近一些。平时我回到家的时候时间已经很晚了，灰头土脸的，一身肮脏，脑子里装的跟他们想的，完全不是一码事，其实，他们想的事也不过都是些老生常谈。他们谈的大都是关于小姐们的事，不是爱上这个了，就是爱上那个了，还试着写些诗歌。在这方面我可没有少帮他们的忙，我很愿意在诗歌上练练

---

① 看来这里指的是卡尔齐科夫斯基家的人。这家人弟兄中有一个叫 И. 卡尔齐科夫斯基（1869—1931），是高尔基幼时的朋友，他们是 1882 年认识的，据他回忆："高尔基的写作热情极高，稿纸写了一大堆，但都是一些诗。"（见《下诺夫戈罗德人回忆高尔基》，高尔基市，1968 年，第 13 至 17 页）

笔，而且很容易地就找到了韵脚，但不知什么原因，我写的诗总带有一些幽默的意味儿，而普季齐娜小姐比其他人更经常成为诗歌描写的对象，我总是拿她和蔬菜——葱头——相比。

谢马什科对我说：“你这叫什么诗呀？都是一颗颗的鞋钉子！”

在任何方面都不甘落后的我，也爱上了普季齐娜小姐。我不记得自己是怎样向她表达的了，但是结果——非常糟糕：兹韦金池塘里的水已经腐败发臭，颜色都变绿了，水里漂浮着一块木板，我建议普季齐娜小姐到木板上划着玩儿。她同意了，于是我把木板靠拢到池塘边，自己站了上去——我一个人站在上面非常之好。但是，当穿戴华丽、满身花边和丝带的普季齐娜小姐姿态优雅地往木板的另一头上一站，我神气十足地用一根棍子把木板撑离了岸边，谁知这该死的木板在我们脚下开始摇晃起来，结果普季齐娜小姐一下子掉进了水里。我奋不顾身地跳下去，很快便将她救上了岸——但是惊慌失措和满身的水藻，使这位小姐的美貌荡然无存！

她举起湿漉漉的拳头，威胁地喊道：“你这是故意要把我翻到池塘里！”

她不相信我的解释是出于真心，后来她对我的态度充满了敌意。

一般说来，城里的生活没有多大意思。老的女主人，跟从前一样，看着我不顺眼；年轻的女主人对我总是疑神疑鬼；维克多因为雀斑太多，脸色变得更红了，他对所有的人都嗤之以鼻，总觉得自己受了委屈，一直摆脱不了这种情绪。

东家制图方面的工作很多，他们兄弟两个忙不过来，于是把我的继父请来当帮手。

有一次，我从市场回来得很早，大概是下午五点钟的时候，一走进饭厅，我就看见一个早已被我忘记了的人和东家一起坐在茶桌边。他向我伸出了手。

“您好啊……”

由于事情太突然，我一下子愣住了，过去的事像火一样，熊熊燃烧起来，烧着我的心。

“是不是吓了你一跳。”东家叫道。

继父的脸瘦得厉害，他微笑地望着我；他那双黑眼睛显得更大了，整个一副心灰意懒、无精打采的样子。我伸出一只手，他用细长、灼热的手指头握住它。

“喏，这不，我们又见面了。”他咳嗽着说。

我像是被打了一顿似的，垂头丧气地走开了。

现在我和继父的关系，显得既微妙，又有些说不清——他叫我的名字和父称，跟我说话时，平等相待，不分上下。

“您去铺子里的时候，请劳驾给我买四分之一俄磅的拉菲尔姆牌烟丝，一百张维克多尔逊牌卷烟纸和一俄磅煮熟的香肠……”

他递给我的钱，总是带着他手上的温度，热乎乎的，非常讨厌。很明显，他得的是肺结核，活不了多久了。这一点他心里明白，所以他说话时非常平静，一面摆弄着他尖尖的小黑胡子。

“我的病几乎是没办法医治的。不过，要是能多吃些肉，还是可以好起来的。没准儿我还会康复的。”

他吃得特多，多得令人难以想象，而且一边吃，一边抽烟，只有吃东西那一会儿才肯把烟卷从嘴里拿开。我天天去给他买香肠、火腿和沙丁鱼，但我外婆的妹妹非常有把握地，而且不知为什么，老是有点幸灾乐祸地说："死神靠吃的东西是喂不饱的，你骗不了它，绝对不行！"

东家一家人对继父倒是挺关心的，但这又让人感到非常难受。他们一个劲儿地劝他试试这种药，试试那种药，但是背地里却一直在嘲笑他。

"整个一个贵族！张口闭口地说，应该随时把面包渣从桌子上收拾干净，还说苍蝇就是从面包渣里滋生出来的。"年轻的女主人说，而老太太马上附和说："可不是嘛，整个一个贵族！那件破常礼服穿得已经不能再穿了，都磨得发亮了，可他还总是用刷子刷来刷去。干净得不得了——不能有一点灰尘！"

而东家仿佛在安慰她们，说："等着瞧吧，两只好斗的母鸡，他活不长啦！……"

这种小市民对贵族的毫无意义的敌视态度，不由使我和继父的关系变得更接近了。蛤蟆菌也是毒蘑，但它至少看着很漂亮！

继父就像一条偶然掉进鸡笼里的鱼，在这些人中间，迟早会憋死的——这个比喻是有些荒唐，就跟整个这种荒唐的生活一样。

我开始从他身上寻找"好事儿"——一个我难以忘怀的人——的秉性特点；我把我从书里看到的一切美好的东西，都加到了他和玛尔戈王后的身上，这使他们显得风仪秀整，光彩夺目；我把我一切最纯洁的东西，一切从书里产生的幻想，也统统地都献给了他们。我的继父跟"好事儿"一样，同样是个很不合群、不招人喜欢的人。在家里，他对大家一视同仁，从不先开口说话，回答问题时显得特别客气，而且非常简短。我非常喜欢他教东家时的样子：他站在桌边，使劲弯着腰，用干枯的指甲在一张厚厚的纸上指指点点，平心静气地提醒说："这里必须打上把钉，把人字架连成一体。这样才能够分散墙壁所承受的压力，否则人字架会把墙撑倒的。"

"有道理，真是见鬼！"东家嘟哝了一句，可是继父走后，东家的老婆却对他说："你真令我吃惊，你怎么能叫他来教你！"

不知为什么，继父晚饭后刷牙和仰起脖子漱口这件事，使她感到特别恼火。

"依我看啊，"她酸溜溜地说，"叶夫根尼·瓦西里耶维奇，您这样仰着脑袋，对您非常有害！"

我继父面带微笑，彬彬有礼地问道："为什么呢？"

"啊……我也就这么一说……"

继父用一根骨头签子开始剔自己发青的指甲。

"你说说看，还要剔什么指甲！"女主人激动起来，"人都快要死了，还在这里……"

"唉——咳咳！"东家感叹道，"你们这两只好斗的母鸡，哪来那么多的蠢话呀……"

"你说什么呀？"老婆火了。

老太太每天夜里唠唠叨叨向上帝抱怨个没完："上帝啊，这个行将就木的人算是成了我的累赘了，而维克多——又被晾在了一边……"

维克多开始模仿我继父的举止行为，模仿他慢吞吞地走路的样子，学他那信心十足的老爷派头的手势和他能把领带打得特别漂亮的高超技巧，还有他吃东西既麻利又不发出响声的本领。他有时候会很鲁莽地问道："马克西莫夫，法语'膝盖'怎么说？"

"我叫叶夫根尼·瓦西里耶维奇。"继父平心静气地提醒他说。①

"喏，好吧！那么，'胸部'怎么说？"

吃晚饭的时候，维克多对母亲吩咐说："妈妈，再给我点儿②腌牛肉！"

"哎呀，你都快变成法国人了。"老太太疼爱地说。

继父一声不吭，像聋子哑巴似的，只顾吃肉，对谁也不看一眼。

有一回，哥哥对弟弟说："维克多，现在，法国话你已经学会说了，也该找个情人了……"

在我的记忆中，这是继父唯一一次偷偷地笑了。

年轻的女主人愤怒地把汤勺往桌子上一扔，冲丈夫大声嚷嚷道："当着我的面讲这种下流话，你也真不感到害臊！"

有时候，继父到后门过道里来找我；那里有个通往阁楼的楼梯，我就睡在楼梯的下面；我经常坐在楼梯上，对着窗口看书。

"在看书啊？"他问我，嘴里一面吐着烟雾。他胸中仿佛有尚未烧尽的木柴在发出咝咝的声响。"是什么书呀？"

我让他看了看书。

---

① 马克西莫夫是姓，对人直呼其姓是不大礼貌的，应该称呼名字和父称。

② 原文为蹩脚的法语表达。

"啊，"他看一下书名说，"这书好像我也看过！想抽烟吗？"

我们抽着烟，看着窗外脏兮兮的院子，他说："你不能上学读书，真太可惜了，看来你有这个能力……"

"我也在学习，在读书……"

"这是不够的，应该去上学，受系统的教育……"

我真想对他说："先生，您既上过学，又受过系统教育，结果又怎么样呢？"

他仿佛猜透了我的心思，补充说："有个性的人——学校才能够很好地培养。只有文化水准高的人才能够让生活向前发展……"

他不止一次地劝我说："你最好离开这个地方，我看不出这里对你有什么意义和好处……"

"我喜欢工人师傅们。"

"不过……你喜欢他们什么呢？"

"跟他们在一块儿很有意思。"

"也许……"

然而，有一次他却说："实际上，我们这家的主人们是非常坏的，坏透了……"

一想起我母亲当时说这句话的情形和时间，我情不自禁地从他身边走开了——他微笑地问我："你不这样看吗？"

"不，我也这样看。"

"是啊……这我看得出来。"

"但东家这个人我还是挺喜欢的……"

"没错儿，他也许是个好人……但是——很可笑。"

我很想跟他谈谈有关书的事，但看来他并不喜欢书，而且他不止一次地劝我说："你不要太痴迷了，书里讲的事都是经过加工修饰过的，不是朝这个方面，就是朝那个方面加以歪曲。写书的人大都是一些跟我们的东家差不多的小人物。"

我觉得他的这些看法很有胆识，我非常欣赏。

有一次他问我："你读过冈察洛夫[①]的书吗？"

"读过《战舰巴拉达号》。"

"这本书非常枯燥。不过，总的来说，冈察洛夫是俄国最聪明的一位作家。我建议你读读他的长篇小说《奥勃洛莫夫》。这是他的一部最真实、最大胆的作品。而且，一般来说，在俄罗斯文学中，这是一部优秀的作品……"

关于狄更斯，他说：

"请你相信我，那完全是胡诌八扯……《新时代报》副刊正在连载一部相当有意思的作品——《圣安东的诱惑》，请您读一读！你好像挺喜欢教堂以及和教堂有关的一些作品，是不是？《圣安东的诱惑》对你会有好处的……"

他亲自给我送来一大摞副刊，我很快就读完了福楼拜[②]这部

---

① 冈察洛夫（1812—1891），俄国作家。《战舰巴拉达号》（1858）记述了欧亚一些国家的风土人情；长篇小说《奥勃洛莫夫》（1847—1859）反映了对农奴制的不满情绪和要求进行变革的愿望，细致入微地描写了地主知识分子奥勃洛莫夫的精神死亡的过程。

② 福楼拜（1821—1880），法国作家。《圣安东的诱惑》是一部寓意剧，通过魔鬼如何诱惑圣安东的古老神话传说，可以看出作者对所谓精神和宗教文明所持的怀疑态度。

写得很高明的作品。它使我想起了无数的圣徒传，其中有些是那些古董行家们讲过的故事，但这部作品并没有给人留下什么特别深刻的印象，我更喜欢副刊上同时登载的《驯兽师乌皮里奥·法马里回忆录》[1]。

我把自己的这个看法如实地对继父讲了，他心平气和地向我指出："这就是说，你看这样的东西还有点早！但是——请别忘了这本书……"

有时候，他跟我坐在一起，很长时间不说一句话，只是一个劲儿地咳嗽，而且不停地抽烟。一双漂亮的眼睛目光炯炯，看着有些吓人。我偷偷地看着他，而且常常忘记了：就是这个老实巴交、单纯质朴、无怨无悔、行将就木的人，曾经和我母亲的关系非常亲近，而且伤害过她。我知道他现在和一个女裁缝住在一起，一想到她，我就觉得纳闷，也觉得她挺可怜：难道在她拥抱这么个大骨头架子，亲吻他那满嘴口臭的双唇时就不觉得恶心吗？有时候，他也跟"好事儿"一样，会出人意料地说出些纯属他个人的看法："我喜爱猎犬，它们很蠢，但我喜欢它们。它们非常漂亮。漂亮的女人往往就很蠢……"

我不无骄傲地想："真应该让你知道知道——世界上还有个玛尔戈王后呢！"

"所有长期住在一幢房子里的人，相貌都会变得一模一样。"他有一次对我说，我把他的这句话记到了自己的笔记本里。

我期待着这样的格言警句，就像期望得到某种恩赐一样，因

---

① 发表在《新时代报》的副刊《新时代周刊》1880 年第 75—82 期上。

为在家里能听到非同寻常的遣词造句是非常令人高兴的，也因为平时家里人说话都是语言干巴、因循守旧、形式单调的缘故。

继父从不跟我谈母亲的事，甚至连她的名字好像也没有提起过，我觉得这样很好，使我对他产生了几分敬意。

有一次，我问他关于上帝的事——不记得具体是怎么问的了。他看了我一眼，然后非常平静地说："不知道。我不相信上帝。"

我想起了西塔诺夫，我把他的事讲给了他听。继父仔细听过后，仍然很平静地说："他这个人能说会道，而能说会道的人总是有某种信仰的……我只是——不相信而已！"

"这怎么能行呢？"

"为什么不行？这不——我就不相信……"

有一点我看得很清楚——他快要死了。我倒未必会为他感到惋惜，但是，对于一个即将要死去的亲人，对于死亡的秘密，我头一次感到有一种强烈而自然的兴趣。

现在，这个人就坐在这里，他的膝盖紧挨着我，身上发着烧，脑子在思考；他胸有成竹地按照自己的标准把人们分门别类，进行排队；谈起事情来，他俨然以当权者自居，解民倒悬，评断是非——他身上有一些我非常需要的东西或者我显然不需要的东西。其实他是个错综复杂、难以琢磨的生命体，是一个没有穷尽的思想激流的储藏所。不管我对他的态度如何，他都是我自身的一部分，存在于我身上的某个地方，我不断地在想着他，我们心心相印，息息相通。有朝一日，他整个人都会消失，他的一切，连同他脑子里、内心里所包藏的一切，以及我觉得我能够从他那双漂亮眼睛中所看到的一切，统统都将消失。一旦他消失了，那么连接我和世界的那条活生生的线也就断了，留下的只是对往事的回忆，但它将完全铭记在我心中，永不泯灭，永不变更。而那个鲜活的、变化中的生命体则永远地离开了……

但这不过是一些想法，在这些想法的背后，是很难用语言表达的东西，它产生和滋养着这些想法，强迫人们去仔细观察种种生活现象，对每一种现象必须做出回答——为什么？

“看样子，我快躺倒起不来了，这您知道，”继父有一天说——那是个下雨天，“莫名其妙地感到浑身软弱无力！而且什么都不想……”

第二天喝晚茶时，他特别细心地把桌子上和膝头的面包屑掸去，把谁也看不见的什么东西从身上弹掉，老太太斜了他一眼，小声对儿媳妇说：“瞧，又是掸，又是弹，多么爱干净……”

大概过了两天，他没有来上班，后来老太太塞给我一个大白信封，说：“给你，这还是昨天一个女人送来的，正在晌午头上，我忘记给你了。那女人挺招人喜欢的，可是跟你是什么关系——不知道，真的不知道！”

信封里有一张医院办公用的信纸，上面用很大的字写着：

请抽空来一趟。我在马尔登诺夫斯卡娅医院[1]。

叶·马

① 坐落在马尔登诺夫斯基大街拐角处的全市最大的省地方医院。

第二天，上午，我坐在医院病房——我继父的床上，他的身子比床长，所以，两只凑凑合合穿着灰袜子的脚伸到床外边去了。一双漂亮的眼睛，无神地在黄色的墙壁上漫无目的地扫视着，然后停在我的脸上和坐在床边凳子上的姑娘的一双小手上。姑娘把两只手放在枕头上，继父张着嘴，将脸紧紧贴着它们。那姑娘稍微有点胖，穿一件很平整的深色连衣裙；泪水慢慢地从她那圆圆的脸上流了下来；一双浅蓝色的泪汪汪的眼睛一直瞧着我继父的脸，看着他那骨瘦如柴的身体、尖尖的大鼻子和颜色发黑的嘴巴。

“是不是应该请个神父来，”她小声说，“可是他没有发话……神志不清……”

她把手从枕头上移开，按在胸口上，好像是在做祷告。

这时，继父苏醒过来了，他神情严肃地皱起眉头，看了看天花板，仿佛在回首往事，然后把一只瘦骨嶙峋的手伸给了我。

“是您吗？谢谢。瞧，这事儿……我觉得简直是莫名其妙……感到自己……”

他感到非常疲惫，便闭上了眼睛。我抚摸着他那冰冷、细长的手指头，指甲的颜色已经完全发青了。那姑娘小声恳求说：

“叶夫根尼·瓦西里耶维奇，您就答应了吧，求求您了！”

“过来，你们互相认识一下，”他说着，用眼睛指了指她，“一个很好的人……”

然后他已经不再说话了，而嘴巴却越张越大；突然，他像乌鸦一样，声音嘶哑地大叫一声，身子在床上乱动起来，被子也蹬开了，两只空手在身边摸索着什么。那姑娘跟着也大叫一声，一头扎进皱巴巴的枕头上。

继父很快就死了，死后的样子立刻变得好看一些。

我挽着那姑娘的手，走出了医院。她像个病人似的，走起来一摇三晃，边走边哭。她手里攥着一块手绢，轮换着用它擦拭两只眼睛，她手中的手绢越攥越紧，她看着它，好像在看一件她仅有的最宝贵的东西。

忽然，她停了下来，紧紧靠着我，用责备的口吻说："连冬天都没熬过……啊，上帝呀，上帝，这算怎么回事儿呀？"

然后，她把被眼泪弄湿的那只手伸给了我。

"再见。他曾经非常夸奖您。明天——安葬。"

"要送您回家吗？"

她向周围打量一下。

"何必呢？现在是白天，又不是夜晚。"

我站在胡同的拐弯处，望着她的背影——她从容不迫地向前走着，跟一个没什么急事要办的人一样。

时值八月，树叶已经开始脱落了。

我没有时间到墓地为继父送行，而且，我再也没有看到过那位姑娘……

十七

每天早上，六点钟，我就要到市场去干活。我在那儿遇到一些很有意思的人：细木工奥西普——花白头发，样子很像圣徒尼古拉，干活心灵手巧，喜欢说俏皮话；专门苫盖屋顶的工匠师傅叶菲穆什卡，他是个驼背；石匠彼得，他笃信宗教，一副深谋远虑的样子，也像个圣徒；粉刷工格里戈里·希什林是个美男子，浅褐色的胡子，淡蓝色的眼睛，显得既沉稳，又善良。

这些人我是第二次在制图师傅家干活的时候认识的。每到礼拜天，他们几乎都要到厨房里来，一个个显得都很稳重，言谈举止十分得体，听他们说话，对我来说，既新鲜，又有趣。当时，我觉得这些仪表堂堂的男子汉个个都是有目共睹的大好人；每个人各有所长，与众不同，和库纳维诺镇那些心狠手毒、盗窃成性、嗜酒如命的小市民不可同日而语。

我当时最喜欢粉刷工希什林，甚至希望能够参加他的包工小组，但是他用一个白白的手指头挠了挠自己金色的眉毛，婉言谢绝了我的请求，他说："我们这活，对你来说，嫌早了点儿——非常繁重，过一两年再说……"

然后，他将漂亮的脑袋往上一仰，问道："是日子过得不太舒畅吗？喏，没关系，忍耐一下，一定要打起精神，这样——你定能坚持住的！”

不知他这一好心的劝导对我有没有帮助，但我还是非常感激他，记住他的好言相劝。

一直到现在，他们每个礼拜天早上仍然要到东家家里去，往餐桌周围的凳子上一坐，边等东家，边饶有兴趣地相互交谈。东家兴高采烈地跟他们打着招呼，热情地紧紧握住他们强劲有力的双手，然后在餐桌旁的位置上坐下来。这时账本和一沓沓的钞票都拿出来了；几个汉子也把自己的账簿和皱巴巴的记事本往桌子上一摊——双方便开始结算这个礼拜的工钱。

东家一面跟他们开玩笑，打哈哈，一面却千方百计地少给他们算钱，而他们呢——也想方设法地在算计他；有时候他们争吵得很厉害，但更多的情况是——握手言欢。

“哎呀，亲爱的东家，你生来就是个大滑头！”几个男人对东家说。

他有点不好意思地笑着回答说：“你们几个也不是省油的灯，同样够鬼的了！”

“可有什么法子呢，朋友？”叶菲穆什卡承认说，而一脸严肃的彼得却说：“只能靠偷盗行窃过日子了，干活挣的那点钱——都给了上帝和沙皇了……”

“所以我才乐于在你们身上打主意了！”东家笑着说。

他们憨厚地附和着他说：“就是说，我们的钱都被骗走了？”

“把我们给要了？”

格里戈里·希什林把他的大胡子按在胸口，像唱歌似的恳求说：“弟兄们，我们还是老老实实地做人吧，不要搞欺骗，好不好？要知道，既然我们要堂堂正正地过日子——那么这样不是很好吗，心安理得，太太平平，啊？亲人们啊，我说的对不对，啊？”

他浅蓝色的眼睛暗淡下来，变得湿润了；此时此刻，他显得非常的善良；他的恳求似乎使大伙儿有些勉为其难，大家很不好意思地都背过了身去。

“一个乡下人能骗什么。”仪表堂堂的奥西普叹息道，仿佛他在为乡下人感到惋惜。

皮肤黑黑的石匠，驼着背，弯到桌子上，瓮声瓮气地说：“罪恶就好比是沼泽地：越往前走，陷得就越深！”

东家也学着他们的腔调嘟哝着说：“我——怎么啦？别人对我怎么样，我对他也怎么样……”

议论一通后，大家又开始尔虞我诈，相互欺骗。等账目结清时，个个已经是满头大汗，累得不得了，于是便邀上东家，到小酒馆里喝茶去了。

我在市场上的工作就是当监工，不许这些人偷盗钉子、砖头和木板。他们每个人，除在东家这里干活外，都还承包有别的活，所以每个人都想从我眼皮底下偷点东西拿回去自己用。

他们对我的态度很亲切，可希什林却说：“还记得你曾经想到我这个包工组干活的事吗？可是如今，你平步青云，当起我的领导来了，啊？”

“好哇，好哇，”奥西普一语双关地说，“好好看着，监护好，上帝会保佑你的！”

彼得不怀好意地说：“让一只小幼鹤来看管一群老耗子……”

我的职责使我感到非常难办，十分尴尬。我在这些人面前感到非常难为情——他们每个人都有一技之长，都有一手非他莫属的绝活，可我却得把他们当成小偷和骗子来看待，处处提防着他们。开头几天，跟他们在一起，我觉得别扭极了，不过，奥西普很快就发现了这一点。有一次，他当面跟我说："给我听着，小伙子，你用不着老绷着个脸，直眉瞪眼的，告诉你——没用！知道吗？"

我当然什么也不知道，但是我感到老头儿对我的尴尬处境是知道的，所以我很快就和他建立起了以诚相待的关系。

有一次，他在一个角落里对我说："你不是想知道吗，跟你说吧：我们中间主要的小偷，就是石匠彼得鲁哈[①]。他家里人口多，又很贪心。对他——你得盯紧点儿。他什么都不嫌烫手，见什么偷什么：一把钉子，几块砖头，一袋石灰——他什么都要！他人挺不错的——笃信上帝，思想严谨，识文断字，唉，就是喜欢偷个东西！叶菲穆什卡平时婆婆妈妈的，人很温和，绝不会欺负你。他人也非常聪明，驼背的人呀——个个都不傻！至于说格里戈里·希什林，他这个人倒是有点儿傻，他不仅不拿别人的东西，甚至还把自己的东西送给别人！他干活儿完全等于白干，谁都能够骗他，可是他绝不去骗人！做事不知道动脑子……"

"他这个人——心地善良吗？"

奥西普看了我一眼，好像他是从很远的地方看我似的，然后说了句让我很难忘记的话："没错，他这个人心地非常善

① 彼得的小名。

良！懒人做善事最简单不过了。小伙子，善良是不需要多大智慧的……”

“那么，你自己呢？”我问奥西普。

他嘿嘿一笑，回答说：“我就像一个大姑娘——将来肯定会变成老太婆的，到那时我再来评说自己，你就等着吧！不然，你动动脑筋，找找我藏身的地方——那你就好好地找吧！”

他把我对他和他的朋友的印象，全都给破坏了。我很难怀疑他的看法的真实性，因为我看得出，叶菲穆什卡、彼得和格里戈里——他们都认为这位仪表堂堂的老人在各种生活问题上比自己都要聪明，都要通情达理。他们遇到什么事情都会跟他商量，认真听取他的意见，对他是心悦诚服，敬重有加。

“你就行个好吧，给我们出出主意。”他们常常这样恳求他。但是，有一次，他们又向他提出了这样的请求，奥西普谈过自己的意见后便走开了，这时，石匠彼得小声对格里戈里说：“他是个异教徒。”

格里戈里嘿嘿一笑，补充说：“一个小丑。”

粉刷工格里戈里·希什林好心地告诫我说：“马克西梅奇，你可要当心，跟老头儿在一起必须要小心着点儿，他不费吹灰之力就能够把你忽悠得晕头转向！这种老异教徒厉害着呢！”

我一点儿都听不明白。

我觉得最老实、最虔诚的人，要算是石匠彼得了。他说什么事都是三言两语，言简意赅；他的思想，最后总是停留在上帝、地狱和死亡上。

“哎呀，伙计们，无论怎样拼搏，怎么期望，最后谁都免不了要进棺材！”

他经常肚子疼，有时候一连几天，什么都不能够吃。甚至吃一小块面包都疼得他直打滚，而且呕吐不止。

驼背叶菲穆什卡也是个老实人，心地十分善良，但他总是显得非常可笑，有时候有些傻呵呵的，甚至是疯疯癫癫——一个性格比较蔫的呆子。他经常不断地爱各种各样的女人，对所有的女人都说着同样的话：“我直说了吧，你不是女人，是奶油上的一朵鲜花，千真——万确！”

当库纳维诺镇那些喊喊喳喳的女人们在店里擦洗地板时，叶菲穆什卡从屋顶上爬下来，待在某个角落，眯起灵活机动的灰眼睛，嘴巴张得老大，嘟嘟哝哝地说：“上帝带给我的这个女人真够意思，简直让我大喜过望。喏，多么好的一朵奶油鲜花呀，这样的重礼，叫我如何感谢命运之神呢？如此美貌娇娆的小娘儿们我哪儿能受用得了呀！”

起初，那些女人们一直笑他，她们七嘴八舌地乱嚷嚷：“你们瞧呀，那罗锅子浑身的骨头都酥软了，哎呀呀——天哪！”

粉刷工对这种讥讽根本不当回事儿，他那颧骨高高的面孔，一脸睡眼惺忪的样子；他像说胡话似的满嘴甜言蜜语，如醉人的美酒，滔滔不绝，显然让女人们听得神魂颠倒，飘飘欲仙。最后，一个年长些的女人惊讶地对女友们说：“你们听听，那个大老爷们儿实在是熬不住了，简直像个精力旺盛的小伙子！”

“他说得比唱得还好听……”

“跟教堂门口的乞丐一样。”一个性格固执的女人一点儿都不肯示弱。

但叶菲穆什卡可不像叫花子，他像一个粗壮的树墩子，结结实实地站立在那里，他的声音越来越具有吸引力，话说得越来越诱人，女人们一声不吭地听着。他好像真的被自己的甜言蜜语和连篇的鬼话陶醉了。

结果往往是：午点[1]时或工间休息后，他摇晃着笨重的脑袋，有点惊讶地对伙伴们说："啊，多么好的小娘儿们，既甜蜜，又可爱——我平生头一次接触到这样动人的女人！"

讲到自己的艳福时，叶菲穆什卡从不像其他人那样喜欢自我吹嘘，过后又嘲笑曾投进他怀抱里的女人；他只是欣喜若狂，心存感激，惊讶地瞪大他那双灰色的眼睛。

细木工奥西普摇晃着脑袋，感叹地说："哎呀，你这个人哪，怎么就控制不住自己呢！你都多大岁数了？"

"我的岁数嘛——四十四岁。不过这跟岁数没有关系！今天我一下子年轻了五岁，跟在河里洗过神水澡一样，感到身强体壮，精力充沛，心里十分平静！不——要知道，平时哪有这样的女人呀，啊？"

石匠彼得阴沉着脸对他说："等着瞧吧，到你年过半百的时候，你这种拈花惹草的习惯，会叫你尝到苦头的！"

"你呀，叶菲穆什卡，真不知羞耻。"格里戈里·希什林叹道。

可我觉得美男子希什林是因为罗锅子屡屡得手而感到妒忌。

奥西普从他那卷曲的银白色眉毛下看着大伙儿，打趣地说："每个女人都有自己的诱人绝招，这个喜欢梳妆打扮，那个喜欢

---

① 午饭与晚饭之间的一次简单加餐。

饮食烹调，但到头来，所有女人都将变成老太婆……"

希什林是个结了婚的人，但他的老婆在乡下，因此，他对那些擦地板的女工们也是垂涎欲滴。这些女工们都很容易接近，每个人都想"挣点儿外快"，在食不果腹的村镇里挣点儿这样的钱，是司空见惯的事，这跟干其他任何工作没什么差别。但美男子对这些女工并没有动手，他只是远远地用异样的目光看着她们，好像对什么人——自己或她们——有些怜惜似的。可是当她们开始与他搭讪、调情时，他便有些不好意思地笑笑走开了……

"我说，您呀……"

"你这个人真怪，你怎么了？"叶菲穆什卡惊讶地说，"难道可以错失良机吗？"

"我已经是有妇之夫了。"格里戈里·希什林提醒他说。

"难道你老婆会知道吗？"

"只要你行为不检点，当老婆的总会知道的，老弟，这种事是瞒不住她的！"

"她怎么会知道？"

"怎么会知道，这我就不清楚了，如果她自己的生活非常守本分，她应该是知道的。如果我很守本分，而她却不守妇道——我肯定也会知道的……"

"怎么知道？"叶菲穆什卡叫道，但格里戈里·希什林心平气和地又说了一遍："这我就不清楚了。"

粉刷工愤愤不平地将两手一摊。

"这不就结了！守本分呀，不清楚呀……我说，你这个脑袋瓜呀！"

格里戈里·希什林手下有七个工人，他们对他都非常随便，没有把他看作是包工头，背地里还叫他小牛犊呢。他来到工作现场，眼瞅着他们一个个在偷懒耍滑，他自己便拿起托泥板和灰铲，动作麻利地干了起来，一面亲切地招呼大家说："加把劲儿呀，弟兄们，加油干呀！"

有一次，我的东家很生气，让我去向格里戈里·希什林传个话，我便去对他说："你手下的工人可不怎么的……"

他听了好像很吃惊似的，问道："怎么回事儿？"

"这些活儿昨天中午前就应该做完，可是他们一直拖到今天还完不了……"

"这倒是真的——是完不了。"他表示同意，然后，他停了一下，赔着小心地说："我当然看得出来，可我不好意思在后面紧催着他们干，因为他们都是自己人，跟我是一个村的。不过话又说回来了，上帝的惩罚是：你必汗流满面才得糊口[①]，这是对大家而言的，包括你和我。可是你我比他们干的活都少，这不，却一个劲儿地催着他们干，这好像有点拉不下脸来……"

他总是一副若有所思的样子。他一个人走在市场空荡荡的街道上，突然，在环城运河的一座桥上停了下来，凭栏伫立，驻足眺望，河水、天空、奥卡河对岸的远方，一览无余。这时你若刚好碰见他，问他："你站在这儿干什么？"

---

① 这是耶和华上帝对亚当说的一段话，见《旧约全书·创世记》，第 3 章，第 19 节，全话是："你必汗流满面才得糊口，直到你归了土，因为你是从土而出的。你本是尘土，仍要归于尘土。"

“啊？”他会如梦初醒，不好意思地露出微笑，“我，没什么，随便站站，四处看看……”

“真不错呀，老弟，上帝把一切都安排得妥妥当当，”他经常这样说，“天空，大地，河水在奔流，轮船在航行。往轮船上一坐——想到哪儿就去哪儿：梁赞、里宾斯克、彼尔姆，直到阿斯特拉罕，随你的便！梁赞我去过——这座城市还可以，就是太枯燥乏味，比下诺夫戈罗德还没意思。我们下诺夫戈罗德是个挺不错的城市，十分热闹！而阿斯特拉罕就有些枯燥了。阿斯特拉罕主要是卡尔梅克人太多，这一点我很不喜欢。什么莫尔多瓦人、卡尔梅克人、波斯人、德国人等其他民族的人，我都不喜欢。”

他们说话的时候不急不躁，他的话在小心翼翼地寻找与自己的想法共鸣的人，而且总是能够在石匠彼得身上找到知音。

“他们根本不是什么民族，而是化外之民，”石匠彼得振振有词，而且愤愤不平地说，“他们的生息繁衍，都与基督无关……”

格里戈里·希什林活跃起来，显得容光焕发。

“不管是不是这样，我呀，弟兄们，就喜欢纯正的民族，俄罗斯民族，他们的眼神从来不愧不怍，堂堂正正！犹太佬我也不喜欢，我简直不明白，上帝干吗要造出这么些民族？这太深奥莫测了……”

石匠彼得沉着脸补充说：“深奥莫测，许多地方恐怕是深奥过头了……”

细木工奥西普一直在听他们谈话，这时也插了进来，连讽刺带挖苦地说：“过头的东西——是有，比如你们说的这些话——就完全是多余！唉，你们呀，这是在搞宗派！应该狠狠地抽你们一顿才是。”

奥西普成竹在胸，但就是弄不清楚他究竟在支持什么，反对什么。有时候他让人觉得，他什么都无所谓，大家的意见、想法他都赞成；但更为经常的是，你会发现，他对所有的人，都非常讨厌，他看他们的神态，就跟在看几个脑子有问题的人一样；他对彼得、格里戈里·希什林和叶菲穆什卡说：“我说，你们这群猪崽子呀……”

他们嘿嘿一笑，可心里并不开心，也不大情愿，但毕竟是在嘿嘿地笑着。

东家每天给我五个戈比买面包吃，可这根本不够，我经常吃不饱肚子。工人们见状，常常叫我跟他们一起去吃早饭和午饭，有时候包工头们也喊上我去小饭馆喝茶。我很乐意接受他们的邀请，我喜欢待在他们中间，听他们不慌不忙的谈话和千奇百怪的故事；我把我从宗教书籍里看来的故事，讲给他们听，他们非常满意。

“你光啃书就啃饱了，肚子里装得满满的。”奥西普说着，用浅蓝色的眼睛仔细地瞧着我。很难琢磨透他的眼神——他的眼珠子总是游移不定，跟溶化了似的。

“你要好好珍惜这一点，注意积累，会有用处的。你长大后——可以去当修士，用你的知识为百姓排忧解难，不然就去当钱教士……”

“不对，是传教士。”不知为什么，石匠彼得有些不高兴地纠正他说。

“啥子？”奥西普问道。

“我说的就是传教士，这你是知道的！你耳朵又不聋……”

“喏，好吧，那就当传教士，跟异教徒们打嘴仗去吧。要不干脆就去当异教徒也行，那可也是个肥缺！只要脑瓜子好使，当异教徒也能够生活……”

格里戈里·希什林难为情地笑了，而大胡子彼得却说：“而巫师们的日子过得也很不错呀，还有各种各样不信神的人……”

但奥西普当即反驳说：“巫师与文化格格不入，文化不对巫师的脾胃……”

然后，他对我说：“喏，你听我说：从前，我们乡下住着一个农民，叫图什卡。没田没地，孤身一人，整个一个破落户，家徒四壁，两手空空；他像一根凌空的羽毛，居无定所，随风飘荡，他既不是一个干活的人，也不是游手好闲者！这不，有一天，由于无事可做，他决定朝圣去，这样，一晃就是两年，后来，他突然回来了，模样焕然一新：齐肩的长发，头上戴一顶圆圆的小僧帽，身上穿一件不知用什么皮制作的瘦腰肥袖的僧袍；他像条鲈鱼似的看着大家，一个劲儿地对大伙儿说：忏悔吧，罪恶深重的人们！为什么不忏悔呢，特别是一些女人们？于是，一切顺理成章，水到渠成：图什卡有吃有喝，酒足饭饱，还有许多女人供他享受……”

石匠彼得愤怒地打断了他的话，说：“难道就只是个酒足饭饱的问题吗？”

“别的还有什么问题？”

“问题在于他说的话！”

“噢，他的话我根本没有理会——我自己的话还说不完呢。”

“我们对图什尼科夫，德米特里·瓦西里奇[1]了解得相当清楚。”彼得不高兴地说。格里戈里·希什林则一声不吭，低头看着自己的茶杯。

“我不想和你们争论，”细木工奥西普和解地说，“我给咱们的马克西梅奇讲这些，只不过是想说，吃饭的门路有各种各样……”

“有些门路是要进大牢的……”

“这种事情还少吗?！”奥西普表示同意，“不是条条道路都能当神父，必须知道该在哪里转弯……”

他总爱拿粉刷工和石匠这两个宗教信仰比较虔诚的人寻开心，也许是因为他不喜欢他们两个，但这一点平时丝毫都看不出来。一般地说，他对人们的态度是很难捉摸的。

他对叶菲穆什卡的态度好像比较温和些，也比较友善。粉刷工格里戈里·希什林从不参与他的朋友们喜欢议论的有关上帝、真理、宗派和人生苦旅等话题。为了避免椅子背顶着自己的罗锅，叶菲穆什卡总是把椅子横过来，顺着桌子放，然后四平八稳地坐下来，一杯接一杯地喝茶；但是突然，他忽地警觉起来，看着烟雾弥漫的房间，听听嘈杂不清的人声，于是霍地一下站起来，很快便消失得无影无踪。这说明叶菲穆什卡的债主中有人到饭馆来找他了，而他有十来个债主，因为有些债主老是打他，所以他得赶紧逃走，避避风头。

---

① 图什卡是俗称，他的全称应该是：德米特里·瓦西里奇·图什尼科夫，顺序为名字·父称·姓氏。

“这帮怪人，老那么急赤白脸的，冲我发火，”叶菲穆什卡困惑不解地说，“要是我有钱，我能不还吗？”

“唉，真是形如枯槁，命如黄连……”细木工奥西普看着他的身影说。

有时候，叶菲穆什卡久久地坐在那里，一副若有所思的样子；什么也不看，什么也不听；这时，他那颧骨高高的脸庞变得温和起来，一双善良的眼睛显得更加善良了。

“你在想什么呢，师傅？”有人问他。

“我在想——要是我有钱了，嘿——我一定娶一位名副其实的小姐，一个女贵族，真的，比如，上校的女儿，我会爱她的——天哪！我会爱她爱得发疯，赴汤蹈火，在所不惜……因为，弟兄们，我在上校家的别墅里，曾经给他们家苫过房顶……”

“他是有一个守寡的女儿——我们早就听说过！”石匠彼得很不客气地打断了他的话。

但叶菲穆什卡用两个手掌搓着膝盖，摇晃着身子，背上的罗锅往上一撅一撅的，继续说道：“有时候，她到花园里来，一身洁白，雍容华贵。我从屋顶上看着她，真是光彩照人——什么太阳、白天，还有什么用处呢？要是我能变只鸽子飞到她脚边就好了！简直就像是插在奶油上的一枝浅蓝色的花朵！跟这样的太太在一起，一辈子都是黑夜也行！”

“可你们吃什么呀？”石匠彼得一脸严肃地问道。但这个问题并没有难倒叶菲穆什卡。

“天哪！”他叫道，“我们能吃多少东西？何况，她还非常富有……”

细木工奥西普笑了：“我说，你呀，叶菲穆什卡，在这种事情上，你如此没有节制，你打算什么时候把自己的精力完全耗尽呀？”

除了女人，叶菲穆什卡绝口不谈别的，而且，作为一名苫盖工，他的工作表现很不稳定——有时候工作很出色，干劲很大；有时候则不怎么的，在铆接房脊时木槌敲打得有气无力，心不在焉，留了好多空隙。他身上总散发出一股黄油和鱼油的气味；不过他也有自己的气味，一种健康的、令人愉快的气味，它使人想起了新伐倒的树木的气味。

跟细木工师傅奥西普什么都可以谈，而且非常有趣；不过有趣归有趣，却不那么让人感到轻松愉快，他的话总让人感到有些忧心忡忡，而且很难弄清楚，他讲的话，哪些是认真的，哪些是在开玩笑。

跟格里戈里·希什林在一起，最好只谈上帝，他喜欢这个话题，而且坚信不疑。

“格里沙[①]，”我问他，“你知道有的人不相信上帝吗？”

他心平气和地嘿嘿一笑，说：“为什么不相信呢？”

“他们说：上帝不存在！”

“噢！是这样！这我知道。”

然后，他挥挥手，好像在轰走看不见的苍蝇似的，说：“记

---

① 格里戈里·希什林的小名。

得吗，大卫王说过：‘愚顽人心里说：没有上帝。’[1]——由此可见，很久以前，愚顽之人就已经说过这话了！没有上帝是绝对不行的……”

奥西普好像同意了希什林的看法，说：“要是你不许彼得鲁哈谈上帝的话，他准会跟你起急的！”

格里戈里·希什林漂亮的面孔变得严厉起来，他用指甲里塞满干石灰的手指头捋着胡子，神秘兮兮地说：“上帝寓于每个人的血肉之躯，人的良知和整个内在核心都是上帝所赋予的！”

“那么——罪恶呢？”

“罪恶——来自血肉之躯，来自撒旦！罪恶是一种表象，就像炎症，仅此而已！凡是老想着犯罪的人，肯定犯的罪也最多；你别去想它——也就不会犯罪！罪恶的想法就是撒旦，肉体的主宰，它诱使人们去犯罪……”

石匠彼得心存疑虑，说：“好像不尽如此……”

“就是这样！上帝是没有罪的，而人是上帝的形象和样式[2]。形象、肉体会犯罪，而样式不会犯罪，它只是一种样式，一种精神和灵魂……”

他得意扬扬地露出了微笑，而彼得却嘟哝着说：“好像不是这样……”

“那么按照你的说法，”奥西普问石匠说，“就是别犯罪——

① 见《旧约全书·诗篇》，第14篇，第1节。

② 见《旧约全书·创世记》，第1章，原话为：“上帝说，我们照着我们的形象，按着我们的样式造人。”

也不用忏悔，不忏悔——也不用拯救自己的灵魂，是不是？”

“这样好像更踏实一些！老人们常说：忘掉了魔鬼——也就不再爱上帝了……”

希什林不会喝酒，两杯酒下肚，人就醉了。这时他满脸通红，眼睛里透着稚气，说话跟唱歌似的。

“弟兄们呀，这一切是多么好啊！我们生活，工作，衣食不愁，托上帝的福了——啊，多么好呀！”

他哭了起来，眼泪顺着胡子一直往下流，像玻璃珠似的，闪闪发光。

他对生活的频频赞美和动不动就泪珠涟涟，让我感到很不舒服；我外婆对生活的赞美，就更令人信服一些，更朴实一些，不像他那么喋喋不休，啰里啰唆。

所有这些谈话，使我经常处于紧张状态，让我产生一种模糊的惶恐不安的感觉。我读过很多描写农民的短篇小说，发现小说里的农民和现实中的农民差别很大。小说中所有的农民都很不幸。不管是善良的，还是凶恶的，他们在言谈、思想方面都比现实生活中的农民要苍白一些。小说中的农民很少谈论上帝、宗派和宗教——他们谈论长官、土地、真理和生活艰辛的时候更多一些。至于女人，他们也不常谈论，即使谈论也不那么粗俗，态度比较友好。对于一个生龙活虎的男子汉来说，女人只是他的一个玩物，不过是个危险的玩物，跟女人在一起，总得要点儿小聪明，不然她就会控制住你，毁了你的一生。书中的农民不是坏人，就是好人，但他们完全呈现在你的眼前，就在书里边；而现实中的农民，无论是好是坏，他们都非常有意思。一个现实生活中的农民，不管他在你面前如何喋喋不休，说个没完，总让人感到他有些话还没有说出来，而这没说出来的话——才是为他自己的，而且，恰恰这没有说出来、被掩盖着的部分，也许正是他的话的最重要的内容。

书中所描写的农民，我最喜欢的要算是《木工组》中的彼得[①]了，我很想将这个短篇故事读给我的朋友们听，于是我把它带到了市场里。我常常在这个或那个包工组里过夜，有时候是因为下雨我不想回城里去，但更多的是因为忙了一天，太累，回去走不动了。

当我说我有一本描写木工的书时，大伙儿特别感兴趣，尤其是奥西普。他从我手里把书拿过去，粗粗翻了一下，心存疑虑地摇了摇他那跟圣像画上的差不多的脑袋。

“真的好像是写我们的！行呀，你这小子！谁写的——是位老爷吗？喏，我想，肯定是的。老爷和当官的，什么都能干！上帝没想到的地方，当官的都能想到，他们就是吃这碗饭的……”

“奥西普，关于上帝，你可不能随便乱说。”石匠彼得提醒说。

“没事儿！我的话，对于上帝来说，还不如我头顶上落下的一片雪花或一滴雨水——微不足道。你别不相信，你我离上帝且远着呢……”

他忽然情绪激动、烦躁不安起来；尖嘴薄舌、话里带刺、讥笑挖苦之词，像燧石迸发出的火星，劈头盖脸而来，它们像一把把剪刀，对一切有悖于自己意愿的东西，通通剪掉。他一天之

---

① 俄国作家A. 皮谢姆斯基（1821—1881）的短篇小说《木工组》中的人物。

内问过我好几次:“马克西梅奇，现在就念吗？喏，那好，太好了！这个主意好。”

收工后，大伙儿都到他那个组里去吃晚饭，饭后，石匠彼得带着他的工人阿尔达利翁，希什林带着年轻的小伙子福马都来了。在木工组的草棚里点上灯，我便开始朗读起来；大家一声不吭地听着，没有人动来动去；但是没过多久，阿尔达利翁便不耐烦地说:“喂，我已经听够了！”

随后他就离开了。第一个张大嘴巴睡着的是格里戈里·希什林，然后是一些木工，但是，石匠彼得、细木工奥西普和福马——他们一直凑在我身边——则专心致志地在听我朗读。

我一读完，奥西普就把灯熄了——从天空的星星判断，当时已经是半夜了。

彼得在黑暗中问道:“写这书的目的是什么？矛头是针对谁的？”

“现在——该睡觉了！”奥西普边说，边脱皮靴。

福马一声不响地退到一边。

彼得执意重复问道:“我说——这书的矛头是针对什么人的？”

“他们当然明白！”奥西普甩了一句，正打算在铺板上躺下睡觉了。

“如果是针对继母们，那就一点意思也没有，因为她们绝不会因为这本书而变得更好一些，”石匠坚持说，“若是针对彼得——那也无济于事:他的罪——他承担！杀了人——就发配到西伯利亚去，没什么可说的！为这种罪恶行径写本书，多此一举……是不是有些多余，啊？”

奥西普一言不发。这时石匠补充说:“他们自己没有事情可做，所以才编排别人的事！就跟妇女们凑在一起聊闲话一样。算啦，该睡觉了……”

门敞开着，门口有一块蓝蓝的四方空间，石匠在那儿停了片刻，问道:“奥西普，你是怎么想的？”

“嗯？”细木工睡意蒙眬地回应了一声。

“喏，算了，睡吧……”

格里戈里·希什林侧身倒在他坐的地方。福马就躺在他身边的干草堆上。整个城镇都入睡了，远处传来了火车的汽笛声、车轮沉重的隆隆声和缓冲器的响声。干草棚里鼾声大作，但声音各不相同。我感到有些尴尬——我原指望能够听到人们一些谈话，可结果——什么也没听到……

但是，忽然间，奥西普清晰地低声说道:“大伙儿听着，你们千万不要相信这一套，你们还年轻，你们的日子长着呢，你们要努力增长聪明才智！凡事只能靠自己的头脑，不能指望别人！福马，你睡着了吗？”

“没有。”福马·图奇科夫高兴地应声道。

“本来嘛！你们两个都有文化，那么你们——只管看自己的书，但什么都不要轻信。他们什么都能够印制成书，因为印刷就掌握在他们的手里！”

他把脚从铺板上伸下来，两只手撑着床沿，然后弯着腰，冲着我们，继续说:“书这东西——应该怎样去解读呢？它是对人们的一种揭秘，这就叫作书！也就是说，瞧，有这么个人，是个木工或别的什么人，可这里——是一位老爷，就是说，完全是另外一个人！书都不是无缘无故写出来的，而是要维护什么人的……”

福马瓮声瓮气地说：“彼得打死包工头，完全没错儿！”

“喏，你这么说就没有道理了，无论什么时候，打死人总是不对的。我知道你不喜欢格里戈里·希什林，不过你的这些想法，可是要不得。我们大家——都不是有钱人，今天——我是老板，明天——又变成了工人……”

“我不是在说你，奥西普大叔……”

“反正都一样……”

“你是个公道人。”

“等一下，我给你说说这本书的创作意图吧，”奥西普打断福马愤愤不平的话，“这是一篇非常狡猾的作品！你看——老爷没有农民，再看——农民也没有老爷！现在你再看看：老爷的境况很糟糕，农民的情况也不妙。老爷家道中落，难以为继，农民也开始酗酒，胡吹，生病，发牢骚——事情就是这个样子！而据说在老爷的管制下，情况要好一些：老爷关照农民，农民为老爷着想，互动互惠，相得益彰，双方衣食无愁，安居乐业……的确，我不想争辩，在老爷的手下日子过得更安稳一些，因为如果农民穷困潦倒，对老爷们也不利；老爷们希望农民最好是丰衣足食，但并不聪明，这样对他们才有利。这个道理我懂，因为我自己就在农奴制下生活了差不多四十年，有许多的切身体会。”

我想起了自杀身亡的马车夫彼得[①]，关于老爷们，他也说过类

① 作者外公的一个房客，在《童年》中出现过。

似的话，而奥西普的想法跟这个凶老头的思想如出一辙，这使我感到很不愉快。

奥西普用手碰了碰我的脚，继续说："对于书籍和各种各样的文章作品，必须要弄明白！谁都不会无缘无故地做什么，看上去好像不为什么，其实那只是一种假象。书也不是无缘无故写出来的——而是为了迷惑人的头脑。干任何事情都得动脑子，不动脑子——无论是用斧头砍东西，还是编草鞋——肯定都干不好……"

他说了很长时间，躺下后，又爬起来，在寂静的黑暗中，轻声细语，妙语连珠，说的净是一些俏皮话："人们常说：老爷和农民是格格不入的两种人。这话不对。我们也是老爷，只不过是和他们两相对应，处于底层；当然，老爷从书本上学习知识，而我们则是从打骂中增长见识；还有，老爷的屁股不过是白一些——这就是整个差异，小伙子们，世界应该按照新的方式生活了，应该把那些书扔掉，是时候了！让每个人都扪心自问一下：我是谁？——是人。他是谁？——也是人。可现在应该怎么办：若上帝一定要多收他两戈比的硬币呢？不——不，在赋税上，我们两个在上帝面前是完全平等的……"

最后，黎明将至，曙光一扫天空众多的星星，奥西普对我说："瞧见了吗？——我也会编呀！上面我讲的这番话，以前我连想都未曾想过！小伙子们，你们可别听信我的话，我这大多是晚上睡不着觉的时候瞎编出来的，不用当真。躺在床上，为了消磨时间，躺着躺着，就想出些花样来：'从前有一只乌鸦，从田野飞到山上，从一个田头，飞到另一个田头，飞来飞去，飞了一辈子，到头来，上帝给了它一个惩罚：这乌鸦死了，干瘪了！’这里有什么意思吗？没有任何意思……好啦，睡吧？很快就该起床了……”

十八

跟当时的司炉工雅科夫一样，奥西普的形象在我的心目中变得非常高大，他使我眼睛里根本看不到其他的人。奥西普身上有一种和司炉工非常相近的东西，但同时他又使我想起了我的外公、古董行家彼得·瓦西里耶夫和厨师斯穆雷，想起了在我脑海里牢牢扎根的其他所有的人；他在我的记忆里留下了深深的印记，就像铜钟上的斑斑锈迹，已经和钟体本身融为一体了。看得出，奥西普有两套思维方式：白天工作时，当着众人的面，他思想活跃，简单务实，比较容易理解；休息的时候，每逢晚上，他和我进城去看他那卖煎饼的女相好和夜里睡不着觉的时候，他的思想就不一样了。他夜晚的思想非常独特，方方面面都考虑到了，跟街上的路灯一样。这些思想，光彩夺目，毫发可鉴，但是，它们的真实面目如何，奥西普感到比较亲切和珍贵的这种或那种思想，到底是其哪个方面呢？

我觉得奥西普比我以前遇到过的所有的人都聪明得多。我在他身边，就跟我在司炉工雅科夫身边的心情一样——一心想了解、认清他这个人，可是他总在转弯抹角，虚应故事——叫人摸不着头脑。他的真实面貌如何？能够相信他什么呢？

记得有一次他对我说："你自己来寻找我的隐身之处吧，好好找一找！”

我的自尊心受到了伤害，不过，对于我来说，比伤害自尊心更重要的是，我必须把这个老头儿了解清楚。

这老头儿除了捉摸不透外，性格非常坚强。看来，即使他再活一百年，在那些朝秦暮楚、说变就变的人们中间，他仍然能保持住原来的样子，坚定不移，稳如泰山。古董行家彼得·瓦西里耶夫给我的印象就是这样——坚贞不屈，宁为玉碎，不为瓦全，但是它让我感到不太舒服；奥西普的坚贞不屈、矢志不渝就不同了，它让人感到比较舒心。

世人的朝三暮四，见异思迁，我是看在眼里，记在心里，他们像变戏法似的，翻手为云，覆手为雨——这我见得多了，让我伤透了心；如今我对这种莫名其妙的左右摇摆，反复无常，已经是见怪不怪，习以为常了。我逐渐失去了对人们的浓厚兴趣，对他们的爱也让我深感羞愧。

有一次，七月初的时候，一辆摇来晃去的轻便马车向我们干活的地方飞快地驶来。马车夫留着大胡子，喝得醉醺醺的，头上没有戴帽子，嘴唇上还带着伤；他坐在车夫的座位上，板着面孔，不断地打着嗝儿，而喝醉酒的格里戈里·希什林正躺在马车上，一个面色红润的胖姑娘拉着他的手；这姑娘戴一顶草帽，上面有一个红颜色的蝴蝶结和许多像樱桃似的玻璃珠，另一只手打着一把伞，光脚穿着两只橡皮套鞋。她挥动着手里的伞，身子不停地摇晃着，哈哈大笑，大声喊道：“简直活见鬼了！市场没开业，还没有建好，就把我往这里拉！”

格里戈里·希什林垂头丧气，一副邋里邋遢的样子。他从马车上爬下来，往地上一坐，眼泪汪汪地向我们这些围观的人解释说：“我给各位下跪了——我犯下大罪了！一念之差，便犯了大罪——就这么回事！叶菲穆什卡说：‘格里沙呀！格里沙……’他说得对，请各位对我多多包涵！我请大家吃饭。他说得对：‘人生只有一次……不会再有第二次了……’”

那姑娘笑得前仰后合，两只脚乱蹬乱踢，把套鞋都甩掉了，而马车夫则愁眉不展地喊道：“我们赶快走吧！驾——驾——，咱们走，眼看马就撑不住了！”

这是一匹很老的驽马，样子显得很累，满身大汗，站在那里纹丝不动，跟钉在地上一样，但把这一切都放在一起，则显得极为可笑。格里戈里手下的工人们望着包工组工头这副样子，看着他那位花枝招展的姑娘和呆头呆脑的马车夫，早已笑得直不起腰了。

只有福马·图奇科夫一个人没有笑。他和我站在店铺门口，嘴里嘟哝着说：“这个畜生……他家里有老婆呀——一个挺漂亮的娘儿们！”

马车夫一直催着要走，那姑娘下了车，把格里戈里·希什林扶起来，然后让他靠在自己脚边，将伞往上一扬，喊了一声：“咱们走！”

人们一面拿工头打哈哈，同时又非常羡慕他；在福马的吆喝下，大伙儿又开始干起活来；看来福马很不愿意看到格里戈里·希什林这副滑稽可笑的样子。

“算什么包工组的工头儿！”福马嘴里嘟嘟哝哝，“剩下的活不到一个月就能干完，到时候再回乡下去……这就熬不住了……”

我真为格里戈里·希什林感到窝囊——那个戴樱桃玻璃珠草帽的姑娘跟他待在一起，让人看着真是又可气，又可笑。

我时常想：为什么格里戈里·希什林能够当工头儿，而福马·图奇科夫则只能当工人，为什么？

福马——小伙子白白净净，身体健壮，一头鬈发，鹰钩鼻，圆脸庞，长着一双聪明的灰眼睛。他根本不像个农民——如果让他穿得好一些，完全像一位富商家的子弟。他性格内向，不爱说话，办事认真负责。他有文化，能写会算，能替工头儿管账，编制工程预算，又善于督促大伙儿好好干活，但是他自己却不愿意好好干。

"活永远都干不完。"他心平气和地说。他对书向来不屑一顾："我随便给你瞎编点什么，都可以印成书，这算不了什么，小事一桩……"

但他对什么事情都非常留意，一旦发生了兴趣，便详细询问，非来个刨根问底不可，而且总是用自己的标准，对自己所关心的事情思前想后，权衡利弊。

有一次，我跟福马说，他也可以当个包工头。他懒洋洋地对我说："要是我手头有一大笔钱做周转用——那么张罗一下还差不多……可是为了挣几个小钱，雇那么一帮人，整天操心劳神，那不等于是白忙活嘛。不，我呀，还是走一步，说一步，等着将来进奥兰基修道院。我人长得漂亮，又身强力壮，说不定哪个富商家的姑娘、寡妇会看上我呢！常有这样的事：谢尔加奇市[①]一

① 位于伏尔加河流域，下诺夫戈罗德州。

个小伙子两年内就交了好运，和当地一个城里姑娘结了婚，因为他经常给各家送圣像，结果被姑娘给相中了……”

这是他自己想出来的。他知道许多关于修道院修士走捷径、出人头地的故事。我不喜欢福马编的这种故事，也不喜欢他的这种思路，但是我相信他会进修道院的。

市场开业了，可出乎所有人的意料，福马到小饭馆里当了个跑堂的。我不说这件事让他的伙伴们感到有多么吃惊，但是他们大家从此开始，对小伙子的态度变得阴阳怪气，冷嘲热讽。每当节日，大伙儿一起去喝茶，互相你一言，我一语，打哈哈说："走吧，到店小二那里喝一壶去！"

他们到了小饭馆，人五人六地吆喝着："喂，酒保！那个鬈发小伙子！过来一下！"

福马走上前去，微微抬起头，问道："各位要点什么？"

"不认识老朋友了？"

"我实在忙不过来……"

他感到老伙伴们瞧不起他，想拿他开心。他用期待的目光，呆呆地望着他们，木着个脸，但他的脸却好像在说："喏，你们是不是专门来嘲笑我的……"

"要给小费吗？"他们问他，然后故意在口袋里掏了半天，最后一个戈比也没给。

我问福马："原来不是打算去修道院的吗，怎么当起跑堂的来了？这到底是怎么回事？"

"我没打算去当修士，"他回答说，"至于当跑堂的——我也没打算长期干……"

四年后，我在察里津[①]看见了他——还是在饭馆里当跑堂的。后来我在报纸上看到，福马·图奇科夫因溜门撬锁、入室盗窃被捕了。

让我特别吃惊的是石匠阿尔达利翁的事，他是彼得包工组里年龄最大而且最优秀的工人。这个四十岁的男子汉是个乐天派，留着黑色的大胡子；他也不由自主地产生了疑问：为什么当工头的不是他，而是彼得？他很少喝酒，几乎从未喝醉过。论干活，他是行家，工作又努力，砖头在他的手里，像一只只红色的鸽子，简直是在飞舞。在包工组里，病病歪歪、老虎着个脸的彼得跟他在一块儿，简直显得完全多余。对工作，他说过："我给别人盖的是一幢幢砖瓦房，给自己准备的是一口木头棺材……"

阿尔达利翁兴高采烈地砌着砖，不时地喊道："嗨，加劲干呀，伙计们，看在上帝的分儿上！"

而且，他逢人便讲，说明年春天他要到托木斯克[②]去，他有一个亲戚在那里承包了一项大工程——修建教堂，叫他到那儿去当工长。

"这事儿我已经打定主意了。盖教堂这活儿——我喜欢干！"他说，并且劝我说，"跟我一块儿去吧！在西伯利亚，兄弟，有文化的人可非同寻常。在那里，有文化可是个宝贝！"

---

① 察里津，俄国伏尔加河港口城市，伏尔加格勒州行政中心。1925 年前一直称察里津，1961 年前叫斯大林格勒，现在叫伏尔加格勒。高尔基 1888 年深秋在这里待过。

② 托木斯克，俄国托木斯克州行政中心，地处西西伯利亚平原东南部，托木河的码头城市。

我表示同意，于是，阿尔达利翁扬扬得意地喊道："那好！就这么说定了，不开玩笑……"

对于彼得和格里戈里，他的态度就跟大人对待孩子们一样，既充满善意，又带有几分讪笑。这时他对奥西普说："爱自我夸耀的人，总喜欢互相显摆自己的聪明，就跟玩牌一样。一个说，我手里的牌好极了，另一个说，瞧，两个王都在我这里！"

奥西普无可无不可地说："有什么法子呢？自我夸耀是人的特性，所有的姑娘都挺着胸脯走路……"

"大家都一个劲儿地在'哎呀、哎呀'地叫，'上帝呀、上帝呀'地喊，其实——各人都在攒钱！"阿尔达利翁说，他的嘴也没闲着。

"喏，格里沙没有攒钱……"

"我在说我自己的工头儿。上帝保佑他，他真该到森林里去，到荒漠的草原上去……唉，我在这里实在是待烦了，春天我就到西伯利亚去……"

工人们很羡慕阿尔达利翁，他们说："如果我们有这么个亲戚关系，我们也不怕到西伯利亚去……"

后来，阿尔达利翁突然人不见了。礼拜天，他离开了包工组，一连两三天，没有人知道他的下落。

大家忧心忡忡，纷纷猜测："可能被什么人打死了？"

"要么——游泳淹死了？"

但是，叶菲穆什卡回来了，他有些不好意思地解释说："阿尔达利翁及时行乐去了！"

"你胡说什么呀？"彼得喊了一句，他表示不相信。

“他在纵情作乐，花天酒地。简直就跟干草堆着火了一样。好像心爱的老婆死了似的……”

“他没有老婆！他在什么地方？”

彼得气鼓鼓地想去把阿尔达利翁叫回来，但却被后者打了一顿。

于是奥西普紧闭双唇，两只手深深塞进口袋里，解释说：“我去瞧瞧——究竟是怎么回事儿？本来挺好一个人……”

我跟着他一起去了。

“你瞧他这个人，”奥西普路上说，“本来日子好像过得好好的，可是突然——尾巴翘起来了，野到外面，四处游荡。当心啊，马克西梅奇，前车之鉴……”

我们来到“快乐的库纳维诺村”，这是一家低级妓院。一个贼眉鼠眼的老太婆迎了上来。奥西普跟她小声说了点什么，于是她便把我们领到一个小小的空房间里，这间小屋又黑又脏，像个牲口棚。小屋里床上躺着一个高大肥胖的女人，老太婆用手捅了捅她的腰，说：“喂，出去！你这只癞蛤蟆，快出去！”

那女人被吓了一跳，翻身起来，两手揉着脸，问道：“天哪！这是谁呀？什么事儿？”

“我们是侦探。”奥西普厉声说；那女人“哎呀”一声，转眼便不见了；他冲着她的背影啐了一口，向我解释说：“她们看见侦探，比撞见鬼还害怕……”

老太婆从墙上取下一面小镜子，掀开一块壁纸，说：“你们看看——是不是这个人？”

奥西普透过墙缝，往里看了看，说：“就是他！把那姑娘从这儿赶出去……"

我也朝墙缝里看了一眼：那边也和我们现在待的这个地方一样，跟一间又窄又小的狗窝差不多。窗上的护板挡得严严实实，窗台上点着一盏用铁皮制作的油灯，灯前坐着一名斜眼鞑靼女子，全身一丝不挂，正在缝补一件衬衣。在她的身后，阿尔达利翁趴在床上，胸前垫着两个枕头，仰着他那张浮肿的脸，乱蓬蓬的黑胡子向四下支棱着。只见那鞑靼女人忽然打了一个激灵，她披上衬衣，沿着床边，走了过去，然后忽然来到了我们的房间。

奥西普看了她一眼，又啐了一口唾沫，道："呸，真是不要脸！"

"你自己才真是个老傻瓜呢。"她笑着回答说。

奥西普也笑了，伸出一个指头吓唬她。

我们来到这个鞑靼女人的狗窝，奥西普老人坐在床上，靠近阿尔达利翁的腿边，叫了很长时间，想喊醒他，但是没有成功，他只是嘟嘟哝哝地说："喏，得了……等一下，我们再玩一会儿……"

最后，他终于醒了，奇怪地看了奥西普一眼，又看了看我，然后闭上发红的眼睛，哼哼唧唧地说："喏，喏……"

"你这是怎么回事儿？"奥西普心平气和地问，并没有责备他，只是有些不高兴。

"喝多了。"阿尔达利翁声音嘶哑地解释说，一面不停地咳嗽着。

"为什么要这样呢？"

"这样怎么了……"

“似乎不大好吧……”

“那什么是好呢……”

阿尔达利翁拿起桌上一瓶打开的伏特加，对着瓶嘴开始喝起来，然后又递给奥西普，说：“想喝点儿吗？这儿还有下酒的东西……”

老人拿起酒瓶往嘴里倒了点儿，一饮而尽，皱了皱眉头，随手拿起一块面包，认真地嚼起来，而稀里糊涂的阿尔达利翁则无精打采地说：“这不——和这个鞑靼女人搞上了。这都是叶菲穆什卡干的好事。他说，有个鞑靼女人，非常年轻，是个孤儿，从卡西莫夫[①]来，想在市场上混。”

隔壁的人们谈得正高兴，说的都是半通不通的俄语：“鞑靼女人——顶呱呱！像年轻的母鸡。可以傍他，他又不是你的父亲……”

“比如，这个女人。”阿尔达利翁喃喃道，眼睛痴呆呆地望着墙壁。

“我看见了。”奥西普说。

阿尔达利翁转身对我说：“就说我吧，兄弟……”

我原想奥西普会骂阿尔达利翁一顿，好好数落数落他，而阿尔达利翁呢，会感到万分羞愧，悔不当初。但这种情况根本没有发生——他们肩并肩地坐着，你一言，我一语，相互交谈着，跟没事儿人似的。看着他们待在这黑暗、狭小的狗窝里，真叫人感到难受。鞑靼女人隔着墙缝说些打趣逗笑的话，但他们没有听她

① 卡西莫夫，俄国梁赞州城市，奥卡河上一码头。

说。奥西普从桌上捡起一条里海产的鲅鱼[1]，在靴子上敲了敲，便一本正经地剥起皮来，他问道："钱呢，全花光了？"

"彼得鲁哈那儿还欠着……"

"要当心，你身子缓得过来吗？现在你就应该去托木斯克……"

"去托木斯克，去又能怎么样……"

"你改变主意了？"

"要是非亲非故的人叫我去就好了。"

"那是为什么？"

"否则姐姐、姐夫……"

"那又怎么样？"

"在亲戚手下干活，心里肯定不痛快……"

"道理在哪儿都一样。"

"可毕竟……"

他们谈得那么融洽，认真，连那鞑靼女人也不再打趣逗乐了；她走进房间，一声不吭地取下墙上挂的连衣裙，随后便消失不见了。

"她非常年轻。"奥西普说。

阿尔达利翁看了他一眼，无怨无悔地说："都是叶菲穆什卡撺掇的，是他牵的头。除了女人，他什么都不知道……那鞑靼姑娘——性格活泼，喜欢热闹……"

"要小心，别陷进去了。"奥西普警告他说，然后，他把鲅鱼吃完，便告辞了。

---

① 鲅鱼，身体侧扁，嘴尖，口大，身上有黑色小点。

回去的路上，我问奥西普：“你为什么要去找他？”

“看看他呗。我跟他很熟。这种情况我见得多了——一个人本来过得好好的，突然间，像越狱逃跑似的，胡乱折腾起来，”这话他以前也说过，“喝酒——一定要有节制！”

不过，停了一会儿，他又说：“不过，没有那东西也太枯燥了点！”

“是指没有酒吗？”

“没错儿！酒一下肚——眼前就好像换了一个世界……”

阿尔达利翁已经是不能自拔了。几天后，他回来上班了，但是很快他又消失了。春天我见到他时，他和一些流浪汉混在一起，在船舶维修处往下敲打平底船周围的冰块。这次见面我们俩都很高兴，而且还一块儿去饭馆喝了茶。喝茶的时候，他吹嘘说：“你还记得以前我干活的情况吗？直说了吧：在我的老本行内，我可是一个心灵手巧的高手！挣几百卢布没有问题……”

“可是你却没有挣着。”

“是没有挣着！”他骄傲地说，“是我不愿干活！”

他表现得很狂妄，一副玩世不恭的样子，饭馆里的人都在听他在那里胡诌八扯。

“记得那个不声不响的小偷彼得鲁哈是怎么说我们的工作吗？给别人盖的是砖瓦房，给自己预备的是木头棺材。这就是我们全部的工作！”

我说：“彼得鲁哈疾病缠身，他怕死。”

而阿尔达利翁则嚷嚷着说：“我也有病，我还心烦意乱，六神无主呢！”

每逢节假日，我常常去城外的“万人街”[①]看看，那里是流浪汉聚居的地方，我发现阿尔达利翁很快就跟他那帮“铁哥们儿”打成一片了。一年前还是乐观、向上、严肃认真的他，如今已经变成一个说话大喊大叫，走路鼻孔朝天，与以前大不相同的人了；他看人的目光总有一种挑衅的意味，好像要跟人家争吵和打架似的，而且整天标榜自己，自吹自擂：“你看，人们是怎样看待我的——我在这里俨然就是龙头老大！”

他不惜花自己的血汗钱，请流浪汉们的客，遇上打架斗殴，他总是站在弱者一边，大声疾呼：“哥们儿，这样可不行！办事必须得讲个公道！”

为此，人们给他起了个绰号，叫“公道人”，他很喜欢这个绰号。

我认真仔细地观察着这些人们。他们居住在肮脏破旧的狭小砖房子里，拥挤不堪。他们都是些被生活抛弃的人，但他们看来又创造了自己的生活——老板管不着，开心又快乐。他们敢作敢为，无所顾忌，使我想起了外公给我讲的关于纤夫们的故事——他们很容易就变成了强盗和隐居者。没有工作的时候，他们也干些小偷小摸的勾当，从轮船和平底船上偷些东西，但我觉得这些都算不了什么，不必为此感到难为情，因为我发现，生活中随处都是偷盗现象，它就像一件用灰线反复缝补过的旧大褂。与此同

---

① 万人街，下诺夫戈罗德的一个贫民区，距伏尔加河码头和集贸市场不远，那里住着许多流浪者、乞丐和无业游民。高尔基当年就是在这里认识那些流浪孩子们的。

时，我还发现这些人有时候干起活来还非常投入，劲头十足，绝不偷懒，如同他们在遇到紧急装卸、火灾和流冰时的表现那样。总之，他们生活得比其他所有的人都更开心。

但奥西普见我跟阿尔达利翁好上了，便像父亲般地告诫我说："我说，亲爱的，你是个苦命的孩子，干吗要跟'万人街'这种人搞在一起呢？当心别毁了自己……"

我尽量对他说，我喜欢这些人——他们没有工作，但他们活得很开心。

"像鸟儿一样在天空翱翔，"他打断我的话，嘿嘿地笑着，"那是因为他们太懒惰，喜欢游手好闲，对于他们来说，工作就是活受罪！"

"要知道，工作又能怎么样？常言道：靠诚实劳动是盖不上砖瓦房的！"

我这么说是很容易的，因为这种话我听到的次数实在是太多了，也觉得它很有道理。但奥西普却冲我大发脾气，喊道："这话是谁说的？都是傻瓜和懒汉说的吧，可是你，一个毛孩子——可不要听这种话！我说，你呀！这种蠢话，只有那些妒忌别人、穷途潦倒的人才会说，而你的当务之急，是先要羽翼丰满，然后——才能展翅高飞！关于你跟他们要好的事，我会告诉东家的——请不要生我的气！"

后来，他告诉东家了。东家当着他的面对我说："你呀，彼什科夫，'万人街'的事就算了吧！那里都是些小偷和妓女，从那里只能够进监狱，去医院。别去了吧！"

后来，我就瞒着去"万人街"的事，但是没过多久，我只好和他们断绝来往了。

有一次，在一家客栈的院子里，我跟阿尔达利翁和他的朋友罗边诺克坐在一个草棚的房顶上。罗边诺克在眉飞色舞地给我们讲他怎样徒步从顿河河畔的罗斯托夫一直走到莫斯科的事。以前他当过工兵，得过圣乔治十字勋章，在土耳其战争中膝盖受过伤，后来便成了瘸子。他个子不高，人长得很敦实，臂力过人——不过这对他没有用处，因为他由于腿瘸而不能工作。他因为得过一场什么病，最后，头发和脸上的胡子全都掉光了，因此，他的脑袋确实很像婴儿的脑袋①。

他眨巴着棕褐色的眼睛说："喏，我来到了谢尔普霍夫②，有一位神父在房前小花园里坐着。我上前说，神父，可怜可怜我这个土耳其战争中的英雄吧……"

阿尔达利翁直摇晃脑袋，说："喏，你在瞎说，胡编乱造……"

"我为什么要瞎说呢？"罗边诺克问道，他并没有不高兴，而我的朋友却用教训人的口吻，有气无力地嘟哝着说："你这样说就不对了！你应该请求当个看门人才是，历来腿脚不好的人都是靠看门过日子的，而你却四处游荡，谎话连篇……"

"我还不是为了能逗人发笑，让听的人开心才撒谎的……"

"你应该笑自己才对……"

虽然天气晴朗，阳光明媚，但院子里却黑乎乎的，脏乱不堪。这时进来一个女人，手里抖着一块什么破布，嘴里喊道：

---

① "罗边诺克"这个姓和俄语中"婴儿"的发音有点儿接近。

② 谢尔普霍夫，俄国莫斯科州一城市，位于奥卡河流域。

“有人要买裙子吗？我说，姐妹们呀……”

女人们纷纷从房里出来，把叫卖的女人团团围住。我一下子便认出她来——她就是洗衣女工纳塔利娅！我赶紧从草棚顶上跳了下来，但她把裙子卖给第一个出价的人后，立马一声不吭地就离开了院子。

“你好！”我追到大门外，高兴地向她打招呼。

“有什么事儿吗？”她问道，斜着眼睛看了我一眼。这时她突然停下脚步，一脸不高兴地冲我喊道：“天哪！你怎么在这个地方？……”

她的这声惊叫，让我既感动，又觉得很难为情；我明白，她为我感到担心：害怕和惊讶在她那聪慧的脸上表现得清清楚楚。我赶紧向她解释，说我不住在这里，只是有时候过来看看。

“过来看看?!”她用嘲弄的口吻愤愤地说，“这是什么地方，你过来看什么？看过往行人的口袋和女人的胸脯吗？”

她的脸色很憔悴，眼睛下方有一道深深的阴影，嘴唇松弛地耷拉着。

她在小饭馆门口停了下来，对我说：“进去喝杯茶吧！你穿得干干净净，不像这儿的人，可我又有点儿不大相信你……”

但在小饭馆里，她好像是相信我了。她一边给我倒茶，一边无精打采地跟我说，她一个小时前才刚刚醒来，还没有来得及吃喝呢。

“而昨天我躺下的时候——已经是酩酊大醉，现在已记不清是在哪儿喝的酒，是跟谁在一起喝的了？”

我很同情她，在她面前我心里感到很不是滋味，我很想问问她——她的女儿现在在哪里？而她呢，几杯酒下肚，又喝了热茶，说起话来还是跟以前那么爽快，粗放，跟这条街上所有的女人一样。但当我问起她女儿的时候，她顿时清醒了过来，喊道："你为什么要打听这个？不，亲爱的，你打听不到我女儿的下落，不行！"

她又喝了点儿酒，然后说："女儿不能跟我待在一起过。我算老几呀？一个洗衣女工。我怎么配做她的母亲呢？她受过良好的教育，有知识，有学问。小兄弟，问题就出在这里！所以，她离开了我，到一个有钱的女友家里去了，好像去当女教师……"

她停顿片刻，声音不高地问道："事情就是这样！一个洗衣女工——对您怕不合适吧？那么一个风尘女子——合适吗？"

她已经沦为"风尘女子"，这我当然一下子就看出来了——这条街上没有别的女人。但是当她亲口说出这一点时，由于羞愧和怜悯，我禁不住热泪盈眶，仿佛是她的这种坦荡胸怀狠狠地灼痛了我——就在不久以前，她还是那样的大胆、独立和聪明！

"我说，你呀，"她看了看我，叹口气说，"赶快离开这里！而且我请求你，并且劝你——以后千万不要再到这种地方来，不然你会毁了自己的！"

然后，她俯身在桌子上，用指头在托盘里画着什么；她小声地，仿佛自己在跟自己说话，断断续续地在说："我的请求和劝告，对你来讲，能算得了什么呢？连我的亲生女儿都不听我的话。我冲她嚷道：'你不能丢下你的亲生母亲不管，你想干什么？'可她却说：'我要上吊自尽。'她去了喀山，想学妇产科。那么，好吧……好吧……我能怎么样呢？我只好如此……我有什么指望呢？……只能靠来往的过客了……”

她默默无语，很长时间她一直在想着什么，悄无声息地嚅动着嘴唇，看来是已经把我给忘了。她的嘴角往下耷拉着，嘴像镰刀似的向下弯曲着，嘴唇上的肌肉一直在颤动，哆哆嗦嗦的皱纹好像在无声地诉说着什么。看着她这副模样，实在叫人心里难受。她的脸充满着稚气，一副备受欺凌的样子。一绺头发从头巾下耷拉下来，挡着她半边脸，顺势遮住了她小巧的耳朵。一点眼泪滴落在已经放凉了的茶杯里，她发现后，便将茶杯推开，双目紧闭，又挤出两滴泪水，然后她用手绢擦了擦脸。

我不忍心再跟她继续坐下去了，于是，我慢慢地站起身来。

“再见啦！”

“啊？你走吧，见你的鬼去吧！”她说着，用力把手一挥，连看都没看我一眼，想必她已经忘记跟她说话的是什么人了。

我回到院子里，去找阿尔达利翁——他本想和我一起去捕虾的，而我则希望跟他说说这个女工的事。但这时他和罗边诺克已经不在草棚顶上了。当我在杂乱无章的院子里寻找他们的时候，外边忽然有人吵起架来——这种事在这里已经是家常便饭了。

我一出大门，就撞上了纳塔利娅——她哭哭啼啼地用头巾擦着被打伤的脸，另一只手整理着蓬乱的头发；她在便道上漫无目的地向前走着，而阿尔达利翁和罗边诺克则紧随其后，大步流星地跟了过来；罗边诺克说：“再给她一下子，打呀！”

阿尔达利翁追上了她，向她挥起了拳头；这时她忽然转过身，用胸脯对着他；她的脸色非常可怕，两眼射出了仇恨的目光。

“给你打，打呀！”她喊道。

我一把抓住了阿尔达利翁的手，他吃惊地看着我。

“你要干什么？”

“不许碰她。”我好不容易地对他说。

他听了哈哈大笑起来。

“她是你什么人——情人吗？好哇，你，纳塔利娅——偷情偷到小修士身上啦！”

罗边诺克也大笑不止，两手拍着自己的胯骨，他一再冲我说些污秽不堪的脏话，挖苦、奚落我——这让我感到非常痛苦！不过，在他们这样胡说八道的时候，纳塔利娅已经走了，可是，我终于忍无可忍，一头朝罗边诺克的胸口撞去，把他撞倒后，我便跑开了。

打这以后，我好长时间都没有再去过“万人街”，不过，我再次见到阿尔达利翁时，是在一艘渡船上。

“你呀——跑到哪儿去了？”他高兴地问道。

当我告诉他，说我一想起他打纳塔利娅，并且用脏话侮辱我，我就感到非常恶心时，阿尔达利翁温厚地笑了。

“难道你把这事儿——还当真了？我们是在开玩笑，故意往你身上抹点圣油！至于她——为什么要打她——谁让她是一名风尘女子呢？人们连老婆都打，打她这样的女人，从来没有人可怜！只不过是逗着玩罢了！我分明知道——拳头是教育不了人的！”

“你教育她什么呢？你有哪一点儿比她好？……”

他搂住我的肩膀，把我晃了又晃，用嘲弄的口吻说：“糟就糟在我们谁也不比谁更好一些……我呀，老弟，什么都明白，事情的里里外外我都清楚！我不是乡下……”

他稍微有点醉意，显得很高兴；他用亲切又带点惋惜的目光望着我，就像一位苦口婆心的老师，看着一个不明事理的学生……

有时候，我常能见到帕维尔·奥金佐夫。他变得更老练了，也讲究起穿戴了，跟我说起话来，语气显得非常体贴，总是怪我，说：“你干的这叫什么工作呀——这怎么能行呢！这都是乡下人……”

然后，他愁眉苦脸地讲了些作坊里的新鲜事儿。

“日哈列夫仍然在跟那头母牛厮混；西塔诺夫显然在借酒浇愁，喝得很厉害。戈戈列夫被狼吃了——他回家过圣诞节，喝醉了酒，活活被狼给吃了！”

这时，帕维尔高兴地笑着，接着胡编乱造起来：“几只狼吃完后——自己也都醉了！它们一高兴，在林子里全都用后腿直立起来，像训练过的狗那样，汪汪地叫着，这样闹了一个昼夜——后来全都死了！……”

我听后不禁也笑了，但我感到作坊和我在那里所经历的一切——已经离我很远了。这使我心中产生一丝淡淡的悲哀。

十九

冬天，市场里几乎没有什么活可干；家里和往常一样，有许多琐碎的事情都得我来做。这些杂七杂八的事情，占去了我整天的时间，但是晚上空下来的时候，我还要给东家一家人朗读《田野》和《莫斯科之夜》上发表的我不喜欢的小说；到了夜里，我才能够读一些好书，尝试着写些诗。

有一次，两位女主人都去做夜祷告了，东家因为身体欠佳，留在了家里，他问我："彼什科夫，维克多在笑你，说你好像在写诗，真的是这样吗？拿出来，念一念！"我不便谢绝，就给他念了几首，看来这几首诗他并不喜欢，但他毕竟还是说："写吧，写下去！没准儿还能出个普希金呢，你读过普希金的作品吗？

是把家神爷下葬，
还是让女妖嫁人？①

在普希金那个时代，人们还相信有家神爷存在，可是，你瞧，他自己却不相信，只是开开玩笑而已！是——啊，老弟，"

① 这两行诗引自俄国诗人普希金（1799—1837）写的一首诗《群魔》（1830）。

他若有所思地拉长声调说，“你应该去学习，不然就把你耽误了！天知道你将来的生活会是怎样……你一定把自己的笔记本藏好，不然，让她们知道了——她们肯定会笑话你的……老弟，女人们就喜欢捅别人的心窝子……”

有一段时间，东家变得沉默寡言，一副心事重重的样子，而且总是重足而立，侧目而视，惶惶不可终日，门铃的响声就能把他吓一大跳；有时因为一点儿小事就突然大发脾气，将大家痛骂一顿，从家里跑出去，夜里很晚才回来，往往醉得不成样子……让人觉得他生活中肯定发生了什么事情，使他伤透了心。这事儿除了他，恐怕谁都不知道。因此，他现在对生活失去了信心，缺乏情趣，只是在混日子，得过且过。

每逢节假日，从午饭后一直到晚上九点钟，我都在外面闲逛，晚上就待在驿站街的小饭馆里。小饭馆的老板是个胖子，爱出汗，特喜欢唱歌。这一点，几乎所有教堂唱诗班的歌手们都知道，因此，常常到他这里来聚会。他们唱歌，他则请他们喝伏特加、啤酒和茶。这些歌手都喜欢喝酒，素质不高，他们并不那么愿意唱，只不过是为了吃喝，而且唱的几乎都是些教堂里的歌曲；而一些对宗教态度虔诚的酒客，认为小饭馆不是唱教堂歌曲的地方，于是老板便把他们请到自己屋里，这样一来，我就只能站在门外，隔着门缝听。不过小饭馆里时不时地也有乡下农民和手艺人来唱歌——饭馆老板也常亲自到城里寻找歌手，逢上集日，向前来赶集的农民打听歌手们的情况，把他们请到自己这里来。

歌手总是坐在小卖部柜台旁边的椅子上，正好在一个大酒桶的前面——歌手的脑袋就像画在桶底上似的，刚好周围有一个圆框。

歌唱得最好，选的歌曲也特别好的，那就要数个子瘦小的马具匠克列晓夫了。他这个人吊儿郎当，松松垮垮，好像被人在嘴里嚼过了似的，棕红色的头发一绺一绺的，小鼻子跟死人的一样，闪闪发光，两只迷迷糊糊的小眼睛，一动不动，木呆呆的。

有时候，他把眼睛一闭，后脑勺贴在桶底上，然后把胸脯一挺，声音不高却像所向披靡的男高音般快速地唱道：

> 啊，空旷的原野上，大雾弥漫，
> 它遮住了通向远方的道路……

这时，他站起身，腰靠在柜台上，身子向前稍倾，脸冲着天花板，动情地唱道：

> 哎哟，我要朝哪里走，
> 才是我的康庄大道？[①]

他的声音不高，但是劲头十足；他的声音像一根银色的丝弦，将饭馆里低沉嘈杂的声音，完全密密实实地给缝了起来，那

---

① 这是一首俄国民歌，有许多不同的版本。1880 年莫斯科出版的《最新俄国民歌 1000 首》中就有这一首。

哀婉的唱词、感叹和呐喊，震撼着每一个人的心灵——连喝醉了酒的人都出奇地变得严肃起来，一声不响地看着面前的桌子，而我这时候简直感到椎心泣血，肝肠寸断，心里充满了被沁人肺腑、动人心魄的优美音乐所激起的强烈的震撼。

小饭馆内像教堂里一样肃静，而歌手就像是慈善的神父。他不是在传经布道，而是实实在在、全心全意在为全人类真诚地祈祷，在为穷苦大众生活中的种种不幸大声地祷告。一个个留着大胡子的人，从四面八方都把目光向他投来；在他们那面目狰狞的脸上，闪耀着的却是一双双孩子般稚气的眼睛，它们表现出若有所思的样子，时不时地有人叹上一口气，这恰好突出说明歌曲的战无不胜的力量。此时此刻，我总觉得，所有的人过的都是一种虚伪的、臆想的生活，而人们真正的生活——就在这里！

女商贩雷苏哈坐在一个角落里，她长有一张大胖脸，行为放荡，恬不知耻地当起了烟花女子；她把头缩在两个肥胖的肩膀中间，一边哭泣，一边用泪水慢慢冲刷着自己那寡廉鲜耻的眼睛。面色阴沉的男低音歌手米特罗波利斯基就挤靠在离她不远的一张桌子上；他一脸胡须，人高马大，很像一位被免去了教职的助祭，醉醺醺的脸上长着两只大眼睛；他看着面前的酒杯，把它举起来，递到嘴边，又重新放到桌上，小心翼翼，不声不响——不知为什么，他没有喝下去。

这时，小饭馆内悄无声息，一片寂静，所有的人都仿佛在倾听那早已被遗忘了的亲切而珍贵的歌声。

当克列晓夫一曲终了，礼貌地在椅子上落座后，饭馆老板给他送上一杯葡萄酒，满意地微笑道：“喏，没的说，真是棒极了！与其说你是在演唱，还不如说是在讲述故事，不过——作为大师，当之无愧！没有人能够挑眼……”

克列晓夫从容地喝着酒，轻轻地咳嗽一下，低声说：“只要有嗓子，唱歌谁都会，但是要把歌曲的神韵唱出来——那就非我莫属了！”

“嘿，你就别吹了！”

“没本事的人才不敢吹牛。”歌手说话的声音仍然很轻，但听起来却更加果断。

“克列晓夫，你也太自高自大了！”饭馆老板不高兴地说。

“再自高自大也超不过我的心气儿……”屋角那位一直板着脸的男高音大声吼道：

“你们这些蛆虫，霉菌，你们怎么能够听得懂这位丑陋天使的歌曲呢？”

他一向跟所有的人都和不来，跟所有的人都吵架，揭露、指责所有的人。为此，几乎每一个节假日，他都要被歌手们和想打而且能够打他的人，痛打一顿。

饭馆老板喜欢克列晓夫唱的歌，但对他这个人实在受不了；他逢人便抱怨这个马具匠，显然是在想方设法地贬损他，嘲笑他；这一点，小饭馆的常客和克列晓夫本人心里都清楚。

“歌手倒是不错，可就是太狂妄了，应该教训教训他。”他说。一些客人也赞成他的看法。

“是呀，小伙子也太狂了！”

“有什么好狂的？嗓子是天生的，又不是他自己练出来的！何况真的就那么好吗？”饭馆老板坚持这样认为。

大家异口同声地附和他说："没错儿，问题不在于嗓子，主要看他有没有才气。"

有一次，克列晓夫的心情不好，最后走了；这时饭馆老板一再劝雷苏哈，说："你呀，玛丽亚·叶夫多基莫夫娜，应该去跟克列晓夫好好玩一把，让他放松放松，舒坦舒坦，是不是？这对你来说，还不是小菜一碟？"

"要是我再年轻一点就好了。"她嘿嘿一笑说。

饭馆老板着急地大声说："年轻的女人会什么？你就去干吧！我倒想看看他怎样围着你团团转呢！等你把他搞得天愁地惨，心烦意乱时，他自然会唱起来的，是不是？去吧，玛丽亚·叶夫多基莫夫娜，我谢谢你了，啊？"

但是，她没有听他的。人高马大的雷苏哈低下眼睛，用手摆弄着耷拉在胸前的披肩穗子，整个一副百无聊赖的样子，她有气无力地说："这事儿呀——应该去找年轻的女人。我要是年轻，嘿，不用谁说我就会去干……"

饭馆老板几乎总想把克列晓夫灌醉，可是他呢，每次只唱两三支歌，唱一支，喝一杯，然后用毛线围巾将脖子围得严严实实，把帽子往一头乱发的脑袋上使劲一扣，立马走人。

饭馆老板一直留意着，想给克列晓夫找几个对手。往往马具匠唱完一曲后，饭馆老板便站出来恭维一番，接着便激动地说："顺便给大家说一下，在座当中，还有一位歌手！现在就请出来，当场为大家献艺！"

有时候出来唱的人嗓音很好，但我还没有看到竞争者中有谁能唱得像这位干瘪瘦小、其貌不扬的马具匠那样朴实真挚，沁人肺腑……

“是啊，”饭馆老板不无遗憾地说，“唱得确实不错！主要是嗓音好，可是——歌曲的灵魂……”

听众笑着说：“不行，显然唱不过马具匠！”

这时，克列晓夫从两道打着卷的褐红色眉毛下看着大家，镇定自若而又彬彬有礼地对饭馆老板说：“您这全是在瞎操心。比得上我的歌手，您是找不到的，因为我的天赋——来自上帝！”

“我们全都——来自上帝！”

“您就是广设酒宴，弄得倾家荡产，也难以找到……”

饭馆老板满脸通红，嘴里嘟哝着说：“很难说，很难说……”

可是克列晓夫一再向他证明说：“我可以再对您说一句，唱歌，可不是斗鸡……”

“这个我知道！你干吗老缠着我不放？”

“我不是老缠着你，我只是想向你证明：如果唱歌只是一种娱乐——那它就是来自魔鬼！”

“不说啦！最好你还是再唱一个……”

“我随时都可以唱，即使是在梦中。”克列晓夫同意唱了。他小心地清了清嗓子，开始唱了起来。

所有的生活琐事、连篇的废话和种种意愿，一切庸俗的、茶余饭后的闲言碎语，都奇迹般地烟消云散，荡然无存；大家完全置身于另外一种生活——一种纯洁的、发人沉思的、充满关爱与愁伤的生活——的氛围之中。

我羡慕这个人，极其仰慕他的才华和他对大家的魅力！我很想认识一下这位马具匠，想跟他进行一番长谈，但是我没有去找他——因为克列晓夫这人很怪，从不正眼看人，好像任何人他都没有放在眼里。而且他身上还有一种我很讨厌的东西，使我无法去爱他，而我倒是很希望能够爱上这个人的——不光是在他唱歌的时候。他像老年人那样，把帽子牢牢地戴在头上，而且，像专门做给人看似的，把一条手织的红围巾围在脖子上。他这副样子让人看了非常不舒服。关于这条围巾，他说：

“这条围巾是我的心上人织的，一个小姑娘……”

他不唱歌的时候，便一本正经地板着个脸，用一个手指头抚摸着冻得发僵了的鼻子，对别人向他提出的问题，他很不情愿地三言两语便打发了。当时，我上前向他问了句什么，他连看都不看我一眼，就说：“走开，你这毛头小子！”

和他相比，男低音歌手米特罗波利斯基我就喜欢多了。他来到小饭馆后，径直向屋角走去，走路的样子，像肩负着重物似的，然后用脚将椅子踢开，坐下后，两个胳膊肘往桌子上一戳，两个手掌托着乱蓬蓬的大脑袋。他闷声不响地两三杯酒下肚后，喉咙里忽然发出很大的响声；大家不禁一愣，纷纷转过身去看他；而他呢，两手托腮，挑衅性地望着大家；一头乱发，像鬃毛似的怪模怪样地耷拉在他那颜色发青的浮肿的脸上。

“看什么看？看见什么了？”他突然没头没脑地说道。

有时候有人回答他说：“我们看见一个怪物！”

有的晚上，他只是闷声不响地喝酒，又闷声不响地离开，只听见他来回走动的沉重脚步声，但是有几次我听见他模仿先知先觉者的口气，对大家一通责骂：“我是上帝忠贞不贰的奴仆，现在，我要像以赛亚[①]那样斥责你们！如今亚利伊勒城[②]正处于水深火热之中，那里的恶棍、骗子和各种丑恶的败类，居然能在这卑鄙的人欲横流的泥潭中安身立命，遗世图存！现在灾难降落到了人世间的大船上，因为这些船只把各种各样的卑鄙小人送往宇宙各处——我指的就是你们这些酒鬼、馋鬼和当今世界的败类——你们多如牛毛，罪恶累累，世间实在难以容纳你们这些蛀虫！”

他大呼小叫，声嘶力竭，甚至窗户的玻璃都被他震得哗哗直响——他的这番话深得大家欢心，因此，众人对这位先知是赞不绝口：“骂得痛快，这条长毛狗！”

要想跟他认识，非常容易——只要请他吃一顿就行。一瓶伏特加酒，还加一份红辣椒炒牛肝——有这两样，他喜欢的东西也就齐了，它们准能够撬开他的嘴，把他的心里话，通通都倒出来。当我请教他我应该读些什么书时，他两眼恶狠狠地盯住我，反问了一句：“为什么要读书呢？”

不过，他见我显得很尴尬，态度便缓和下来，用低沉的声音说：“《传道书》[③]你读过吗？”

---

① 据《圣经·旧约全书》记载，以赛亚系希伯来先知，为四大先知之一；他的主要活动是在犹太亚哈斯（Ahaz）时期和希西家（Hezekiah）时期。据说《旧约全书》中的《以赛亚书》就出自他的手笔。

② 见《圣经·旧约全书·以赛亚书》，第 29 章。

③ 又译《训道篇》，《圣经·旧约全书》中的一篇，是犹太教的哲理书，作者佚名，犹太教、基督教传统上认为此书系所罗门所作，共 12 章。内容主要讲人生短暂，万事皆空；终身劳碌无益，世上强权当道，没有公理可言；只有“智慧”才有价值，劝诫信徒切不可忘记了上帝和未来的审判。

“读过。”

“那就读《传道书》吧！别的就没什么可读了。全世界的智慧都在这里了，只有脑满肠肥的公绵羊才弄不明白——换句话说，没有谁能够看得懂……你是干什么的——唱歌的吗？”

“不是。”

“为什么？应该唱歌。它是一种最没道理可讲的活动。”

邻桌有人问他：“你自己也唱歌吗？”

“是的，我是因为闲着没事可干！怎么啦？”

“没什么。”

“不新鲜。谁都知道你脑袋瓜里空空如也，什么东西都没有。而且永远也不会有。阿门！①”

他跟所有的人都用这种腔调说话，自然，跟我也是这样。不过，请过他两三次吃喝后，他对我的态度就变得要好一些，甚至有一次他带有几分惊讶的口吻跟我说：“我瞧着你，心里直纳闷儿：你是什么人，干什么的，为什么在这儿？不过，老实说，见你的鬼去吧！”

他对克列晓夫的态度就有些莫名其妙了，因为很明显，他非常欣赏克列晓夫的歌，有时候他脸上还露出亲切的微笑，但是他不愿意和他交往，谈起他时语言粗鲁，很有些瞧不起他的样子：“整个一个蠢货！他很善于换气，知道自己在唱什么，但说到底，还是一头蠢驴！”

---

① 基督教祈祷、布道结束时的用语，原意为的确如此，心愿如是之意。这里的意思是：完了，结束了。

“为什么呢？”

“天生如此。”

他没喝酒的时候，我很想找他谈谈，但他脑子清醒时，也只会用迷惘忧伤的眼光望着一切，嘴里咕噜咕噜的，听不清他在说什么。我听说，这个一辈子都处于醉生梦死状态的人还在喀山神学院[①]学习过，本来是可以当一名主教什么的——这话我有点不大相信。但是，有一次，我向他谈起我自己的时候，提到了赫里桑夫主教的名字。这位男低音歌手摇了摇头说：“赫里桑夫？我认识。他是我的老师，对我很好。在喀山，在神学院——我记得！赫里桑夫，意思就是金黄色，别伦达[②]的辞典里就是这样解释的，讲得很对；没错儿，赫里桑夫就是个金光闪闪的人！”

“那帕姆瓦·别伦达是什么人？”我问道，然而，米特罗波利斯基只是简单地回答说：“这不关你的事。”

回家后，我在笔记本里写道：“一定要读读帕姆瓦·别伦达的书。”我觉得，从别伦达的书中，我肯定能够找出许多使我深感不安的问题的答案。

这位歌手很喜欢引用一些我不知道的人名和一些怪里怪气的词组，这使我感到非常厌烦。

“生活可不是阿尼西娅！”他说。

---

① 1723年喀山神学院在喀山建立。

② 帕姆瓦·别伦达（约1550至1570—1632），乌克兰作家、诗人、翻译家。他编的《斯拉夫俄语词典》（1627）是第一部印制成书的乌克兰语辞典，1653年曾经再版，收入很多民间词汇。

我问他道：“阿尼西娅是谁呀？”

“一个很有用的人。”他回答说，我的疑惑不解使他觉得很好玩。

他的这种用词和他曾在神学院学习过这件事，使我觉得他知道的事情一定很多，所以，当他三缄其口，什么都不愿谈的时候，就太让人失望了，而且即使他谈了，也谈得不清不楚，让人不得要领。也许是因为我不善于提问题的缘故？

但他在我心里毕竟还是留下了某些印象，我很喜欢他以酒遮面，假借先知以赛亚的名义，大胆进行抨击的勇气。

“啊，人世间到处都是垃圾和污泥浊水！”他吼叫道，“在你们当中，坏人当道，好人受气。报应的日子一定会到来，到时候你们就会现出原形，不过那时候一切都晚了，来不及了！”

听着他的吼叫声，我想起了“好事儿”，想起了活得那么窝囊，而且又轻易毁掉了自己的洗衣女工纳塔利娅，想起了被种种污秽不堪的流言蜚语包围的玛尔戈王后——我已经有一些事情可供回忆了……

我和这个人的短暂交往，结束得非常富有戏剧性。

春天，我在军营附近的田野里遇见了他。他像一头骆驼似的，边往前走，边摇晃着脑袋；他独自一人，有些浮肿。

“出来散步呀？”他声音沙哑地问道，“咱们一块走走。我也是出来散步的。我，老弟，我有病，真的……”

我们默默地往前走了几步，突然，在一个搭过帐篷的土坑里看见一个人：他坐在坑底，侧着身子，一只肩靠着坑壁，大衣从他身子的一边翻上来，一直盖过耳朵，好像他是想要脱掉大衣，但是没能脱下来。

“一个醉鬼。”歌手停住脚步，断然说。

但一支挺大的手枪就扔在这个人手边的青草地上，距手枪不远处，有一顶帽子，帽子旁边是一瓶刚打开不久的伏特加，瓶颈部分的酒已经没有了，瓶体被青草掩盖着，那个人的脸像害羞似的，被大衣遮住了。

一时间，我们站在那里，默默无语，后来，米特罗波利斯基叉开两腿，说：“是开枪自杀的。”

我立刻明白了，他不是醉鬼，而是个死人，但事情发生得如此突然，我简直无法相信。只记得，当我看着大衣下露出的宽大的前额和一只发青的耳朵时，我心里既不感到害怕，也不觉得有什么可怜，只是不大相信，一个人在这样温暖的春天竟然会自杀。

男低音歌手用一只手掌使劲抚摸着自己没有刮过的脸，好像他感到有些发冷似的，声音沙哑地说：“是个中年人。不是老婆跑了，就是把别人的钱挥霍光了……”

他让我到城里去叫警察，他自己则坐在土坑边，两只脚耷拉在坑内，好像怕冷似的把破大衣紧紧裹在身上。我告诉警察有人自杀后，便赶紧往回跑，但就在这段时间内，男低音歌手已经把死者的伏特加酒全给喝光了，他看见我回来时还冲我一再摇晃那只空瓶子。

“是这东西害了他！”他吼叫道，然后狠狠地将酒瓶摔在地上，酒瓶跌得粉碎。

警察紧跟着就到了，他往土坑里看了看，摘下帽子，迟疑不决地画了个十字，然后问歌手：“你是什么人？”

"这不关你的事……"

警察想了一下，更加客气地问道：

"您这是怎么回事儿——这里有人死了，可您——却喝得醉醺醺的？"

"我喝酒喝了二十年了！"歌手伸手在胸膛上一拍，很自豪地说。

我相信，他会因为喝了这瓶酒而被抓走的。从城里跑来了许多人，一脸严肃的警察分局局长坐着马车也赶来了，他下到土坑里，掀开死者的大衣，看了看他的脸。

"是谁最先发现的？"

"是我。"米特罗波利斯基说。

分局局长看了他一眼，凶巴巴地拉长声调说："你好——啊，我的先生！"

有十五六个人前来围观。他们气喘吁吁，异常活跃；围着大坑，往里面探头探脑地一通张望；忽然有人喊了一声："这是我们街道上的一名官员，我认识他！"

那位男低音歌手站在警察分局局长的面前，脱下帽子，摇摇晃晃地跟他讲着什么，他的话含混不清，声音又低；后来分局局长当胸推了他一把，他身子摇晃了一下，便一屁股坐了下去；这时警察不慌不忙地从口袋里取出一根绳子，将歌手的双手捆绑起来——歌手习惯地、老老实实地把手抄在背后，这时分局局长开始大声呵斥围观的群众："滚开！你们这些无赖……"

这时又跑过来一名年纪老一点的警察。他两眼发红，湿兮兮的，一路奔跑，累得他嘴巴张得老大；他拽着捆绑歌手的绳子的另一头，拉着他，慢慢向城里走去。

我也离开田野，跟着他们往回走，当时我的心情十分沉重，耳边响起了惩罚性的话语："让灾难降临到亚利伊勒城！……"

而眼前的景象就十分悲惨：一名警察不慌不忙地从军大衣口袋中掏出一根绳子，堂堂的一位先知，竟然老老实实地把两只毛茸茸的发红的手，背在背后，熟门熟路地将两手一交叉，动作干脆利落……

不久后我听说，这位先知和一批犯人一起，被押解出城了。在他之后，克列晓夫也销声匿迹了——听说他娶了个有钱的老婆，搬到县城里去住了，在那里开了一间马具作坊。

我极力向东家夸耀，说马具匠的歌，唱得非常之好。有一次他对我说："那应该去听听……"

这不，他就坐在我的桌子对面，惊讶地扬起眉毛，瞪大了眼睛。

在去小饭馆的路上，他一直在嘲笑我，刚到小饭馆的时候他还在挖苦我，一再挑听众的不是，说这里的气味多么糟糕。马具匠刚开始唱时，他还很不以为然地露出微笑，随手将啤酒倒进杯子里，但是倒到一半时，他的手停住了，说："噢……真是见鬼了！"

他的手颤抖了，他把啤酒瓶轻轻放下，聚精会神地听了起来。

"不错，老弟，"当克列晓夫唱完后，他深深地叹了口气说，"的确，这才叫演唱……真是见鬼了！甚至浑身都热烘烘的……"

马具匠又唱起来，他仰起头，眼睛望着天花板：

一位年轻姑娘，离开富裕的村庄，
行走在旷野的大路上……

“确实唱得不错。”东家喃喃地说着，一面摇晃着脑袋，嘿嘿地笑着。克列晓夫则像一支木笛，唱得抑扬婉转，声音洪亮：

美丽的姑娘回答他说：
我孤苦伶仃，谁能要我……

“好哇，”东家小声说，眨巴着两只发红的眼睛，“呸，活见鬼了……太好啦！”

我看着他，心里感到非常高兴。而那如泣如诉的歌词，完全压倒了饭馆里嘈杂的人声，歌声越来越嘹亮，越发动听，越发感人肺腑，令人神往：

我们的村子偏僻又荒凉，
晚会上没有人邀请我这个姑娘，
唉，我生活贫困，衣服不漂亮，
很难打动勇敢的少年郎……
有位鳏夫向我来求婚，
他只想找个会给他干活的姑娘，
这样的命运我怎么能接受——
我打心眼里不愿意承当！……

我的东家也顾不得那么多了，竟然哭了起来——他坐在那里，低着头，鹰钩鼻子一直在抽抽搭搭，眼泪不停地滴在膝盖上。

听完第三支歌，他显得非常激动，好像又十分疲惫。他说：“我不能再坐下去了——我感到胸口憋得慌，喘不过气来，这种气味，真是见鬼……咱们回家去吧！……”

但是到了外面，他提议说：“走，彼什科夫，咱们到旅馆去吃点东西……我实在不想回家！……”

他没有还价，便上了一辆出租雪橇，整个路上他一句话都没说。到了旅馆，他坐在屋角的一张小桌旁，往四下看了看，一脸不高兴地小声抱怨起来：“这头公山羊触动了我内心的痛处……听得我简直是忧心如焚，肝肠寸断……不，你识文断字，知书达理，你倒是说说看，这究竟算什么事儿呀？我已经活了四十年，老婆、孩子都有了，可是连个说话的人都没有。有时候我真想找个人说说心里话，好好谈谈，可是——没有人可谈！跟她——老婆——谈吧，她根本听不进去……她为什么要听你唠叨呢？她有孩子……喏，有家务，有自己的一摊子事儿！我心里怎么想的，跟她没有关系。老婆呀，在第一个孩子……出生之前，是你的朋友。可我的那个老婆呀，压根儿……喏，你自己也都看见了……什么话都不听……我行我素……整个一个死肉疙瘩……真是见鬼了！老弟，我心里这份儿苦呀……”

他猛地端起杯子，将一杯又凉又苦的啤酒，一饮而尽，然后沉默片刻，把一头长发弄得乱七八糟，接着又说起来：“一般地说，老弟，人都是王八蛋！你这儿跟农民们说这说那，论长道短……我知道，有很多不合理的、卑鄙龌龊的事情——老弟，没错儿……他们全都是窃贼！你以为你说的话他们能听进去吗？一点儿作用都没有！是的，他们——彼得、奥西普——全都是骗子！他们对我无话不谈——包括你关于我说了什么话，他们都对我说了……怎么样，老弟？”

我惊得一时说不出话来。

“本来嘛！”东家说，同时嘿嘿一笑，“你打算去波斯的想法是对的，尽管到那里语言不通——外国话嘛！可是用自己本国的话——净说些寡廉鲜耻的事！”

“奥西普说我什么来着？”我问道。

“喏，是啊！你是怎么想的？他那张嘴呀，说得比谁都多。他呀，老弟，可狡猾了……不，彼什科夫，说是说不通的。真理吗？有个鬼用！它就像秋天的雪——落在脏东西上，接着融化了。脏东西显得更多了。你呀——最好保持沉默……”

他啤酒一杯接一杯地喝，但并没有喝醉；他的话说得越来越快，越来越气愤：“俗话说，‘言语不是钻头，沉默才是黄金。’唉，老弟，心里真是苦啊，苦啊……他唱得很对：‘我们的村子偏僻又荒凉。’唱出了人的孤独感……”

他四下看了一下，压低声音说：“后来我找到了一个……红颜知己——在这儿遇上一个女人，是个寡妇，她丈夫因制造假币被判了刑，要发配到西伯利亚——眼下还在牢里关着。我跟她认识了……她一无所有，喏，所以她就想……你明白吗……是一个皮条客介绍我和她认识的……我仔细一看——多可爱的一个人啊！知道吗，她既漂亮，又年轻……这么说吧——美极了！

一次，两次……后来我对她说：‘你怎么能够这样呢？你丈夫是个骗子，你自己的行为也不检点，为什么你还要跟他去西伯利亚呢？’可是，你瞧，她竟然要跟他去，还打算定居下来，真的……而且她对我说：‘不管他怎么样，我就是爱他，对于我来说，他是个好人！也许他是为了我才犯的罪呢！我和你干这种不该干的事也是为了他，因为他说他需要钱。他是位贵族，习惯过优裕的生活。如果我是一个人生活，我会恪守妇道的。您也是位好人，我非常喜欢您，但请您千万不要对我提起这一点……’真是见鬼！……我把身上的八十个卢布和别的东西都给了她——而且我跟她说：‘请原谅，我不能再跟您会面了，不行！’后来我就走了……”

他沉默片刻，酒劲儿忽然上来了；他的情绪低落下来，嘴里嘟嘟哝哝地说：“我到她那里去过六次……你不懂这是怎么回事儿！后来大概我又去过她家六次……但是都没有进去……我不能进去！现在她——已经走了……”

他把手放在桌子上，活动着手指头，低声说：“千万别让我再遇见她……求上帝保佑！就这样——让一切都见鬼去吧！我们回去吧……走！”

我们走了。他一路上摇摇晃晃，嘴里唠唠叨叨：“事情就是这样，老弟……”

我并没有对他的故事感到吃惊，因为我早就觉得他身上一定发生过什么非同寻常的事。

但是他关于生活讲的那番话，特别是他关于奥西普的一番话，使我的心情感到非常压抑。

二十

有三个夏天[①]，我就是在这座死气沉沉的城市里度过的，在这些空空荡荡的建筑物中当“一名监工”，眼看着工人们秋天如何把那些拙劣难看的砖头铺面房拆掉，春天再照样把它们建起来。

东家非常关心他花在我身上的那五个卢布是不是物有所值。如果店里要重新铺地板，我就得挖地一俄尺[②]深；这活要是让临时工来干，需要花一个卢布，而对我却分文不给，但我干这个活时就顾不上监督那些木工们了，他们便会趁机将门锁、把手卸下来，将七零八碎的小东西顺手偷走。

无论是工人，还是包工头，他们都在千方百计地骗我，在偷东西。他们这样做的时候几乎完全是明目张胆，好像是在履行一种乏味的义务，而且，当我揭穿他们时，他们一点也不恼怒，只是故作惊讶地说：“为了这五个卢布，你可真够卖力的了，好像东家能给你二十个卢布似的，简直是可笑！”

我告诉东家，为了节省花在我身上的每个卢布的开销，他每个要损失十倍以上的开支，但东家却冲我眨了眨眼睛，说：“得

---

① 高尔基是1883年春天至1884年秋天在这里当监工的，也就是说，应是两个夏天。

② 0.71米。

了，你就跟我装吧！”

我知道，他怀疑我和他们串通一气，进行盗窃；这使我对他感到非常厌恶，但并不觉得生气。这里的风气就是这样：人人都在偷，东家本人对别人的东西也喜欢顺手牵羊。

集市过后，东家在察看他负责修葺的店铺时，看见有些东西遗忘在那里——茶炊、餐具、地毯、剪刀，有时还有整箱或单件的货物等——便笑着说：“请开具个物品清单，然后把东西都送到仓库里去！”

而他再把这些东西从仓库里搬回家去，让我一遍遍地涂改物品清单。

我不稀罕这些东西，什么我都不想要，甚至书都让我觉得是个累赘。除了一本贝朗瑞的书和海涅的诗歌外，什么东西我都没有；我很想买普希金的作品，但城里唯一的旧书商——一个黑心的老头儿——要价太高了。家具、地毯、镜子和东家屋里堆放的一切东西，我都不喜欢；它们那笨拙难看的样子和刺鼻的油漆味让人非常讨厌；总之，我非常不喜欢东家的那些房子，它们使人想起了一个个装满废弃物品的大木箱。而且，看着东家把别人的东西从仓库里一件件地往家里拿，周围没用的东西越积越多，实在令人反感。玛尔戈王后屋子里的东西也很多，但布置得却很漂亮。

我觉得，生活本来就杂乱无序，像一团乱麻，荒诞不经的事情层出不穷。就说我们现在翻修的店铺吧，春汛一到，大水把店铺全淹了，地板翘起，店门变形；水退之后——房梁、立柱都泡坏了。几十年来，大水年复一年地漫过市场，冲坏房屋和道路；

每年的大水给人们带来了巨大的损失，而且大家都知道，这种大水是不会自行消失的。

每年春天，冰解冻释的时候，都有些平底船和几十艘小船被流冰撞坏——人们感慨万分，扼腕叹息，但过后又打造新船，等融冰季节一到，这些新船再度被撞坏。这种原地踏步式的怪现象何时了啊！

这事我问过奥西普，他觉得很奇怪，哈哈大笑。

“我说，你呀，乳臭未干，管那些事干吗！这里杂七杂八的事情多了，关你什么事？你操的什么闲心，啊？”

但是很快，他说话的口气就严肃起来，不过蓝色的眼睛里仍然流露出嘲笑的意味，目光炯炯，完全不像老年人的样子：“这事你问得很实在！就算跟你没关系，说不定也很有用！你注意了吗，还有一件事……”

于是他讲了起来，语言枯燥，干巴巴的，其中还夹杂着许多俏皮话、意想不到的比喻和各种粗俗的笑话。

“这不，人们一直在抱怨，说土地变少了，伏尔加河每年春天冲刷两岸，把泥土带走，沉积在河床里，形成浅滩；于是，另外一些人又抱怨说：伏尔加河变浅了！春汛和夏雨冲刷出一道道沟壑，把良田沃土又带入了河道！”

他讲这话的时候，既不感到惋惜，也不觉得气恼，好像很为自己深谙人们对生活的抱怨而沾沾自喜。虽然他的话和我的想法不谋而合，但我听起来心里却感到很不舒服。

“还有一点要注意——火灾……”

我记得，伏尔加河对岸的森林好像没有一个夏天不发生火灾；每年七月，天空里总是一片灰蒙蒙的；火红的太阳失去了光辉，像一只患病的眼睛，俯视着大地。

“森林火灾——无所谓，”奥西普说，“那都是老爷们和公家的财产。农民没有森林。城里着火——也不要紧，因为那里住的都是富人，没什么好同情的！可是你看看乡下的农村——一个夏天有多少村庄被大火吞噬了！大概——不下百个吧，这才叫损失呢！”

他轻声地笑起来。

“有了财产，却不会管理！你我说来说去，最后，好像人们不是在为自己、为土地工作，倒是在为水、为火而劳累奔波！”

“你笑什么呢？”

“怎么，不能笑吗？眼泪是扑灭不了大火的，可是眼泪加上洪水，洪水的流势就更大一些。”

我知道，这位仪表堂堂的老人，是我所见到的最聪明的人了，但他的爱与憎究竟是什么呢？

我在考虑这个问题，可是他那干巴巴的言辞，像柴火一样，一个劲儿地往我的篝火里添加着。

“你瞧，人们是多么不遗余力呀，既不吝惜自己的力量，也不吝惜别人的力量，是不是？东家是如何折腾你的？而酒这东西给世界带来多大的祸害呀！简直难以数计，任何一个计算高手都望而却步，甘拜下风……一座农舍被烧毁了，可以再建造一座，但一个好端端的农民白白地送了命——这可就无法挽回了！比如，阿尔达利翁或者格里沙——瞧，好好的一个庄稼人，一下子就烧起来了！格里沙这个人是有点傻，但是他的心眼好，为人真诚！怎么突然像一捆干草似的浑身冒起烟来。女人们对他大加攻击，就像森林中的蛆虫啃噬死人一样。”

我没有怪他的意思，只是好奇地问他：“你为什么把我的想法告诉了东家？”

他平心静气地，甚至和颜悦色地解释说：“为了让他了解你有些什么错误的思想，以便有针对性地对你进行教育。除了东家，还有谁来教你呢？我告诉他并没有什么恶意，是出于对你的爱护。你这小伙子人并不傻，只不过是有点儿鬼迷心窍。你偷东西——我可以不说，找姑娘们玩——我也可以不说，甚至你喝酒——我都可以不说！但是你要记住，你那些偏激的思想，我一定得告诉东家……”

“以后我不跟你说话了！”

他沉默片刻，用指甲剔除手上的松脂，然后用亲切的目光看了我一眼，说：“瞎说，你还会跟我说话的！不跟我说，你还能跟谁说？你没有人说话……”

奥西普一身干干净净，整整齐齐，我突然觉得，他很像司炉工雅科夫——对什么事情都无所谓。

有时候，他让人想起古董行家彼得·瓦西里耶夫，想起马车夫彼得，有时候他身上还有一种和我外公很相似的东西，总之，在某些方面，他和我所见过的所有老头儿都有些相像。他们都是些非常有意思的老人，但我觉得和他们生活在一起是不行的——太难相处，太讨人嫌了。他们仿佛在吞噬你的灵魂，他们聪明机智的言谈，总是在人的心灵上涂上一层褐色的铁锈。奥西普是好人吗？不是。是坏人吗？也不是。他很聪明，这我非常清楚。但他的聪明机智让我感到惊讶的同时，也在麻痹我的心灵，使我变得心灰意冷，最后，我开始感到他是在千方百计地跟我作对。

我内心里萌生出一些阴暗的思想："人与人全形同路人，彼此格格不入，虽然他们谈吐亲切，笑脸相迎，其实，世上的人全都是陌路相逢，没有什么人对这个世界有着强烈的爱的情感。只有我外婆一个人热爱生活，热爱一切；此外，还有玛尔戈王后。"

有时候，诸如此类的阴暗想法像乌云一样积压在心头，令人觉得生活非常压抑和痛苦，可是怎样才能变个法子生活呢？往后的路该怎么走呢？除了奥西普，连个说话的人都找不到。因此，我跟他谈话的次数便多了起来。

显然，他对我的夸夸其谈很感兴趣，他一再刨根问底地问我，然后心平气和地说："啄木鸟很倔强，而且并不可怕，所以谁都不怕它！我诚心诚意地劝你一句：到修道院去吧，在那里生活，在那里长大成人；好好规劝那些善男信女，既安慰了他们，又能使自己的内心得到平静，而且当修士也能有一笔收入！我真心实意地奉劝你。社会交往，待人接物，看来，你并不怎么在行……"

修道院我不想去，但我感到自己已经陷入一个莫名其妙的怪圈而不能自拔。我苦恼至极。生活变得像秋天的森林——蘑菇已经没有了，空荡荡的林子里已经无事可做，而且我对这座林子，可以说是知根知底，一目了然。

我一不喝酒，二不和姑娘们厮混——这两种麻醉灵魂的方法都与我无缘，读书成了我最大的嗜好。但是我书读得越多，就越难以忍受人们过的那种在我看来无异于行尸走肉的空虚无聊的生活。

我刚过十五岁[①]，但我有时候感到自己已经步入了中年。我所经历过的一切，我所读过的书籍和我常常感到困惑的许多问题，仿佛使我的内心世界扩大了，负担也沉重了。窥视一下自己的内心世界，我发现里面有一个和储藏室差不多的、专门储存各种印象的地方，那里什么货色都有，横七竖八，堆得满满当当。要把它们理出个头绪来，我既没有这个力量，也没有这个能耐。

这全部的重负，虽然名目繁多，但堆放得却不十分牢靠。它们摇摆不定，我也跟着摇来晃去，就像没有放稳的水桶里的水一样。

我非常讨厌不幸、疾病和牢骚，简直是深恶痛绝；我一看到流血、斗殴，甚至对人挖苦讥诮、冷嘲热讽这种目不忍睹的现象，我本能地就感到十分厌恶，然后迅速变为一种冷漠的疯狂，自己也会像一头野兽那样，参与这种打斗，而事后又感到非常羞愧，汗颜无地。

有时候，我特想把那种欺负人的人痛打一顿，于是便不管三七二十一地冲上去和人厮打起来，时至今日，我还记得这种出于一时冲动的感情发作，这都是绝望和无奈引起的，想起来就让人感到惭愧与懊恼。

我身上其实有两个人：一个，由于知道的乌七八糟的事情太多，因此变得有些胆小怕事，畏首畏尾；生活中一些可怕的事情使他的心情受到很大的压抑，他对生活、对人们的态度开始失去

---

① 1884 年 3 月高尔基满 16 岁。

信任，变得疑虑重重；对所有的人，包括他自己，都持一种无可奈何的同情态度。这个人向往过一种宁静、孤独的生活，终日与书为伴，离群索居，一心只想着修道院、护林人和铁路上的小岗亭，惦记着波斯和城郊某个地方守夜人的职位。但愿身边的人能够少一些，离他们远一些……

另一个则深受圣贤之书的高尚精神的熏陶，但眼见生活中种种可怕力量的嚣张气焰，深知这种力量轻而易举地就能够拧下他的脑袋，用肮脏的脚掌践踏他的心灵，于是，他咬紧牙关，攥紧拳头，聚精会神地进行自我防卫，生怕受到伤害，随时准备应对各种争吵与打斗。此人敢爱敢恨，富于同情心，就像法国小说里描写的勇敢的主人公那样，话不投机，便拔刀相向，摆出战斗的架势。

当时我有一个非常恶毒的敌人——小波克罗夫斯卡娅大街一家妓院的看门人。我是有一天早上在去市场的路上认识他的，他正在妓院门口从一辆出租马车上往下拖一个烂醉如泥的女人。那女人的长筒丝袜已经脱落下来，上身裸露着，看门人拽住她的两条腿，恬不知耻地拖来拽去，嘴里一面哎哟哎哟地喊叫，一面嘿嘿地发出笑声，还一个劲儿地往她身上吐唾沫；而她呢，下车的时候身子东倒西歪，跌跌撞撞，一副疲惫不堪的样子，她像瞎子一样大张着嘴，两只胳膊软得像脱了臼似的抱着脑袋，脊背、后脑勺和那张发青的脸，在马车的座位、踏板上一连磕碰下来，最后跌倒在马路上，脑袋狠狠地撞在石头上。

马车夫催马加鞭，扬长而去，而看门人抓住那女人的双腿，倒退着身子，把她像拖死人似的使劲往人行道上拖。我简直气坏了，急忙跑了过去。幸好，在我跑过去的时候，我的一把相当长的水准仪，不知是扔下了，还是无意中丢掉了，这使我和看门人避免了一场严重的冲突。我跑过去，照准看门人就是一拳，将他打翻在地，然后急忙跳上台阶，拼命地拉门铃；这时跑出来几个粗壮汉子，我无法对他们做什么解释，捡起水准仪便走了。

在一个下坡的地方，我赶上了刚才的那个马车夫。他从马车夫的座位上居高临下地看了我一眼，赞许地说："你一拳就把他撂倒了，干脆利落！"

我愤愤不平地质问他，为什么他眼看着看门人在侮辱那个女人而竟然不管不问？他平心静气但一脸不屑地说："我——管得着吗，见她的鬼去吧！她上马车时，老爷付过了钱，至于谁打谁，关我什么事？"

"如果她被打死了呢？"

"哪能呀——这种女人是轻易打不死的。"马车夫说话的神态，好像他不止一次曾试图打死喝醉酒的女子。

从这天起，我几乎天天早晨都看见这个看门人。我走在街上，他不是在扫马路，就是坐在门口的台阶上，好像专门在等候我似的。我走近他时，他便站起来，捋着袖子，警告我说："喏，我现在就可以揍扁你！"

他四十岁的样子，个子矮小，两条罗圈腿，像怀孕女人似的挺着个大肚子；他嘿嘿地笑着，一双目光炯炯的眼睛一直望着我；令人特别奇怪的是，他的两只眼睛——既善良，又快乐。论打架，他不行，而且他的胳膊比我的短，三拳两脚，他便被我打败了，然后他背靠着大门，惊讶地说："哼，走着瞧，小子！……”

我讨厌这种打架的事儿，所以，有一天，我对他说：“听我说，傻瓜，以后你就别老缠着我了！”

“可你为什么要打我呢？”他嗔怪地问我。

我也问他为什么他要丧心病狂地作践那个女人。

“关你什么事儿？可怜她了？”

“当然可怜。”

他沉默片刻，抹了抹嘴唇，问道：“猫你也可怜吗？”

“喏，猫也可怜……”

于是，他对我说：“你这个傻瓜，骗子！等着瞧，我会给你点颜色看的……”

我不能不走这条大街，因为它是最近的一条道。为了不和这个人照面，我开始有意早一点起床，但是尽管如此，几天后，我还是碰见了他。当时他正坐在门口的台阶上，抚摸着卧在他膝盖上的一只烟灰色的猫，我向他走了过去，当我离他有两三步远的时候，他突然跳起来，抓住猫的后腿，将猫脑袋向一个石礅子上狠狠地摔去，只觉得有一种热乎乎的东西溅到了我身上。他摔过后，把死猫扔到我脚下，站在侧门处，问道：“怎么样？”

喏，有什么办法呢！我们像两条狗似的，在院子里厮打起来；后来，我坐在斜坡的草地上，心里非常恼火，简直气得我发疯，为了不大喊大叫，我紧紧咬住嘴唇。一想起这件事，我就气得浑身发抖，直感到恶心，你是不是觉得奇怪——我怎么没有发疯，怎么没有杀人呢？

为什么我要说这些乌七八糟的事情呢？是为了让你们知道，

仁慈的先生们，这种事情至今还有，它们还没有成为过去！你们喜欢听那些胡编乱造的可怕故事，喜欢听各种吓人的奇闻逸事和完全虚构的美丽动听的恐怖情节，目的只在于愉悦自己，在感情上寻求刺激。可是我却知道日常生活中确实存在着种种可怕的事情，而且我有不可剥夺的权利把它们讲出来，振聋发聩，诉诸你们的感情，让你们知道，你们过的是什么日子，靠什么在生活。

我们大家的生活，可以说是无德无行，行同狗彘——问题就在这里！

我热爱人们，我不想给任何人带来痛苦，但是决不能只停留在多愁善感上，也不应该用华丽的辞藻做包装，用美丽的谎言掩盖严酷的真实。要直面人生，面对生活！应该把我们内心和脑海里的一切好的、富有人性的东西融化在生活中。

特别是对待妇女的态度，简直气得我发疯。我读过许多小说，我认为，妇女是生活中最美好、最重要的人。我外婆和她关于圣母与聪明的华西里沙[①]的故事，不幸的洗衣女工纳塔利娅，还有我亲眼所见的她们成千上万次的目光和微笑，都说明了这一点。作为生命之母，她们用这些目光和微笑在装点着生活，装点着这没有欢乐与关爱的贫困的生活。

屠格涅夫的作品赞美了妇女的光彩与荣耀；我所了解的女人身上的一切优秀品质，全让我表现在令我没齿难忘的玛尔戈王后的形象上了。在这方面，海涅[②]和屠格涅夫做出了许多特别宝贵

---

① 俄国民间神话故事中的女主人公。

② 海涅（1797—1856），德国诗人、政治家。

的贡献。

傍晚从市场回来时，我常常站在山坡上，背靠着内城墙，遥望着伏尔加河对面徐徐降落的太阳。火红的彩河在天空中滚滚流动，地面上，亲爱的母亲河慢慢地变得发红，然后又变成了蓝色。有时候，整个大地，此时此刻就好像是一艘巨大的、押送犯人的平底船；它又像是一头猪，被一艘无形的轮船牵引着，一副懒洋洋的样子，不知要牵往何方。

但我更常想到的，是广袤的大地，是我从书中了解的众多城市和生活方式各不相同的异国他乡。相比之下，外国作家笔下所描写的生活要更纯洁可爱一些，艰难困苦也更少一些，不像我周围的生活那样慢腾腾，单调乏味。这使我焦虑不安的心情得到一些安慰，激发起了我关于有可能过另一种生活的执着理想。

我总以为自己很快就能遇到一位朴实而贤德的人，他会给我指出一条光明的大道。

有一次，我正坐在内城墙边的一条长椅上，雅科夫舅舅忽然来到我身旁。我没留意他是怎么过来的，所以一下子没认出他来。虽然这些年我们住在一个城市，但彼此很少见面，偶尔遇上，也只是匆匆打个照面。

“哎呀，你的个子可蹿高了不少。”他捅了我一下，开玩笑地说，于是我们便攀谈起来，像两个非亲非故，但早就认识的人那样。

我从外婆嘴里听说，雅科夫舅舅这几年已经完全破产，什么东西都吃光喝光了；后来在一个解送犯人的羁押站当看守助理，但这个差事最后也干砸了：羁押站的看守病了，雅科夫舅舅竟然在自己的住处，为羁押犯们摆设起酒宴来，与他们打得火热。事情张扬出去，结果他被革职法办，送上了法庭，罪名是：放纵羁押犯夜晚外出，到城里“吃喝玩乐”。羁押犯中倒没有人逃跑，但是有一个犯人，刚好在他把一名教堂助祭快要掐死的时候，被当场捉住了。事情调查了很长时间，但却未能送交法庭——羁押犯和看守们一力为好心的舅舅开脱，使他摆脱了干系。现在他没有工作，靠儿子供养。儿子在当时有名的鲁卡维什尼科夫教堂唱诗班里当歌手。提起儿子，他落落寞寞地说：“他在我面前摆出一副煞有介事的样子，神气着哪！他担任独唱。要是茶炊没按时烧好，或者衣服没有刷好——他的脾气大着呢！小伙子喜欢整齐，而且爱清洁……”

舅舅变得老多了，浑身上下脏乎乎的，头发也脱落了，蔫头耷脑的。他那头很神气的蓬松的鬈发脱落得也差不多了，两个耳朵向外支棱着，眼白和刮过脸的面颊上，布满了发红的血丝；说起话来，嘻嘻哈哈，但让人觉得他嘴里仿佛含了个什么东西，使他的舌头转动不灵，虽然他的牙齿完好无损，一颗不少。

我很高兴有机会跟这样一个生活乐观、见多识广的人一块儿说说话。当年他那欢快逗人的歌声和外公对他的评价，还清楚地浮现在我的脑海里，响彻在我的耳边：“论唱歌——他是大卫王，可是做起事来——他就是押沙龙。”

一群衣冠楚楚的人沿着林荫道从我们身边走过：有衣着华丽、千娇百媚的太太、小姐，还有许多官员和军官；雅科夫舅舅穿一件破旧的夹大衣，帽子皱皱巴巴，脚上是一双棕红色的皮靴；他缩头缩脑的样子，想必是感到自己的衣着有些寒碜。我们来到波恰伊峡谷的一家小饭馆，在靠近窗子的地方找了个座位，这个窗口正对着市场①。

“还记得您是怎么唱的吧：

> 一个乞丐把脚布晾晒，
> 偷脚布的却是另一个乞丐……”

当我背诵出歌词时，我突然，也是我第一次感受到这支歌曲的讽刺含义，我觉得，乐呵呵的雅科夫舅舅，真是又恶毒，又聪明。

但是他在往杯子里倒酒的时候，若有所思地说：“是啊，我吃喝玩乐、胡作非为都经历过了，可这是非常不够的！这支歌——不是我编的，是教会学校的一位老师编写的，他已经去世了，叫什么名字来着？记不起来了。我们是很要好的朋友。他一直是单身。后来酒喝上了瘾——死了，是被冻死的。在我的记忆中，喝死了多少人——难以计数！你不喝酒吧？要当心，可不要喝。常看见外公吗？老爷子成天愁眉不展。好像是疯了。”

一杯酒下肚，他兴奋起来，直起了身子，显得也年轻了，说话也更有劲儿了。

我问他关于羁押犯的那些事。

“你听到什么了？”他朝四面打量一下，问道，然后压低声

---

① 在波恰伊峡谷，沿着堤坝一字排开，那里有许多专卖便宜厨具、茶具的旧货店。

音说："羁押犯又怎么样？要知道，我并不是他们的法官。我认为：他们和别的人一样，也是人，所以我说：弟兄们，让我们和睦地生活吧，让我们和睦地相处吧。有这样一首歌曲：

即使命运给我们套上枷锁，
它也挡不住我们寻欢作乐！
我们要一如既往地快乐度日，
只有傻子才不这样生活！……"

他笑了笑，向窗外已经暗淡下来的峡谷看了一眼，峡谷上上下下，一直到谷底，摆的全都是商业摊点。这时，他捋了捋小胡子，继续说道："他们一听，当然很高兴，待在牢里未免太憋闷了。喏，这不，检查一结束，他们立刻就到我这儿来了。伏特加，下酒菜，有时候是我准备，有时候是他们准备。接下来，俄罗斯母亲欢腾起来，大家玩得非常开心。我喜欢唱歌和跳舞，而他们当中——能歌善舞者大有人在！有的人戴着手铐脚镣，没法子跳舞，我就准许他们把镣铐取下来，这事是真的。其实，他们自己就能够取下来，用不着叫铁匠来。他们这些人能干极了，简直令人吃惊！至于说我放他们进城去为非作歹，打家劫舍，那纯粹是胡说，最终也拿不出证据……"

他沉默片刻，看了看窗外的峡谷，那里各家旧货商已经开始打烊关门；铁门闩、锈链条的响声不断，好像有铺板倒了下来，发出了很大的声音。后来，他高兴地向我使了个眼色，小声继续说："说实话，的确有一个人夜晚经常外出，只不过他不是戴镣铐的羁押犯，而是下诺夫戈罗德当地的一名普通小偷。他有一个相好，住在附近的佩乔尔卡大街。而且助祭那件事完全是一场误会：他们把助祭错当成商人了。当时是大冬天，夜里很晚了，又遇上暴风雪，大家都穿着大皮袄，匆忙之中，哪能分得清究竟谁是商人，谁是助祭？”

我觉得这事非常可笑，他也笑了，然后说：“的确！鬼才分得清呢……”

这时，雅科夫舅舅忽然莫名其妙地生起气来，他把菜盘子往前一推，一脸不屑的样子，黑着个脸，然后吸了一口烟，低声嘟哝着说：“人们互相偷盗，然后又互相抓捕，投进监狱，送到西伯利亚去服苦役，唉，可这和我有什么关系？我对这些人统统嗤之以鼻，管他们呢……我有我自己的主心骨！”

我想起了胡子拉碴的司炉工——他也常常说“管他们呢”。他的名字也叫雅科夫。

“你在想什么呢？”舅舅轻声地问我。

“您可怜那些羁押犯吗？”

“他们很容易引起别人的同情，那么好的小伙子，一个个棒极了！看着他们，有时会想：虽然我管着他们，可我还不如他们呢！他们非常聪明，一个个贼能干……”

酒和对往事的回忆，使他又高兴了起来。他用胳膊肘撑着窗台，指头里夹着一个烟头，挥动着发黄的手，兴高采烈地讲了起来：“有一个人，一只眼睛，是个雕刻工和钟表匠。他因制造假币被判了刑，而且曾几次逃跑，你听听他是怎么说的吧！简直像一团火！说起话来就像独唱家在唱歌。他说：‘请解释一下，为什么官家可以印钞票，而我就不行？请解释一下！’这谁都无法向他解释。没有人能够解释得了，我也无法解释。但我是他的上司！另外，还有一个人，是莫斯科的一个小偷，很有名气。看上去人挺老实，穿得整整齐齐，干干净净，说话温文尔雅。他说：‘人们拼命地干活，人都变呆了，我可不愿意这样。我体验过了：你干呀，干呀，最后人都累傻了；花一个戈比能买酒喝，花两个戈比去打牌，再花五个戈比，去买娘儿们一笑，然后又是饥寒交迫，穷困潦倒。不，这套把戏我不玩了……’”

雅科夫舅舅俯身在桌子上，继续往下说，这时他满脸通红，激动得两个小耳朵不停地抖动：“老弟，他们这些人可都不傻，他们说的话是对的！算了，不扯这些无聊的话啦，让它们见鬼去吧。比方说：我过得怎么样？回想起来叫人惭愧——什么都是偷偷摸摸，鬼鬼祟祟；痛苦是自己的，快乐是偷来的！不是父亲呵斥：不许这样，不许那样，就是老婆说：这也不行，那也不行；有时候我自己也怕因小失大，栽跟头。因此就错过了时机，虚度了光阴；现在我人已经老了，给自己的儿子当用人。有什么可隐瞒的呢？当差嘛，老弟，听话就是，可他对我却吆五喝六的，俨然以老爷自居。他喊我父亲，可我听着喊的就是——当差的！怎么，难道我天生就是干这个的吗？就是为儿子当差而劳碌奔波的吗？如果不是这样——那我到底为什么活着，我过得就那么幸福满足吗？”

我对他的话听得并不怎么认真。我不想，也不愿意回答他的问题，但我毕竟还是说：“我现在也不知道我应该如何生活……”

他听后嘿嘿一笑。

“是啊……这谁能够知道呢？我还没见过知道这个问题答案的人！人们就这样活着，各人按各人的习惯……”

说着说着，他又气不打一处来了：“从前我那里，有一个奥廖尔[1]人，是个强奸犯，出身贵族，舞跳得好极了，有时候，他能逗得大家开怀大笑，他会唱一首关于万尼卡的歌：

> 万尼卡徘徊在墓地旁——
> 这本来是小事一桩！
> 可是，万尼卡呀，你赶快离开，
> 到离墓地远一些的地方！……

我觉得这完全没什么可笑之处，而是实际情况！不管你怎样折腾，最后总是离不开墓地。到那时，羁押犯也好，看守羁押犯的人也好，反正都一样……”

他说话说累了，喝下一杯酒，像鸟儿似的，歪着头，用一只眼睛，看了看空了的瓶子，然后又默默地抽起烟来，烟雾在他的胡髭周围萦回缭绕，久久不散。

“不管你怎样拼命挣扎，还是抱有什么希望，谁都免不了要躺入棺材，葬进墓地。”石匠彼得时常这样说。他和雅科夫舅舅一点儿都不像。诸如此类的俗话俚语我听得多了！

我不想再问雅科夫舅舅什么了。跟他在一块儿，心里只觉得非常郁闷，而且觉得他十分可怜。我们回想起往日那欢快的歌曲

---

① 奥廖尔，俄国城市，奥廖尔州行政中心，位于奥卡河畔。

和悦耳动听的吉他声，他的欢乐的吉他声总是透出一丝淡淡的哀愁。看着雅科夫舅舅那萎靡不振的样子，我没有忘记活泼开朗的“小茨冈”。没有忘记，而且我不由得想：“他还记得‘小茨冈’是怎么被十字架砸死的吗？”

我不想问这件事了。

眼望峡谷，只见黑黢黢一片，八月潮湿的空气，从上到下，弥漫在整条峡谷。从谷底飘上来一股股苹果和甜瓜的清香。在通往城市的狭窄的街道上，两边的路灯忽然亮了起来，一切是那么的眼熟，那么令人难忘。开往雷宾斯克①和另一个城市——彼尔姆②——的轮船马上就要鸣笛起航了……

“不过我该走了。”雅科夫舅舅说。

在小饭馆门口，他摇晃着我一只手，开玩笑地劝我说：“别老愁眉苦脸的，你好像很不开心，是不是？别这样！你还年轻着哪。主要的是，一定要记住：‘命运不能妨碍快乐！’喏，再见啦，我要去参加圣母升天节③活动了！”

生性快乐的雅科夫舅舅走了，他的一番话弄得我更加心烦意乱了。

我上了通往城里去的高坡，走进了田野。明月当空，彩云飘

---

① 雷宾斯克，俄国雅罗斯拉夫尔州城市，伏尔加河一港口码头。

② 彼尔姆，俄国彼尔姆边疆区城市，1940—1957年一度改为莫洛托夫市，是卡马河上的港口码头。

③ 圣母升天节，亦译圣母安息节、圣母升天瞻礼等，是天主教、东正教的重要节日。为纪念传说中的“圣母荣召升天”，天主教于公历8月15日，东正教由于历法不同，在相当于公历8月27或28日，进行宗教活动。

动，我的影子被浓云投下的阴影从大地上抹去了。我顺着田野，绕过城市，来到伏尔加河边的堤岸斜坡上，躺在满是尘土的青草中，久久眺望着河的对岸，望着大片的草场和这一动不动的土地。云层投下的阴影从伏尔加河上缓缓移过，到了草场，渐渐变得明亮起来，好像被河水洗净了一样。周围的一切都似睡非睡，悄然无声；一切都在运动之中，但不知道为什么，又不那么心甘情愿，是不得已而为之，完全不是出于对运动、对生活的热爱。

这时，我真想对整个大地，对我自己，狠狠地踹上一脚，使人世间的万物——包括我自己在内——在欢乐的旋风和人们节日舞蹈的带动下，快速地旋转起来；他们彼此相爱，同时也爱这种为另一种生活已经开始了的美好、蓬勃、诚信的生活……

我在想："必须得干点什么，不然我就完了……"

秋天，阴云密布，不仅看不到太阳，而且也感觉不到它的存在，已经完全把它给忘了，在秋天的这种日子里，人们往往会在森林里迷失方向。一旦大路走错了，所有的小路也都乱了。最后，东奔西突，到处寻找，找累了，一咬牙，沿着密林往前走吧，脚下踩着已经腐烂的枯枝败叶，踏着沼泽地里光秃秃的草墩子——总会有找到大路的时候！

于是，我下定了决心。

这年秋天，我去了喀山[①]。我心中暗暗希望，兴许我在那里能够找到一个学习的地方。

---

① 高尔基是1884年夏末或秋初离开下诺夫戈罗德到喀山去的。

译后记

一

高尔基（1868—1936）的自传体三部曲《童年》《在人间》《我的大学》，可以说是俄国文学史上难能可贵的纪实性系列小说，它真实详尽地记述了作者二十岁以前的坎坷经历，点点滴滴，连缀成篇，读来平实无华，感人至深。但就三部曲所蕴含的丰富思想和广阔艺术视野而言，它又不是一般传统意义上的自传体作品。作者在描述自己的生活的同时，鲜明地刻画出了俄国人民生活中一整个时代和这个时代人的生活特点。

这种体裁的作品在俄国文学中并不鲜见，C.T.阿克萨科夫、列夫·托尔斯泰等先辈作家都曾经写过。但一般地说，他们的作品社会视野都比较狭窄，叙事往往只围绕主人公一个人展开，而且描写的对象也大都只限于贵族。

高尔基的着眼点则不同，他笔下的人物几乎涉及了旧俄国的各个阶层，尤其是他所熟悉的“底层”人民，首先是写他自己，写他在各方面都格格不入的外公家的生活，写他离家出走，在外面流浪、打工，与人们的种种磕碰与切身感受。

阿列克谢的童年生活是短暂的。外婆死后，破了产的外公将他逐出家门。他投身社会，来到所谓“人间”。作家详细而生动地向我们勾勒出还是个孩子的阿列克谢的生活历程：先是在鞋店里“打杂”，后来又在亲戚家的制图作坊里当“学徒”，在轮船上帮厨。再后来又开始“攻读”自己的所谓“大学”：参加喀山地下革命小组活动，阅读地下读物，和所谓“生活导师们”进行交往，甚至还认识了俄国早期的马克思主义者费多谢耶夫。“人间”的生活让阿列克谢从一个稚气未脱的孩子慢慢成熟起来，逐渐形成了自己的世界观。

界定和分析一部自传体作品，首先应该着眼于两个方面：一是要看作品的基本生活素材来源，二是要看作者本人写作的主观思想出发点和作品所达到的客观效应。

阿克萨科夫生长在俄国农奴制下的贵族世家，他笔下的童年生活脱不开他自己的历史环境，他的记述充满着对贵族生活的留恋与痴迷，他对自己童年时仆人们如何侍候他、呵护他，讲起来津津乐道，不厌其烦。字里行间无不透出对一去不复返的往昔的怀念。

列夫·托尔斯泰写自己自传体三部曲的时候，正是19世纪50年代，他已经是二十多岁的人了，思想已经成熟，他对自己因出身贵族在社会中所享有的特权地位已经相当不满，而且其在自传体三部曲中对一切妨碍个性发展和精神自由的贵族旧礼教已多有批判。但也只是批判批判而已。毕竟他和阿克萨科夫都出身贵族，其立场虽有明显的不同，但这种不同也只是相对而言。他们想起“幸福的童年”时心里仍不免是乐滋滋的。虽然托尔斯泰后来对贵族阶级的态度有了很大的变化，19世纪末他甚至说：“我现在感到极大的痛苦，因为我想起了我过去过的卑鄙的生活，这些回忆使我于心不安，使我很难再这样生活下去。”毋庸讳言，托尔斯泰也说过自己的童年是“美好的”，那只是他和自己后来涉足贵族生活圈子后的“放荡生活”相比较而言，他对自己过去的生活方式，应该说，还是持严厉批判态度的。

高尔基的情况就完全不同了。他的童年是不堪回首的。童年在他的记忆中只是“野蛮的俄国生活中的种种劣迹”。因此，他写三部曲时的思想起点就比较高，他是把自己对过去的回忆当作劳苦大众在为争取自由幸福生活而斗争时的切身体会和教训来写的。他想表明，他之所以反对沙皇统治，反对地主资产阶级及俄国的社会、经济、道德制度，完全是现实生活本身所提出的要求，是历史发展的必然。高尔基来自社会底层，生活在他们中间，长期和人民同生活，共呼吸。这一点，也正是劳动者一直视他为自己人，一直喜爱他的根本原因所在。

高尔基成长的年代，正是俄国思想活跃、群英荟萃的时代。各种思想家、理论家层出不穷，都在为当时的俄国把脉，开药方，有甚嚣尘上的斯拉夫派理论和咄咄逼人的西欧派观点，也有边宣传边实践的民粹主义和已经在迅速传播的马克思主义。1861年，沙皇政府为了缓和社会矛盾，继续维持其反动统治，被迫宣布放弃农奴制，实行改革，名义上给农民以“自由”，实际上从他们身上搜刮了巨额的“赎金”，同时抢走了他们原先耕作的大批良田，使他们的生活越加贫困。资本主义在俄国的迅速发展，资本家的压榨剥削，进一步激起了劳动者的反抗；农民起义，工人罢工，社会矛盾激化；沙皇政府加强了镇压。民粹派希望动员农民，对抗沙皇统治，发起“到民间去”的活动。随着资本主义在俄国的发展，工人阶级日益壮大，马克思主义在俄国进一步传播，19 世纪 70 年代俄国就出现过一些“工人协会”；1883 年普列汉诺夫在国外组建了俄国第一个马克思主义团体“劳动解放社”，宣传马克思主义，反对民粹主义。高尔基在《我的大学》中生动描写了 1888 年大伙秘密阅读普列汉诺夫 1884 年发表的《我们的意见分歧》一书的情形。

其实，高尔基自传体三部曲的基本思路，也正在于表现作者本人的思想成长乃至最后走上革命道路的心路历程。这也就不难理解为什么高尔基在三部曲中要打破一般自传体作品的传统概念，没有把人物描写局限在某一个特定的社会阶层，而是在不同程度上着眼于俄国社会的各个层面了。在世界文学发展史上，应该说，高尔基的自传体三部曲翻开了崭新的一页。实际上，它不仅是作者二十岁前的生活传记，也是俄罗斯人民在一定历史发展条件下的生活纪实，其意义绝对非同寻常。

二

1916年，高尔基将《在人间》全文发表在《编年史》杂志上[①]；故事从 1879 年一直写到 1884 年，正是作者十一岁到十六岁青

---

① 最初在 1915 年的《俄国言论》报上发表一些章节，全文是在 1916 年的《编年史》月刊上发表的。第一个单行本 1917 年于柏林出版，署名马克西姆 · 高尔基。

春年少的时候。但这时高尔基面对的却不是学习和憧憬，他必须想尽办法，自谋生路，应付命运的挑战。为了填饱肚子，他不得不出去找活干，与各种各样的人打交道，这使他有机会近距离地接触他们，了解和体验他们的生活，所以，《在人间》向我们揭示的不光是作者的所见所闻，而且还告诉我们他这个涉世未深的小伙子的所思所想与切身感受。这个时段他所接触的人大多还是他外公家的人，但他已经能够分辨出他们每个人的特性和共同点了。首先是外公和几个舅舅，然后是他们家的亲戚。他们一个个都极端自私，心胸狭隘，无事生非，互相没有一点亲情可言，成天像冤家对头一样，不停地吵闹打斗，不知情者还以为他们间有什么大不了的事情似的，其实都是一些鸡毛蒜皮的生活琐事，皆因为他们饱食终日，无所事事，日子过得太无聊了，好像不闹点纠纷，时间就没法儿打发。在高尔基的笔下，这种现象已经成为一种社会常态，是小市民生活的应有之义，他写道："东家一家人生活在一个怪圈内，一天到晚就是做饭、吃饭、生病、睡觉，周而复始，没完没了；他们谈论罪恶和死亡，非常怕死；他们像磨盘上的谷粒，挤来滚去，随时都准备着被碾得粉碎。"他们感觉到生活的无聊，对这种生存状态也感到很不耐烦，但他们的"反抗"充其量也只是小市民式的，闹点家庭纠纷，宣泄一下而已。因为在他们的心目中，家庭就是他们的一切。外面的世界，包括他们的亲戚朋友，和他们都格格不入。高尔基写道："要是有一位圣者来到这里——东家一家人也会想方设法地教训他，按照自己的方式改造他；他们这样做，完全是因为他们闲得发慌，寂寞难耐。如果他们不对别人指手画脚，大喊大叫，讽刺挖苦，那么他们便不再会说话，变成哑巴，自己连自己都看不见了。为了体现自身的存在，不管怎么着，必须得对别人有一个态度。东家一家人对身边的人，除了教训与指责，不会有别的态度；如果你按照他们的样子去生活、思考和感觉，那他们同样会把你说得一无是处。他们就是这样的人。”他们无时无刻不在尔虞我诈，算计别人，编造流言，散布不和，“我知道，他们这样做并不是出于恶意，而是由于寂寞难耐，但这并不能使我感到好受一些。为编造这些污言秽语，他们像猪一样在垃圾堆里乱拱一气，同时心满意足地哼哼着，把他们认为那些与己无关的、不理解的、滑稽可笑的美的东西，使劲抹黑，将其弄得污秽不堪”。再不就是牢骚满腹，怨天尤人，抱怨自己生不逢时，英雄无用武之地，而从不在自己身上找找自己生活边缘化的真正原因——自私、懦弱，缺乏自尊。他们只关心自己鼻子尖下的一点利益，认为那就是自己生活的最高理想，因而他们的生活无异于原地踏步，日复一日，总是老样子。“我记得，生活毕竟是变得越来越乏味和严酷了。正如我天天所看到的，无论是生活方式，还是各种关系，永远都是不可动摇、一成不变的。除了眼前每天不可避免要出现的一切，根本不可能想到会有什么改善。”

阿廖沙讨厌这种生活，而且千方百计地加以反抗，但当时他还是个孩子，力量有限，方法也不多，只觉得老板家的规矩令人“十分厌恶”，能够“破一破才好”。随着年龄的增长，他的这种感觉越来越强烈，而这时俄国的政治生态已经发生了变化，马克思主义的社会影响已经超过民粹派的思想，《在人间》描写的恰恰是1879—1884这五年时间。这期间高尔基对书发生了浓厚的兴趣，他如饥似渴地阅读一切能够找到的书籍，《在人间》里有大量篇幅都是描写读书感受的。作者想从书中寻找对生活的答案。但是他没有找到，许多问题仍不甚了了。高尔基写道：“书向我展示一种不同的生活——一种充满强烈情感和欲望的生活，它能激发人们去建功立业，也能驱使他们去作奸犯科。我发现，我周围的那些人们——他们既没有能力去建功立业，也没有能力去作奸犯科；他们袖手一旁，他们的生活和书中所描写的生活保持着距离，而且令人难以理解的是：他们的生活志趣究竟何在？我不愿意过这样的日子……这一点我很清楚——我不愿意……”但阿廖沙一时也找不到和自己志同道合的人。不过书毕竟还是给他带来了莫大的安慰和鼓励，特别是俄国作家的书。他说：“我已经读过阿克萨科夫的《家庭纪事》和杰出的俄罗斯叙事诗《林中》，读过不同凡响的《猎人笔记》和格列比奥恩卡与索洛古勃的几本书，还有韦涅维季诺夫、奥陀耶夫斯基和丘特切夫的诗歌。这些作品洗涤了我的心灵，驱散了贫苦现实笼罩在我心头的阴影。我感受到了什么叫作好书，也懂得了它们对我的必要性。这些书在我心中牢牢树立起一种坚定的信念：我在世界上并不孤单，因此我不会完蛋的！”他在圣像作坊里仿佛看到了他想寻找的人，因为他们既有自己的信念，也有自己的行事原则，“我读过的书教导我要尊重那些为达到自己目标而顽强奋斗的人们，要珍视那种坚韧不拔、不屈不挠的精神”。但是他错了，错就错在他只是根据书上的抽象概念来判断他们。而现实生活表明，他们的信仰和原则都已经陈旧过时，他把他们当作自己追求“不同生活”道路上的知音，完全是一种历史的误会，因为“他们靠着对昔日的回忆和自己对痛苦与压迫的病态的挚爱，抱残守缺，死死固守在已经僵化了的真理的墓地旁边，但是，如果有人夺去他们经受苦难的可能，他们会感到非常空虚，他们会像风和日丽天的浮云一样，消失得无影无踪”。但要明白这一点，还需要现实生活的实践和磨炼，还需要更多的时间检验，而且读的书是否有益，还要看它们是不是言之有理，是否符合俄国的国情。这并不是说读书无用，相反，读书能发人深思，开阔视野，帮助人们探讨生活的意义，反对不合理的生活秩序。轮船上的厨师斯穆雷就是一个很喜欢读书的人，他总想从书中寻求人生的答案。他对高尔基的影响很大，使高尔基养成了毕生酷爱读书的习惯。但是高尔基和他不同，高尔基注意到了书和现实的联系。他发现当时有人酷爱读书，而有的人根本不感兴趣，甚至一看见书，就噤若寒蝉，回避唯恐不及。这使高尔基明白了书的巨大威力，不然神父怎么一再盘问他读过禁书没有呢，他很想知道究竟什么是禁书，最后他终于弄明白了：原来是莱蒙托夫的长诗《恶魔》。这说明，一切对现存制度表示不满的书都是禁书。现实生活告诉高尔基，社会中有两种人，一种人崇尚美好，向往未来；另一种人则饱食终日，安于现状，生怕扰乱了他们舒适安逸的日子，高尔基认为好书是争取美好未来的强大思想武器。人们一旦接受它，就会将它付诸实施，变为物质力量。他发现身边许多人对自己的生活境遇感到不满都是一致的。比如，圣像作坊里的工人，他们确实对现实不满，也向往美好的未来，但是他们不知道何时，以及用什么方法才能够达到美好的一天。他们不明白“未来”就是“当前”的发展，因而对当下现实很少关心。“对于他们来说，彼尔姆就在西伯利亚。他们不相信西伯利亚是在乌拉尔以东。”

在高尔基的思想成长过程中，最关键，也是最困难的一点，就是如何处理好理想和现实的关系问题，因为高尔基从小就崇尚理想，外婆给他讲过的故事，以及他后来遇到的诸如“好事儿”和玛尔戈王后等，他们身上那种卓尔不群的风范气质，都使他感到肃然起敬，心驰神往，但实际又如何呢？不过想想而已，说到底，是一种自我蒙骗。阿廖沙觉得彼尔姆轮船上那个司炉工雅科夫虽然没有“好事儿”那么与众不同，但他讲的故事却使阿廖沙想起了善良的外婆。《在人间》里有这样一段描述：“当我把自己的所见所闻讲给他们听时，他们都不大相信我的话，但他们却喜欢听那些吓人的童话和情节曲折的故事。就连那些上了岁数的人，也觉得编的故事比真人真事听起来还过瘾。我看得很清楚，故事越离奇，越不可思议，幻想、虚构成分越多，人们就越爱听。一般说来，他们对现实的生活不感兴趣，大家都在幻想未来，不愿正视眼前的贫困和丑恶现象。”雅科夫究竟好在什么地方？不好在什么地方？好的地方是他很有个性，见多识广，爱劳动，不贪婪，心地善良，有自信心；不好的地方是他对人对事特别冷漠，一切都无所谓。书中是这样描写的：“他讲了很多故事，我认真仔细地听，都好好记住，但我不记得有哪一个是令人高兴的故事。他讲的比书中写的显得更平静——在书中，我常能感受到作家的情感，他的愤怒、喜悦、忧伤和嘲讽。司炉师傅则不然，他不嘲笑，不谴责，对什么都不生气，也不流露出明显的高兴；他说话时就像一个面对法官的无动于衷的证人，就像一个对被告、原告、法官一样漠不关心的陌生人……他这种冷漠的态度使我越来越感到反感，激起了我对雅科夫的愤懑之情。”

高尔基对圣像作坊的工人师傅们就很不满意，说他们“想过好日子的愿望，不起任何作用，作坊里的生活，画工师傅们相互之间的关系，毫无改变，依然如故”。他对外婆的看法和以前也不同了，说她“在谈到灵魂——爱情、美丽、喜悦的秘密所在——时，总是非常小心谨慎。……雅科夫·舒莫夫谈起灵魂时也跟外婆一样，非常小心谨慎，三言两语，而且不太愿意谈”。他对外婆那种逆来顺受、只知道忍耐的态度感到愤愤不平。他说：“每次见到外婆，我从思想上对她的心灵越来越感到钦佩，但是——我已经感觉到，她的美好的心灵已经被各种童话故事遮住了，她无法看到，也不能够理解严酷现实的诸多现象，她也根本不理解我的种种忧虑和不安。”

这时（19 世纪 80 年代初），高尔基的思想带有某种双重性：一方面，他比只知道抽象地向往过好日子的落后群众的思想要高出一头；另外一方面，他自己的认识也还不甚了了。但是他从小就善于观察生活，能够明辨是非，分得出善恶与好坏。这也是他和那些看不到一点光明的愚昧群众的不同之处，但这点区别还不足以克服他在思想成长过程中出现的历史和社会障碍。《在人间》中有一段叙说的正是这种状况：“只有一个人的忍耐，其对外部环境力量的逆来顺受，才是对他的最严重的摧残。”

这种心理的矛盾正反映了年轻高尔基所处时代的矛盾。当时俄国资本主义正在迅速发展，工人阶级的力量也正在形成之中。俄国社会思想界，通过劳动解放社，特别是普列汉诺夫的著作，对马克思主义理论的认识有了明显的提高，但缺憾是尚未和俄国工人运动结合起来，是列宁后来完成了将二者结合起来的伟大使命。但这已经是 19 世纪 90 年代中期的事了，比《在人间》足足迟了十年。

高尔基的思想在发展，面对复杂的社会问题，他必须作出回答，但是他一时还做不到。他苦恼，彷徨。他觉得：“我身上其实有两个人：一个，由于知道的乌七八糟的事情太多，因此变得有些胆小怕事，畏首畏尾；生活中一些可怕的事情使他的心情受到很大的压抑，他对生活、对人们的态度开始失去信任，变得疑虑重重；对所有的人，包括他自己，都持一种无可奈何的同情态度。这个人向往过一种宁静、孤独的生活，终日与书为伴，离群索居，一心只想着修道院、护林人和铁路上的小岗亭，惦记着波斯和城郊某个地方守夜人的职位。但愿身边的人能够少一些，离他们远一些……

另一个则深受圣贤之书的高尚精神的熏陶，但眼见生活中种种可怕力量的嚣张气焰，深知这种力量轻而易举地就能够拧下他的脑袋，用肮脏的脚掌践踏他的心灵，于是，他咬紧牙关，攥紧拳头，聚精会神地进行自我防卫，生怕受到伤害，随时准备应对各种争吵与打斗。此人敢爱敢恨，富于同情心，就像法国小说里描写的勇敢的主人公那样，话不投机，便拔刀相向，摆出战斗的架势。”他心情阴郁，怅然若失，但又不想就此“完蛋”。他要去喀山上大学，想靠知识和科学来摆脱困境。他相信知识和知识分子的力量。高尔基在《在人间》的最后一章里写道：“这时，我真想对整个大地，对我自己，狠狠地踹上一脚，使人世间的万物——包括我自己在内——在欢乐的旋风和人们节日舞蹈的带动下，快速地旋转起来；他们彼此相爱，同时也爱这种为另一种生活已经开始了的美好、蓬勃、诚信的生活……

我在想：‘必须得干点什么，不然我就完了……’”

这些话带有浓重的宣传鼓动意味，不难想象，它们在十月革命前的1916年听起来给人们一种什么样的感觉和启迪。

三

三部曲以自传体的形式展示了作者童年和青少年的生活和思想成长历程。我们眼见他对小市民和小私有者的做派是多么的深恶痛绝，看到他逐步地认识到必须要推翻封建的沙皇专制制度。也看到他对那些脱离群众、只会空谈的所谓“革命”知识分子的怀疑态度。高尔基是在外公家长大的，后来到了“人间”，过的也是在城镇打工或流浪谋生的生活，很少接触农村的现实，但底层生活的经历使他对自己后来所看到的农村的状况能够作出冷静的、实事求是的分析，农村中的负面消极现象和农民们的落后意识并没有使他完全感到灰心丧气，而是更加坚定了他的斗争决心，因为他相信劳动人民，而且只寄希望于他们。现实的困难和挫折不代表群众中没有改天换地的革命积极性，它恰恰说明需要革命者脚踏实地地到群众中去，把这种蕴藏的革命积极性给挖掘出来。诚然，在这个过程中，出现某些失误，走一些弯路都在所难免，但这都是前进中所遇到的挫折。只要追求革命真理的决心不动摇，终究会成为一个革命者的，高尔基做到了这一点。实际上，高尔基在自传体三部曲中真实生动地表现了俄国革命者整整一代人怎样从最底层一步一步踏上革命道路的艰辛历程，这也是三部曲的巨大历史意义和艺术价值之所在。不仅如此，高尔基在描写自己亲身经历的同时，也在履行他认为自己责无旁贷的一项革命职责，即批判俄国和欧美文学中无视人类的真正思想与感情，践踏自由、民主理想的颓废、反动的文艺思潮，因为就在高尔基着手创作三部曲的那几年，革命的文艺工作者们正在有针对性地为现实主义的文艺进行斗争，批判形形色色颓废的文艺思想和创作倾向，高尔基当时就旗帜鲜明地站在这一斗争的前列。他不只是简单地在维护已有的现实主义，而是希望在原来现实主义的基础上增加一些新的社会主义新人的因素，即后来被称为社会主义现实主义原则的东西。他在后来文学创作中有意识地深化这些因素和原则，努力发掘和揭示正在觉醒的劳动者和他们所身处的资本主义险恶环境之间的关系，这也正是无产阶级革命取得胜利后所面临的苏维埃文学如何解决关于新人形象塑造的迫切问题，因为他们虽然从资本主义制度下摆脱了出来，也具有一定的阶级觉悟，但他们身上还不同程度地背着旧世界遗留下来的沉重包袱。如何用发展的眼光，历史地、实事求是地写出这些人的发展与变化，高尔基，特别是他的自传体三部曲，为年轻的苏维埃文学做出了光辉的榜样。

《我的大学》的基本意义在于回应时代，弘扬革命思想。当时，诸如《毁灭》《恰巴耶夫》《铁流》等塑造新人的苏联早期革命文学作品还未出现，毫无疑问，高尔基的丰富创作经验为它们的诞生做了及时的文学铺垫，在描写新思想的产生，特别是在对旧思想的批判方面提供了有益的借鉴，比如在《我的大学》中对形形色色小资产阶级思想——知识分子的消极悲观、极端个人主义思想，乃至农民小私有者心理这些与社会主义革命原则格格不入的思想都有鞭辟入里、耐人寻味的批判。这也是高尔基三部曲的深刻认识意义、教育作用和重大影响之所在。这也完全符合作家本人所说的话：一个革命作家应该正确而深刻地认识过去、现在和未来的现实。高尔基的创作实践就验证了他的这番话，他的三部曲不仅描写了苦难的过去和现在，而且点出了希望在即的光明未来。高尔基深信革命一定会胜利，因为他的这一信念是建立在对现实的正确的马克思主义的认识之上的。

高尔基三部曲在翻译工作中始终得到中国社科院研究员庄慧君同志的鼎力相助，为拙译增色不少，译者在此谨深表谢意。该译本于 2013 年 4 月荣获第五届中国社科院离退休人员优秀科研成果奖。

郭家申

2014 年 8 月 26 日修改

汉译文学名著

第一辑书目（30 种）

伊索寓言	〔古希腊〕伊索著　王焕生译
一千零一夜	李唯中译
托尔梅斯河的拉撒路	〔西〕佚名著　盛力译
培根随笔全集	〔英〕弗朗西斯·培根著　李家真译注
伯爵家书	〔英〕切斯特菲尔德著　杨士虎译
弃儿汤姆·琼斯史	〔英〕亨利·菲尔丁著　张谷若译
少年维特的烦恼	〔德〕歌德著　杨武能译
傲慢与偏见	〔英〕简·奥斯丁著　张玲、张扬译
红与黑	〔法〕斯当达著　罗新璋译
欧也妮·葛朗台　高老头	〔法〕巴尔扎克著　傅雷译
普希金诗选	〔俄〕普希金著　刘文飞译
巴黎圣母院	〔法〕雨果著　潘丽珍译
大卫·考坡菲	〔英〕查尔斯·狄更斯著　张谷若译
双城记	〔英〕查尔斯·狄更斯著　张玲、张扬译
呼啸山庄	〔英〕爱米丽·勃朗特著　张玲、张扬译
猎人笔记	〔俄〕屠格涅夫著　力冈译
恶之花	〔法〕夏尔·波德莱尔著　郭宏安译
茶花女	〔法〕小仲马著　郑克鲁译
战争与和平	〔俄〕列夫·托尔斯泰著　张捷译
德伯家的苔丝	〔英〕托马斯·哈代著　张谷若译
伤心之家	〔爱尔兰〕萧伯纳著　张谷若译
尼尔斯骑鹅旅行记	〔瑞典〕塞尔玛·拉格洛夫著　石琴娥译
泰戈尔诗集：新月集·飞鸟集	〔印〕泰戈尔著　郑振铎译
生命与希望之歌	〔尼加拉瓜〕鲁文·达里奥著　赵振江译
孤寂深渊	〔英〕拉德克利夫·霍尔著　张玲、张扬译
泪与笑	〔黎巴嫩〕纪伯伦著　李唯中译
血的婚礼——加西亚·洛尔迦戏剧选	〔西〕费德里科·加西亚·洛尔迦著　赵振江译
小王子	〔法〕圣埃克苏佩里著　郑克鲁译
鼠疫	〔法〕阿尔贝·加缪著　李玉民译
局外人	〔法〕阿尔贝·加缪著　李玉民译

汉译文学名著

第二辑书目（30种）

枕草子 〔日〕清少纳言著 周作人译
尼伯龙人之歌 佚名著 安书祉译
萨迦选集 石琴娥等译
亚瑟王之死 〔英〕托马斯·马洛礼著 黄素封译
呆厮国志 〔英〕亚历山大·蒲柏著 李家真译注
波斯人信札 〔法〕孟德斯鸠著 梁守锵译
东方来信——蒙太古夫人书信集 〔英〕蒙太古夫人著 冯环译
忏悔录 〔法〕卢梭著 李平沤译
阴谋与爱情 〔德〕席勒著 杨武能译
雪莱抒情诗选 〔英〕雪莱著 杨熙龄译
幻灭 〔法〕巴尔扎克著 傅雷译
雨果诗选 〔法〕雨果著 程曾厚译
爱伦·坡短篇小说全集 〔美〕爱伦·坡著 曹明伦译
名利场 〔英〕萨克雷著 杨必译
游美札记 〔英〕查尔斯·狄更斯著 张谷若译
巴黎的忧郁 〔法〕夏尔·波德莱尔著 郭宏安译
卡拉马佐夫兄弟 〔俄〕陀思妥耶夫斯基著 徐振亚、冯增义译
安娜·卡列尼娜 〔俄〕列夫·托尔斯泰著 力冈译
还乡 〔英〕托马斯·哈代著 张谷若译
无名的裘德 〔英〕托马斯·哈代著 张谷若译
快乐王子——王尔德童话全集 〔英〕奥斯卡·王尔德著 李家真译
理想丈夫 〔英〕奥斯卡·王尔德著 许渊冲译
莎乐美 文德美夫人的扇子 〔英〕奥斯卡·王尔德著 许渊冲译
原来如此的故事 〔英〕吉卜林著 曹明伦译
缎子鞋 〔法〕保尔·克洛岱尔著 余中先译
昨日世界：一个欧洲人的回忆 〔奥〕斯蒂芬·茨威格著 史行果译
先知 沙与沫 〔黎巴嫩〕纪伯伦著 李唯中译
诉讼 〔奥〕弗兰茨·卡夫卡著 章国锋译
老人与海 〔美〕欧内斯特·海明威著 吴钧燮译
烦恼的冬天 〔美〕约翰·斯坦贝克著 吴钧燮译

汉译文学名著

第三辑书目（40种）

埃达	〔冰岛〕佚名著　石琴娥、斯文译
徒然草	〔日〕吉田兼好著　王以铸译
乌托邦	〔英〕托马斯·莫尔著　戴镏龄译
罗密欧与朱丽叶	〔英〕莎士比亚著　朱生豪译
李尔王	〔英〕莎士比亚著　朱生豪译
大洋国	〔英〕哈林顿著　何新译
论批评　云鬟劫	〔英〕亚历山大·蒲柏著　李家真译注
论人	〔英〕亚历山大·蒲柏著　李家真译注
亲和力	〔德〕歌德著　高中甫译
大尉的女儿	〔俄〕普希金著　刘文飞译
悲惨世界	〔法〕雨果著　潘丽珍译
安徒生童话与故事全集	〔丹麦〕安徒生著　石琴娥译
死魂灵	〔俄〕果戈理著　郑海凌译
瓦尔登湖	〔美〕亨利·大卫·梭罗著　李家真译注
罪与罚	〔俄〕陀思妥耶夫斯基著　力冈、袁亚楠译
生活之路	〔俄〕列夫·托尔斯泰著　王志耕译
小妇人	〔美〕路易莎·梅·奥尔科特著　贾辉丰译
生命之用	〔英〕约翰·卢伯克著　曹明伦译
哈代中短篇小说选	〔英〕托马斯·哈代著　张玲、张扬译
卡斯特桥市长	〔英〕托马斯·哈代著　张玲、张扬译
一生	〔法〕莫泊桑著　盛澄华译
莫泊桑短篇小说选	〔法〕莫泊桑著　柳鸣九译
多利安·格雷的画像	〔英〕奥斯卡·王尔德著　李家真译注
苹果车——政治狂想曲	〔英〕萧伯纳著　老舍译
伊坦·弗洛美	〔美〕伊迪斯·华尔顿著　吕叔湘译
施尼茨勒中短篇小说选	〔奥〕阿图尔·施尼茨勒著　高中甫译
约翰·克利斯朵夫	〔法〕罗曼·罗兰著　傅雷译
童年	〔苏联〕高尔基著　郭家申译
在人间	〔苏联〕高尔基著　郭家申译
我的大学	〔苏联〕高尔基著　郭家申译

地粮	〔法〕安德烈·纪德著	盛澄华译
在底层的人们	〔墨〕马里亚诺·阿苏埃拉著	吴广孝译
啊，拓荒者	〔美〕薇拉·凯瑟著	曹明伦译
云雀之歌	〔美〕薇拉·凯瑟著	曹明伦译
我的安东妮亚	〔美〕薇拉·凯瑟著	曹明伦译
绿山墙的安妮	〔加〕露西·莫德·蒙哥马利著	马爱农译
远方的花园——希梅内斯诗选	〔西〕胡安·拉蒙·希梅内斯著	赵振江译
城堡	〔奥〕弗兰茨·卡夫卡著	赵蓉恒译
飘	〔美〕玛格丽特·米切尔著	傅东华译
愤怒的葡萄	〔美〕约翰·斯坦贝克著	胡仲持译

图书在版编目（CIP）数据

在人间 /（苏）高尔基著；郭家申译．— 北京：商务印书馆，2022
（汉译世界文学名著丛书）
ISBN 978-7-100-21363-9

Ⅰ．①在…　Ⅱ．①高…　②郭…　Ⅲ．①长篇小说—苏联
Ⅳ．①I512.45

中国版本图书馆 CIP 数据核字（2022）第 115596 号

汉译世界文学名著丛书
在人间
〔苏联〕高尔基　著
郭家申　译

商 务 印 书 馆 出 版
（北京王府井大街 36 号　邮政编码 100710）
商 务 印 书 馆 发 行
北 京 中 科 印 刷 有 限 公 司 印 刷
ISBN 978-7-100-21363-9

2022 年 10 月第 1 版　　开本 850 × 1168　1/32
2022 年 10 月北京第 1 次印刷　　印张 15⅝

定价：76.00 元